KB152977

한국어교육의 제문제

이 책은 2018년도 한국연구재단 대학 인문역량 강화사업(CORE) 지원에 의해 출판되었음

This study was financially supported by Initiative for College of Humanities' Research and Education of National Research Foundation of Korea, 2018

전남대학교 한국어문학연구소 총서 [7]

한국어교육의 제문제

백승주 외

국학자료원

책머리에

한국어교육학의 역사는 다른 학문 분야에 비해 일천하다. 그러나 한국어교육 현장에서 일어나는 복잡하고 다양한 현상을 탐구하는 학문이기 때문에 연구의 지평은 광대하다. 깊게 생각해보지 않아도 '한국어교육'이라는 이름 아래 진행되는 연구 분야는 대조 분석 연구, 오류 분석 및 중간 언어 연구와 같은 학습자 언어 연구, 이해 교육 및 표현 교육 연구, 한국어교육 문법 연구, 담화화용 연구, 문화 및 문학 연구, 교재 및 교육 자료 연구, 다문화사회 연구, 교사 및 학습자 연구 등 헤아릴 수 없이 많다.

이와 같은 연구 분야의 확대와 더불어 연구물의 양 또한 폭발적으로 증가했는데, 연구 분야의 급작스러운 팽창이 가져온 부작용 또한 존재한다. 그 부작용 중 하나는 한국어교육학의 연구의 전체적인 지형을 조망하기 어려워졌다는 점이다. 다른 순수 언어학 연구 분야와 달리 응용언어학의 분야인 한국어교육에서는 다양한 주제를 다루며, 또 학제 간 연구의 성격이 강하기 때문에 연구 방법론 또한 천차만별이다. 이런 이유 때문에 학자들의 연구 성과를 하나로 묶는 것도 쉽지 않다. 이 총서의 출발점은 이러한 문제의식에서 출발한다고 할 수 있다. 즉 한국어교육의 전체적인 모습을 보여주지 못하더라도 그 일부의 모습이라고 조망할 수 있는 '작은 창'이 필요하다고 생각한 것이다. 비록 '작은 창'에 불과할지 모르지만 그 창을 통해 현재 한국어교육 연구자들의 고민들을 조금이나마 같이 공유할 수 있다면 그 자체로 의의가 있을 것이다.

이 총서는 총 14편의 연구물로 구성되어 있으며, 한국어교육학의 주요 연구 주제인 '교육 과정 및 교재 연구', '문법 교육 연구', '언어 기능 교육 연구', '제2언어로서의 한국어 습득 연구', '담화 교육 연구', '다문화 및 지역어 교육 연구' 등 총 6개의 연구 주제를 다루고 있다. 말 그대로 한국어교육 연구 분야의 전체 모습을 총망라하는 구성은 아니지만 이 정도로도 현재 한국어교육의 주요 연구 분야에서 어떠한 논의가 진행되고 있는지를 보여줄 수 있다고 여겨진다.

먼저 '교육 과정 및 교재 연구'에서는 바람직한 한국어교육 과정의 지향점과 최근 학습자들의 수요가 크게 증가하고 있는 이러닝 컨텐츠의 개발 방안, 상담기법을 이용한 교재 연구 방법론에 대한 논의가 이루어지고 있다. 근래 들어 교육 과정 및 교재에 대한 논의들이 정체되어 있고 공회전하는 상황에서 이들 논의는 교육 과정과 교재 연구에 새로운 시각을 던져줄 것이다.

'문법 교육 연구' 분야에서는 문법 유형의 분류에 대한 연구물 두 편이 실려 있다. 문법은 한국어교육 내용학 연구의 핵심이라고 할 수 있으며, 그 중에서도 한국어교육용 문법의 유형을 어떻게 구분하고 분류할 것인가의 문제는 주요한 화두라고 할 수 있다. 이 두 편의 논의는 그 화두에 대한 깊은 고민과 그 답이 담겨 있다.

'언어 기능 교육 연구'에서는 발음 교육, 읽기 교육, 쓰기 교육과 관련된 내용들이 수록되었다. 이 연구들은 각각 기존 발음 연구에서 등한시 되었던 음장 오류의 문제, 읽기 수업에서 효율적으로 사용할 수 있는 분류 어휘집인 시소러스의 개발과 활용, 학문 목적 한국어 학습자들이 학습해야 하는 '격식적 쓰기' 등에 대해 논하고 있다. 이들 연구를 통해 독자들은 기능 교육 연구에서 어떠한 새로운 시도가 이루어지고 있는지를 살펴볼 수 있을 수 있을 것이다.

'제2언어로서의 한국어 습득 연구'에서는 한국어교육학 분야에서 그 중요성이 계속 강조되어 왔으나 연구의 어려움 때문에 상대적으로 논의가 많이 이루어지지 않았던 습득 관련 연구 두 편이 수록되었다. 각 논의들은 한국어 학습자들의 시제 습득 순서 양상과 양태 표현의 화용적 의미 인식에 대해 다루고 있는데, 이 연구들을 통해서 현재 습득 연구의 방향성과 향후의 지향점을 확인할 수 있을 것이다.

'담화 교육 연구'에서는 말하기 평가에서 주요한 구인으로 작용하는 내러티브 능력의 개념을 다룬 연구와 한국어교육학 분야에서 대화분석론의 수용 양상을 다룬 연구 두 편이 수록되었다. 이 연구를 통해서 독자들은 담화 연구가 구체적으로 어떻게 수행될 수 있는지, 담화 연구에서 어떤 지점을 비판적으로 바라보아야 하는지를 알 수 있을 것이다.

마지막으로 '다문화 및 지역어 교육 연구'에서는 최근 주요한 연구 주제로 떠오르고 있는 중도입국 자녀에 대한 연구과 지역어 교육 연구에 대한 논의가 다루어지고 있다. 이 두 연구를 통해서는 '지역'에서 이루어지는 한국어교육의 문제점이 무엇인지, 그리고 그 해결책은 어떤 것이어야 하는지를 살펴볼 수 있을 것이다.

앞서도 언급했지만 이 총서는 한국어교육학 전체의 지형을 조망하기 위해 기획된 것은 아니다. 그러나 독자들이 한국어교육학의 풍경을 엿볼 수 있는 '작은 창'의 역할을 할 수 있을 것으로 기대된다. 이러한 취지에 공감하여 작은 창문을 내는 일에 선뜻 참여해 주신 연구자들께 먼저 감사의 인사를 올린다. 또한 출판 과정의 처음부터 마지막까지 하나하나 세심하게 마음을 써주신 한국어문학연구소의 김미미 선생님께도 감사의 마음을 전한다. 마지막으로 총서 발간에 힘을 기울여 주신 한국어문학연구소 백현미 소장님과 전남대학교 대학인문역량 강화사업단 김양현 단장님께도 감사의 말씀을 올린다.

2018년 12월 3일
대표 저자 백승주

목차

/ 교육 과정 및 교재 연구 /

바람직한 「한국어 교육과정」을 위한 몇 가지 제언*

양영희

1. 머리말

일반적으로 외국어로서 한국어 교육은 1980년 대 후반부터 부흥기를 맞이하여 지금은 매우 '안정적인 단계'에 진입한 것으로 인식된다. 여기서 '안정적인 단계'란 목적이나 수준 등을 고려한 교수 방식 등이 달라야 함을 전제로 이에 대한 바람직한 수업 방안이 다양한 각도에서 모색되었으며, 그러한 과정을 총체적으로 반영한 교재 등이 다양하게 개발되었음을 의미한다.[1]

---

* 이 글은 학습자중심교과교육학회에서 발간하는 『학습자 중심교과교육 연구』 13권 2호(2013년 4월)에 실렸던 내용을 수정 · 보완한 것이다.

1) 주지하듯이 한국어 교육은, 교육 목적에 따라 '학문 목적 한국어'와 '직업목적 한국어' 그리고 '다문화가정 여성들을 위한 한국어'로 나뉜다. 그리고 이들은 다시 능력에 따라 '기초, 초급, 중급, 고급' 등으로 구별된다. 양영희 · 서상준(2009)에 의하면 유학생을 위한 교재는 대학을 중심으로, 다문화가정여성을 위한 교재는 국립국어원을 중심으로, 외국인근로자를 위한 교재는 한국국제노동재단을 중심으로 하여, 단

그런데 2012년에 교육과학기술부에서 「한국어 교육과정」을 고시한 바, 이것이 한국어 교육계에 미치는 영향은 적지 않다. 무엇보다 한국어 교육이 제도권 안으로 진입했음을 의미한다는 점에서 그러하다. 곧 한국어 교육도 이제는 초 · 중등 기관에서 교육과학기술부가 정한 규정 시수 안에서 일정한 교육 과정을 밟아야 한다는 말이다[2]. 그동안 한국어 교육은 주로 결혼이민자나 유학생, 외국인 근로자 등과 같은 성인을 대상으로 비정규 기관에서 시행해 왔다. 그러나 「2012 한국어 교육과정」이 고시된 이후의 사정은 많이 달라질 터이다.

송현정(2010: 3)의 조사에 의해서, 2009년 기준으로 우리나라의 다문화 학생 수가 초 · 중 · 고등학교 전체 재학생의 0.6% 이상에 달하며 다문화 학생이 재학하는 학교 수가 7,000여 개에 이른 것으로 파악된 만큼 이에 대처하는 정부의 태도는 매우 바람직하다고 생각한다.

본 논의는 이와 같은 관점에서 출발한다. 그래서 「2012 한국어 교육과정」의 체제와 내용을 구체적이고 상세하게 살펴서 개선할 사항이 있다면 그에 합당한 방안을 마련하고자 한다. 이 같은 작업은 물론 이후 이 교육 과정이 계속 수정 · 보완되기를 바라고[3], 그 과정에서 본고와

계 · 수준별로 그동안 꾸준히 발행되었다고 한다. 여기서 그 대표적인 몇 예를 보이면 다음과 같다.

가. 문화관광부 · 국립국어원(2007), 『여성결혼이민자를 위한 한국어 첫걸음』. 국립국어원.

나. 국립국어원(2010), 『여성결혼이민자와 함께하는 한국어』 1－3, 크라운홍보주식회사.

다. 고려대학교 한국어문화교육센터(2009), 『재미있는 한국어 2』, 교보문고.

라. 경희대학교한국어교육연구회(2010), 『외국인을 위한 한국어』, 한글파크.

2) 그러나 이런 단계는 아직까지 실현되지 않았다. 이에 대해서는 차후에 논의하기로 한다.

3) 「국어과 교육과정」은 1955년 '교과과정'이라는 명칭으로 처음 공포된 이래, 2011년까지 10차례에 걸쳐 개정 · 보완되었다(최미숙 외: 2008). 하지만 한국어 교육과정은 처음으로 고시된바, 그 체제가 국어교육 과정에 비해 개략적일 것으로 예상된다.

같은 짧은 생각이 조금이나 기여하기를 바라는 의도에서 마련되었다.

2. 「2012 한국어 교육과정」의 검토 및 반성

「2012 한국어 교육과정」의 가장 큰 의의는 정부 차원에서 마련한 체계적인 교육을 초 · 중 · 고등학교의 학생들에게 일관되게 전수할 수 있다는 데 있다. 주지하듯이 그동안 이들에 대한 한국어 교육은 비정규 기관에서 주로 담당하여 왔다. 즉 「다문화가족지원센터」에서 다문화 가정 여성들을 위한 지원의 일환으로서, 그 자녀들의 언어 발달을 도와주는 차원에서 운영되거나 혹은 민간단체에서 중도입국자녀들을 위해 정규 교과를 교육하는 단계에서 운영되었다[4].

그렇다고 해서 그동안 정부에서 이들에 대한 교육을 완전히 도외시 했던 것은 아니다. 성상환(2010)의 보고에 의하면 교육과학기술부에서 2006년부터 다문화 교육의 문제를 정책적으로 다루었다고 한다[5]. 현재 각 도나 시의 교육청에서 '다문화 교육지원' 등과 같은 업무를 운영하고, 다문화가정 초등 자녀들을 위한 한국어나 한국문화에 대한 교육을 방과후 학습 형태로 시범 운영하는 등의 노력이 여기에 해당한다.

---

4) 전자인 '다문화가족지원센터'는 여성가족부에서 주관하는 단체로 다문화가정 여성의 총체적인 삶을 지원하는 업무를 하는데, 이 과정에 '자녀언어발달지원 사업'이 있다. 한편 필자가 거주하는 지역의 민간단체에서는 '중도입국자녀'들을 대상으로 정규과정의 과목을 교육하는데, 2010년 정부로부터 정규 학교의 승인을 받았다. 중도입국자녀의 교육 기관과 사례에 대해서는 성상환(2010:64~85)을 참고하기 바란다.

5) 이에 대한 노력으로는 본문에서 소개한 성상환(2010) 외에도 조영달(2006), 송현정(2010) 등이 참조된다. 전은주(2009: 100)에 의하면, 2008년 10월에 교육과학기술부는 16개 시도교육청과 함께 <다문화 가정 학생의 역량 강화를 위한 교육 지원 방안>을 마련하여 2012년까지 다문화 가정 학생의 교육을 위한 지원 계획을 수립해 놓은 상태라고 한다.

그러한 노력의 결실이 바로 「2012 한국어 교육과정」인 것이다. 따라서 본 논의 역시 이에 대해 긍정적인 태도를 취할 수밖에 없다.

2.1. 「2012 한국어 교육과정」의 문제 파악

서두에서 언급한 목적을 거칠게라도 달성하기 위해서는 「2012 한국어 교육과정」의 전반 체제와 구성을 면밀히 검토하는 작업부터 실시해야 한다. 그래야 무엇을 개선해야 할 것인가가 명확해질 터이기 때문이다.

2.1.1. 「2012 한국어 교육과정」의 구성 체제

위와 같은 취지에서 「2012 한국어 교육과정」의 전반 체제를 표로 정리하면 다음과 같다.

<표 1> 「2012 한국어 교육과정」 구성: 본문

1. 성격과 목표
2. 내용
  가. 내용 체계
  나. 등급 및 기능별 학습 내용 성취 기준
    1) 구성 원리/ 2) 단계별 성취 기준
  다. 언어 재료
    1) 생활 한국어/ 2) 학습 한국어
3. 교수 · 학습 방법
  가. 생활 한국어 영역
    1) 교수 · 학습 계획
    2) 교수 · 학습 운용
    3) 언어 영역별 교수 · 학습 방법

가) 듣기/ 나) 말하기/ 다) 읽기/ 라) 쓰기
나. 학습 한국어 영역
1) 교수 · 학습 계획
2) 교수 · 학습 운용
3) 언어 영역별 교수 · 학습 방법
가) 듣기/ 나) 말하기/ 다) 읽기/ 라) 쓰기
4. 평가
가. 평가 계획
나. 평가 운용
다. 언어 기능별 평가 방법
1) 듣기/ 2) 말하기/ 3) 읽기/ 4) 쓰기
라. 평가 결과 활용

위의 표를 일별할 때, 「2012 한국어 교육과정」의 핵심 내용은 다음처럼 정리된다.

(1) 「2012 한국어 교육과정」 핵심 내용
가. 분류 기준: 숙달도(등급 설정)
나. 내용 구성: 목적별(생활 한국어/ 학습 한국어)
다. 교수 · 학습 방법: 목적별(생활 한국어/ 학습 한국어)
라. 학습 영역: 한국어 활동(듣기, 말하기, 읽기, 쓰기)
마. 평가 방법: 학습 영역별(듣기, 말하기, 읽기, 쓰기)

곧 한국어 교육은, 초 · 중 · 고 학생을 대상으로, 그들의 한국어 능력에 따라 등급을 나누어 생활 한국어와 학습 한국어를 '듣기 · 말하기 · 읽기 · 쓰기' 등의 4영역으로 가르친다는 것이다. 이러한 체제에 대한 정당성을 살피는 문제는 차후에 진행하도록 하고, 여기서는 <부록>의 체제를 살핌으로써 「2012 한국어 교육과정」에 대한 이해의 깊이를 더하는 데 만족하기로 하자.

<표 2>「2012 한국어 교육과정」 구성: 부록

부록1; <초등학교 언어 재료>
1. [생활 한국어 영역] 주제 및 의사소통 기능 목록
2. [생활 한국어 영역] 텍스트 유형
3. [생활 한국어 영역] 문법 목록
4. [생활 한국어 영역] 어휘 목록
5. [학습 한국어 영역] 주요 교과별 핵심 주제
  – 초등학교 1–2학년 교과 영역별 핵심 주제
  – 초등학교 3–4학년 교과 영역별 핵심 주제
  – 초등학교 5–6학년 교과 영역별 핵심 주제
6. [학습 한국어 영역] 주요 교과 주제별 학습 어휘 목록
  – 초등학교 1–2학년 국어과 주제별 학습 어휘 예시
  – 초등학교 1–2학년 수학과 학습 어휘 예시
  – 초등학교 1–2학년 슬기로운 생활과 주제별 학습 어휘 예시
  – 초등학교 3–4학년 국어과 주제별 학습 어휘 예시
  – 초등학교 3–4학년 수학과 학습 어휘 예시
  – 초등학교 3–4학년 사회과 주제별 학습 어휘 예시
  – 초등학교 3–4학년 과학과과 주제별 학습 어휘 예시
  – 초등학교 5–6학년 국어과 주제별 학습 어휘 예시
  – 초등학교 5–6학년 수학과 주제별 학습 어휘 예시
  – 초등학교 5–6학년 사회과 주제별 학습 어휘 예시
  – 초등학교 5–6학년 과학과 주제별 학습 어휘 예시

부록2: <중학교 언어 재료>
1. [생활 한국어 영역] 주제 및 의사소통 기능 목록
2. [생활 한국어 영역] 텍스트 유형
3. [생활 한국어 영역] 문법 목록
4. [생활 한국어 영역] 어휘 목록
5. [학습 한국어 영역] 주요 교과별 핵심 주제
6. [학습 한국어 영역] 주요 교과 주제별 학습 어휘 목록
  – 중학교 국어과 주제별 어휘 예시
  – 중학교 수학과 주제별 어휘 예시
  – 중학교 사회과 주제별 어휘 예시
  – 중학교 과학과 주제별 어휘 예시

부록3: <고등학교 언어 재료>
1. [생활 한국어 영역] 주제 및 의사소통 기능 목록
2. [생활 한국어 영역] 텍스트 유형
3. [생활 한국어 영역] 문법 목록
4. [생활 한국어 영역] 어휘 목록
5. [학습 한국어 영역] 주요 교과별 핵심 주제
  – 고등학교 국어 교과(군) 일반 과목 영역별 핵심 주제(총6과목)
  – 고등학교 수학 교과(군) 기본 · 일반 과목 영역별 핵심 주제(총7과목)
  – 고등학교 사회 교과(군) 일반 과목 영역별 핵심 주제(총9과목)
  – 고등학교 과학 교과(군) 일반 과목 영역별 핵심 주제(총9과목)
6. [학습 한국어 영역] 주요 교과 주제별 학습 어휘 목록
  – 고등학교 국어 교과(군) 일반 과목 주제별 어휘 예시
  – 고등학교 수학 교과(군) 기본 · 일반 과목 주제별 어휘 예시
  – 고등학교 사회 교과(군) 일반 과목 주제별 어휘 예시
  – 고등학교 과학 교과(군) 일반 과목 주제별 어휘 예시
  – 중학교 과학과 주제별 어휘 예시

그런데 이를 방금 살핀 <표 1>과 비교해 보면 <부록>이 <본문>보다 훨씬 많은 내용을 담고 있음을 새삼 깨닫는다. 더 나아가 <부록> 내용을 보면 「2012 한국어 교수 · 학습 내용」 체계가 어떻게 구성되었는지를 쉽게 파악할 수도 있다는 사실까지 깨닫게 된다. 곧 「2012 한국어 교육과정」은 <부록>에 제시된 단계별 어휘 사용 목록 작성에 상당히 많은 정성을 들였다는 의미로, 그만큼 <부록>이 가지는 의미는 상당할 것으로 예측된다.

2.1.2. 「2012 한국어 교육과정」의 문제점

지금까지 「2012 한국어 교육과정」을 검토하여 <표 1>, <표 2>로 정리하면서 필자는 다음과 같은 점들을 의문시하기에 이르렀다.

(2) 「2012 한국어 교육과정」의 문제점

가. 교육 대상의 선정이 올바른가?

나. 현행 교육 체제 안에서의 실효성은 어떠한가?

라. 내용 체계는 타당한가?

마. 언어 재료를 [생활 한국어]와 [학습 한국어]로 구별해야 할 이유가 있는가?

이제는 위에 제기한 사안들을 구체적으로 살펴서 문제의 핵심을 정확히 파악하기로 한다. 그럼으로써 이에 대한 바람직한 개선 방안을 마련하는 단초로 삼으려는 것이다.

1) 교육 대상의 선정이 올바른가?

한국어 교육 대상에 대해서는 <표 1>의 '1. 성격과 목표'에 다음과 같이 명시되어 있다.

(3) 한국어 과목은 기본적으로 '다문화 배경을 가진 학생'을 대상으로 하되, 중도입국 학생, 외국인가정 자녀 등과 같이 한국에서 태어나지 않았거나 한국어가 아닌 다른 언어를 모어로 하는 학생, 한국에서 태어나고 자랐지만 외국인 어머니의 제한된 한국어 수준으로 인해 한국어 능력이 현격하게 부족하여 학교 수업에 적응이 어려운 학생, 제3국을 통한 오랜 탈북 과정으로 인해 학교생활 적응에 어려움을 보이는 탈북학생, 또는 오랜 해외 체류 후 귀국한 학생 중에 한국어 의사소통 능력의 부족으로 인하여 학교생활 적응이나 한국어로 이루어지는 수업 참여에 어려움을 겪는 학생 등을 주된 교육 대상으로 삼는다.

위에서 밑줄 친 부분을 중심으로 보면, 한국어 교육 대상은, '다문화 가정의 자녀, 중도입국자, 한국어를 모어로 하지 않는 학생, 탈북학생,

한국어 의사소통 능력이 부족한 학생'등이다. 그런데 여기에 '학교 수업 적응이 어렵거나, 한국어로 이루어지는 수업 참여에 어려움을 겪는' 이라는 단서를 달고 있다. 이를 달리 보면, 위에서 언급한 대상일지라도 이러한 단서를 충족시키지 못할 경우 한국어 교육 대상자가 아닐 수 있다는 의미로 해석할 수 있다. 가령 다문화가정의 자녀일지라도 한국어 능력이 다른 학생들과 대등하다면 한국어 교육을 받지 않아도 된다는 의미로 해석할 여지가 충분하다.

송현정(2010: 101－102)에서, 다문화가정 학생들의 일상적인 국어 의사소통 능력은 '우리말로 읽고 쓰기와 말하기 · 듣기가 고루 유창하다'로 판단되는 학생의 수가 응답자의 68%로 가장 많았고, '같은 반 친구들과 의사소통이 가능한 편이다'라고 판단되는 학생의 수가 28%로 그 뒤를 이었으며, '확인하기 어렵다'라고 판단되는 학생의 수가 3%, 우리말을 전혀 하지 못한다.'로 판단되는 수가 1%의 순인 것으로 조사되었다. 곧 다문화 가정 자녀들의 언어 능력이 100% 부진하지는 않는다는 의미인데, 그렇다면 이들을 한국어 교육 대상자로 간주해야 하는가, 그렇지 않는가라는 의문이 제기된다.

여기에 더하여 탈북학생의 문제도 함께 고려해야 할 면이 없지 않다. 현재로서는 탈북학생을 다문화 배경을 가진 자로 인정하여 한국어 교육 대상자에 포함시키는 추세가 강하지만[6], 그들을 위해서는 자국어로서의 국어 교육을 실시해야 한다는 윤여탁(2009:23)과 같은 입장도 한 번쯤 고려해 봄직하다. 주지하듯이 국어는 모국어의 개념으로 태어날 때부터 주위에서 사용한 언어로 자연스럽게 습득한 언어이고, 한국어

6) 서혁(2009), 전은주(2008) 등에서 다문화 가정 학생을 '국제결혼 가정 학생' 이외에도 새터민 가정의 학생까지 포함하고 있으며, 현재로서는 이러한 입장이 일반적이고, 「2012 한국어 교육과정」도 이런 입장을 취한 것이다.

는 모국어와 다른 외국어로서 학습한 언어이다. 그런데 탈북학생을 한국어 교육 대상자로 간주하면 북한어를 우리와 다른 외국어로 인정한다는 의미가 된다. 더 나아가 현실적으로 탈북학생이 사용하는 한국어와 중도입국자녀 혹은 부모가 외국인인 자녀가 사용하는 한국어를 대등한 수준으로 간주할 수 있겠는가라는 점도 고려해야 마땅하다. 이런 맥락에서라면, 다문화가정자녀들이 사용하는 언어 또한 한국어가 아닌 국어로 간주해야 하고, 그렇다면 그들은 한국어 교육 대상자에서 제외되어야 한다는 결론에 도달한다. 국적을 취득한 다문화가정 여성이 낳은 아이라면, 그 아이는 우리나라 국민이고, 그런 만큼 그 아이가 사용하는 말은 외국어로서의 한국어가 아닌 '국어'로 인식되는 까닭이다.

이상의 정황 등을 감안할 때, 「2012 한국어 교육과정」에서 규정한 한국어 교육 대상에 대해서는 한 번쯤 숙고해야 할 듯하다.

2) 현행 교육 체계 안에서의 실효성은 어떠한가?

주지하듯이 우리나라 모든 교육은 교육과학기술부에서 고시한 「교육과정」을 근저로 한다. 한국어 교육과정이 고시된 시점인 2012년도의 교육은 「2011 교육과정」을 근거로 하는데, 여기에는 한국어 교육에 대한 고려는 없다. 상황이 이렇다 보니 2012년에 「한국어 교육과정」이 고시되었을지라도 그것이 곧바로 현장에 적용되기란 거의 불가능에 가깝다고 할 수 있다.

현재로서는 그나마 2012년에 한국어 교육과정이 고시된 것으로 만족하고, 다음 연도를 기약할 수밖에 없다[7]. 그런데 그렇더라도 한국어

---

7) 그런데 필자가 논문을 수정하는 동안, 즉 2013년 3월에 이 「2012 한국어 교육과정」에 근거한 교과서가 국립국어연구원에서 제작하여 학교로 배포하였다. 따라서 이제

교육이 여타 다른 교과와 대등한 자격으로서 정규 교육 과정으로 인정받을 수 없는 것이 엄연한 현실이다. 「교육 과정」을 정책적으로 개정하지 않는 한, 소수 학생에게 한국어를 교육시키기 위해 기존 교과 시수를 임의대로 조절할 수는 없기 때문이다[8]. 이런 점들을 고려하면, 한국어 교육은 방과후 학습 같은 과외 수업의 방식으로 접근함이 현실적이다.

그런데 여기에 문제가 있다. 권순희(2009), 조영달(2006), 김선정 · 강진숙(2009), 김혜영 · 전은주(2010) 등에 의하면, 학생 본인들은 다문화가정의 자녀임이 알려지는 것을 주저한다고 한다. 이런 상황에서 방과후 학습과 같은 방식을 취하면 자신들이 다른 학생들과 차별화될 것을 우려하여 수업 자체를 받으려 하지 않을 가능성도 있다. 설령 수업을 받더라도 자존감에 많은 상처를 받을 수도 있다. 「2012 한국어 교육과정」에서도 이런 현실을 놓치지 않은 것으로 확인되는바, 즉 한국어 교육 목적을 '생활 한국어'와 '학습 한국어'의 능력 증진에 중점을 두지만 문화 교육을 통하여 긍정적 자아 정체성과 공동체 의식을 함양하는 데에 둔다고 명시한 점을 고려할 때 그러하다[9].

여하튼 이와 같은 정서적 문제는 잠시 접어두고, 다시 한국어 교육의 현실성 여부에 관심을 돌리면, 「2012 한국어 교육과정」에는 한국어 교육에 대한 실제 운용 방식 등을 고려하지 않았음이 명확한바, 이에 대해서는 반성의 여지가 있다고 하겠다.

부터 이 교육과정에 대한 장 · 단점이 현장 교육의 차원에서 체계적으로 이루어질 것으로 기대한다.

8) 주지하듯이 모든 교과 시간은 「교육 과정」에 의거하여 배당 받는다. 국어 교과를 예로 들면, 초등의 경우는 1-2학년에 448시간을, 3-6학년에 408시간을 배당하며, 중학교에서는 1-3학년에 442시간을 배당한다. 이에 대한 자세한 내용은 교육과학기술부 고시 제2012-14호 「초 · 중등 교육과정 총론」을 참고하기 바란다.

9) 이에 대해서는 다음 항에서 좀더 자세히 다루기로 한다.

3) 내용 체계는 타당한가?

위와 아울러 고려해야 할 측면이 바로 실제 교육 내용을 체계화한 '내용 체계'로 「2012 한국어 교육과정」에서는 '2. 내용'에서 '내용 체계'와 '등급 및 기능별 학습 내용 성취기준'을 다음과 같이 제시하였다.

<표 3> 「2012 한국어 교육과정」의 내용

가. 내용 체계

생활 한국어	학습 한국어
언어 기능 – 듣기/ –말하기/ –읽기/ –쓰기	언어 기능 – 듣기/ –말하기/ –읽기/ –쓰기
언어 재료 – 주제 · 의사소통 기능 – 어휘 · 문법 · 발음 – 텍스트 유형	언어 재료 –국어 · 수학 · 사회 · 과학 · 주제별 핵심 어휘 –학습 의사소통 기능 및 전략
문화 의식과 태도 – 문화 인식 · 이해 · 수용 – 긍정적 자아정체성 · 공동체 의식	

나. 등급 및 기능별 내용 성취 기준

[초급] 1단계 총괄 수준
기초 어휘로 이루어진 구, 절, 짧은 문장 단위의 일상적 표현들을 이해하고 사용할 수 있다. 대화 상대자가 천천히 분명하게 말하고 도와줄 준비가 되어 있으면, 기본적인 의사소통을 할 수 있다. 인사하기, 자기소개하기 등의 최소한의 언어 기능을 수행할 수 있으며, 그림, 실물, 동작 등 시각적인 단서와 함께 주어지는 간단한 지시에 반응할 수 있다. 주변 사람과 사물, 장소 등과 관련된 기본적인 어휘를 이해하고 사용할 수 있다. 기본적인 교실 언어를 이해하고 짧고 간단하게 표현할 수 있다. 구체적인 문화 산물을 결합함으로써 자국 문화를 인식할 수 있다.

– 단계별 성취기준

언어 영역	1단계 성취 기준		
	초등학교	중학교	고등학교
듣기	1. 일상생활에서 반복적으로 자주 접하는 어휘에 소리를 연결 지을 수 있다. 2. 짧고 쉬운 낱말을 듣고 그 대상을 알 수 있다. 3. 기본적인 인사말을 듣고 이해할 수 있다. 4. 시각적인 단서와 함께 주어지는 간단한 지시를 따라 반응할 수 있다.	1. 한국어의 기본적인 음운을 식별할 수 있다. 2. 주변의 사람 · 사물을 나타내는 말을 듣고 그 대상을 알 수 있다. 3. 인사말이나 자주 접하는 쉽고 간단한 문장을 듣고 이해할 수 있다. 4. 시각적인 단서와 함께 주어지는 간단한 지시를 이해하고 반응할 수 있다.	1. 한국어의 자음과 모음의 소리를 식별할 수 있다. 2. 사물이나 사람을 나타내는 낱말을 듣고 그 대상을 알 수 있다. 3. 일상생활의 쉽고 간단한 표현을 듣고 이해할 수 있다. 4. 수업에서 사용하는 짧고 간단한 주요 표현을 이해할 수 있다.
말하기	……	……	……
읽기	……	……	……
쓰기	……	……	……

위에서 제시한 <표 3>은 「2012 한국어 교육과정」의 '3.내용'에서 본 논지를 전개하는 데 반드시 필요한 부분만을 발췌한 것이다. 같은 맥락에서 '말하기 · 읽기 · 듣기' 영역의 성취기준도 생략하였다. 간략하게나마 소개한 내용으로써 확인되는 바는, 먼저 교육 내용을 '초급－중급－고급' 세 등급으로 나누고 각 등급을 다시 2단계로 세분하여 '초급:1단계－2단계, 중급:3단계－4단계, 고급:5단계－6단계'의 체제를 취하여 각 등급에서 성취해야 할 내용을 초등 · 중등 · 고등학교에 적용하였다는 점이다. 성취 내용은 물론 '말하기 · 듣기 · 읽기 · 쓰기' 등과 같은 한국어 활동이다.

우선 위와 같이 책정한 내용을 성취하기 위해서는 앞서 살핀 전체 교육과정의 체제 안에서 한국어 활동 영역이 자연스럽게 교육되어야 한다.

그런데 우리의 현실은 그렇지 못하다는 사실을 이미 파악하였다. 여기에 더하여 이렇게 세부적으로 교육하기 위한 한국어 교육 시간을 확보할 수나 있을까라는 새로운 우려가 제기되기도 한다. 따라서 본고의 입장에서는 이에 대해서도 한 번쯤 고려해야 할 사안으로 인식된다.[10]

4) 언어 재료를 [생활 한국어]와 [학습 한국어]로 구별해야 할 이유가 있는가?

「2012 한국어 교육과정」에서는 언어 재료를 [생활 한국어]와 [학습 한국어]로 나누고 <부록>에서 각각의 목록을 제시하고 있다. 그런데 앞서 언급했던 대로 「2012 한국어 교육과정」의 <부록>은 참고 자료 이상의 의미를 지닌 것으로 이해되는 만큼, 여기서 제시된 어휘가 실제 수업에서 가르쳐야 할 표준 어휘로 작용할 가능성이 높다.

그럴 경우 한국어 교육에서 가르쳐야 할 내용이 너무 많아질 수밖에 없다. <표 2>를 통해서 확인했다시피 거기서 제시한 어휘 목록이나 문법 요소 등이 적지 않은 까닭이다. 참고로 초등학교는 1,100개 어휘를, 중학교는 1,300개 어휘를, 그리고 고등학교는 1,500개 어휘를 싣고 있다[11]. 어휘 목록이 이렇게 많아지게 된 원인은 어디에 있을까? 그것은 배워야 할 어휘 목록을 <생활>과 <학습>으로 분류하고서, 이들을 다시 초 · 중 · 고등학교의 학년별로 구별하여 적용한 데에 있는 듯

10) 보다 실증적인 설문조사가 뒤따라야 하겠지만, 필자 주위의 중 · 고등학교 국어 교사들 가운데도 이러한 교육 과정을 현실에 반영하기가 쉽지 않은 실정이라는 우려를 하고 있다. 그리고 누가 이 교육과정을 기반으로 가르칠 것인가에 대한 우려도 공존한다. 현실적으로는 방과후 학습의 형태가 되지 않겠느냐는 것이 현장 교사들의 조심스런 추정이다.

11) 「2012 한국어 교육과정」의 '2.다'항 참조

하다. 이런 태도를 취했을 때의 장점은, 학생들이 한국어 수업 시간을 통해 다양한 어휘와 문법 요소를 배울 수 있다는 것이다. 그러나 필자로서는 장점보다 단점이 더 많은 것으로 파악된다. 과외 수업을 통해 학습해야 할 부담이 많을 경우, 교사나 학생 입장에서는 공히 수업 자체에 흥미를 가질 수 없어 결국 교육 자체의 효율성을 떨어뜨리는 결과로 이어질 가능성이 높기 때문이다.

상식적으로 생각할 때, 「2012 한국어 교육 과정」을 입안한 교육 전문가들이 이런 우려를 예상하지 못했을 바는 아니다. 그럼에도 불구하고 굳이 언어 재료를 [학습 한국어]와 [생활 한국어]로 구분한 이유는 무엇일까. 이에 대한 답을 얻기 위해 교육 과정에서 제시한 이 두 영역에 대한 설명을 표로 정리하면 다음과 같다.

<표 4> 언어 재료 정의

생활 한국어	학습 한국어
▸학습자들의 **흥미, 필요**, 인지적 수준 등을 고려하여 학습 의욕을 유발할 수 있는 내용 ▸**다양한 의사소통 기능**을 이해하고 활용하는 데 도움이 되는 내용 ▸**주제, 상황, 과업** 등을 고려한 내용 ▸상호 작용에 적합한 내용 ▸**창의성 및 논리성, 비판적 사고력 배양**에 도움이 되는 내용 ▸**상호 문화 이해**에 도움이 되는 내용	▸학습자들의 **인지적 · 학문적 언어 능력**을 고려하여 학습 의욕을 유발할 수 있는 내용 ▸**인지적 · 학문적 학습 경험을 바탕으로 의사소통 기능을 이해**하고 활용하는 데 도움이 되는 내용 ▸**교과별 핵심 주제, 상황, 과업** 등을 고려한 내용 ▸**교과별 학습 주제를 이해 · 적용 · 분석 · 평가** · **창의**하는 데에 도움이 되는 내용 ▸**학습자의 언어와 문화**, 기반이 되는 내용

(4) 생활 한국어와 학습 한국어 예

가. 초등학교 생활 한국어

– 가게, 가깝다, 가을, 과거, 공휴일, 그것, 그냥, 그래, 그래서,

그러나, 관찰일지, 교무실, 교문, 공개수업, 목욕, 모르다, 마늘, 도화지, 도형, 독서, 독후감, 모눈종이, 소풍, 소꿉놀이, 실내화, 아름답다, 아니다, 연휴, 의견, 유인물, 예절, 이름, 여행, 일회용품, 팔레트, 페트병. 학습, 학습지,

나. 초등학교 1－2학년 국어과 주제별 학습 어휘 예시

－ 대화, 말하는 이, 귀 기울이기, 상대방, 입장, 발표 시선, 목소리, 발음, 인사말, 소리, 흉내, 문장, 어휘, 자음, 모음, 띄어쓰기, 문장부호, 띄어 읽기, 읽는 속도, 소개, 특징, 표현, 고유어, 우리말, 비슷한 말, 반대말

위의 <표 4>는 [생활 한국어]와 [학습 한국어] 선정 기준을 「2012 한국어 교육과정」의 '2. 내용, 다'에서 그대로 옮긴 내용이고, (4)는 초등학교에 적용된 용례를 무작위로 추출한 것이다. 먼저 <표 4>에서 필자가 강조한 부분을 보면, [학습 한국어]는 교과별 학습 내용을 이해하는데 알아야 할 어휘를 학습하는 데 중점을 두었다는 사실이 비교적 선명히 드러난다. 그러나 [생활 한국어]에서는 그러한 특징이 정확하게 파악되지 않는다. 다만 학교생활에서 필요한 어휘라는 점만이 파악될 따름이다. 그러나 이렇게 생각할지라도 '주제, 상황, 과업 등을 고려한 내용'이 무엇을 뜻하는지가 불분명하고 '창의성 및 논리성, 비판적 사고력 배양'은 한편으로 [학습 한국어]에 해당하는 것으로 생각할 여지가 충분하다. 요컨대 언어 자료를 이 두 영역으로 구별한 이유가 분명치 않다는 것이다.

한편 (4)에 제시한 용례를 살피면, <표 4>의 선정 기준이 실제 용례 선택에 제대로 반영되어 있지 않다는 사실을 깨닫는다. 즉 (4.가)의 용례에서 '창의성 및 논리성, 비판적 사고력 배양'을 구현하는 어휘를 찾아볼 수 없다. 다만 (4.나)의 용례는 국어과 학습 내용의 용어에 해당하

는 어휘들로 구성되어 있어, <표 4>에서 어느 정도 목적한 바에 따라 선택된 것으로 이해된다. 그러나 이에 대한 필자의 입장은 회의적이다. 앞서 언급했듯이 이러한 용어는 비단 한국어 교육 대상자가 아니더라도 해당 교과 시간에 배워야 할 학습 내용이므로 굳이 이를 학습하기 위해 별도의 시간을 할애할 이유가 없다는 판단 때문이다.

이런 맥락에서라면 한국어 교육의 언어 자료를 굳이 <표 4>와 같이 분리할 필요가 있겠느냐는 생각에 도달한다. [생활 한국어]의 경우 그것의 기준 설정부터 의문시 될 뿐 아니라, 실제 어휘 선정 결과도 그러한 기준을 제대로 반영하지 못했다는 결론에 도달하는 한편, [학습 한국어]는 해당 교과에서 당연히 학습해야 할 어휘들이어서 굳이 이 영역을 설정해야 하는가라는 의문을 제기하기에 충분하다는 판단이 들기 때문이다. 더 나아가 <부록>에 제시된 등급 구분과 본문에 제기된 등급 기준이 일치하지 않는다는 점도 간과할 수 없다. 2.1.1에서 이미 파악했듯이 「2012 한국어 교육과정」의 본문에서는 수준별 등급을 우선하여 초급－중급－고급으로 나누고 다시 이들을 2등급으로 구분한 후, 초 · 중 · 고등학교에 적용하는 방식을 취하였다. 그런데 정작 실례를 보인 <부록>에서는 이러한 구분과 무관하게 어휘 선정을 곧바로 초 · 중 · 고등학교에 적용시키고 있다.

결국 지금까지 언급한 내용을 종합할 때, 한국어 교육의 언어 자료를 굳이 [학습]과 [생활] 영역으로 분류해야 할 당위성은 없어 보인다. 따라서 이 역시 본고로서는 반성해야 할 대상에 해당한다.

2.2. 바람직한 「한국어 교육과정」을 기대하며

지금까지 조금 장황하다싶게 「2012 한국어 교육과정」을 여러 관점에서 분석하여 문제점을 파악하려 노력하였다. 이제는 이러한 문제점을 최소화할 방안에 대해 고민해야 할 차례인바, 다음이 이에 대한 필자의 소박한 생각이다.

(5) 「2012 한국어 교육과정」 개선 방안
　가. 일반 교육과정과 독립된 체제 마련
　나. 실생활 중심의 교수 · 학습 내용 체계 구성

먼저 (가)의 방안에서는 앞서 문제로 제시한 '교육 대상 선정은 올바른가?'와 '현행 체제 안에서 실효성은 어떠한가?'에 대한 대안을 아울러 제시해 줄 것으로 기대하고, (나)의 방안에서는 '내용 체계는 타당한가?', '언어 재료를 [생활 한국어]와 [학습 한국어]로 분류할 필요가 있는가?'라는 물음에 대한 대안을 마련할 것으로 기대한다.

가. 독립적인 교육과정 체제 마련

필자가 생각하기에 <부록>의 [학습 한국어 영역]의 '주요 교과별 핵심 주제'나 '주제별 학습 어휘 목록'에서 제시한 교과목은 현행 교육 과정에 기초한 것이다. 가령 국어과의 경우 <고등학교> [학습 한국어 영역]의 교과를 총 6과목으로 책정하였는데, 이는 「2011 국어과 교육과정」에서 교과목을 「국어 I」, 「국어II」, 「화법과 작문」, 「독서와 문법」, 「문학」, 「고전」과 같이 6개 과목으로 선정함에 근거한다. 다른 과목들도 모두 마찬가지이다[12].

그런데 필자는 「한국어 교육과정」이 굳이 일반 교육과정의 체제를 수용할 필요가 있을까를 생각해본다. 사실 다른 일반 과목은 「○○과 교육과정」이라는 명칭에서도 알 수 있듯이 개별적이고 독립적인 과목으로 인정받지만, 한국어는 「한국어 교육과정」이라 하여 아직까지는 자립적인 과목으로 인정받지 못하고 있다. 그렇다고 해서 「한국어 교육과정」의 가치가 폄하될 이유는 전혀 없다. 다만 이러한 현실을 감안하여, 그리고 이미 확인된, 한국어가 정규 교육 체제 안에서 교육될 가능성이 희박하다는 현실을 직시하고서, 그에 합당한 방안을 마련하는 것이 더 합리적이고 이성적인 태도라는 점만을 유념하면 된다. 이런 맥락에서 본다면 「한국어 교육과정」은 다음과 같은 체제를 고려해 봄직하다.

---

12) 이해를 도모하기 위하여 「2012 한국어 교육과정」 <부록3> <고등학교 언어 재료>의 5. [학습 한국어 영역]의 고등학교 국어교과군에 제시된 총 6과목과 그에 따른 어휘 항목을 살펴보기로 한다. 먼저 여기서는 과목을 본문에서 제시한 '국어 I, 국어II, 화법과 작문, 독서와 문법, 문학, 고전' 등으로 구분하여 각각의 교과에서 학습해야 할 어휘 항목을 제시하고 있는데, 그 가운데 「국어 I」의 경우를 예로 보이면 다음과 같다.

1. 국어 I : <화법> 대화 원리의 이해/ <화법> 공감적 듣기와 문제 해결/ <독서> 독서 특성의 이해/ <독서> 독서의 상황과 독서의 방법/ <독서> 자율적 독서의 생활화/ <작문> 작문 특성의 이해/ <작문> 정보의 선정과 내용 조직/ <작문> 바람직한 글쓰기 습관/ <문법> 음운과 어휘의 이해/ <문법> 음운과 어휘 지식의 활용/ <문법> 올바른 국어 사용의 생활화/ <문학> 문학 갈래의 이해/ <문학> 문학과 사회적 소통

위에서 분류한 「국어 I」의 내용 체계는 「2011 국어과 교육과정」의 '선택교육과정'에서 일반과목의 하나로 배정 받은 「국어 I」의 내용 체제를 따른 것이다. 이와 같은 태도는 다른 교과에서도 마찬가지로 확인되는바, 여기서 우리는 「한국어 교육과정」의 [학습 언어] 선정에서의 과목 주제별 어휘는 「2011 교육과정」의 분류에 근거한 것임을 알 수 있다.

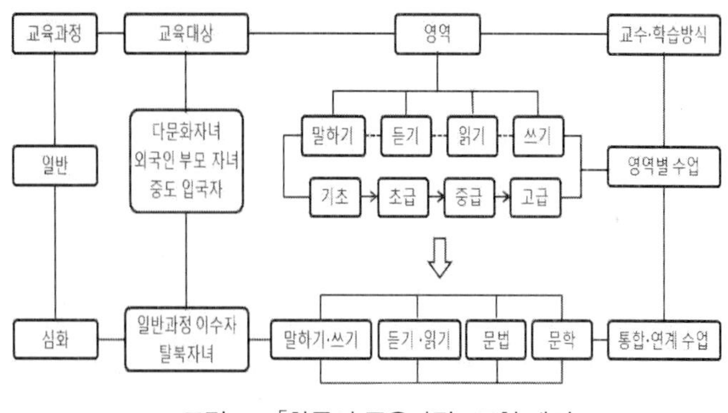

<그림 1> 「한국어 교육과정」 모형 제시

먼저 교육과정을 '일반 과정'과 '심화 과정'으로 나누어서, '일반 과정'은 필수 이수 교과의 개념으로서, '기초－초급－중급－고급'의 단계로 세분하여 '말하기 · 듣기 · 쓰기 · 읽기' 등의 영역을 학습하도록 하였다. 그럼으로써 학습자들이 한국어 활동 전반에 대한 지식을 구축하도록 한 것이다. 이에 비하여 '심화 과정'은 선택 이수 교과의 개념으로서, 표현교육인 '말하기와 쓰기'를, 이해교육인 '듣기와 읽기'를 통합하여 학습하고, 문법에 대한 지식과 문학에 대한 이해를 넓히도록 하였다. 그럼으로써 학습자들이 일반과정 단계에서 쌓은 지식을 기반으로, 각각의 영역을 연계하여 학습의 효율성을 제고하는 데 역점을 두는 한편 문법과 문학을 심도 있게 학습할 수 있는 기회를 제공하고자 한 것이다.

따라서 일반 과정에서의 학습은 각 영역별 개별 방식을 취하도록 하며, 심화 과정에서는 두 영역을 통합하는 방식 혹은 새로운 영역에 대한 지식을 학습하는 방식을 취하도록 하였다. 그리고 전자의 교육 대상은 「2012 한국어 교육과정」에서 정한 교육 대상자 가운데 탈북학생만 제외시켰다. 이렇게 결정한 이유는, 앞서 현행 체계의 문제점으로 인식한 가운데 하나인 한국어 교육 대상자의 선정에 관련한 문제점을 최소화하기 위해서이다. 즉 거기서 필자는 탈북학생이 사용하는 언어를 외국어로서의 한국어로 간주하기는 무리가 따를 수 있음을 이유로 들어 최소한 탈북학생은 다른 대상자들과 차별할 필요가 있음을 피력하였다. 이런 관점에 입각하여 윤여탁(2009)의 입장을 취하여 일단 탈북학생은 일반 과정 대상자에서 제외시켰다. 그렇다고 해서 굳이 이수하지 않을 이유는 없다. 본인이 일반 과정을 이수하겠다면 이수하도록 하면 된다.

한편 심화 과정의 대상자로는 일반 과정을 이수한 자와 함께 탈북학생을 고려하였다. 이 과정은 선택 이수 교과의 개념이므로 선택 여부는 본인의 의지에 따라 결정하도록 하였다. 즉 모든 영역을 선택할 수도 있고, 그렇지 않을 수도 있으며 특정 영역만을 선택할 수도 있다.

일반 과정에서의 단계 배정은 표준적이고 규범적인 한국어 능력 시험의 결과에 따라 배정함을 원칙으로 한다.[13] 이는 기초에서 초급으로 초급에서 중급으로의 순차적 이행하는 방식이 아닌 능력별로 선택할 수 있음을 뜻한다. 가령 다문화가정자녀일지라도 시험 결과가 고급에 해당하면 곧바로 고급을 선택할 수 있으며, 고급의 수준도 능가하면 바로 심화 과정을 선택할 수 있다. 이 같은 맥락에서 심화 과정 역시 이 과정을 이수하려면 정해진 시험을 통과해야 함을 원칙으로 한다.

위와 같은 교육과정의 장점은, 현행 교육과정보다 간결된 체계로써 단기적인 과정으로 초등 · 중등 · 고등학교에 모두 적용할 수 있어 학습의 효율성을 제고할 수 있다는 점이다[14]. 그리고 학습자의 선택을 중

13) 이에 대해서는 보다 심도 있는 본격적인 연구를 행한 후에 객관적이고 보편 · 타당한 근거를 제시해야 하는 문제이어서, 본 논의에서 다루기는 벅찬 감이 없지 않다. 따라서 보다 심도 있는 논의는 전은주(2008)를 참조하기 바란다.
14) 노정은(2009:134)에서도 다문화 가정 자녀들의 특성을 고려했을 때 단기 집중 교육 과정으로 운영되는 것이 더 효율적이라는 의견을 개진하였다.

시하는 관점을 견지함으로써 학습자 중심의 자발적인 교육이 이루어질 수 있다는 것이다. 이렇게 하면 현행 다문화를 배경으로 하는 학생들의 자존감을 침범하지 않으면서 그들의 객관적인 수준에 맞춘 맞춤별 한국어 수업이 이루어질 것으로 기대한다.

나. 실생활 중심의 교수 · 학습 내용 체계 구성

위에서 보인 [그림 1]과 같은 교육과정 모형을 구상해봄으로써, 「2012 한국어 교육과정」에서 우리가 문제시하였던 '교육 대상'과 '교육 실현 가능성' 그리고 '복잡한 내용 체계'에 대한 대안을 어설프고 거칠게나마 마련하였다. 이제 남은 문제는 실생활 중심의 교수 · 학습 내용 체계를 구상하는 작업이다. 이것이 완성된다면 현재 한국어 자료를 [생활]과 [학습]으로 구분함으로써 실제 현장 교육에 별 도움이 되지 않으면서 도리어 번거로움만 조장하는 불합리한 면이 조금은 해소되지 않을까 한다. 이런 면에서 필자는 다음과 같은 내용 체계를 제안한다.

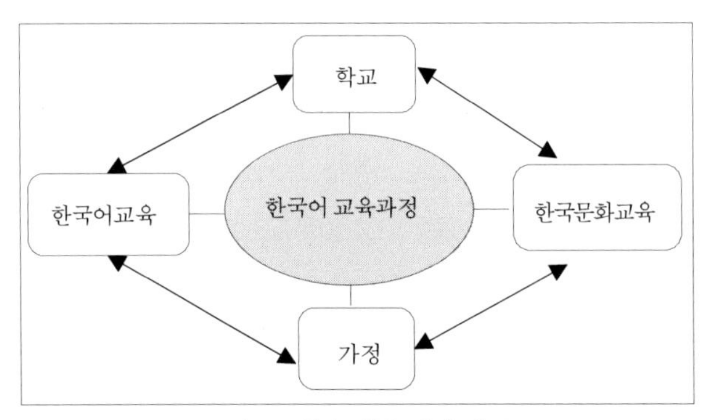

<그림 2> 학습 내용 체계 제안[15]

15) <그림 2>는 양영희 · 서상준(2010: 125)의 그림을 바탕으로 재구성하였다.

앞서도 언급했지만, 다문화를 배경으로 하는 학생들이라 해서 주요 교과목에서 사용되는 어휘를 일부러 시간을 내어 일일이 학습할 필요는 없다. 권순희(2009), 노정은(2009), 장창영(2011) 외의 많은 연구들이 다문화자녀들의 한국어 교육에 관심을 보인 까닭은 이들이 언어 장애를 겪음으로써 학교생활에 적응하지 못하는 현실을 우려한 때문이다. 「2012 한국어교육과정」에서도 이러한 사실을 놓치지 않고 있음이 다음에서 확인된다.

> (6) 「2012 한국어 교육과정」 목표
>
> '한국어' 과목은 다문화 배경을 가진 학생들이 한국어로 의사소통할 수 있는 능력을 기르고, 이를 바탕으로 여러 교과의 학습을 수행할 수 있는 역량을 기름으로써 장차 한국 사회의 일원으로서 삶을 영위하는 데 필요한 소양을 갖추게 하는 과목이다.

밑줄 친 부분을 참조할 때, 한국어 교육의 궁극적인 목표는 한국 사회의 일원으로서 삶을 영위하는 데 필요한 소양을 갖추게 함이다. 이와 같은 사실은 한국어를 받아야 할 대상자에 대한 규정을 설명하는 문구에서도 확인이 가능하다. 즉 '학교생활 적응에 어려움을 보이는', 한국어 의사소통 능력의 부족으로 학교생활 적응이나…참여에 어려움을 겪는'을 조건으로 명시한 것이 바로 그것이다(앞서 2.1.1항 참조). 이처럼 '학교생활을 원활히 영위'하기 위해서는 그 사회 문화가 요구하는 방식으로써 의사소통을 할 줄 알아야 하고, 그러기 위해서는 그 사회의 '문화'를 학습해야 한다. 「2012 한국어 교육과정」에서도 이러한 점을 놓치지 않았기에 한국어 교육을 [학습 한국어]와 [생활 한국어]로 분류하면서 여기에 [문화 인식과 태도]도 포함시켰을 터이다(2.1.2항의 <표 3> 참조).

이런 점들을 감안하여, 필자는 한국어 교육에서 담당해야 할 내용을 위의 [그림 2]처럼 구성하였다. 이 때 문제시 되는 사안은, 한국문화 교육을 「한국어 교육과정」에 어떤 방식으로 투영시킬 것인가이다. 현 학교 운영 체제로서는 이러한 교육을 다른 일반 과목에서 다루기가 쉽지 않을 뿐 아니라, 「2012 한국어 교육과정」 자체에서도 이에 대한 구체적인 언급이 없기 때문이다[16].

이에 필자는 '문화'를 한국어 일반 과정이나 심화 과정의 교육적 배경으로 활용하기를 제안한다. 여기서의 문화가 반드시 전통 문화만을 지칭하지는 않는다. 오히려 일상이 바로 문화라는 개념이 더 합당하다. 예컨대 식사 예절도 음식 문화인 것이다. 그러므로 '일반 교육과정'의 초급 단계 말하기 수업을, 식당을 배경으로 하여 음식을 먹을 때 지켜야 할 예절 등에 대해 서로 대화하는 방식으로 이끌어 간다면, 한국의 음식 문화를 배우는 과정에서 그에 해당하는 어휘를 학습하게 되고, 역으로 한국어를 학습하면서 한국 문화를 자연스레 학습하는 효과를 얻을 수 있다. 사실 현재 대부분의 한국어 교재가 이와 같은 방식으로 구성되어 있기도 하다.

3. 맺음말

본 논의는 2012년 교육과학기술부에서 「한국어 교육과정」를 고시

16) 본문에서 언급한 한국어 교육 내용 체계에서 비록 [학습 한국어]와 [생활 한국어] 이외에 [문화 인식과 태도]를 제시하였지만, 전 자의 두 교육에서 다루어야 할 내용은 <부록>에서 자세히 다루었다. 그러나 후자에 대해서는 어떤 언급도 없었음을 뜻한다.

했다는 사실에 많은 의의를 두고 출발하였다. 그것은 한국어 교육을 제도권 안에서 체계적으로 실시하겠다는 정부 차원의 의지로 해석할 수 있기 때문이다. 이러한 고무적인 현상에 힘입어 본고는 보다 더 나은 「한국어 교육과정」으로 발전하기를 바라는 차원에서 「2012 한국어 교육과정」의 내용을 비교적 세밀하게 검토하였다. 그리고 그 과정에서 몇 가지 문제시 되는 사안을 발견하고 이에 대한 대안을 마련하고자 하였다. 이제 이들을 정리함으로써 본 논의를 마치고자 한다.

먼저 노정된 문제점이다. '한국어 교육 대상'을 어떻게 규정할 것인가이다. 현재로서는 탈북학생과 한국어를 유창하게 구사하는 다문화 가정 자녀, 외국인 가정의 자녀를 대등한 입장으로 간주하는데, 본고로서는 이런 태도는 재고의 여지가 있다는 입장을 취하였다. 둘째, 「2012 한국어 교육과정」으로서의 실효성 여부로, 현행 교육 체제 내에서는 정규 교과목으로 교육하기가 쉽지 않다는 것이다. 셋째 한국어 교육을 [생활 한국어]와 [학습 한국어]로 구분하는 태도 역시 현실성이 없다는 것이다. 후자는 해당 교과 시간에 학습하면 충분하고, 전자는 무엇을 [생활 한국어]로 간주하는 지가 불분명하기 때문이다.

이러한 문제점에 대한 해결 방안으로 필자는 다음과 같은 두 가지 방식을 제언하였다. 먼저 일반 교육과정과 독립된 한국어 교육 과정 체제를 마련하자는 것이다. 「2012 한국어 교육과정」의 체제와 내용은 「2011 교육과정」에 근저하는데. 이 과정과 한국어 교육과정은 여러 면에서 차별되므로 그에 의존하지 않고 독자적이고 독립적인 한국어 교육과정을 구성함이 바람직하다는 것이다. 예컨대 일반 교과는 이수 시간 등이 규정으로써 책정된 정규 교육과정에 해당하지만, 한국어 교과는 교육 현실을 고려할 때, 방과후 학습과 같은 비정규 시간을 이용해야 하고 그러다 보니 일반 교육과정과 달리 가능한 단순한 교과 요목으로 구성되어야 교육 효과를 기대할 수 있다. 그러므로 이러한 현실들을 감안하여 한국어 교육 실정에 합당한 독자적인 교육 과정을 마련하자는 것이다.

이에 대한 대안으로 필자는 교육과정을 '일반 과정'과 '심화 과정'으로 이분하기를 제언하였다. '일반 과정'은 필수 이수 교과의 개념으로서, 이를 다시 '기초－초급－중급－고급'의 단계로 세분하여 '말하기 · 듣기 · 쓰기 · 읽기' 등의 영역을 학습하도록 하였다. 그리고 '심화 과정'은 선택 이수 교과의 개념으로서, 표현교육인 '말하기와 쓰기'를, 이해교육인 '듣기와 읽기'를 통합하여 학습하고, 문법에 대한 지식과 문학에 대한 이해를 넓히도록 하였다.

다음으로 실생활 중심의 교수 · 학습 내용을 구성하자는 제언을 하였다. 「2012 한국어 교육과정」에서는 [생활 한국어]와 [학습 한국어], [문화 교육] 등으로 나누었는데, 먼저 [학습 한국어]의 경우는 해당 교과를 학습하는 과정에서 배워야 함을 전제로, [생활 한국어]는 그것의 어휘 선정 기준이 모호함을 이유로, 이 두 영역을 [한국어 교육]으로 통합하고, 문화 교육을 한국어 교육에 투영시키기로 하였다. 현 체제에서는 이 분야의 교육을 다른 일반 과목에서 다루기도 어려울 뿐 아니라, 앞서 살핀 한국어 교육과정의 내용 체계에도 반영하기 어려운 실정임을 감안하여 문화를 한국어 교육의 배경으로써 간주하여, 한국어 일반 과정이나 심화 과정의 언어 자료로 활용하기를 제언한 것이다.

참고문헌

경희대학교 한국어교육연구회(2010), 『외국인을 위한 한국어』, 서울: 한글파크.
고려대학교 한국어문화교육센터(2009), 『재미있는 한국어 2』, 서울: 교보문고.
교육과학기술부(2012), 『한국어 교육과정』, 서울: 교육과학기술부.
교육과학기술부(2011), 『국어과 교육과정』, 서울: 교육과학기술부.
교육과학기술부(2011), 『고등학교 교육과정』, 서울: 교육과학기술부.
국립국어원(2010), 『여성결혼이민자와 함께하는 한국어 1－3』, 서울: 크라운홍보주식회사.
권순희(2009), 「다문화 가정 자녀의 국어 사용 실태」, 『국어교육학연구』 36, 195～228쪽.
김신정 · 강진숙(2009), 「다문화가정 자녀의 어휘력 고찰」, 『이중언어학』 40, 31～55쪽.
김혜영 · 전은주(2010), 「중등 다문화 학습자의 국어과 교수－학습 양상 분석」, 『국어교육학연구』 38, 5～31쪽.
노정은(2009), 「다문화 가정 자녀를 위한 단기 집중 교육과정 개발 방안」, 『다문화교육연구』 2－2, 111～137쪽.
문화관광부 · 국립국어원(2007), 『여성결혼이민자를 위한 한국어 첫걸음』, 서울: 국립국어원.
서혁(2011), 「다문화시대의 국어교육과 다문화 문식성 교육」, 『국어교육연구』 48, 1～20쪽.
성상환(2010), 『다문화가정 동반 · 중도입국 자녀 교육 수요 및 지원방안 연구』, 서울: 교육과학기술부.
손경미(2012), 「다문화가정 초등학생의 학습 어휘 조사 연구」, 『한국어학』 55, 173～206쪽.

송현정(2010), 『다문화 사회의 국어교육 정책 방향 연구』, 서울: 한국교육과정 평가원.

양영희 · 서상준(2009), 「한국어 교육에서의 국어학적 지식 역할」, 『우리말글』 46, 93~116쪽.

양영희 · 서상준(2010), 「한국어교육과 한국문화교육의 상호 역할에 대한 바람직한 시각」, 『우리말글』 50, 107~128쪽.

윤여탁(2009), 「다문화교육으로서의 한국어 교육: 현실과 방법론」, 『국어교육연구』 22, 7~34쪽.

장창영(2011), 「다문화가정 학습자를 위한 국어교육 방안」, 『다문화콘텐츠 연구』 11, 357~388쪽.

전은주(2008), 「다문화 사회와 제2언어로서의 한국어 교육과정의 목표 설정 방안」, 『국어교육학연구』 33, 629~656쪽.

전은주(2009), 「다문화 가정 학생을 위한 언어 교육 정책의 현황과 방향」, 『국어교육학연구』 36, 99~133쪽.

조영달(2006), 『다문화가정의 자녀 교육 실태 조사』, 서울: 교육인적자원부.

최미숙 외(2008), 『국어 교육의 이해』, 서울: 사회평론.

교양 한국어 이러닝 콘텐츠 개발 방안

UST 한국어 초급 과정을 중심으로

민진영 · 이은경

1. 서론

한국에서 대학이나 대학 부설 언어연수 기관에서 한국어를 배우는 학습자는 꾸준히 증가하여 2016년 말 기준으로 11만 명 이상인 것으로 나타났다[1]. 이 중에서 연수를 통한 단기 한국어 교육과정 신청자를 제외하고 유학 비자(D−2)를 발급 받아 국내 대학에 재학 중인 학생들의 수만도 거의 8만 명에 육박하고 있다.

<표 1> 2016년도 국내 거주 유학생 현황[4]

(단위: 명)

구분		인원
유학생 (D−2)	전문학사(D−2−1)	1,844
	학사유학(D−2−2)	36,809

1) "2016 출입국 · 외국인정책 통계 연보", 법무부출입국 · 외국인정책본부 이민정책과.

	석사유학(D-2-3)	19,113
	박사유학(D-2-4)	6,661
	연구유학(D-2-5)	118
	교환학생(D-2-6)	10,948
	일-학습연계 유학(D-2-7)	167
	단기유학(D-2-8)	379
	교환학생(D-2-F)	1
	계	**76,040**
연수생 (D-4)	대학부설어학원 연수(D-4-1)	39,873
	외국어 연수(D-4-7)	14
	계	**39,887**
총계		**115,927**

이는 정부에서 유학생 유치를 위해서 노력함과 동시에, 각 대학에서 학교 지표와 학생 충원을 위해 외국인 학생을 적극적으로 유치하려고 노력한 결과이며 앞으로도 증가 추세는 계속될 것으로 보인다.

유학생들은 자국에서 한국어 기초 단계를 공부하고 입학하거나 한국의 어학원에서 일정 기간 동안 한국어를 배운 후 한국의 대학에 진학을 하는 경우도 있지만 일부 학생들은 한국어를 거의 공부하지 않고 대학(원)에 입학하는 경우도 있다. 이에 따라 대학 교육에서 외국인을 위한 한국어 초급 과정을 담당해야 하는 현상이 생기게 되었다.[3] 이러한 학습자들에게는 일상생활 중심의 일반적인 한국어 교육 과정만을 가르칠 수도 없고 본격적인 학문 목적 교과 과정을 적용할 수도 없는 소위 "교양 한국어" 과정이 필요하다.

2) "2016 출입국 · 외국인정책 통계 연보", 법무부출입국 · 외국인정책본부 이민정책과, 946~947쪽.

3) 박석준(2008)에서 수도권 소재 14개 대학(원)의 입학 후 한국어 과목 개설 현황을 조사한 결과, 대부분의 대학에 한국어 초급(1, 2급) 과정 과목이 개설되어 있는 것으로 나타났다.

한편, 초급 수준 유학생의 수가 지나치게 많은 경우, 혹은 대학 자체적으로 유학생들의 한국어 교육을 충당할 수 없는 기관에서는 온라인 교육의 도움을 필요로 하고 있다. 그럼에도 불구하고 대학(원)생을 위한 교양 한국어 이러닝[4] 콘텐츠에 대한 연구는 지금까지 거의 이루어지지 않았다.

또한 대학(원)생의 경우 주로 접하고 사용하는 한국어 환경이 일반적으로 한국어를 사용하는 환경과 다르기 때문에 특별한 교육과정이 필요함에도 불구하고 대부분의 온라인 교육은 일반 목적의 성인 학습자를 대상으로 교육을 실시하고 있어 이들의 욕구를 충족시켜 주지 못하고 있다.

각 기관의 특수성과 학습자의 요구를 제대로 반영하지 않은 통합 목적의 이러닝 콘텐츠는 학습자들의 흥미와 필요를 충족시키지 못하고, 학업을 지속하지 못하게 하는 이유가 될 수도 있다. 이에 본 연구에서는 학습자의 특성과 상황을 반영한 교육과정 개발과 수업 구성 및 운영 · 관리가 필요하다고 보고 UST(University of Science and Technology: 과학기술연합대학원대학교, 이하 UST)의 이러닝 한국어 교육과정을 개발하고자 한다. 그리고 이를 바탕으로 이러닝 한국어 교육 콘텐츠 개발의 원리와 단원 구성의 원리 및 실제를 제시하고자 한다.

이에 본 연구가 특수한 목적의 한국어 학습자를 위한 교육과정 개발

---

4) 박종선(2012)에 따르면 이러닝(e-learning)은 정보기술(IT: Informational Technology)과 학습 체제가 결합되어 나타난 개념이다. 또한 이러닝은 인터넷을 활용하는 네트워크를 기반 환경으로 디지털화된 학습 콘텐츠를 학습자의 인지구조로 재구조화하는 학습 과정을 통해서 학습목표를 성취하는 학습 활동을 의미하기도 한다. 그러므로 이러닝은 기존의 네트워크 학습, 인터넷 기반 학습, 웹 기반 학습, 온라인 학습, 사이버 교육, 가상 학습 등을 포괄하는 총체적인 개념이다. 본 연구에서는 전체적인 개념 설명을 할 때는 '이러닝'이라는 용어를 사용하고, 선행 연구 검토 및 구체적인 상황에 대한 설명에서는 '온라인 교육'이라는 용어도 사용할 것이다.

과 이러닝 콘텐츠 제작에 유용한 정보를 제공하고 이러한 콘텐츠를 통해 한국어를 공부하는 대학(원)생들의 한국어 능력 향상에 도움을 줄 수 있을 것이라고 기대한다.

2. 선행 연구 검토 및 연구의 필요성

본 장에서는 교양 한국어와 온라인 한국어 콘텐츠에 대한 선행 연구 및 자료를 검토하고 본 연구의 필요성을 제기하고자 한다.

2.1. 교양 한국어 과정

본 절에서는 학문 목적 한국어 과정에 대한 선행 연구 분석을 통하여 교양 한국어 과정의 이론적 근거와 필요성을 검토하고자 한다.

한국어를 배우려는 학습자들의 부류가 다양해지고 학업, 업무 등 목적이 분명한 학습자들이 생겨남에 따라 일상적인 소통을 하기 위해서 한국어를 배우는 학습자들을 위한 "일반 목적 한국어"와 특별한 목적을 가지고 배우는 학습자들을 위한 "특수 목적 한국어"의 분류 작업이 이루어져 왔다.

Dudley-Evans와 St. John (1998:6)에서는 특수 목적을 위한 영어교육(English for Specific Purpose: ESP)을 학문 목적 영어(English for Academic Purpose: EAP)와 직업 목적 영어(English for Occupational Purpose: EOP)로 분류하였다. 그리고 학문 목적 영어는 전공에 따라, 직업목적 영어는 전문 직업 영역에 따라 다시 세분하였다.

이러한 분류 기준은 한국어 교육에도 적용되어 유승금(2005), 최정순(2006), 민현식(2008) 등에서도 한국어를 일반 목적 한국어 교육과 특수 목적 한국어 교육으로 분류하고 특수 목적 한국어 교육의 세부 분야로서 학문 목적 한국어, 직업 목적 한국어, 선교/여행 목적 한국어 등을 지정하였다.

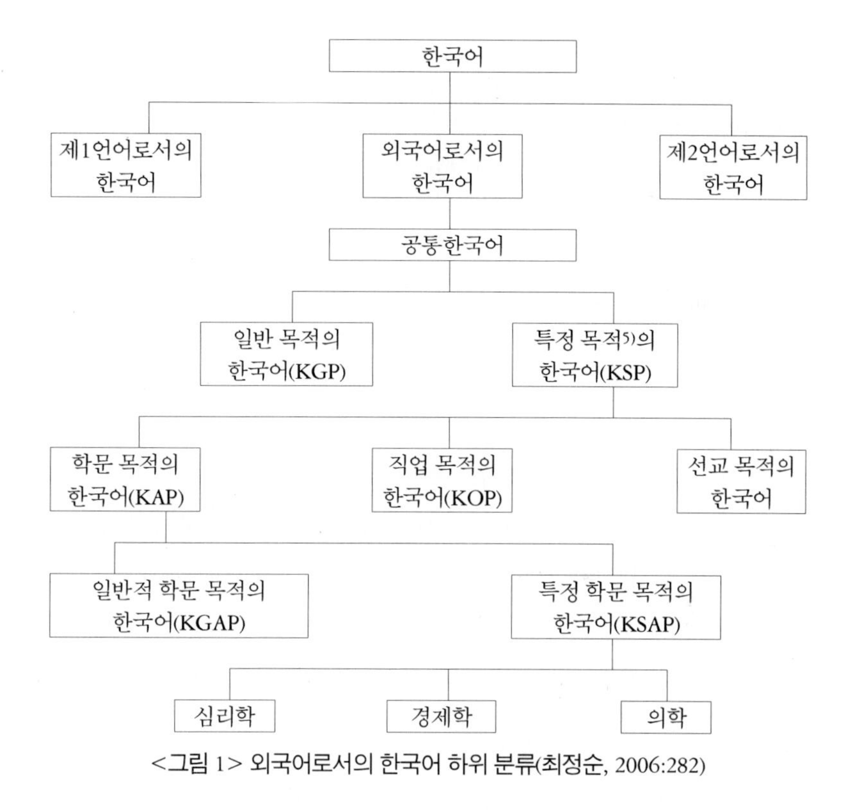

<그림 1> 외국어로서의 한국어 하위 분류(최정순, 2006:282)

민현식(2008:24)에서도 이와 궤를 같이 하여 특수 목적 한국어와 일반 한국어로 양분한 후, 학문 목적 한국어를 특수 한국어의 세부 분야

5) '일반 목적 한국어'와 대비되는 개념으로 일반적으로는 '특수 목적'이라는 용어를 사용하나 최정순(2006)에서는 '특정 목적'이라고 쓰고 있다.

중 하나로 포함시키고 학문 목적 한국어를 교양 수준의 일반 학문 목적 한국어와 특수 학문 목적 한국어로 나눌 것을 제안하였다.

<표 2> 한국어 분류(민현식, 2008:24)

(1) 특수 한국어
① 학문 목적 한국어
ㄱ) 특수 학문 목적 한국어: 전공 한국어(경제학, 심리학, 의학 등)
ㄴ) 일반 학문 목적 한국어: 교양 한국어(대학 1학년 수준)
② 취업 목적 한국어
ㄱ) 직업(취업) 한국어: 산업/무역/상업/농업/공업 한국어
③ 기타 목적 한국어: 다양한 상황 유형의 한국어 교육(초 · 중 · 고급 수준으로 제공)
재외동포 한국어, 관광 한국어, 선교 한국어, 외교 한국어, 군사 한국어, 통번역 한국어, 이주민 한국어, 입양인 한국어, 탈북동포 한국어, 귀국자 자녀 한국어
(2) 일반 한국어: 초 · 중급 수준의 표준 한국어 교육, 일반적으로 학교 교실에서 외국어 교육 차원으로 이루어지는 한국어 교육

그런데 박석준(2008:30)에서는 일반 목적 한국어 교육과 특수 목적 한국어 교육을 대립적인 개념으로 보지 않고, 학문 목적 한국어 교육의 개념과 대상 그리고 범위도 일반 목적 한국어 교육과 대립 관계로 파악할 수 없다고 보고 있다. 학습자의 궁극적인 목표가 학문적 목표라고 볼 때 이를 위한 한국어 교육은 다음과 같은 단계로 이루어진다고 말하고 있다.

<표 3> 학문 목적 한국어의 하위 한국어 유형과 그 개념(박석준, 2008:30)

<table>
<tr><td rowspan="3">학문 목적 한국어</td><td>공통 한국어</td><td>기초에서부터 중 · 고급에 이르기까지의 모든 한국어 사용에서 공통되고 일반적인 한국어</td></tr>
<tr><td>교양 한국어</td><td>대학 등에서 교양 교과목의 이수를 위해 필요한 한국어</td></tr>
<tr><td>전공 한국어</td><td>대학 등에서 전공 교과목의 이수를 위해 필요한 한국어</td></tr>
</table>

즉, 학문 목적 한국어 내부에 한국어의 기본이 되는 공통 한국어와 교양 한국어, 그리고 전공 한국어가 포함된다는 입장을 취하고 있다. 이에서 한걸음 더 나아가 이유경(2016)에서는 학문 목적 한국어 과정을 대학 입학 전과 입학 후로 나누고 대학 입학 후 한국어 교육 과정에 대해서 '공통 한국어'와 '학문 기초 한국어 과정' 그리고 '대학 글쓰기 과정'까지를 '교양 한국어'의 범주로 묶고 전공 지식을 이해하는 데 필요한 어휘 및 개념을 학습하는 것을 전공 한국어로 구분하였다. 이는 박석준(2008)에서 '공통 한국어'를 '교양 한국어'와 별개로 보던 것을 '교양 한국어'라는 범주 내에 포함시켜 파악하고 있는 것이다.

<표 4> 학문 목적 한국어 각 과정의 목표(이유경, 2016:166)

<table>
<tr><th colspan="3">구분</th><th>목표</th><th>비고</th></tr>
<tr><td rowspan="2">대학
입학 전</td><td colspan="2">공통 한국어 과정</td><td>한국어 수준에 따라 일상생활에서 필요한 의사소통능력 함양</td><td>–</td></tr>
<tr><td colspan="2">학문 기초 한국어 과정</td><td>학업 수행에 필요한 기초적인 언어 능력 함양</td><td>–</td></tr>
<tr><td rowspan="4">대학
입학 후</td><td rowspan="3">교양
한국어
과정</td><td>공통 한국어 과정</td><td>한국어 수준에 따라 일상생활에서 필요한 의사소통능력 함양</td><td>선택 이수</td></tr>
<tr><td>학문 기초 한국어 과정</td><td>학업 수행에 필요한 기초적인 언어 능력 함양</td><td>필수 이수</td></tr>
<tr><td>대학 글쓰기 과정</td><td>학업 수행에 필요한 이해 능력과 표현 능력 함양</td><td>선택 이수</td></tr>
<tr><td colspan="2">전공 한국어 과정</td><td>전공 지식을 이해하는 데에 도움이 되도록 전공 관련 어휘 및 개념, 주제 등을 학습</td><td>–</td></tr>
</table>

본고에서는 "교양 한국어"의 개념을 이유경(2016)의 구분과 같이 한국의 대학(원)에 입학한 후 전공 공부 수행에 필요한 기초적인 한국어 능력을 갖추기 위한 과정으로 보았다. 즉, 본 연구에서 다루는 '교양 한

국어' 콘텐츠는 '일상생활에서 필요한 의사소통 능력 함양과 학업 수행에 필요한 기초적인 언어 능력 함양'을 돕는 교육 과정을 포함한다. 그러나 '대학 글쓰기 과정'은 공통 한국어나 학문 기초 과정과는 달리 별도의 교육 과정과 콘텐츠로 구성되어야 하므로 본 연구에서 '글쓰기' 부분은 본격적으로 다루지 않았다. 대신 워크북을 제작하여 배운 내용을 활용한 쓰기 연습이 부분적으로 이루어지도록 하였다.

2.2. 이러닝 한국어 교육 콘텐츠 현황 분석

한국어 온라인 교육에 대한 논의는 1990년대 후반에 시작되었고 2000년대 초반부터 정부 관련 기관 및 여러 기관에서 온라인을 통한 한국어 교육을 실시하고 있다. 이에 본 절에서는 현재 운영 중에 있는 한국어 온라인 교육 콘텐츠의 종류에 대해 알아보고자 한다.

현재 국내에서 한국어 온라인 교육을 실시하고 있는 기관은 크게 정부 기관과 방송 기관, 대학 기관 그리고 사기업 및 개인으로 나누어 볼 수 있다.

먼저 정부 기관에서 운영하는 곳은 세종학당재단의 '누리－세종학당'[6], 재외동포재단의 '스터디코리언'[7], 국립국어원의 '바른 소리'[8]와 '두근두근 한국어'[9] 등이 있다. 다음으로 방송 기관에서 운영하는 곳은 EBS의 '두리안 한국어'[10], 아리랑 TV의 'Let's speak Korean'[11] 등이 있다.

6) http://www.sejonghakdang.org/sjcu/home/main.do
7) http://study.korean.net
8) http://www.korean.go.kr/hangeul/cpron/main.htm
9) http://www.korean.go.kr/front/page/pageView.do?page_id
10) http://www.ebs.co.kr/durian/
11) http://www.arirang.com/player/Clips_Korean.asp

대학 기관에서 운영하고 있는 곳은 경성대학교의 '벼리 한국어학당'[12], 고려사이버대학교의 '바른 한국어'[13], 서강대학교의 'Sogang Korean Progam'[14], 서울대학교 언어교육원의 '온라인 한국어'[15], 한국외국어대학교 한국어문화교육원의 '사이버한국어'[16] 등이 있다[17].

마지막으로 사기업 및 개인이 운영하는 사이트는 ㈜배론의 '한국어 일반과정'[18], 비상교육에서 운영하는 'Master Korean'[19] 톡투미인코리언에서 운영하는 'Talk To Me In Korean'[20] 등이 있다.

또한 다소 성격이 다르지만 코세라(Coursera)[21]에서 운영하는 대중공개 온라인 강좌(Massive Open Online Course: MOOC)에 2016년도부터 연세대학교 교수진이 만든 'First step Korean'이 제공되고 있다.

이 중에서 한국어 초급 과정이 있는 사이트를 중심으로 콘텐츠의 특성을 살펴보겠다. 우선, '누리-세종학당'의 초급은 '세종한국어' 교재를 가지고 진행이 되며 세종한국어 1과 2는 애니메이션을 보여 주면서 한국어로 강의를 진행하나 교수자가 직접 나와서 설명을 하지는 않는다. 콘텐츠 언어는 한국어 외에 영어, 중국어, 일본어, 베트남어, 타이어, 스페인어, 프랑스어로 제공되고 있다. '스터디코리언'은 대부분 유아와 청소년을 위한 과정이 많고 성인을 위한 과정은 '영어권 성인을

12) http://www.byeori.net/
13) http://korean.cuk.edu/
14) http://korean.sogang.ac.kr/
15) http://lei.snu.ac.kr/mobile/kr/klec/click-korean/index.jsp
16) http://www.korean.ac.kr/
17) 이 외에 경희사이버대학교의 'Learning Korean'도 있으나 홈페이지만 있을 뿐 강좌가 운영되지는 않고 있다.
18) http://korean.baeron.com/Index.do
19) http://www.masterkorean.com
20) http://talktomeinkorean.com/aboutus/
21) https://www.coursera.org/

위한 한국어학습(기초)'이 유일한 과정이다. 한글과 한국어 기본 인사를 포함해 총 35차시로 구성이 되어 있다. 그러나 기초임에도 불구하고 컴퓨터 바이러스, 더 편리해진 세상, 지구 온난화, 동물보호, 분리 배출, 쓰레기섬과 같은 주제를 다루고 있어서 기초라고 보기에는 무리가 있다. 이 사이트 역시 애니메이션이 나오고 교수자가 직접 나와서 설명을 하지는 않는다.

'바른 소리'는 한글의 기초와 모음, 자음, 음소변동, 억양과 어휘만을 정리해 놓았으며 성우의 소리를 듣고 따라하는 방식으로 진행되고 있다. '두근두근 한국어'는 수준이 밝혀 있지는 않고 총 4까지 있는데 1과 2는 한국방송공사(KBS)의 콘텐츠와 케이팝(K-POP), 3은 드라마 '드림하이', 4는 여러 드라마의 인기 장면을 주요 학습 소재로 활용하고 있으며 자료를 누리집에서 내려 받을 수 있다. 진행자가 한국어로 설명을 하고 영어로 자막이 나오기는 하나 내용이 너무 어려워서 초급 학습자들이 보기에는 무리가 있어 보인다.

'두리안 한국어'에서 제공하는 콘텐츠 중 '외국인을 위한 한국어'는 진행은 한국 사람이 하며 중국어, 베트남어, 필리핀어, 러시아어로 제공하기 위해 해당 국가 사람이 옆에서 같이 진행을 하며 통역을 해 준다. 초급이라고 하지만 설명이 너무 어려운 감이 있다. 보조 자료가 제공되지 않아 동영상만 보고 공부를 해야 한다. 'Let's speak Korean'은 1, 2, 3, 4로 구성되어 있는데 모든 과정의 설명이 영어로 되어 있다. 띄어쓰기나 표현에 오류가 많으며 이 강의 역시 보조 자료가 없어서 동영상만 보고 공부해야 한다.

'벼리 한국어학당'은 초급 학습자를 대상으로 하고 있으며 회화, 듣기, 말하기, 읽기, 쓰기의 메뉴가 있지만 실제로는 회화와 읽기 부분만

볼 수 있다. 대화 상황은 실제로 한국 사람들이 등장하여 보여 주며 텍스트, 음성 파일, 강의록 등이 제공이 된다. 그렇지만 학습을 하려면 모든 파일을 따로 열거나 저장을 해야 볼 수 있는 불편함이 있으며 아무 설명 없이 동영상이나 텍스트만 보여 줘서 학습자들 입장에서는 이해하기가 어려울 수 있다.

'바른 한국어'는 1~4급으로 구성되어 있다. 1급의 경우 한국어와 영어, 중국어, 일본어 그리고 스페인어로 진행이 된다. 한국어로 강의를 진행하는 경우 한국어 자막이 있지만 다른 언어는 자막이 없고 2급부터는 모두 한국어로만 강의를 진행하고 있다.

'Sogang Korean Program'은 한글 소개와 초급 1, 2, 3 그리고 중급 1, 2, 3으로 되어 있다. 한국어와 영어로 진행이 되며 1998년에 제작이 되었으므로 너무 오래 돼서 음질이 좋지 않고 애니메이션으로만 진행이 된다. '온라인 한국어'는 영어권 화자를 위해서 만들었다고 소개가 되어 있으며 20과로 구성되어 있다. 모든 과는 어휘와 대화, 문법과 표현, 읽기로 되어 있으며 설명은 영어로만 되어 있고 애니메이션을 사용하고 있다. '사이버한국어'는 애니메이션을 보여 주며 한국어로 설명을 하고 영어, 중국어, 일본어로 자막이 제공된다. 한글 5개 과를 포함해서 모두 20과로 구성이 되어 있다.

㈜배론의 '한국어 일반과정'은 한국어와 영어, 일본어, 중국어로 수업이 진행이 되며 1급은 한글을 제외하고 총 20강으로 구성되어 있다. 'Master Korean'은 현재 경희대학교에서 가르치고 있는 선생님들이 경희대학교 교재를 사용하여 강의를 진행하고 있다. 총 6급까지 있으며 초급 1의 경우 영어와 중국어, 일본어로 수업을 진행하며 초급 2부터는 한국어로만 진행한다. 이곳에서는 수강 대상을 '경희대학교 국제교육

원의 초급 I 과정(예비과정 포함) 학습자'라고 명시를 하고 있다. 'Talk To Me In Korean'은 홈페이지도 오직 영어로만 되어 있으며 Level 1~Level 9까지 구성이 되어 있다. 특정 주제에 대해 오디오로를 들으며 공부할 수 있고 pdf 파일로 된 자료를 내려 받을 수 있다. 끝으로, 코세라에서 운영하는 MOOC 강좌의 'First Step Korean'은 '한글'과 '인사와 소개', '가족', '날짜와 시간', '일상생활'의 다섯 개 단원으로 나눈 후, 각 단원을 4개의 단위로 세분하여 구성하였다. 각 단원의 말미에는 한국 문화도 추가하도록 구성하였다. 진행은 한국어 교수가 실제로 강의를 진행하며 각 단원마다 복습 부분을 마련하여 확장된 연습을 할 수 있도록 하였다. 또한 교재가 없는 것을 보완하기 위해 학습한 내용을 복습할 수 있도록 매 단위의 강의 내용을 '강의노트'로 제시하고 있다.

이상을 표로 정리해 보면 다음과 같다.

<표 5> 한국어 교육 사이트 정보

운영 기관	사이트	강좌 운영 방식	교재 (자료 포함)	제공 언어(자막 포함)
정부 기관	누리-세종학당	애니메이션	세종한국어	한국어, 영어, 중국어, 일본어, 베트남어, 타이어, 스페인어, 프랑스어
	스터디코리언	애니메이션	없음	영어
	바른 소리	음성 녹음	없음	영어
	두근두근 한국어	한국 아나운서가 설명	PDF 파일	영어
방송 기관	두리안 한국어	한국인 강사/원어민 공동 진행	없음	한국어, 중국어, 베트남어, 필리핀어, 러시아어
	Let's speak Korean	MC들이 학습자들과 같이 진행	없음	영어

대학기관	벼리 한국어학당	동영상/음성 파일	없음	한국어
	바른 한국어	한국어 강사가 진행	음성파일, PDF 파일	한국어, 영어, 중국어, 일본어, 스페인어
	Sogang Korean Program	애니메이션	없음	한국어, 영어
	온라인 한국어	애니메이션	없음	영어
	사이버한국어	애니메이션	없음	한국어, 영어, 중국어, 일본어
사기업 및 개인	Master Korean	한국어 강사가 진행	경희대학교 교재	한국어, 영어, 일본어, 중국어
	Talk To Me In Korean	음성 파일	PDF 파일	영어
	First Step Korean	한국어 강사가 진행	PDF 파일	영어

이상에서 보았듯이 한국어 온라인 교육은 재외 동포를 대상으로 하는 재외동포재단의 '스터디코리언'과 여성결혼이민자와 다문화가정 학생 및 중도입국 학생을 대상으로 하는 EBS의 '두리안 한국어'를 제외하고는 거의 모든 사이트가 일반 성인 학습자를 위한 한국어 교육 프로그램을 제공하고 있다. 학문 목적과 같은 특수한 목적을 가진 학습자를 위한 사이트는 없었으며 대학 기관에서 운영하고 있는 곳일지라도 학문 목적 학습자를 위한 것이라고는 명시되어 있지 않았다.

또한 대부분의 사이트가 애니메이션을 보여 주면서 성우 음성을 들려주는 방식으로 운영이 되고 있었으며 전문 교사가 설명하는 경우는 2~3 곳뿐이었다. 전문 교사가 진행을 한다고 해도 학습자 언어로 강의하는 사이트가 더 많았다.

학습 보조 자료는 제공되지 않는 곳이 많았고 제공이 되는 경우 PDF 파일로 내려 받아서 사용하도록 했으며 음성파일을 제공하는 곳은 한

곳밖에 없었다. 이러한 방식으로 운영이 되다 보니 교사와 학습자간에 상호작용이 거의 없이 일방적으로 수업이 진행이 되고 있음을 확인할 수 있었다.

온라인 한국어 교육 콘텐츠를 개발할 때 먼저 고려되어야 할 것은 한국어를 공부하는 학습자의 수준과 특성이다. 아무리 좋은 프로그램이라고 해도 학습자의 특성과 요구에 적합하지 않으면 교육적 효과를 기대하기 어렵다. 따라서 UST 대학원생과 같이 특수한 상황에서 한국어를 공부하고 있는 교양 한국어 학습자를 위한 온라인 한국어 교육 콘텐츠개발이 이루어져야 할 것이다.

3. 연구 진행 절차 및 기관 · 학습자 요구분석

3.1. 연구 진행 절차

본 연구에서는 UST에 재학 중인 대학원생을 위한 한국어 이러닝 콘텐츠 제작을 위하여 기관의 특징을 분석하고 그곳에서 한국어를 배우고 있는 학습자들을 대상으로 요구분석을 실시하였다. 그리고 요구분석의 내용을 바탕으로 교육과정 개발을 위한 지침을 마련한 후 교육과정을 개발하였다. 다음으로 콘텐츠 제작을 위한 지침을 마련하여 프로토 타입 콘텐츠를 제작하였다. 프로토 타입 콘텐츠를 콘텐츠 개발자와 교수자가 함께 보면서 평가회를 가진 후, 각각의 의견을 수렴하여 전체 콘텐츠를 개발하였다. 이와 같은 연구 진행 절차를 간단하게 정리하면 다음 <그림 2>와 같다.

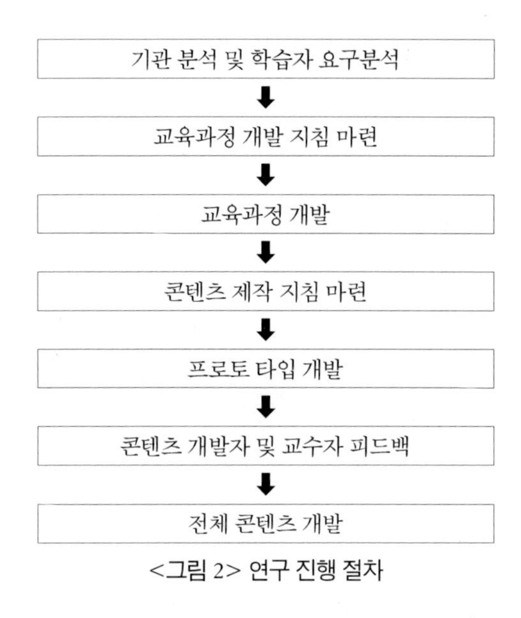

<그림 2> 연구 진행 절차

3.2. 대상 기관 분석

UST는 학제 간 신생융합기술분야의 현장 경험 교육과 연구 활동을 통해 핵심 · 원천기술의 발전과 산업기술 혁신을 선도하는 실천적이고 창의적인 인력 양성을 목적으로 하여 2003년에 설립된 대학원[22]으로 현장 중심의 실제적인 교육을 목표로 하고 있다.

이 학교에서는 강의식 교육과정을 최소한으로 줄이고 연구현장 참여를 통해 학점을 이수하도록 하는 연구현장 중심교육을 실시하고 있

22) 연구기관과 이 법 외의 법률에 따라 설립된 정부출연 연구기관 중 대통령령으로 정하는 연구기관은 공동으로 전문 연구 인력을 양성하기 위하여 교육부장관의 인가를 받아 고등교육법 제 30조에 따른 대학원대학(이하 '대학원대학'이라 한다)을 설립할 수 있다(과학기술분야 정부출연연구기관 등의 설립·운영 및 육성에 관한 법률 제 33조 제 1항).

는데, 구체적으로는 지도교수의 연구실 외에 타 연구기관 또는 민간업체에서 수행 중인 과제에 참여하고 기관의 연구실에서 근무하도록 하는 Lab Rotation 제도를 시행하여 다양한 분야의 연구현장을 경험할 수 있도록 하고 있다. 현재 캠퍼스는 대전을 주축으로 하여 서울, 인천, 경기, 충남, 경남 지역에 흩어져 있으며 총 32개의 캠퍼스에 1,282명의 학생이 재학하고 있다. 다음 <그림 3>은 UST의 교육시스템이다.

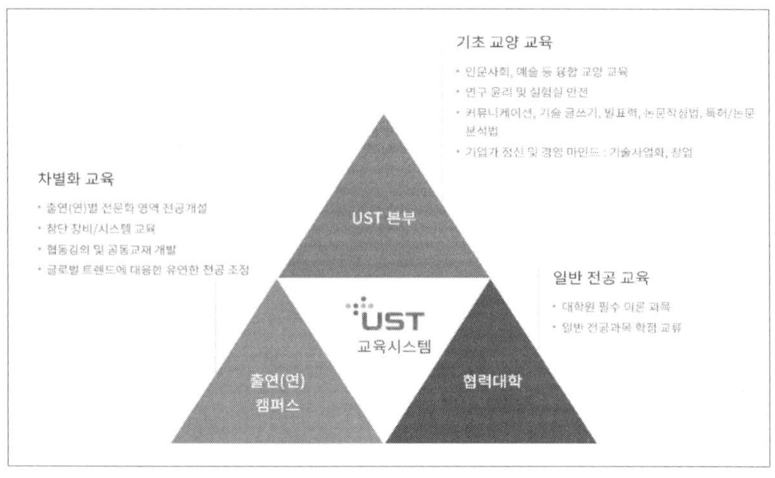

<그림 3> UST의 교육시스템

위의 그림에서와 같이 기초 교양 교육은 UST 본부에서 행해지나, 전공 교육이나 전문적인 교육은 협력 대학과 연구소에서 분산되어 행해진다. 그러다 보니 한국어 교육 또한 오프라인 중심으로 이루어지기가 어려워 온라인 교육으로 대체할 수밖에 없는 상황이었다. 따라서 그 동안은 모 대학의 온라인 한국어 프로그램을 구매해서 재학생을 대상으로 한국어 교육을 실시해 오고 있었다. 그러나 이 프로그램에 대한 재학생들의 만족도가 낮고 본인들의 상황에 맞는 콘텐츠 개발에 대한 요

청이 늘어남에 따라 새로운 방식의 이러닝 한국어 교육 콘텐츠 개발이 필요하게 되었다.

3.3. 학습자 요구분석

한국어 교육과정과 콘텐츠에 학습자들의 요구를 담고자 UST의 재학생을 대상으로 이러닝 한국어 콘텐츠에 대한 설문조사를 실시하였다. 사전 조사 결과 UST에서는 대부분의 수업을 영어로 진행하고 있고 교수나 동료들과도 영어로 대화하는 경우가 많았으므로 설문지를 영어로 작성하였다. 설문조사는 UST 대학원생 전체를 대상으로 2016년 1월부터 2월까지 온라인으로 실시하였고 총 77명이 설문에 응답하였다. UST 학생들의 기본 정보와 한국어 사용 환경 및 한국어 사용 요구는 객관식 질문을 통해서 파악하였고, 온라인 한국어 교육 콘텐츠가 개발될 때 요청하고 싶은 사항들은 자유롭게 기술하도록 하였다. 설문조사 결과를 간단하게 정리하면 다음과 같다.

<표 6> UST 한국어 교육 콘텐츠 제작을 위한 설문 조사 결과

질문 내용	응답 내용
국적	베트남(19), 파키스탄(15), 인도네시아(14), 방글라데시(8), 몽골(4), 이디오피아(4), 인도(3), 캄보디아, 말레이시아, 중국, 파키스탄, 수단, 미얀마 등
전공	생물화학, 생명공학, 청정에너지 및 화학공학, 첨단에너지, 원자력시스템공학, 컴퓨터 소프트웨어, 환경공학, 재생에너지, 나노과학, 해양환경과학, 로봇, 해양생물공학, 해양환경과학, 식품생명공학 등
성별	남성(74%), 여성(26%)
연령	20대(61%), 30세 이상(39%)

한국어 학습 기간	6~12개월(35.1%), 12개월 이상(33.8%), 3개월 미만(18.2%), 3~6개월(13%)
TOPIK 급수	없음(57.1%), 2급(19.5%), 1급(15.6%), 3급 이상(7.8%)
하루 중 가장 오래 머무르는 곳	연구실(92.1%), 기숙사(3.9%), 기타(3.9%)
*23)한국어를 사용하는 장소	연구실(57.1%), 커피숍(45.5%), 도서관(18.2%), 기숙사(18.9%)
*한국어로 이야기하는 상대	점원(53.2%), 사무실 직원(49.4%), 연구실 동료(48.1%), 수업 친구(36.4), 교수(18.2%), 동문(6.5%)
*한국어를 자주 사용하는 상황	쇼핑(83.1%), 주문(71.4%), 업무(36.4%), 문의(32.5%), 수업(22.4%)
*한국어로 많이 읽는 텍스트	이메일(73.2%), SNS · 문자메시지(58.4%), 인터넷 뉴스(35.5), 한국어 교재(33.8%), 신문(15.3%), 소설(15.3%)
*한국어로 많이 쓰는 텍스트	SNS · 문자 메시지(57.3%), 이메일(22.7%), 에세이(5.3%), 보고서(5.3%), 일기(2.7%)
한국어 사용에서 가장 어려운 기능	말하기(29.9%), 어휘(26%), 듣기(16.9%), 쓰기(16.9%), 읽기(2.6%), 문법(2.6%)

UST 학생들의 기본 정보를 조사한 결과 <표 6>과 같이 베트남, 파키스탄, 인도네시아 등 아시아와 중동 지역에서 온 학생들이 많았으며, 전공은 생물, 화학, 공학, 컴퓨터, 에너지, 로봇 등 다양한 분야의 이공계 분야로 펴져 있는 것을 확인할 수 있었다. 학생들 연령은 모두 20~30대였으며 20대가 주를 이루었다. 한국어 사용 환경과 관계된 질문에서는 이들은 연구실에 머무르는 시간대가 가장 많았으며, 한국어를 사용하는 장소 또한 연구실이 가장 많았고, 쇼핑이나 주문 등 일상적인 환경에서도 한국어를 자주 사용한다고 응답했다. 또한 이메일이나 SNS 문자메시지, 보고서를 쓰거나 신문 기사 검색 시 한국어 자료를 자주 읽게 됨을 알 수 있었고, 읽고 쓰는 것보다는 말하기와 전문적인

23) *표는 복수 선택이 가능한 질문임.

어휘 사용에서 부담을 느끼고 있음을 확인할 수 있었다.

다음은 학습자들이 UST 이러닝 한국어 교육 콘텐츠 제작 방법에 대해 제안한 사항을 정리한 것이다.

<표 7> UST 이러닝 한국어 교육 콘텐츠 제작을 위한 학습자 제안 사항

구분		제안 사항
내용 및 구현 방식에 대한 요구	학습 내용	· 처음 시작은 한글 쓰는 방법과 함께 한국어 음운에 대한 설명이 있었으면 좋겠다. · 정확한 발음을 배우면 좋겠다. · 단어 부분과 문법 부분이 구별이 돼서 제시되면 좋겠다. · 문법 규칙을 알려주면 좋겠다. · 듣기와 말하기 연습을 많이 하면 좋겠다.
	주제 및 기능	· 출입국관리사무소, 병원, 식당, 쇼핑 장소, 온라인으로 쇼핑하기, 안내문 읽기와 같은 상황이 있었으면 좋겠다.
	숙제	· 테스트와 숙제가 있으면 좋겠다.
	자막	· 영어 설명이나 영어 자막이 있으면 좋겠다.
	수업시간	· 한 회차 강의는 30분 정도면 좋겠다.
기타 요구 사항		· 이 프로그램을 통해서 분명한 졸업 요건이 밝혀지면 좋겠다. 예) 토픽 II 자격증 등 · 한국어 중급 과정도 있었으면 좋겠다. · 모바일로도 제공이 되면 좋겠다.
프로그램에 대한 기대		· 추운 겨울밤에 UST까지 찾아오는 것이 어려운데 이 과정이 생기면 아주 좋겠다. · 이 과정이 UST 학생들에게 많은 도움이 될 것이다.

한국어 교육 콘텐츠 개발을 위해 자유롭게 제안한 내용 중에는 말하기와 듣기 및 발음 교육에 대한 요구와 문법 규칙에 대한 체계적인 학습의 필요성, 일상생활에서 접하는 장소에서의 실제적인 상황에 필요한 한국어 학습에 대한 요구를 비롯하여 시험과 숙제 및 분량에 대한 것들이 있었다.

이러한 학습자의 요구를 통해 이러닝 한국어 교육과정과 교육 콘텐츠 제작에 반영할 내용을 정리해 보면 다음과 같다.

<표 8> UST 교양 한국어 이러닝 콘텐츠 내용

<table>
<tr><td colspan="2">교양 한국어 교육과정 개발 참고사항</td><td>· 한국어 초급(토픽 1, 2급 수준) 교육과정 개발
· 토픽(한국어능력시험) 준비를 위한 과정 반영
· 각 단원은 30분 내외로 구성
· 한글 자모 단원을 별도로 구성하여 한글의 음과 쓰는 방법에 대해서도 다룸</td></tr>
<tr><td rowspan="2">한국어 교육 콘텐츠 개발 참고 사항</td><td>학습자 고려 사항</td><td>· 콘텐츠 등장인물에 학습자들의 국적 및 연령대 반영
· 대화 장소에 연구실과 학교, 사무실, 강의실, 병원 등 자주 방문하는 장소 반영
· 대화 참여자와 상황을 연구실 동료, 교수, 점원 등 자주 대화하는 상대와 상황으로 구성
· 어휘 선정 시 이공계 연구생을 위한 전공 · 전문 어휘 반영
· 말하기에 대한 요구를 반영하여 본문을 듣고 따라하는 활동 및 발음 연습 추가</td></tr>
<tr><td>단원 구성 반영 사항</td><td>· 어휘와 문법은 별도로 분리하여 구성
· 어휘를 주제별로 확장시켜 다양한 상황에서의 어휘를 연습하게 함
· 문법은 규칙에 대한 설명과 상황을 통한 연습을 분리시켜 구성
· 어려운 발음은 별도로 연습하는 발음 연습 코너 마련
· 매 단원마다 연습문제를 통해 배운 내용 점검
· 영어 자막을 통해 이해를 도움</td></tr>
</table>

4. 교양 한국어 이러닝 교육과정 및 교수요목 개발

본 장에서는 3장의 요구분석 결과를 바탕으로 이러닝 초급 한국어 교육과정을 마련하였다.

온라인 한국어 이러닝 콘텐츠 제작을 위해서 고려할 점에 대해 진정란(2013:152−154)에서는 크게 구조화와 상호작용성의 두 가지로 설명하고 있다. 첫째, 구조화란 개별 학습의 필요에 맞는 방식으로 교육 프로그램이 조직적으로 만들어지는 것을 말하며 구조화가 잘 된 콘텐츠일수록 학습자가 독립적으로 학습이 가능하며 학습 자료와 학습자 사이의 상호작용이 원활하여 자기주도 학습이 이루어질 수 있다. 둘째, 상호작용성은 교수자와 학습자, 학습자와 학습자 간의 상호작용을 의미하며, 상호작용이 활발할수록 학습자의 자기 조절 능력이 강화되어 학습 참여도와 학업 성취도를 높일 수 있게 하는 것이다.

본 교양 한국어 콘텐츠 개발 역시 콘텐츠의 내용과 구성의 구조화와 상호작용성을 염두에 두고 교육과정 설계와 콘텐츠 제작을 진행하였다.

4.1. 교양 한국어 이러닝 교육과정 개발 원리

우선 교양 한국어 이러닝 교육과정과 교수요목 개발을 위하여 다음과 같은 원칙을 마련하였다.

(1) 본 과정은 교양 한국어 교육과정 개발을 위한 것이므로 일상생활을 위한 한국어와 기초 학문을 위한 한국어 수행이 가능하도록 구성한다.
(2) 초급 1과 초급 2 과정에서 10가지 대주제를 중심으로 단원을 정하되 각 주제에 포함되는 기능을 모아 각각 3개의 소단원으로 구성한다.
(3) 주제와 기능에 부합되는 어휘와 문법을 정하여 체계적이고 구조적인 학습이 이루어지도록 구성한다.

위의 원칙에 따라 한국어 초급 1과 한국어 초급 2 각 과정은 대주제를 10개로 정하고, 대주제마다 같은 주제 안에서 세부 단원을 3개씩 구성하여 총 30단원으로 구성하였다.

4.2. 교양 한국어 이러닝 교육과정 및 교수요목

한국어 초급 1 단계는 일반 한국어 과정을 중심으로 구성하였다. 첫 부분에는 한글 단원을 두어 한글에 대한 설명과 자기소개, 인사, 사물, 위치, 장소에 관한 기초적인 주제와 내용들로 구성하였다. 한국어 초급 2에서는 학생들이 자주 왕래하는 다양한 편의 시설과 일상생활에서 접하는 장소(병원, 은행, 우체국, 도서관)뿐만 아니라 UST 학생들이 많은 시간을 보내는 학교 시설, 강의실, 연구실 등의 장소에서 발생하는 상황에서의 대화와 어휘를 활용할 수 있도록 구성하였다.

각 과정의 주제와 해당 단원에서 목표로 삼은 기능을 제시하면 다음과 같다.

<표 9> UST 한국어 초급 1 과정의 교수요목

단원	주제	기능	학습내용	
			어휘	문법
1	한글	모음1, 자음1 읽고 쓰기	ㅏ, ㅓ, ㅗ, ㅜ, ㅡ, ㅣ ㄱ~ㅎ	
2		모음2, 자음2, 3 읽고 쓰기	ㅑ, ㅕ, ㅛ, ㅠ ㅋ, ㅌ, ㅍ, ㅊ/ ㄲ, ㄸ, ㅃ, ㅆ, ㅉ	
3		모음3, 받침 읽고 쓰기	ㅐ, ㅔ, ㅒ, ㅖ, ㅘ, ㅝ, ㅙ, ㅞ, ㅚ, ㅟ, ㅢ 받침	
4	소개	기본 인사하기 이름 말하기	인사말 관련 어휘	이에요/예요 이에요/예요?
5		국적 소개하기 직업 소개하기	국적 직업	은/는 이/가 아니에요

6		가족 소개하기	가족 명칭	이/가 있어요/없어요 하고
7	사물/ 위치	지시하기	사물 이름	이/그/저 의
8		장소 표현하기	장소 관련 어휘 숫자1(일, 이. 삼, 사…)	몇 에 있어요/없어요
9		위치 표현하기	위치 관련 어휘(위, 아래…)	와/과 도
10	장소	동작 표현하기	동사 1	에서 –어/아/여요
11		동작 표현하기	동사 2 시간 표현(하나, 둘, 셋, 넷…)	에①(시간) 에 가다
12		부정 표현하기	타동사2	을/를 안
13	일과	하루 일과 이야기하기	시간 표현	–(으)면 –어/아/여서(순차)
14		지난 주말 이야기하기	형용사 어휘	–었/았/였– ㄷ 동사
15		계획 이야기하기	요일 부터 까지	–(으)ㄹ 거예요 –(으)ㄹ 수 있다/없다
16	음식	커피숍에서 주문하기	단위명사 관련 어휘	에②(단위) –(으)세요
17		한국 음식에 대해 이야기하기	음식 관련 어휘	–지만 ㅂ동사
18		배달시키기	배달 관련 어휘	–지요? –어/아/여 주다
19	쇼핑	쇼핑에 대해 이야기하기	쇼핑 관련 어휘 –를/을 좋아하다/싫어하다	마다 –(으)ㄹ까요?
20		사고 싶은 옷 이야기하기	옷 관련 어휘	–고 싶다 –(으)니까
21		슈퍼에서 과자 사기	대형 마트 관련 어휘	–어/아/여 봤다 르 동사

22	교통	길 묻기	길 찾기 관련 어휘	-(으)ㄴ 후에 -어/아/여 보다
23		지하철 이용하기	지하철 관련 어휘	(으)로(수단) (으)러 가다
24		버스 이용하기	버스 관련 어휘	-ㅂ/습니다 -기 전에
25	약속	여행 약속 정하기	여행 관련 어휘	-(으)려고 하다 -군요
26		영화 약속 정하기	영화 관련 어휘	못 -(으)ㅂ시다
27		약속 미루기	높임말 어휘 께서	(이)나(선택) -(으)시-
28	사람	외모 이야기하기	외모 관련 어휘	-아/어/여도 되다 보다
29		성격 이야기하기	성격 관련 어휘	-고 -(으)ㄹ게요
30		취미 이야기하기	취미 관련 어휘	-어/아/여서(이유) -어/어/여야 하다

<표 10> UST 한국어 초급 2 과정의 교수요목

단원	주제	기능	학습내용	
			어휘	문법
1	인사	날씨 말하기	날씨 관련 어휘	-네요 -는(관형형 현재)
2		전공 이야기하기	전공 관련 어휘	-을까요?(추측) -은(관형형 과거)
3		경험 이야기하기	스포츠 관련 어휘	-은 적이 있다 -으려고
4	학교 시설	은행 이용하기	은행 관련 어휘	-아지다 -지 말다
5		우체국 이용하기	우체국 관련 어휘	에다가 -아 있다

6		도서관 이용하기	도서관 관련 어휘	-었다가 -을래요?
7	수업	수업 내용 질문하기	수업 관련 어휘	야(반말)
8		시험 방법 설명하기	시험 관련 어휘	-는다 -니?
9		모임 약속하기	과제 관련 어휘	-자 -아라
10	집안일	요리 방법 설명하기	요리법 관련 어휘	-면서 ㅎ 불규칙
11		청소 방법 설명하기	청소 관련 어휘	-는 동안 -아하다1
12		수리 방법 문의하기	서비스 센터 관련 어휘	-는데 -을 줄 알다
13	기념일	풍습 설명하기	생일 관련 어휘	-거나 -을 때
14		기념일 설명하기	기념일 관련 어휘	-다가 -기 때문에
15		명절 설명하기	명절 관련 어휘	밖에 -고 나서
16	연구실	업무 문의하기	선후배 관련 어휘	-면 되다 -을 테니까
17		보고서 작성하기	보고서 관련 어휘	-지 않으면 안 되다 -자마자
18		전화 받기	회식 관련 어휘	-은데요 -고요/는 대신에
19	병원	병명 말하기	병 관련 어휘	-나 보다 -아야겠다
20		증세 설명하기	증세 관련 어휘	-은 지 을 수 밖에 없다
21		병원 이용하기	병원 관련 어휘	ㅅ불규칙 -게
22	초대	집들이 초대하기	초대 관련 어휘	-아 가지고 가다 별로 -지 않다

23		공연 초대하기	공연 관련 어휘	-을 것 같다 -은지 아세요?
24		영화 시사회 참석하기	영화 관련 어휘	-게 되다 -기가
25	여행	여행 계획 세우기	여행지 관련 어휘	-기로 하다 부터
26		예약하기	예약 관련 어휘	-으로 하다 -을지 모르겠다
27		여행 소감 서술하기	기분 관련 어휘	얼마나 -은지 모르다 -어도
28	행사	학교 축제 참여하기	축제 관련 어휘	-을까 하다 -으려면
29		결혼식 축하하기	결혼식 관련 어휘	-으니까 -더군요
30		졸업식 참석하기	학교 행사 관련 어휘	-기는 하지만 -었으면

<표 10>에서 보듯 초급 2단계에서는 교수요목에 기초 학문적 능력을 키울 수 있도록 어휘와 주제, 기능, 대화 상황에 대학(원)에서 접하게 되는 상황을 포함시켰다. 예를 들면 인사 단원에서 전공을 소개하고 전공에 대해서 이야기하는 과제를 부과하였고(2과), 학교 시설 이용하기(4, 5, 6과), 수업 내용 질문하기(7과), 시험 방법 설명하기(8과), 과제 준비를 위한 모임 잡기(9과), 연구실에서 업무 문의하기(16과), 보고서 작성하기(17과), 연구실에서 전화 받기(18과), 학교 행사와 졸업식 참석하기(28, 30과) 등이 그 대표적인 예이다.

5. 교양 한국어 이러닝 콘텐츠 개발

5.1. 교양 한국어 이러닝 콘텐츠 개발 원리

교육과정과 교수요목을 설계한 후, 이를 이러닝 콘텐츠로 구현하는 과정에서도 학습자들의 특수성과 요구를 고려하였다. 3장에서 확인한 바와 같이 UST 학생들은 문법에 대한 체계적인 설명을 원함과 동시에 말하기와 듣기 능력을 향상시킬 수 있는 학습 시스템을 원하고, 전 학생이 영어 구사가 가능하므로 영어로 부가적인 설명을 들을 수 있기를 원했다. 뿐만 아니라 단원별로 평가 단계를 통해 자신의 성취도를 확인하기를 원했다. 이와 같은 점을 고려하여 UST의 이러닝 한국어 교육 콘텐츠 개발 과정에서는 다음과 같은 사항을 기본 원칙으로 삼아 학습자 중심의 콘텐츠를 개발하고자 하였다.

(1) 학습자의 국적을 고려하여 등장인물은 가급적 아시아권 화자로 정한다.
(2) 각 단원은 학습 목표→ 본문 대화 듣기→ 어휘→ 문법 설명→ 문법 연습→ 대화 따라하기→ 발음 연습→ 정리하기→ 평가하기의 단계로 구성하여 체계적인 학습이 이루어지도록 한다.
(3) 대화 연습 및 문법 연습 부분에 교사의 말을 따라하거나 대답하는 시간을 두어 학습자들의 말하기 능력을 기를 수 있는 기회를 제공한다.
(4) 체계적인 문법 설명을 하되, 이후 연습 단계를 통해 학생들이 배운 내용을 모두 숙지할 수 있도록 구성한다.
(5) 가상공간에서 이루어지는 교육이지만 교수자와의 상호 작용이 이루어질 수 있도록 문법 설명과 강의는 성우보다는 현장 경력이 풍부한 한국어 강사[24]가 직접 진행하되 학습자와 대화하는

느낌으로 강의하도록 한다.

(6) 모든 교사의 말은 전사하여 자막으로 만들어 한국어와 영어로 제공하되 교사의 발화 속도에 맞추어 볼 수 있게 한다.

(7) 온라인 강의는 지루하지 않도록 20분 내외로 구성하고 전체 학습 과정은 30분~40분 정도가 되도록 구성한다.

(8) 학습자의 자기주도 학습이 이루어지도록 모든 부분은 구간 반복과 다시 보기 기능을 사용할 수 있도록 제작한다.

(9) 각 단원마다 연습 문제를 제공하여 스스로 능력을 평가해 볼 수 있도록 한다. 평가 결과는 바로 채점되어 즉각적인 피드백이 이루어지게 한다.

(10) 수업 내용과 추가 문제를 포함한 자료집을 PDF파일로 제공하여 학습자들 스스로 메모와 복습이 가능하도록 한다.

5.2. UST 교양 한국어 이러닝 콘텐츠 개발의 실제

5.1.에서 제시한 콘텐츠 개발의 원칙을 바탕으로 실제 제작된 교양 한국어 이러닝 콘텐츠의 실례를 제시해 보겠다. 본 콘텐츠에서 중점을 둔 부분과 특성이 드러나는 부분을 중심으로 몇 가지 사례를 제공하고자 한다.

(1) 교양 한국어 콘텐츠로서의 특성

대화 상황과 어휘 선정 및 과제에서 초급 수준의 일상적인 어휘 외에도 수업, 시험, 보고서, 연구소 관련 어휘와 같은 전공 및 전문 어휘도

---

24) 본 콘텐츠 제작에 참여한 강사는 대학 부설 한국어 교육 기관에서 외국인을 대상으로 10년 이상 강의를 한 경력을 가지고 있으며, 촬영은 가급적 수업 시간에 학생들과 대화하는 방식으로 하였다.

포함시켜 학업과 연구실 생활에 도움이 될 수 있도록 하였다.

<그림 4> 대화 상황 제시의 예

<그림 5> 전문 어휘 제시의 예

(2) 구조화된 체계적 단원 구성

콘텐츠의 각 단원은 크게 시작하기, 학습하기, 평가하기, 정리하기의 단계로 구성되었으며 각 단계는 아래와 같이 세분화되어 있다.

<표 11> UST 한국어 기초 단원 구성

단원 구성		내용	소요 시간[25]
시작하기		단원제목과 주제 제시	2분
학습하기	학습목표	단원의 주제와 어휘, 문법 목표 제시	3분
	오늘의 이야기	애니메이션을 통해 대화 듣고 익히기	3분
	단어 미리보기	플래시를 통해 단어 의미 확인	5분
	알아봅시다	한국어 교사의 강의를 통한 문법 설명 및 연습, 본문 따라 읽기 및 발음 연습	20분
평가하기		본 차시 내용 확인 문제	5분
정리하기		본 차시 내용 정리 및 다음 차시 예고	2분
총			약 40분

'시작하기'에서는 단원의 제목과 주제를 간단히 보여주고, '학습하기'에서는 '학습목표', '오늘의 이야기', '단어 미리보기', '알아봅시다(문법, 대화, 발음)'로 구분하여 단계별, 영역별 강의가 충분히 이루어질 수 있도록 구성하였다. 학습이 끝난 후에는 평가하기를 통한 자가 진단을 해 보고 정리하기에서 배운 내용을 다시 한 번 확인할 수 있도록 구성하였다.

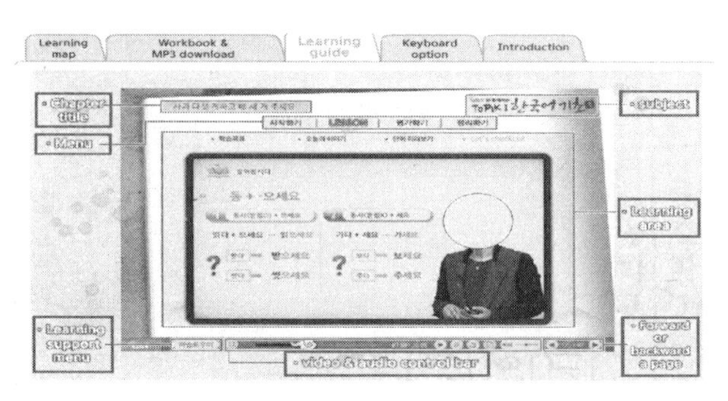

<그림 6> 러닝가이드(Learning guide) 화면

25) 학습자들이 각 부분을 반복해서 학습할 수도 있으므로, 소요 시간은 한 번씩 들었을 경우를 가정한 예상 소요시간이다.

또한 '시작하기' 화면 아래쪽에는 '학습도우미'란을 두어 전체 과의 구성을 보게 하였고 러닝 가이드(Learning guide)를 두어 공부하는 방법을 안내하는 화면도 마련하였다.

(3) 상호작용성을 고려한 학습자 참여형 구성

대화는 애니메이션을 통해서 성우 음성으로 진행하도록 하였다. 대화마다 등장인물들의 대화를 두 번씩 듣게 하였는데, 한 번은 자막이 없이 애니메이션만 보여 주고, 한 번은 자막이 있는 영상을 보여 주어 학습자들이 들은 내용을 확인하게 하였다. 또한 학습자가 대화 상황에서 스스로 역할을 정해 연습을 할 수 있도록 대답할 시간을 부여하였고 이를 통해 말하기 연습을 충분히 할 수 있도록 하였다.

<그림 7> 자막 없는 화면

<그림 8> 자막 있는 화면

또한 '알아봅시다'의 문법 설명 부분에서는 교수자가 문법의 규칙과 활용 방법을 강의식으로 설명하였다. 문법 설명 이후에는 질문을 하고 대답을 하는 방식으로 해당 문법을 확인하는 과정을 추가하였는데, 이때 강의자는 학습자들이 대답할 시간을 주어 실제 수업에서 대화가 오고 가는 효과를 주도록 하였다.

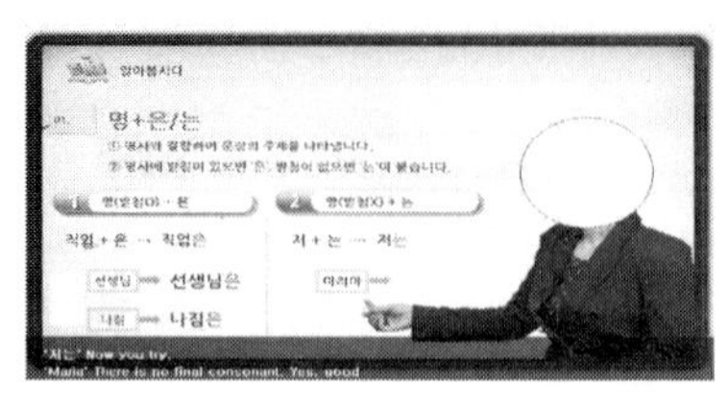

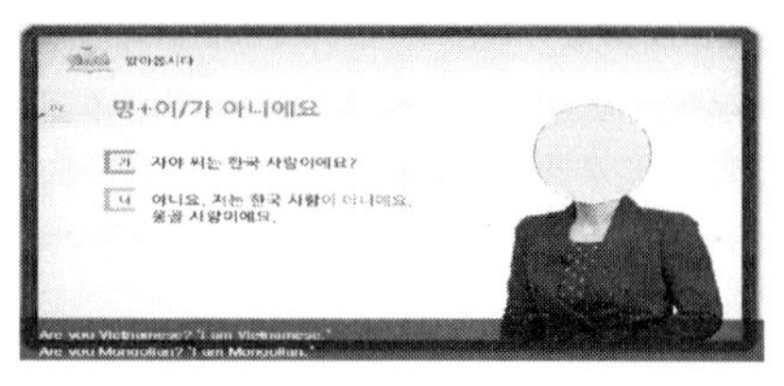

<그림 9> 알아봅시다 – 문법 설명 및 연습

'알아봅시다'의 대화 부분에서는 앞에서 성우를 통해 따라한 대화를 교사의 자연스러운 발화를 들으며 다시 한 번 따라해 보게 하였다. 또한 학습자들이 어려워할 발음을 골라서 교사의 실제 발음을 들려주고 이 역시 학습자가 따라할 수 있는 시간을 주어 마치 교사와 1:1 수업을 통해 지도를 받는다는 느낌이 들도록 하였다.

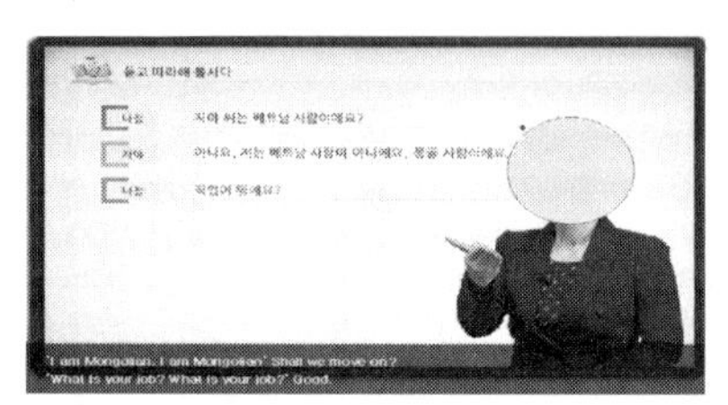

<그림 10> 알아봅시다 – 대화 따라 하기 및 발음 연습

(4) 반복 학습을 통한 자기 주도적 학습 진행

'단어 미리보기'에서는 가급적 모든 단어를 그림으로 표현하였으며 전문 성우가 들려주는 단어를 듣고 따라 읽게 하였다. 그림 아래에는 한글로 단어를 적어 주었고, 단어의 의미는 영어로 번역하여 아래 화면에서 동시에 볼 수 있게 제작하였다.[26] 각각의 단어는 페이지 이동을 통해 다시 보기가 가능하므로 여러 번 반복하여 완전히 익힐 수 있도록 구성하였다. 또한 모든 화면을 넘기거나 조정할 때 키보드를 Tab 키와 Enter 키 중에서 선택을 할 수 있도록 하여, 학습자가 쉽게 이해한 부분은 편한 방식으로 넘길 수 있게 하였다.

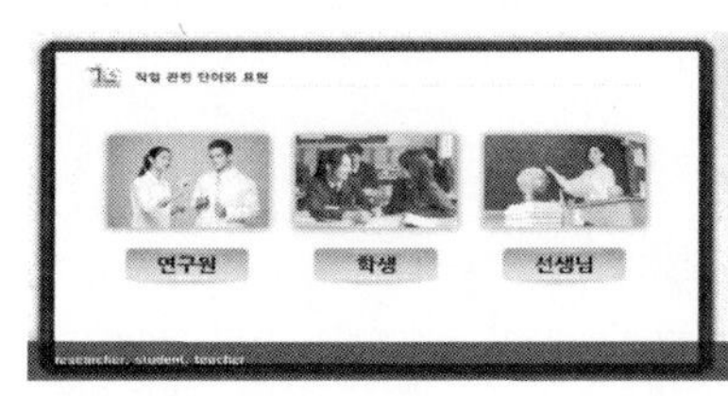

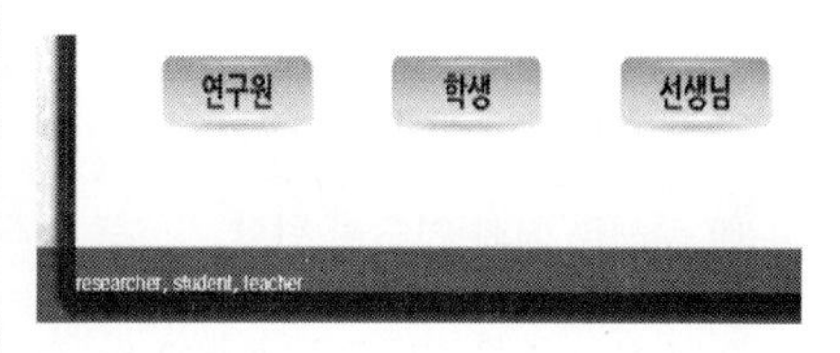

<그림 11> 단어 미리보기

(5) 즉각적 피드백을 통한 동기 부여

'평가하기'에서는 해당 차시에서 학습한 내용을 평가를 통해 복습하도록 하였다. 평가하기 문제는 어휘와 문법 문제를 중심으로 객관식으로 구성하였고 맞는 부분을 마우스로 클릭하여 정답을 체크하도록 하였다.

만약 풀지 않은 문제가 있으면 화면이 넘어가지 않는 장치를 마련하여 모든 문제를 다 해결하도록 유도하였다. 그리고 문제를 다 푼 후에는 바로 채점을 하여 학습자가 바르게 알고 있는 것과 틀린 것을 즉각적으로 알고 교정할 수 있도록 구성하였다.

26) 한국어 단어를 영어로 번역할 때, 때로는 의미의 차이가 발생하기도 한다. 하지만 초급 단계이고, 해당 단어를 보여 주는 그림이나 사진을 동시에 볼 수 있으므로 학습자들이 의미를 파악하는 데는 크게 문제가 없을 것으로 보인다.

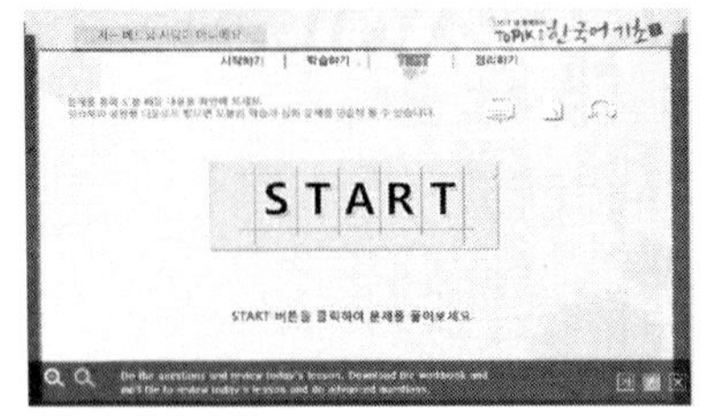

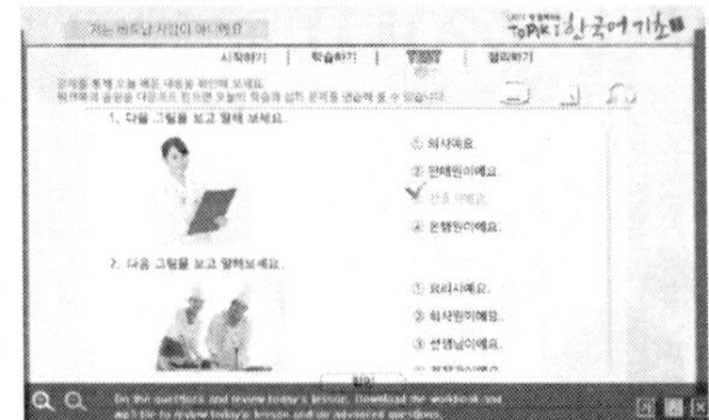

<그림 12> 평가하기

(6) 복습과 심화 연습을 위한 워크북 제작

온라인상에서 구성된 콘텐츠는 주교재가 없어서 예습과 복습을 하기가 어렵다는 단점이 있다. 이를 보완하기 위해 수업 보조 자료로 워크북을 추가 제작하였다.

워크북 내에는 단어 미리보기 이미지와 설명, 대화 내용, 문법 설명 부분을 담고 강의에 포함되어 있는 내용에 대한 문제 및 평가하기 문제에 대한 정답도 제공하였다. 아울러 쓰기 중심의 심화 문제를 구성하여 강의 중 다룬 내용을 중심으로 쓰기 연습도 추가할 수 있도록 하였다.

워크북 활용은 화면에서 보이는 내용을 활자로 다시 확인하는 효과를 제공하고 직접 쓸 수 있는 쓰기 연습을 보완함으로써 학습 효과를 높일 수 있는 방법이라고 하겠다.

<표 12> 워크북 구성

워크북 구성
1. 단어 미리보기 이미지+한글 단어(음원 MP3 제공)
2. 오늘의 이야기(음원 MP3 제공)
3. 문법 정리
4. 강의 내 문제 및 답안
5. 평가하기 내 문제 및 답안
6. 심화문제

이러닝 콘텐츠는 시간과 공간의 제약이 없이 언제나 편하게 수업이 가능하며 반복 학습과 완전학습이 가능하다는 장점이 있는 한편, 교수자와 학습자 간의 상호작용이 없고, 학습자 개개인의 수준에 맞추어 진행하기 어렵다는 단점이 있다. 그럼에도 불구하고 이와 같이 학습자의 수준과 요구를 반영하여 이러닝 콘텐츠를 제작한다면 온라인이 가지고 있는 단점을 최소화하면서 장점은 최대화시켜 학습자들에게 효과적인 한국어 수업을 제공할 수 있을 것이다.

6. 결론

본 연구에서는 UST 재학생의 요구분석을 통해 그들의 특성과 한국어 학습 환경을 고려한 교양 한국어 이러닝 교육과정을 개발한 후, 이를 바탕으로 이러닝 한국어 콘텐츠 제작 방안을 제안하고 그 실례를 제시하였다.

앞에서 살펴본 바와 같이 이러닝 교육을 위한 한국어 프로그램과 교육 콘텐츠는 대학, 민간업체, 정부, 방송국 등 다양한 기관에서 배포하고 있지만 아무리 잘 만들어진 교육 콘텐츠라고 하더라도 모든 학습자들에게 유용하게 활용될 수 있는 것은 아니다. 따라서 학습자들의 배경이 유사하고 한국어 학습 목적이 분명한 그룹이 있다면, 그들의 특수한 상황과 한국어 사용 환경 등을 고려한 맞춤형 콘텐츠는 학습자들에게 한국어 학습에 대한 동기를 고취시키고 학습 만족도와 효과를 높일 수 있는 가장 확실한 방법이라고 할 수 있을 것이다.

UST 이러닝 한국어 교육과정은 일상생활의 한국어와 기초 학문 분야의 한국어가 동시에 필요한 학습자라는 점과 재학생 모두 영어 사용이 가능하다는 점, 초급 단계임에도 불구하고 체계적인 문법 교육과 전문적인 어휘 교육을 필요로 하고 있다는 점 등을 고려하여 구성하였다. 더불어 한국어 교육 콘텐츠에는 강의 시간과 수업 구성 및 평가 관리 등에 관한 학습자의 요구도 반영하였다.

이 연구는 학문 목적 한국어 교육의 일부로서 교양 한국어 이러닝 콘텐츠의 개발을 처음으로 시도했다는 점, 그리고 구체적인 학습자를 대상으로 요구분석을 한 후 해당 학습자에게 맞는 맞춤형 온라인 콘텐츠를 제작했다는 점에서 의의를 가진다.

그런데 본고에서는 콘텐츠 제작 과정에 대해서만 다루었고 이 결과물이 학습자들에게 얼마나 효과적으로 사용되고 있는지, 한국어 학습에 대한 필요를 얼마나 채우고 있는지에 대해서는 파악하지 못하였다. 향후 후속 연구에서 학습자의 만족도 조사를 통해 해당 콘텐츠의 효과를 검증하는 작업을 하고자 한다.

본 연구는 한국어 초급 단계의 유학생을 대상으로 이루어졌지만 앞으로 본격적인 전공 한국어 과정을 위한 온라인 콘텐츠 제작의 필요성도 증가할 것이라고 본다. 이 연구가 학습자별 특성을 반영한 한국어 교육과정의 개발과 이러닝 한국어 교육 콘텐츠 개발 과정을 설계하는 데에 도움이 되기를 기대한다.

참고문헌

강승혜(2016), 「외국어로서의 한국어 교육에서 대중 공개 온라인 강좌(MOOCs) 개발과 운영 실제-'First Step Korean' 사례를 중심으로-」, 『외국어로서의 한국어 교육』 44, 1~22쪽.

김경훤, 신영지(2014), 「외국인 유학생을 위한 한국어 집중학습 과정- 성균관대학교 사례를 중심으로-」, 『교양교육연구』 8-6, 한국교양교육학회, 169~196쪽.

민현식(2008), 「특수 목적 한국어 교육의 현황과 과제」, 『국제한국어교육학회 18차 국제학술대회 발표지』, 국제한국어 교육학회, 19~39쪽.

박건숙(2003), 「국내 웹 기반의 한국어 교육 사이트에 대한 비교・분석 연구 - 국제교육진흥원, 문화관광부, 서강대학교, 재외동포재단 사이트를 대상으로-」, 『한국어 교육』 14-3, 국제한국어 교육학회, 145~167쪽.

박석준(2008), 「국내 대학의 학문 목적 한국어 교육 현황 분석 -입학 후 과정을 중심으로-」, 『한국어 교육』 19-3, 국제한국어 교육학회, 1~32쪽.

박재현 · 이아름(2014), 「웹 기반 한국어 교재의 현황과 과제」, 『Journal of Korean Culture』 26-1, 한국어문학 국제학술포럼, 49~183쪽.

박종선(2012), 『사이버학습의 이해-지식기반사회의 자기개발을 위한 학습전략』, 교육과학사.

법무부 출입국 · 외국인정책본부 이민정책과(2017), 『2016 출입국 · 외국인정책 통계 연보』, 법무부.

손경애 · 김민정(2015), 「교양교육과정으로서 한국어 교육용 읽기 지문의 난이도에 영향을 미치는 요인에 관한 연구」, 『교양학연구』 1, 다빈치 미래교양연구소, 109~133쪽.

송재희(2011), 「한국어 교육 웹 교재의 내용 설계 연구」, 관동대 석사학위논문.

유승금(2005), 「학문 목적 한국어의 교육과정 개발 연구: 학점 이수 과정을 중심으로」, 『국제한국어교육학회 24차 학술대회 자료집』, 국제 한국어 교육학회, 61~82쪽.

유해준 (2015), 「외국인 유학생을 위한 대학 교양 한국어 교재 개발 방안」, 『사고와 표현』 8－1, 한국사고와표현학회, 73~105쪽.

이유경(2016), 「외국인 학부생 대상 대학 글쓰기 과목의 교재 개발을 위한 기초 연구」, 『한국어 교육』 27－4, 국제한국어 교육학회, 155~188쪽.

장미정(2017), 「외국인 학부생 대상 교양 한국어 교재에 나타난 문화 항목 분석 연구」, 『민족연구』 69, 한국민족연구원, 20~40쪽.

장향실, 김서형(2009), 「외국인 대학생을 위한 교양 한국어 쓰기 수업 모형 개발 연구」, 『한국어 교육』 20－2, 국제한국어 교육학회, 255~270쪽.

정호진(2010), 「이공계 전공 예비 유학생을 위한 한국어 교재 개발 방안」, 『언어연구』 27－2, 경희대학교 언어정보연구소, 309~332쪽.

진정란(2013), 「한국어 교육용 온라인 콘텐츠의 현황과 개발 과제」, 『외국어교육연구』 27－2, 한국외국어대학교 외국어교육연구소, 149~175쪽.

최은규 외(2006), 「초급 학습자를 위한 웹기반 한국어 교육 프로그램 연구」, 『한국어 교육』 17－2, 국제한국어 교육학회, 437~457쪽.

최정순(2006), 「학문 목적 한국어 교육의 교육과정과 평가」, 『이중언어학』 31, 이중언어학회, 277~313쪽.

한상미 외(2012), 「온라인 한국어 교육과정 개발을 위한 기초 연구」, 『외국어로서의 한국어 교육』 37, 연세대학교 언어연구교육원, 411~446쪽.

Dudley-vans, T., and St. John, M. J.(1998), *Developments in English for Specific Purpose*, Cambridge: Cambridge University Press.

Joellen E. Coryell(2007), "*Implementing E-earning components with adult English language learners: Vital factors and lessons learned*", Computer Assisted Language Learning 20－3, pp.263~278.

RC Clark, RE Maye(2016), *E-earning and the science of instruction: Proven guidelines for consumers and designers of multimedia learning*, Wiley, New Jersey.

<참고 사이트>

EBS '두리안 한국어' http://www.ebs.co.kr/durian/

경성대학교 '벼리 한국어학당 http://www.byeori.net/

경희사이버대학교 'Learning Korean' https://lk.khcu.ac.kr/

고려사이버대학교 '바른 한국어 http://korean.cuk.edu/

국립국어원 '두근두근 한국어'
http://www.korean.go.kr/front/page/pageView.do? page_id

국립국어원 '바른소리' http://www.korean.go.kr/hangeul/cpron/main.htm

비상교육 'Master Korean' http://www.masterkorean.com

서강대학교 'Sogang Korean Progam' http://korean.sogang.ac.kr/

서울대학교 언어교육원 '온라인 한국어'
http://lei.snu.ac.kr/mobile/kr/klec/click-korean/index.jsp

세종학당재단 '누리-세종학당' http://www.sejonghakdang.org/sjcu/home/main.do

아리랑 TV 'Let's speak Korean'
http://www.arirang.co.kr/Tv/Tv_About_Content.asp? PROG_CODEE

재외동포재단 '스터디 코리언' http://study.korean.net

㈜배론 '한국어 일반과정' http://korean.baeron.com/Index.do

코세라 http://www.coursera.org

톡투미인코리언 'Talk To Me In Korean' http://talktomeinkorean.com/aboutus/

한국외국어대학교 한국어문화교육원 '사이버한국어' http://www.korean.ac.kr/

한국어교재 연구에서의 상담기법 적용*

이윤진

1. 머리말

교재는 언어 교육 현장에서 배우고 가르쳐야 할 '그 무엇'을 담고 있는 총체적인 도구(조항록, 2003:249-250)인 동시에 교재가 개발된 당시의 이상적인 학습 내용과 문화가 반영된 실체(한송화, 2015:202)이다. 현장의 언어 교사가 교수·학습의 목표, 내용, 순서, 전략 등을 파악하고 교육의 실제성 제고(이윤진, 2017:55-56)를 통해 학습자의 학습 목표 도달을 유연성 있게 이끄는 과정 역시 교재를 중심축으로 하여 이루어진다. 이러한 까닭에 그간의 논의에서 언어 교재가 갖는 본연의 가치, 교재 개발 및 구성 원리, 실제성 구현을 위한 교재 활용 방안 모색과 같은 유의미한 성과들이 한국어 교육 현장에 자연스럽게 적용되고 교

---

* 이 논문은 한국언어문화교육학회에서 발간하는『언어와 문화』13권 4호(2017년 11월)에 실린 논문을 재게재한 것임을 밝힌다.

재 발전에 상당한 기여를 해 왔다. 그럼에도 불구하고 시대 변화에 부합하는 교재 연구의 방향성에 대한 논의 또한 끊임없이 이어지고 있다.

지금까지 한국어 교재의 비약적인 발전과 다양한 교재 개발의 성과(고경민, 2016)[1]에는 이론의 여지가 없다. 그러나 우리의 관심이 교재에 담길 '언어', '내용' 등에 집중되는 사이에 무심히 간과했던 측면은 없었을까 하는 의문과 반성이 이 글의 출발점이 되었다. 본고는 앞으로의 한국어 교재는 언어 교재로서의 충실함에 머무르지 않고 언어 교재 그 이상의 가치와 고려가 담겨야 한다는 입장에서 향후 교재 연구에 적용 가능한 하나의 방법론으로서 상담 기법의 유용성에 대해 고찰하는 데 그 목적이 있다.

먼저 본고에서 주목한 문제제기를 잘 보여주는 몇 사례를 제시하면 다음과 같다. (1－2)는 한국어 교재[2] 본문의 일부로, '아내(결혼이주여성)－남편', '결혼이주여성－아는 언니'의 대화 내용이다.

(1) a. 남편 : 여보, <u>어머니가 기분이 안 좋으신 것 같은데</u> 무슨 일 있었어요?
수잔 : 아침에 제가 늦잠을 잤잖아요. 너무 자주 그러니까 낮에 저한테 꾸중을 하셨어요.

b. 남편 : 당신이 뭐라고 <u>말대꾸했어요</u>?
수잔 : 아니요. 저는 어머님 말씀을 가만히 듣고 있었거든요. 그런데 제 얼굴을 보시더니 <u>갑자기 더 화를 내셨어요</u>.

---

1) 특히 2000년대 이후 최근 20여 년은 한국어 교재의 수적인 증가뿐만 아니라 다양한 교수법의 반영, 교육과정의 구체화를 거쳐 교재의 목적, 유형, 내용에 있어서도 어느 정도 완성된 모습을 갖추어 온 시기(고경민, 2016:297－298)이다.
2) (1)은 <결혼이민자를 위한 함께하는 한국어>의 4권 5과, (2)는 4권 19과에서 가져온 것이다. 교재의 구체적인 사례에 대한 논의는 Ⅳ～Ⅴ장에서 다룬다.

c. 남편 : 그래요? 당신 혹시 어머니 얼굴을 똑바로 쳐다보지 않았어요?
수잔 : 맞아요. 어른이 말씀하시면 그렇게 해야 되잖아요.

(1)은 어머니의 심기가 불편하신 것을 눈치 챈 남편이 아내에게 이에 대해 궁금해 하면서(1a) '말대꾸'라는 부정적 어감을 지닌 표현을 사용하여 묻고(1b) 그 이유를, 아내가 꾸중을 들을 때 예의 없이 어머니 얼굴을 똑바로 응시했기 때문일 것(1c)이라고 지적하는 대화이다. 흥미로운 점은 (1)에서 한국 문화에 익숙하지 않은 자신의 아내(결혼이주여성)가 어머니와의 의사소통과정에서 심적으로 겪을 수 있는 어려움과 갈등에 대한 남편의 공감적 태도보다는 일방향적으로 아내에게 전달하고자 하는 메시지(꾸중 들을 때의 웃어른에 대한 태도)가 더 부각된다는 것이다.

다음으로 두 외국인 여성의 대화(2)를 해당 교재의 주인공으로 설정된 흐엉의 시선에서 살펴보기로 한다.

(2) a. 흐엉 : 언니, 남편에게는 저보다 일이 더 중요한 것 같아요.
수잔 : 갑자기 왜 그래? 무슨 일이 있었어?
흐엉 : 요즘 야근한다고 늦게 들어오고, 들어와도 잠만 자요. 저하고는 얼굴 볼 시간도 없어요.
수잔 : 너희 남편 회사가 요즘 많이 바쁜가 보네.

b. 흐엉 : 그렇지만 전화할 시간도 없어요? 출근해서 퇴근할 때까지 전화도 한 통 하지 않아요.
수잔 : 바쁘다 보면 그럴 수도 있는 법이지. 네가 남편을 좀 이해해 줘.

(2)에서는 업무 때문에 가정에서 여유 있게 시간을 내지 못하고(2a) 온종일 전화 한 통 하지 않는(2b) 무심한 남편을 향한 서운함과 불만을 토로하는 결혼이주여성(흐엉)이 대화 상대로부터 심정적인 교감을 얻는 데 실패하는 장면을 엿볼 수 있다. 대화 상대인 아는 언니(수잔)는 흐엉에게 "회사가 바쁠 것"이고 "바쁘면 그럴 수 있다" 라고 도리어 흐엉의 남편 입장을 대변한다. 이와 동시에 흐엉과의 공감대 형성이나 흐엉의 납득 과정을 배려하지 않고 일방적인 현실 수용을 조언하고 있다.

이상은 일부 사례(1－2)에 불과하지만 교재의 잠재적 사용자인 한국어 학습자들에게 있어서 한국어가 단지 언어적 매개일 뿐 진정한 소통의 윤활유로 작용하고 있지 않음을 드러내고 있다. 그 첫 번째 이유는 살아있는 실세계 언어의 축소판이라고 일컬어지는 교재 본문이 한국어 학습자로 하여금 한국어 의사소통 상황에서 공감 받지 못하는 자기 자신의 모습을 투영시키게 할 우려가 있다. 두 번째는 학습자가 자신이 느끼는 심정적 어려움을 바람직한 방법으로 해결할 기회를 찾지 못한 채 무조건적인 현실 수용을 종용받는 메시지로 읽힐 가능성도 배제할 수 없다.

최근의 다문화영역 한국어교육 연구 동향에서 "발음, 어휘, 문법 연구에 비해 그간 상대적으로 주목받지 못했던 영역(담화, 인권 연계, 정체성, 태도)으로 그 내용적 범위가 확장되고 있는"(강현화, 2015:123－124) 것은 매우 반갑고 시의적절한 일이지만 한국어 교재 안에 담긴 언어 이면의 측면까지 심도 있게 다루고자 한 논의는 아직 찾기 어렵다. 이에 본고에서는 단원별 '핵심 문법, 어휘, 주제, 담화 등이 종합적으로 녹아 있는 부분'(김현강·이윤진, 2013:50)인 교재 본문 연구에 있어서 그간 시도되지 않았던 새로운 방법론의 하나로 상담 기법[3])을 적용해

보려 한다. 한국어 교재의 실제 주인공이어야 할 학습자의 눈높이에서 세심하게 고려되어야 할 문제를 도출해보고 이를 통해 교재의 개발 및 활용 등 한국어 교육 현장의 이론과 실제에 다각도의 함의를 논하는 시작점으로 삼고자 한다.

본 연구는 다음의 순서로 논의를 전개한다. 먼저 II장에서는 한국어 교육 분야에서 상담을 주제어로 다룬 기존 논의 검토와 더불어 이 연구의 배경을 밝히고 III장에서는 연구 방법 및 절차를 소개한다. 이어서 IV장에서는 한국어 교재 연구에 적용 가능한 주요 상담 기법을 중심으로 논한 후 V장에서는 이를 종합적으로 적용한 사례 제안과 함께 그 근거를 밝힌다.

2. 논의의 배경

본 장에서는 그간 한국어 교육 분야에서 상담을 주제어로 한 선행 연구와 본고의 차별점을 밝히고 향후 한국어 교육과 상담 분야와의 연관성을 조망함으로써 이 글의 논의의 배경으로 삼는다.

최근 국내 거주 이주민 인구가 늘어나면서 그들의 한국 정착을 돕는 한국어, 한국문화 교육뿐만 아니라 다양한 복지 정책들이 뒷받침되고 있다. 그 가운데 한국어교육에 관한 관심만큼이나 화두가 되는 것이 바로 이민자들의 심리 상담 그리고 한국생활에서 겪을 수 있는 다양한 문제 해결을 위한 실질적인 지원 문제이다. 이민자들의 정의적 측면을 고려하여 그들의 심리적 안정을 돕는 상담 기회와 접근 방식을 다각도로

3) 이 연구에 필요한 상담 분야 이론 적용, 자료 수집 및 분석의 단계에서 해당 분야 전문가(안양대학교 김진희 교수 외) 3인의 자문을 받았음을 밝힌다.

확대하고 있다는 기사[4]가 적지 않게 발견되는 것도 이러한 배경에서라 할 수 있다. 더 나아가 이주민의 고용과 인권과 관련하여서도 그들이 심정적 어려움을 토로하고 궁금한 점을 문의할 수 있는 상담 창구[5]가 마련되고 있는 것을 보더라도 이민자 대상의 한국어 교육 및 관련 정책에 있어서 '상담'이 매우 중요한 핵심어로 부각되고 있음을 알 수 있다.

이와 같은 시대적 요구와 변화는 한국어 의사소통능력 향상을 목표로 하는 한국어교육에서 그간 깊이 있게 다루어지지 않았던 '상담'이라는 화두가 본격적으로 논의되어야 할 시점임을 시사한다.[6] 이는 상담 분야의 이론에서 한국어 교육에 적용할 수 있는 유의미한 근거를 찾는 작업에서부터 한국어 교재 안에 담아야 할 '그 무엇'의 변화까지도 포괄한다고 본다. 예컨대 국내에 거주하는 한국어 학습자가 실질적 필요에 의해 상담이라는 현실 상황에 마주하게 되었을 때 유용한 어휘, 문

4) "광양제철소 결혼 이주여성에 '심리 안정 프로그램'호응", <경향신문>, 2015년 12월 28일자.

5) 이주외국인법률지원센터, 한국외국인력지원센터, 외국인력상담센터 등을 꼽을 수 있다. 첫 번째로, 이주외국인법률지원센터(http://www.migrantlaw.or.kr/)는 대한변호사협회에서 다문화가정을 위한 법률지원활동을 하기 위한 곳으로, 다문화가정법률지원위원회 구성(2011.3)을 계기로 운영되기 시작하였다. 두 번째로, 한국외국인력지원센터(http://www.migrantok.org/)는 외국인근로자의 고용 등에 관한 법률에 의거하여, 2004년 12월 외국인근로자의 인권신장과 복지증진을 위해 노동부가 설립하고, 한국산업인력공단이 관리, 감독하며 (사)지구촌사랑나눔이 수탁받아 운영된다. 세 번째로, 외국인력상담센터(http://www.hugkorea.or.kr)는 고용허가제로 우리나라에 체류하고 있는 외국인근로자와 그들을 고용한 사업주 사이의 문화적 격차와 언어소통 문제로 답답하고 궁금한 사항을 상담할 수 있도록 고용노동부와 한국산업인력공단이 함께 마련한 상담센터이다.

6) 한국어 교육과는 별개로 다루어지고 있지만 최근 다문화 배경 한국어 학습자를 고려한 '상담' 관련 자료 또는 매뉴얼이 지속적으로 개발되고 있다. 『다문화가정 법률상담사례집 Q&A』(대한변호사협회, 2015), 『다문화학생을 위한 학교진로상담(지도) 운영 매뉴얼』(이지연 외, 2016), 『교사를 위한 다문화가정 학생과 학부모 교육상담 매뉴얼』(손소연 외, 2014), 『다문화가족상담 인력 양성을 위한 교육과정개발』(최연실 외, 2013)이 대표적인 예이다.

법, 주제들의 노출을 얼마나 어떻게 해야 할지도 고려 대상이 될 것이다. 뿐만 아니라 내용적인 측면 이외에 한국어 교재에 담겨 있는 가치관이나 상황적 요인들이 바람직하게 설정되어 있는지 상담 이론을 적용하여 반추해 볼 수도 있겠다. 그 첫걸음으로서 본고는 상담 분야에서 널리 통용되는 상담기법이 한국어 교재 연구에 있어서 그간 우리가 간과해 왔던 또 다른 측면을 밝히는 데 많은 도움을 줄 것이라는 입장에서 논의를 전개한다.

본격적인 논의에 앞서 한국어 교육 분야에서 상담을 핵심어로 다룬 선행연구를 찾아보면 강승혜(2005)를 필두로 조현선(2011), 조현선(2012), 서진숙(2012), 서진숙·장미라(2013)가 있다. 이는 크게 한국어 학습의 효율성에 영향을 미치는 학습자 요인에 주안점을 둔 성과(강승혜, 2005; 조현선, 2011; 조현선, 2012)와 교사의 역할과 자질의 측면에 방점을 둔 성과(서진숙, 2012; 서진숙·장미라, 2013)로 나뉜다. 주목할 만한 점은 한국어 교육 분야에서 '상담'을 다룬 앞선 연구에서 바라보는 상담의 개념은 상담 분야의 이론에 근거한 전문 상담이 아닌 '수업 외 교사와 학습자의 상호작용'(서진숙·장미라, 2013), 한국어교사에 의한 '생활지도, 면담, 상담'(서진숙, 2012:100)을 의미한다는 사실이다.[7] 즉 학습자들은 그들이 한국 생활에서 겪는 애로점과 고충을 한국어 교사와 나누고 싶은 요구를 가지고 있으며(강승혜, 2005)[8] 이것이 원활히

7) 서진숙(2012)은 한국어 학습 능력의 제고와 원활한 교실 운영을 위하여 한국어교육 기관에서는 교사에 의한 상담 체계를 구축할 필요가 있음을 부각시키고 한국어 교육 기관의 상담 체계 구축의 모형을 제안하였다. 더불어 한국어 교사에게 요구되는 자질 가운데 학습자와 긴밀한 대화를 나눌 수 있는 상담 기술이 포함되어야 함을 주장한다. 또한 서진숙·장미라(2013)는 원활한 한국어 수업 혹은 교수·학습을 위해 한국어 교육 현장에서 이루어지는 명시화된 수업 내용과 수업 이외에, 비명시적으로 존재하는 교사·학습자의 상호작용과 관련하여 교사가 어떤 경험을 하고 있고, 어떤 인식을 하고 있는가(147p)를 양적, 질적인 조사를 통해 밝히고자 한 논의이다.

충족될 때 한국어 학습 성취도에도 긍정적인 영향을 미칠 수 있다(조현선, 2011; 조현선, 2012)[9]는 것이다.

이상의 앞선 논의들에 기대어 이 글에서도 학습자의 정의적 측면에 초점을 두되 본고에서 전제하는 상담의 개념은 학습자와 교수자의 수업 외 상호작용이 아니라 상담학 분야에서 일반적으로 통용되는 것을 적용한다는 점에서 기존 논의와 차별점이 있다. 또한 본고는 실제로 오프라인에서 일어나는 상담이 아닌 한국어 교재의 본문을 학습자가 언젠가 맞닥뜨릴 가능성이 높은 상황으로 가정하여 상담학에서의 실제를 바탕으로 한 한국어 교재 분석 시도라는 점에서도 의미가 있다.

상담학에서의 상담은 "도움을 필요로 하는 사람(내담자)이, 전문적 훈련을 받는 사람(상담자)과의 대면관계에서, 생활과제의 해결과 사고, 행동 및 감정 측면의 인간적 성장을 위해 노력하는 학습과정"(이장호, 1995:3) 또는 "내담자가 스스로 결정을 내리고 그 결정에 책임지는 법을 학습하게 함으로써 성장·발달을 지속하도록 돕는 과정"(강진령, 2016:17)으로 정의된다. "상담자가 전문가로 성장하기 위해서는 다양

8) 강승혜(2005)는 1999년부터 4년간의 상담 주제 분류, 주제별 상담 빈도를 분석하고 한국어 학습자들이 한국어 교사에게 상담자로서의 역할도 기대하고 있음을 밝힌 최초의 성과이다. 학습자들은 각자 안고 있는 문제를 교사가 해결해 주기를 바라기보다 자신의 처지와 상황을 누군가로부터 이해받고 스스로 해결해 나갈 자신감과 용기를 얻고자 한다(17p)고 설명한다.

9) 제2언어학습에 있어서 학습자 요인의 중요성을 전적으로 수용하는 입장에서 출발한 조현선(2011)에서는 한국어교육기관의 상담 사례(2000년~2010년)를 분석함으로써 한국 생활에서 겪는 학습자들의 애로점과 그 변화 추이를 살펴보고 한국어교육기관에서의 한국어 학습자의 상담 방안을 모색하고자 하였다. 여기서 한 단계 더 나아간 조현선(2012)의 논의에서는 외국어로서의 한국어교육에서 언어적 능력을 향상시키는 것도 중요하지만 낯선 환경에서 느끼는 학습자들의 심리적 불안과 고충, 실생활에서의 문제점 등을 해결하는 데 전문적 도움을 주는 제도적 장치도 반드시 필요하다(386p)고 주장하면서 한국어 교육기관 내의 효율적인 상담실 운영과 방법을 논하였다.

한 상담 관련 지식과 기술을 알고 익혀야 하는데”(강혜영, 2013:92) 실제적인 상담 상황에서 요구되는 것이 바로 상담 기술(counselling skills) 또는 상담 기법(counselling technique)이다. ‘기법’과 ‘기술’이라는 용어를 달리 설명하는 입장(강진령, 2016:17)도 있으나 상담 분야에서 이 둘은 엄격히 구분되지 않고(강혜영, 2013) 혼용되기도 한다. 후자에 따라 본고는 ‘상담 기법’이라는 용어로 통칭함을 밝혀 둔다. 한국어 교재 연구에 유용하게 적용할 수 있는 상담 기법의 구체적인 내용들은 Ⅳ장에서 본격적으로 논하기로 한다.

3. 연구 방법 및 절차

본 연구는 다음과 같이 ‘① 연구 대상 교재 선정 → ② 교재의 주제 및 내용 분석 후 상담 관련 단원 추출 → ③ [면담] 최종 목록 선정을 위한 상담 분야 전문가 자문 → ④ [설문] 상담 기법의 관점에서 한국어 교재에 대한 전문가(3인) 자문 → ⑤ 한국어 교재 연구에 적용 가능한 주요 상담 기법 범주화 → ⑥ 상담 기법을 종합적으로 적용한 본문 사례 제안’의 절차에 따라 진행되었다. 각 절차별 내용은 다음과 같다.

① 연구 대상 교재 선정

한국어 교육 분야에서 상담 분야의 실질적인 기법을 적용하는 최초의 기초 연구로서 본 논의에서는 이주민 대상의 한국어 교재 안에서 학습자가 자신이 처한 고민이나 갈등을 털어놓는 과정, 그것을 해소하는 장면들이 어떤 시각에서 다루어지고 있는지를 살펴보고자 한다. <결

혼이민자와 함께하는 한국어>를 선정하여 살피되 본고에서 주안점을 두는 것은 언어 요소(어휘, 문법 등)별 내용과 범위 등에 초점을 둔 그간의 연구와 달리 상담 분야에서 통용되는 '상담 기술'을 적용해 본다는 점에서 차별점이 있다.[10)]

② 교재의 주제 및 내용 분석 후 상담 관련 단원 추출

<결혼이민자와 함께하는 한국어>는 각 권이 20단원으로 구성된 총 6권의 시리즈이다. 먼저 총 120개 단원을 검토한 후 주제, 기능이 '상담' 또는 이와 유사한 내용과 관련된 것을 1차적으로 추출하였다. 또한 단원 구성에서는 명시적으로 제시하지 않았더라도 본문이 '상담' 관련 내용으라 판단되는 것을 <표 1>과 같이 함께 목록화하였다.

<표 1> <결혼이민자와 함께하는 한국어>에서의 '상담' 관련 내용

급	단원	주제	기능	제목	대화자
4급	5과	문화 충격	-진술하기 -심정 토로하기	아무리 한국 문화를 배워도 익숙해지지 않아요.	**아내**-남편
4급	15과	학부모 상담	-상담하기 -묘사하기	미술이 창의력 발달에 좋아요.	**학부모**-교사
4급	19과	상담	-심정 토로하기 -위로하기	바쁘다 보면 그럴 수도 있는 법이지	두 명의 외국인 여성(**흐엉**-수잔)
5급	8과	구직 상담	-과거의 어려웠던 기능 말하기 -불가능 말하기	구직 상담	**구직 희망자**-구직 경험자

10) 본고는 특정 교재에 대한 문제점 도출 및 비판에 초점을 둔 것이 아니라 향후 다양한 교재 연구에 유용하게 적용될 수 있는 고찰에 목적을 둔 것임을 밝혀 둔다.

<결혼이민자와 함께하는 한국어>의 총 120개 단원 중에서 '상담'이라는 키워드를 포함한 것은 3개 단원에 불과했다. 또한 상담이라는 키워드는 나타나지 않지만 '심정 토로하기' 기능을 다룬 1개 단원(4급 5과)까지 포함한 것이 <표 1>의 목록이다. 흥미로운 사실은 상담 관련 내용은 모두 중급 이상에서 다루어진다는 점이다. 초급의 경우 정보 구하기(표 예매, 길 찾기, 선물 고르기, 주방도구 관리법 등)를 위해 상대에게 도움을 요청하는 내용들은 충분히 담고 있는 반면 '상담' 관련 내용은 발견되지 않았다.[11]

③ [면담] 최종 목록 선정을 위한 상담 분야 전문가 1차 자문

위의 ②에서 목록화한 교재 본문을 상담학에 근거하여 살펴보는 작업의 학문적 유의미성 여부, 관련 이론의 탐색, 연구의 방향성 설정을 위하여 상담 분야 전문가 1인[12]의 자문과 검수 과정을 거쳤다. 이 과정은 자유 면담 형식으로 진행하였고 ②에서 목록화한 본문 텍스트 전체를 상담 전문가에게 제시한 후 다음과 같은 질문을 던지는 것으로 시작하였다.

---

11) 물론 언어 능력을 중심으로 고려한다면 학습자가 자신의 심정을 목표어인 한국어로 잘 표현하려면 어느 정도의 수준에 도달해야 가능할 수도 있다. 그러나 이주민의 한국 정착에 있어서 상담에 대한 요구가 증가하는 추세, 언어적 의사소통에 어려움이 큰 정착 초기(또는 한국어 초급 수준)가 상담에 대한 더 절실한 요구가 있을 것임을 감안할 때 상담 관련 내용이나 상황들이 한국어 교재에 조금 더 이른 시기부터 광범위하게 포괄되도록 하는 것에 대해서도 가능성을 열어 두고 논의해 볼 필요가 있다고 본다.

12) 상담 심리 분야 박사학위 소지자로 실무 경력 17년 3개월의 대학 전임교원이다.

"(본문을 가리키며) 이것이 실제 대화라고 가정한다면 상담자의 관점에서 도출할 수 있는 문제가 발견되는가? 그렇다면 그것은 어떤 것인가?"

"(본문을 가리키며) 이것이 실제 대화라고 가정할 때 상담자라면 내담자(결혼이민자)와 어떤 흐름으로 대화를 전개하겠는가?"

자유 면담 진행 후 상담 분야 전문가로부터 얻은 자문과 본 연구자의 연구 취지를 종합하여 다음과 같은 논의의 방향성을 도출할 수 있었다.

첫째, ②에서 목록화한 자료 가운데 학부모 상담(4급 15과)[13]을 제외한 다음의 세 개 단원은 상담 분야에서 통용되는 '상담 기법'의 관점에서 분석과 해석이 가능하다.

둘째, '상담 기법'의 관점에서 바람직한 대화의 흐름 제안 시 고려해야 할 것으로 두 가지를 꼽을 수 있다. 하나는 교재의 본문 내용이 전문 상담자에 의한 전문 상담은 아니지만 '상담 기법'을 바탕으로 조금 더 바람직한 대화를 제안할 수 있다. 다만 이것은 언어 교재로서 한국어 교재 본문이 담고 있는 내용과 틀을 최대한 유지하도록 최소의 가감을 전제로 하는 것이 좋다.

셋째, 상담 장면에서 상담자와 내담자의 대화를 말로 풀어 놓은 것을 '축어록'이라 하는데 교재 본문을 '축어록'으로 가정하고 복수의 상담 전문가에게 질적인 자문을 구한다면 좀 더 유의미하고 검증된 연구 수행과 결과를 기대할 수 있을 것이다.

---

13) 학부모의 자녀 상담(4급 15과) 대화는 내담자(화자)의 심정적인 어려움 토로가 아니라 자녀에 대한 교육 및 양육 정보를 주고받는 것이므로 엄밀히 볼 때 상담 분야에서 의미하는 상담과는 연관성이 적기 때문이다.

④ [설문] 상담 기법의 관점에서 한국어 교재에 대한 2차 전문가 자문

③을 통해 최종적으로 선정한 분석 대상(<표 1>에서 4급 5과를 배제한 3개 단원)의 본문을 텍스트화한 후 <표 2>와 같이 '상담 기법'의 관점에서 수정 및 근거 이론에 대한 상담 분야 전문가(3인)의 의견을 설문 방식으로 수렴하는 작업을 진행하였다. 해당 전문가는 모두 상담 분야의 박사학위 소지자이자 상담 관련 전문자격증 취득자이며 대학 및 상담 기관의 근무 경력(2017년 4월 현재, 20년, 18년, 17년 3개월)을 가지고 있다.

<표 2> 한국어 교재 본문에 대한 상담 전문가 자문 예시(설문)

본문		상담 전문가 제안	상담 기법
남편 :	여보, 어머니가 기분이 안 좋으신 것 같은데 무슨 일 있었어요?	여보, 오늘 하루 어떻게 보냈어요?	(탐색적)질문
수잔 :	아침에 제가 늦잠을 잤잖아요. 너무 자주 그러니까 낮에 저한테 꾸중을 하셨어요.		
남편 :	당신이 뭐라고 말대꾸했어요?	늦잠 잔 것 때문에 어머니한테 꾸중을 들었군요. 그래서 당신은 어떻게 했어요?	내용 반영
수잔 :	아니요. 저는 어머님 말씀을 가만히 듣고 있었거든요. 그런데 제 얼굴을 보시더니 갑자기 더 화를 내셨어요.		
남편 :	그래요? 당신 혹시 어머니 얼굴을 똑바로 쳐다보지 않았어요?	가만히 듣고만 있었을 뿐인데 화를 내셨으니 당황했겠어요. 어머님이 무엇 때문에 화를 내셨는지 모르니 더 당황스럽겠어요.	감정 반영

<표 2>와 같이 본고에서는 좌측에 본문 대화를 대화자별로 구분하여 하나의 말순서 주고받기(turn taking)가 잘 보이도록 편집한 자료를

상담 전문가에게 제시하였고 상담 전문가는 그 우측에 상담자의 입장에서 바람직한 대화의 방향을 최소의 가감을 통해 제안하였다. 또한 가장 우측에는 상담 전문가의 이러한 제안이 바탕으로 두고 있는 상담 기법을 명시함으로써 본 연구자가 고찰해야 할 이론의 핵심어를 도출할 수 있도록 하였다.

⑤ 한국어 교육에 적용 가능한 주요 상담 기법 범주화

④의 과정을 통해 한국어 교재 본문 분석 시 유용한 상담 기법에 대한 전문가의 의견을 수렴하여(<표 2>) 종합적으로 분석하였다. 먼저 제안 내용과 그것이 바탕으로 둔 상담 기법에 있어서 전문가의 의견이 완전 일치한 것을 우선 선별하였다. 또한 큰 시각 차이는 없으나 의견의 다양성이 나타난 것 중에서는 한국어 교재에 적용하기에 더 적합하다고 판단되는 것을 선별하였다. 이와 같은 기준으로 최종적으로 범주화한 다섯 가지의 상담 기법(감정 반영, 내용 반영, 정보 제공, 자기 개방, 탐색적 질문)과 이에 해당하는 구체적인 사례는 IV장에서 다룬다.

⑥ 상담 기법을 종합적으로 적용한 본문 사례 제안

본고에서 분석 대상으로 삼은 다음의 교재 본문(②)에 최종적으로 도출한 상담 기법(⑤)을 종합적으로 적용한 사례를 구체적으로 제안하였다.

· 아내(결혼이주여성)과 남편의 대화 (4급 5과)
· 결혼이주여성과 아는 언니의 대화 (4급 19과)

· 구직 희망자(결혼이주여성)과 구직 경험자 (5급 8과)

이를 통해 상담 기법의 관점에서 한국어 교재 연구의 유용성에 대한 시사점을 논한다(Ⅴ장).

4. 한국어 교재 연구에 적용 가능한 주요 상담 기법

본 장에서는 상담 기법[14]의 주요 내용 가운데 감정 반영, 내용 반영, 정보 제공, 자기 개방, 탐색적 질문을 한국어 교재의 사례와 함께 살펴본다. 각 기법이 적용된 바람직한 사례는 상담 전문가의 제안을 바탕으로 한 것이다.

4.1. 감정 반영

우리가 누군가에게 나의 고충을 이야기할 때 상대방에게 그 해결책을 바라기도 하지만 때로는 내가 느끼는 현재의 심정을 교감해 주는 것만으로도 큰 위안을 얻는다. 한국어 교재 본문이 현실의 축소판이라면 대화의 실제성이 우선적으로 고려되어야 하겠지만 실제 주인공인 한국어 학습자가 교재 대화로부터 직간접적으로 영향을 받게 되는 정의적 측면 또한 간과할 수 없을 것이다.

다음의 (3)에서 결혼이주여성(흐엉)은 바쁜 업무 때문에 전화 한 통 없는 남편에 대한 불만을 토로한다. 교재에서의 설정은 자신의 입장을

14) 상담 기법에 대한 일반적인 내용 소개 부분은 예비 상담 전문가를 위해 개발된 단행본인 천성문 외(2015), 강진령(2016)을 중심으로 참고하였음을 밝힌다.

공감받기보다는 무조건적인 현실 수용(3a)을 하도록 되어 있다. 반면 상담 전문가의 제안인 (3b－d)는 흐엉의 심정을 '(남편이 흐엉에게) 소홀해진 느낌이 들다', '서운하다', '섭섭하다'라는 표현을 통해 공감적 태도를 보인다는 점에서 공통점이 발견되었다.

(3) 흐엉 : 그렇지만 전화할 시간도 없어요?
출근해서 퇴근할 때까지 전화도 한 통 하지 않아요.
수잔 : a. 바쁘다 보면 그럴 수도 있는 법이지. 네가 남편을 좀 이해해 줘.
b. 하루 종일 전화 한 통 하지 않는 것이 흐엉한테 소홀해진 것 같은 느낌이 들게 했네.
c. 남편이 직장에서 일하다가 전화라도 해주면 덜 서운할 것 같단 말이지?
d. 바쁘다고 해도 전화 한번 안 해주니 많이 섭섭했겠네

(3b－d)와 같은 반응은 상담 기술 가운데 '감정 반영'에 기초한다. 감정 반영이란 "공감적으로 이해한 내담자의 감정을 다른 동일한 말로 전달해 주는 것"(강진령, 2016:107), "내담자의 말이나 비언어적 행동을 바탕으로 내담자가 현재 느끼는 감정을 명확히 파악한 후 그 감정을 중심으로 상담자가 내담자에게 표현하는 것"(천성문 외, 2015:73)으로서 감정이 주는 이점을 적용하여 내담자의 감정에 대한 명확한 이해와 더불어 내담자가 스스로를 긍정적으로 지각하고 수용할 수 있게 하는 기회를 제공한다(천성문 외, 2015:73－76)는 점이 특징이다.

감정 반영은 내담자가 이해받는 느낌을 갖게 하여 더 자유롭게 소통할 수 있도록 하고 자신의 다양한 감정을 변별할 수 있게 한다는 점에서 장점이 있으나(강진령, 2016:108) 감정 반영에서 유의할 점은 상담자가 내담자의 감정을 규정짓는 것이 아니라 반영한다(천성문 외, 2015:77－78)는 데 있다.

4.2. 내용 반영(재진술)

바람직한 대화 유지에 있어서 중요한 것 가운데 하나는 상대의 발화 내용을 제대로 이해하는 것에서 그치지 않고 잘 이해했다는 사실을 상대에게 되돌려 알려줌으로써 다음 단계의 대화로 자연스럽게 나아가는 것이다. 또한 상대가 다소 장황하게 발화하였더라도 그 중의 핵심 내용을 청자의 입장에서 명료하게 표현한 후 상대에게 그 내용이 맞는지를 확인받는 과정을 거침으로써 상대의 말을 달리 해석하지 않도록 예방하는 효과를 얻을 수 있다. 이와 관련된 상담 기술을 내용 반영 또는 재진술(Paraphrasing)이라 한다.

(4) 남편 : **여보, 어머니가 기분이 안 좋으신 것 같은데 무슨 일 있었어요?**
수잔 : **아침에 제가 늦잠을 잤잖아요. 너무 자주 그러니까 낮에 저한테 꾸중을 하셨어요.**
남편 : a. **당신이 뭐라고 말대꾸했어요?**
b. **늦잠 잔 것 때문에 어머니한테 꾸중을 들었군요.** 그래서 당신은 어떻게 했어요?

(4)는 결혼이주여성(수잔)이 시어머니께 꾸중 들은 것에 대해 남편과 대화를 나누는 장면이다. 교재에서의 남편 반응(4a)은 아내와의 대화에서 시어머니의 입장만을 우선하여 "(어머니에게) 뭐라고 말대꾸했어요?"라고 그 진위를 따져 묻는 부정적인 질문으로 되어 있다. 이와 달리 전문가 의견인 (4b)는 "아침에 제가 늦잠을 잤잖아요. 너무 자주 그러니까 낮에 저한테 꾸중을 하셨어요."라는 수잔의 발화를, "늦잠 잔 것 때문에 어머니한테 꾸중을 들었군요"라고 남편(청자)이 재진술함으로써 수잔이 무엇을 말하고자 했는지를 명료하게 표현하는 효과가 있다.

이와 같이 내용 반영은 대화의 내용적 측면에 중점을 두는 상담 기법으로서 내담자가 언급한 여러 가지 이야기 중 핵심이 되는 것에 초점을 두어 혼동될 수 있는 내용을 명료화하고 내담자가 자신의 가장 중요한 문제에 집중할 수 있도록 한다.[15] 재진술은 이야기의 인지적인 부분을 함축적으로 정리하여 내담자에게 되돌려 준다는 점에서 '내용의 반영'(강진령, 2016:85)이다. 재진술의 이점은 자신의 생각을 타인의 말로 표현한 것을 통해 귀 기울여 들어볼 수 있는 기회를 제공받는다(Hill, 2012)는 데 있다. 이러한 경험은 혼란스럽고 심리적으로 갈등 상황에 있는 내담자에게 자신의 문제를 객관적으로 알 수 있게 하고 그것에 대해 보다 주도적으로 탐색하는 것을 가능하게 한다.

<표 3> 재진술 유형(천성문 외, 2015:101)

유형	방법	목적
이야기 재진술	내담자 이야기를 그대로 표현	– 정확한 공감 표현 – 계속적으로 이야기하도록 독려 – 정확하게 이해했는지 확인
의미 재진술	내담자 말의 의미를 상담자 말로 바꾸어 진술	– 정확한 공감 표현 – 정확하게 의미를 이해했는지 확인 – 드러나는 의미에 대해 더 많은 이야기를 하도록 독려 – 특정한 의미에 상담 초점 맞추기
초점 맞추기	한 가지 내용이나 주제에 집중	– 중요한 점을 명료화 – 내담자가 실제보다 과장된 의미 부여를 하는 것을 방지
요약하기	–지금까지의 이야기 요약 –선택적 요약 –이득과 손실 요약	– 내담자의 핵심 정보를 수집 – 내담자의 생각을 정리할 기회를 제공 – 중요한 주제들을 체계적으로 통합 – 특정 부분에 주의를 집중시키고 상담 방향 모색

15) Hill, C. E. (2009). Helping Skill: Facilitating Exploration, Insight, and Action(3rd ed.).(주은선 역), 상담의 기술, 학지사, 2012.

내용 반영 또는 재진술의 유형에는 위의 <표 3>과 같이 '이야기 재진술', '의미 재진술', '초점 맞추기', '요약하기'가 있다.

4.3. 정보 제공

한국어 교재의 본문을 살펴보면 학습자가 알아야 할 어휘, 문법 등의 언어적 요소 이외에 학습자에게 유용한 한국 문화에 대한 정보도 담겨 있음을 알 수 있다. 이를테면 (4)의 본문은 '윗사람에게 꾸중을 듣는 상황에서 얼굴을 똑바로 쳐다보지 않는다.'라는 한국 문화에 대한 정보를 결혼이주여성인 수잔에게 알려주고자 하는 교육적 의도를 전제한다.

(4) 남편 : 당신이 뭐라고 말대꾸했어요?
수잔 : 아니요. 저는 어머님 말씀을 가만히 듣고 있었거든요. 그런데 제 얼굴을 보시더니 갑자기 더 화를 내셨어요.
남편 : 그래요? 당신 혹시 어머니 얼굴을 똑바로 쳐다보지 않았어요?
수잔 : **맞아요. 어른이 말씀하시면 그렇게 해야 되잖아요.**
남편: a. **한국에서는 어른이 꾸중을 하실 때 똑바로 쳐다보면 안 돼요. 버릇이 없다고 생각하시거든요.**
b. 아마도 당신이 어머님이 꾸중하시는데 당신이 얼굴을 똑바로 쳐다본 것 때문에 어머님이 화를 냈을 것 같아요. **한국에서는 어른이 꾸중하실 때 똑바로 쳐다보면 버릇이 없다고 생각할 수 있거든요.**
c. 당신은 어른이 말씀하실 때 똑바로 쳐다봐야 한다고 생각했군요. 당신 말을 들어보니 이해가 되네요. 그런데 **한국에서는 어른이 꾸중하실 때 똑바로 쳐다보면 버릇없다고 생각해요.** 그래서 어머니가 더 화를 내신 것 같구요.

수잔이 자신의 언어권과 한국의 비언어가 상이할 수 있음을 인식하게 되고 향후에는 주의를 기울일 가능성이 높아진다는 점에서 (4)는 유의미한 본문으로 구성되어 있다고 본다. 그러나 교재에서의 남편 반응 (4a)과 달리 상담 전문가는 (4b－c)와 같이 수잔의 심정을 헤아려주고 당시 시어머니께서 화를 내신 것에 대한 이유를 먼저 수잔이 납득하도록 설명한다. (4a－c)에서 수잔에게 전달하는 정보는 다르지 않으나 (4b－c)에서는 수잔이 자신이 알고 있었던 정보가 옳지 않음을 깨닫고 그 정보를 수정해 나가도록 돕는다는 점에서 차별점이 있다. 이는 상담 기법 가운데 '정보 제공'의 사용 시점에 대한 설명인 "내담자의 현재 욕구와 목표에 맞고 내담자가 가장 잘 받아들일 시점에 정보를 제공하고 그에 따른 선택은 내담자 스스로 할 수 있도록 하는 것이 좋다."(천성문 외, 2015:239－245)라는 것에 부합한다.

상담 기술에서 의미하는 정보 제공은 '내담자에게 특정 자료, 사실, 자원, 질문에 대한 대답 또는 의견을 제공하는 것(Hill, 2012)', "내담자에게 경험, 사건, 대안 또는 사람들에 관한 데이터 또는 사실들을 구두로 전달해 주는 것"(강진령, 2016:261)이다. 이때 정보 제공의 의미는 <표 4>에서 볼 수 있듯이 새로운 정보를 나누는 것, 잘못된 정보를 수정하는 것을 모두 포괄한다. 정보 제공의 지침에서 강조되는 것 중의 하나는 정보는 내담자의 수준, 상황, 능력 등을 고려하여 적당한 만큼을 단계적으로 제공하는 바람직하다(천성문 외, 2015:239－245)는 것이다. 또한 정보 활용의 극대화를 위해 정보 제공 후에 내담자로 하여금 해당 정보의 이해도를 말로 간략하게 표현해 보도록 하는 것도 유용한 방법이다.

<표 4> 정보 제공의 유형[16]

유형	개념	예시
정보적 답변	– 이전에 알지 못했던 정보를 내담자에게 제공함. – 주어진 상황 또는 문제에 대해 반응하는 내담자의 지각 변화를 유도함.	예) ~에 대한 정보가 필요하시네요. 제 생각에는 ~는 것이 효과적인 방법인 것 같아요.
정상화(보편화)	– 비슷한 상황에서 내담자의 반응이 다른 사람들과 다르지 않고 보편적이라는 정보를 줌.	예) 그런 경우가 종종 있지요. / 두려운 마음에 그러실 수도 있을 것 같아요.
대안적 관점	– 내담자가 제시한 내용에 대해 다른 관점이나 새 명명을 제시함. – 새로운 관점을 제시함으로써 주어진 상황이나 지각에 인지적 변화가 일어나게 도와줌.	예) 지금까지 ~해 오셨다는 말을 들으니 든든하네요. ~은/는 ~(으)로 느껴지는데 그것은 ~을 원하는 (당신의) 바람과도 잘 맞을 것 같아요. 어떻게 생각하세요?

4.4. 자기 개방

일반적인 대화에서 우리는 상대의 말을 듣기만 하거나 나의 말만을 일방적으로 쏟아내기보다 서로를 조금씩 드러내는 과정을 통해 대화를 더욱 심도 있게 전개해 간다. 더욱이 상대에 대한 친밀감이나 신뢰가 구축되지 않은 상태에서는 화자가 자신의 힘든 상황이나 속내를 쉽게 털어놓지 않게 된다. (5)는 구직을 희망하는 결혼이주여성이 아직 좋은 결과를 얻지 못해 다소 실망감을 느낄 수 있는 상황에서 (5a–c)와 같이 청자가 자신의 경험을 화제로 꺼내는 본문 내용이다.

(5) 가 : 취직하고 싶은데 지원하는 곳마다 연락이 안 오네요.
나 : a. 저도 결혼하고 나서 바로 취직을 하고 싶었는데 생각대로 잘 안 되더라

16) 천성문 외(2015:239–245)의 내용 참조.

고요. 가족들의 권유와 다문화센터의 도움이 없었다면 취직하기 어려웠을 거예요.

b. 취직하기 위해 노력하고 있는데 뜻대로 되지 않으니 실망스러울 것 같아요. 저도 취직하기 위해 여러 번 시도했고, 다문화센터의 도움을 받아서 취업을 했어요.

c. 저도 그런 경험이 있어서 어떤 마음일지 이해가 가요. 저는 그 때 가족들과 다문화센터의 도움을 받았어요.

상담 기법의 관점에서 볼 때 (5a－c)는 자기 개방과 관련이 깊다. 자기 개방은 “내담자의 이야기를 들으면서 그 주제와 관련하여 상담자가 자신의 생각, 가치, 느낌, 태도 및 여러 가지 개인적인 것을 내담자에게 드러내는 것”(Hill&O’Brien, 2001)으로 정의된다.[17] 자기 개방은 상담자의 정보 자체를 부각시키기 위한 것이 아니라 자기 개방을 통해 내담자가 지금 하고자 하는 이야기를 더욱 지지하고 격려하는 데 목적이 있다. 또한 자기 개방을 통해 내담자의 상담자에 대한 신뢰 제고와 더불어 서로가 동등한 관계를 형성하게 한다(천성문 외, 2015:183)는 이점이 있다.

자기 개방에는 크게 개인정보 개방, 감정 개방, 개인적인 경험 개방이 있으나 유의할 점은 상담자의 자기 개방은 필요할 때 적절한 만큼 활용해야 하며 이를 위배할 경우 내담자에게 부담이나 반감을 살 수 있다[18]는 것이다. 다만 (5a－c)는 모두 자기 개방을 하고 있으나 실제 본문인 (5a)는 상담자 자신에 초점이 맞춰진 발화라는 점, 전문가 제안인

17) 김강일(2015, 41－46)에 따르면 자기 개방의 유형에는 고의적 자기 개방, 불가피한 자기 개방, 우발적 자기 개방이 있고 자기 개방에 영향을 미치는 주요 요인으로 상담자의 이론적 성향, 문화, 상담자와 내담자의 선호 등이 꼽힌다.

18) 이를테면 상담자 자신의 성공담 또는 무용담 과시(강진령, 2016:284) 등이 상담의 과정에서 긍정적인 영향을 미치기 어렵다는 것이다.

(5b－c)는 내담자에게 초점을 두면서도 상담자의 자기 개방 기법이 병행되었다는 점에서 그 차별점을 발견할 수 있다.

4.5. 탐색적 질문

유사한 화제로 대화를 나누는 상황에서 대화가 막힘없이 폭넓게 전개되는 경우와 그렇지 않은 경우가 있는데 이는 상대가 얼마나 적절한 질문을 던지는가와도 밀접한 연관성이 있다. 즉 좋은 질문은 화제의 초점을 유지하면서도 화자가 심적 부담을 느끼지 않고 자신의 상황에 대해 탐색해 볼 수 있는 기회를 제공한다. 한국어 교재의 본문도 각 단원별 주제에 적절한 대화자 간의 '질문－응답' 형식의 말순서 주고받기로 구성되어 있으며 질문이 대화 유지에 중요한 역할을 해야 한다.

(5) 남편: a. 여보, 어머니가 기분이 안 좋으신 것 같은데 무슨 일 있었어요?
b. 여보, 오늘 어떻게 지냈어요?
수잔: 아침에 제가 늦잠을 잤잖아요. 너무 자주 그러니까 낮에 저한테 꾸중을 하셨어요.

(5)는 남편의 질문으로 아내와의 대화가 시작되는 본문 사례로 (5a)가 본문 속 남편의 발화이고 (5b)는 상담 전문가의 제안이다. 상담에서의 바람직한 질문은 내담자에 초점을 두므로 제3자인 '어머니'가 아니라 2인칭인 '아내'가 주어가 되도록 하기 때문이다. 상담 기법에서의 질문은 내담자에게 신문하는 것처럼 들리지 않도록(천성문 외, 2015:45) 하는 것이 중요하다. 질문은 "내담자에 대한 사실적인 정보를 수집하고 사고, 감정, 행동, 경험 등을 탐색하기 위해 활용된다(강진령, 2016:195).

질문의 유형에는 개방형과 폐쇄형이 있는데 이 가운데 개방형 질문은 내담자가 자유롭게 대답함으로써 내담자의 상황과 심리에 대해 구체적으로 탐색하고 더 상세한 답변을 하게 한다.

상담 기법에서 볼 때 좋은 질문은 내담자가 표현하고자 하는 모호한 내용을 더 명확하게 하도록 유도할 수 있고 좋은 질문은 상담자가 내담자에게 충분한 관심과 호기심을 가지고 있음을 표현한다(천성문 외, 2015:46)는 점에서 주목할 만하다.

5. 한국어 교재의 상담 기법 적용 사례

본 장에서는 IV장에서 살핀 주요 상담 기법을 한국어 교재 본문에 종합적으로 적용해 본다. <표 5－7>은 본고에서 분석 대상으로 삼은 본문을 상담 기법의 관점에서 새롭게 제안해 보고 그 근거와 해석을 함께 나타낸 것이다.[19]

먼저 <표 5>는 결혼이주여성과 남편의 대화로, 본래 본문의 전형성을 유지하면서도 결혼이주여성이 남편에게 공감을 받는다는 것을 느낄 수 있도록 제안하였다.

<표 5> 결혼이주여성과 남편의 대화

대화자	본문	제안	상담 기법
남편 :	여보, 어머니가 기분이 안 좋으신 것 같은데 무슨 일 있었어요?	**#여보, 오늘 하루 어떻게 보냈어요?**	**[탐색적 질문]** – 아내에게 초점을 두는 개방형 질문 – 아내에 대한 관심 표현

19) 한 번의 말순서에 2개 이상의 상담 기법이 적용될 수 있다. 이에'제안'부분에 #부호를 붙여 새로운 기법이 적용됨을 나타냈고 해당 근거를 그 우측에 제시하였다.

수잔 :	아침에 제가 늦잠을 잤잖아요. 너무 자주 그러니까 낮에 저한테 꾸중을 하셨어요.		
남편 :	당신이 뭐라고 말대꾸했어요?	#**늦잠 잔 것 때문에 어머니한테 꾸중**을 들었군요. #어머니가 꾸중하실 때 **무슨 일이 있었어요?**	**[내용 반영(재진술)]** —아내의 말을 그대로 표현하여 경청하고 있음을 알림 **[탐색적 질문]** —상황 파악을 위한 남편의 노력과 관심 표현
수잔 :	아니요. 저는 어머님 말씀을 가만히 듣고 있었거든요. 그런데 제 얼굴을 보시더니 갑자기 더 화를 내셨어요.		
남편 :	그래요? 당신 혹시 어머니 얼굴을 똑바로 쳐다보지 않았어요?	#**가만히 듣고만 있었을 뿐인데 어머니께서 화를 내셨**군요. #어머니께서 왜 화를 내시는지 몰라서 **놀랐겠어요.** #그런데 당신 혹시 **어머니께서 화를 내실 때 어머니를 똑바로 쳐다보았어요?**	**[내용 반영(재진술)]** — 아내의 말을 그대로 표현 **[감정 반영]** —남편이 아내의 심정을 지각했음을 전달 **[폐쇄형 질문]**[20] —당시 상황에 대한 남편의 예측이 맞았는지를 확인함
수잔 :	맞아요. 어른이 말씀하시면 그렇게 해야 되잖아요.		
남편 :	한국에서는 어른이 꾸중을 하실 때 똑바로 쳐다보면 안 돼요. 버릇이 없다고 생각하시거든요.	음......당신은 #**어른이 말씀하실 때 똑바로 쳐다봐야 한다**고 생각했군요. #**당신 말을 들어보니 이해가 되네요.** 그런데 #**한국에서는 어른이 꾸중하실 때 똑바로 쳐다보면 버릇이 없다**고 생각할 수 있어요.	**[내용 반영(재진술)]** —아내의 말을 그대로 표현하여 사태의 재확인 **[감정 반영]** —상황적 정보를 인지하고 아내의 심정에 공감 **[정보 제공]** — 적절한 시점에 아내가 이전에 알지 못했던 정보를

			제공하고 향후의 지각 변화 유도
수잔 :	아, 이제 어머님이 왜 화를 내셨는지 알겠어요. 어서 어머님께 사과드려야겠어요		

다음의 <표 6>은 결혼이주여성과 아는 언니와의 대화이다. 비슷한 경험을 해본 상대방이 일방적인 조언을 하는 것이 아니라 화자(결혼이주여성)의 심정과 상황을 이해하는 태도를 견지하면서도 대안적 관점을 제시함으로써 현실을 받아들이는 태도 및 인지 변화가 일어나는 것을 돕는 데 초점을 두어 상담 기법을 적용해 보았다.

<표 6> 결혼이주여성과 아는 언니와의 대화

대화자	본문	제안	상담 기법
흐엉 :	언니, 남편에게는 저보다 일이 더 중요한 것 같아요.		
수잔 :	갑자기 왜 그래? 무슨 일이 있었어?	**#속상한 일이 있구나.** 갑자기 **#무슨 일이야?**	**[감정 반영]** −흐엉의 심정을 지각하여 명료화 **[탐색적 질문]** −흐엉에게 관심을 표현하며 개방형 질문으로 상황 탐색
흐엉 :	요즘 야근한다고 늦게 들어오고, 들어와도 잠만 자요. 저하고는 얼굴 볼 시간도 없어요.		

20) 폐쇄형 질문은 제한적인 정보를 명확하게 할 필요가 있을 때에 한해 사용된다. 여기서는 "어머니께서 왜 더 화를 내신 것 같아요?"라고 개방형 질문을 하는 것이 더 바람직하지만 수잔의 다음 응답인 "맞아요. 어른이 말씀하시면 그렇게 해야 되잖아요."를 고려하여 폐쇄형 질문을 제안하였다.

수잔 :	너희 남편 회사가 요즘 많이 바쁜가 보네.	#얼굴 볼 시간이 없을 정도로 남편이 바쁜가 보네. #남편과 함께 시간을 보내고 싶은데 속상하겠다.	[내용 반영(재진술)] ㅡ흐엉의 말을 '남편이 얼굴 볼 시간도 없을 정도로 바쁘다'로 초점화 [감정 반영] ㅡ'속상하다'라는 표현을 사용하여 흐엉의 심정을 인지했음을 전달
흐엉 :	그렇지만 전화할 시간도 없어요? 출근해서 퇴근할 때까지 전화도 한 통 하지 않아요.		
수잔 :	바쁘다 보면 그럴 수도 있는 법이지. 네가 남편을 좀 이해해 줘.	맞아. #바빠도 전화라도 한 통 해주면 #덜 서운할 텐데......	[내용 반영(재진술)] ㅡ흐엉의 말을 '(남편이 바빠도) 전화 한 통 하다'로 초점화 [감정 반영] ㅡ흐엉이 '서운하다'라는 감정을 느끼는 상황적 정보를 인지
흐엉 :	남편은 이제 저를 사랑하지 않는 것 같아요. 저는 남편만 믿고 고향을 떠나 한국에 왔는데...... 남편이 그럴 줄은 몰랐어요.		
수잔 :	그렇게 우울해하지 마. 주말엔 너하고 시간을 보내려고 노력하잖아. 그렇지?	#나도 비슷한 경험이 있어서 그 마음 잘 알아. #남편만 믿고 한국에 왔는데 #혼자인 것 같아서 우울하지? 그래도 #남편이 주말에는 너하고 시간을 보내려고 노력하잖아. 그렇지?	[자기 개방] ㅡ수잔의 경험 개방을 통해 흐엉의 심정을 인정하고 격려 [내용 반영(재진술)] ㅡ흐엉의 말을 '남편만 믿고 한국에 왔다.'로 초점화 [감정 반영] ㅡ흐엉의 현재 심정을 나타내는 표현으로 '우울하

			다'를 사용하여 수잔의 지각을 전달 [정보 제공] – 정보 제공의 유형 중 '대안적 관점'에서 수잔이 주어진 상황에 대한 인지적 변화가 일어나도록 독려
흐엉:	그건 그래요. 그렇지만......		

마지막으로 <표 7>은 구직 희망자와 구직 경험자와의 대화이다. 구직이 잘 안 되어 초조해하는 결혼이주여성에게 위로의 말을 전하는 것만이 아니라 현재의 상황과 심정을 인정해주고 구체적으로 결혼이주여성이 원하는 것이 무엇인지를 초점화한다. 그리고 결혼이주여성이 새로운 정보를 받아들일 수 있는 시점에 유용한 정보를 알려주는 것으로 제안하였다.

<표 7> 구직 희망자와 구직 경험자와의 대화

대화자	본문	제안	상담 기법
가 :	취직하고 싶은데 지원하는 곳마다 연락이 안 오네요.		
나 :	저도 결혼하고 나서 바로 취직을 하고 싶었는데 생각대로 잘 안 되더라고요. 가족들의 권유와 다문화센터의 도움이 없었다면 취직하기 어려웠을 거예요.	#저도 비슷한 경험이 있어서 어떤 마음일지 이해가 가요. #저는 그 때 가족들과 다문화센터의 도움을 받았어요.	[자기 개방] –화자의 경험 개방을 통해 '가'의 상황과 심정을 인정하고 격려
가 :	언어 도우미로 일하고 싶은데, 일을 할래야 할 수가 없네요.		
나 :	조금만 더 기다려 보세요. 센터에서 찾아보고 있으니까 곧 연락이 올 거예요.	#언어 도우미로 일하고 싶은데 #아직 기회가 없어서 많이 기다려	[내용 반영(재진술)] –'가'의 말을 그대로 옮겨 '언어 도우미로 일하고 싶다'로

		지겠군요. 센터에서 계속 찾아보고 있으니까 조금만 더 기다려 보세요. 그리고 #○○에도 이력서를 내 보면 좋을 거예요.	초점화 [감정 반영] -'가'의 심정을 인지했음을 '많이 기다려지다'라는 표현으로 전달 [정보 제공] -정보적 답변으로 '가'에게 유익한 새로운 정보를 알려 줌

6. 맺음말

이 글은 지금까지의 한국어 교재 연구의 괄목할 만한 발전과 성과를 인정하는 한편 향후 교재 연구에 의미 있게 적용할 수 있는 새로운 시각의 방법론 모색이 필요하다는 입장에서 출발한 것이다. 특히 교재 본문 속의 잠재적 주인공이라 할 수 있는 한국어 학습자가 교재를 사용하면서 얼마나 자신의 어려운 상황과 심정을 상대에게 공감 받는다고 느낄 것인가에 대한 의문을 품고 이를 면밀히 고찰하는 데 목적을 두었다. 이를 위해 본고에서는 상담 분야에서 통용되는 '상담 기법'에 기대어 한국어 교재 본문 사례를 질적 분석하여 문제점을 도출해 보고 그 대안을 제시해 봄으로써 상담 기법의 유용성을 밝히고자 하였다.

이 글의 의의는 기존 한국어 교재에 대한 원론적인 비판이나 모든 교재에 적용되어야 할 원리 도출이 아닌, 한국어 교재 안에서 '심정 토로하기', '조언하기', '상담하기' 등을 다룰 때 그간 우리가 무심히 지나쳐 왔던 언어 외적인 부분에 대한 섬세한 배려, 구체적인 방법론 모색의 필요성을 제기하려 했다는 점에서 찾을 수 있다. 또한 대화를 중심으로 구성되는 한국어 교재 본문이 일방적인 메시지 전달이 아니라 대화자가 서로 교감하는 양방향 소통이 원활히 이루어지는 모습을 지향할 때 본고에서 다룬 주요 상담 기법들이 어느 정도 효용성 있는 근거를 제시할 수 있음을 알았다. 특히 본고의 결과는 한국에 정착하여 살아가야 하는 특정 한국어 학습자(이주민 등) 대상의 교재 개발에 있어서 유의미한 기초 자료가 될 것으로 본다.

거울을 비추어 보듯이 상대방의 마음(감정 반영)을 있는 그대로 읽어내고 상대의 말(내용 반영)을 경청한 후에 그것을 잘 표현하여 되돌려주는 '반영' 기법은 매우 기본적인 전문 상담 기법으로 꼽힌다. 또한 상대방이 처한 상황에서 필요한 정보를 적절한 시기에 적절한 만큼 제공하는 '정보 제공' 기법, 상대방의 심정과 상황을 지지하고 신뢰도를 제고하는 데 유용한 '자기 개방' 기법, 상대방의 심적 부담을 최소화하면서도 자신의 상황을 잘 탐색하도록 돕는 '탐색적 질문' 기법 등을 토대로 본고에서는 교재의 본문 대화를 좀 더 새로운 시각에서 조망할 수 있었다.

한국어 교재에 담겨 있는 것은 한국어만이 아니다. 한국어 교재에는 한국어 학습자의 현실을 감안한 한국어 노출 상황 및 맥락이 폭넓게 반영되어 있고 한국어 학습자와 직·간접적으로 관계 맺어진 한국인의 태도, 신념, 가치관까지도 녹아들어 있다. 본고의 서두에서 밝힌 '앞으로의 한국어 교재는 언어 교재 그 이상의 가치와 고려가 담겨야 한다'라는 전제는 한국어 의사소통 장면과 대화자가 모두 바람직하고 모습이어야 함을 의미하지는 않는다. 다만 결코 무심히 지나쳐버릴 수 있는 문제도 아니라는 사실이 본고를 통해 부각되었기를 바라며 후고에서는 한국어 교육의 실제와 상담 분야가 만나는 지점에 대한 논의도 심도 있게 이루어질 수 있기를 기대한다.

참고문헌

강승혜(2005). 학습자 요인 측면에서 본 한국어 학습자 분석 －학습자 상담 사례 분석을 중심으로－, 이중언어학 27, 1～20쪽, 이중언어학회.

강진령(2016). 상담연습－치료적 의사소통 기술, 학지사.

강현화(2015). 다문화 영역 한국어교육 연구 경향 분석, 언어사실과 관점, 35, 105～126쪽, 연세대학교 언어정보연구원.

강혜영(2013). 상담기법 교재에 대한 내용분석, 한국실천공학교육학회논문지, 5(1), 91～99쪽, 한국실천공학교육학회.

강혜영(2014). 상담교재에 나타난 '정보제공'기법의 정의와 방법에 대한 고찰, 대한공업교육학회지, 39(2), 144～164쪽, 대한공업교육학회.

고경민(2016), 한국어교재의 편찬 동향 분석, 국제어문, 71, 297～319쪽, 국제어문학회.

김강일(2015). 상담자 자기개방에 대한 고찰. 사회과학 담론과 정책, 8(1), 37～53쪽, 경북대학교 사회과학연구원.

김현강・이윤진(2013). 한국어 교재 '본문'의 담화적 요소 분석, 사회언어학 21(1), 49～73쪽, 한국사회언어학회.

대한변호사협회(2015). 다문화가정 법률상담사례집 Q&A, 대한변호사협회.

서진숙(2012). 한국어 교육기관의 상담 체계 구축 방안 연구, 한국어 교육, 23(3), 95～131쪽, 국제한국어교육학회.

서진숙·장미라(2013). 한국어 교사의 상담에 대한 인식 연구, 한국어 교육, 24(1), 117～154쪽.

손소연·정상하·반원진·박성혜·손지연(2014), 교사를 위한 다문화가정 학생과 학부모 교육상담 매뉴얼, 경기도교육청.

이윤진(2017). '실제성' 제고를 위한 표준 한국어 교재 활용의 원리 고찰－『세종

한국어』의 대화문을 중심으로, 국제어문, 72, 49~76쪽, 국제어문학회.
이장호(1995). 상담심리학(제3판). 서울: 박영사.
이지연 외(2016). 다문화학생을 위한 학교진로상담(지도) 운영 매뉴얼, 한국직업능력개발원.
조항록(2003). 한국어 교재 개발을 위한 기초적 논의-교재 유형론적 관점에서 본 교재 개발의 현황과 주요 쟁점-, 한국어교육, 14(1), 249~278.
조현선(2011). 한국어 학습자의 상담 사례 분석, 외국어로서의 한국어교육, 36, 239~264쪽, 연세대학교 언어연구교육원 한국어학당.
조현선(2012). 한국어 학습자의 상담 만족도에 관한 연구, 외국어로서의 한국어교육, 37, 385~410쪽, 연세대학교 언어연구교육원 한국어학당.
천성문 외(2015). 상담입문자를 위한 상담기법 연습, 학지사.
최연실·조은숙·김민경·이혜영(2013). 다문화가족상담 인력 양성을 위한 교육과정개발, 여성가족부.
한송화(2015). 1960년대 한국어 교재에서의 언어와 사회 문화 양상, 사회언어학, 23-1, 201~238쪽, 한국사회언어학회.
Hill, C. E. (2012). 상담의 기술: 탐색, 통찰, 실행의 과정{Helping skills: Facilitating exploration, insight, and action. 3rd ed.} (주은선 역). 서울:학지사(원전은 2009에 출판).
Merrill, D. M.(2002). First principles of instruction, Educational Technology Research and Development, 50(3), 43-59.

<한국어 교재>

김선정 · 강현화 · 김현진(2010). 결혼이민자와 함께하는 한국어1, 국립국어원(한글파크).
이미혜 · 최은규 · 강승혜(2010). 결혼이민자와 함께하는 한국어2, 국립국어원(한글파크).
강현화 · 김선정 · 황인교(2011). 결혼이민자와 함께하는 한국어3, 국립국어원(하우).

최은규 · 이미혜 · 이영숙(2011). 결혼이민자와 함께하는 한국어4, 국립국어원(하우).

이미혜 · 강현화 · 김선정 · 최은규 · 김현정(2012). 결혼이민자와 함께하는 한국어5, 국립국어원(하우).

이미혜 · 강현화 · 김선정 · 최은규 · 김현정(2012). 결혼이민자와 함께하는 한국어6, 국립국어원(하우).

<관련 기사 및 홈페이지>

"광양제철소 결혼 이주여성에 '심리 안정 프로그램'호응", <경향신문>, 2015년 12월 28일자.

(http://news.khan.co.kr/kh_news/khan_art_view.html?artid=201512281110331&code=620114)

외국인력상담센터(http://www.hugkorea.or.kr)

이주외국인법률지원센터(http://www.migrantlaw.or.kr/)

한국외국인력지원센터(http://www.migrantok.org/)

/ 문법 교육 연구 /

보조사를 포함한 한국어 교육 문법 유형 분석*

유해준

1. 서론

한국어를 학습하는 학생이 날로 늘어나 한국어 교육은 새로운 시기를 열었다. 또한 한국어의 보급도 빠르게 이루어지고 있고 그에 따른 외국어로서의 한국어 교육에 대한 관심도 크게 늘어나고 있다. 국내외에서는 이를 위한 한국어 문법 관련 학습서들이 나오고 있어 한국어를 가르치는 교사에게도 배우는 학습자에게도 한국어 문법 이해에 많은 도움이 되고 있다. 그러나 다양한 국가별 학습자와 그 수요에 비해 더 자세하고 체계적인 한국어 문법 교육에 대해 제시하지는 못하고 있다. 현재 한국어 교육에서는 형태적 복잡성에 따른 분류 외에 조사 교육의 방법이 다양하게 체계성 또는 위계화를 이루고 있지 않으며, 이로 인해

* 본고는 중앙어문학회에서 발간하는『語文論集』65집(2016년 3월)에 게재된 논문임을 밝힙니다.

서로 다른 조사가 한꺼번에 제시되거나 혹은 교재별로 조사 제시의 순서가 다른 점들이 많다. 이는 모국어 화자를 대상으로 하는 국어 교육과 달리 외국인을 대상으로 교육이 이루어지는 한국어 교육의 문법적 특징 때문이기도 하다. 이 때문에 외국어로서의 한국어 학습에 필요한 문법 유형들의 정리가 외국인 학습자들에게는 필요하다. 따라서 외국인 학습자를 대상으로 하는 한국어 교육에서 학습되어지는 조사, 어미와 이들을 포함한 문법 항목들이 유형별로 정리가 된다면 외국인 학습자들에게 체계적인 한국어 수업 모형을 제시해 줄 수 있을 것이다.

2. 보조사의 성격

보조사는 한국어 교육 상황에서 보조사가 가지는 다양한 모습의 독특한 성격이 교육 방법 안에서도 드러나고 있다.[1] 보조사는 문법 형태소인 일반 조사와 비슷하지만 문법 기능을 가지지 않는다는 점에서 일반적으로는 문법 형태소로 분류하지는 않는다. 물론 학자에 따라서는 문법적 기능을 수행한다는 부분에 초점을 두고 있는 연구자도 있으나 본고에서는 교육 방법적인 분류를 위해 보조사가 가지는 의미적 기능에 주목하고자 한다. 보조사는 어떤 한 가지 격을 담당하지 않을 뿐 아니라 아예 격 표시와 같은 문법적 기능은 없이 의미를 담당하는 것을 주임무로 하는 예도 있다.

1) 보조사는 '-는, -도, -만, -야, -라도, -조차, -마저, -나마, -부터, -까지' 등을 일컫는다(채완1990)

(1) a. 나는 아빠도 좋아한다.
b. 왜 먹지도 않고 바로 가니?
c. 그 숙제를 아직도 하지 못 하고 있다.

(1)의 보조사 '–도'는 주어 자리, 목적어 자리, 처격 자리에 두루 쓰이고 있다. 또한 '먹지'와 같은 활용형이나 '아직'과 같은 부사 뒤에서도 볼 수 있다. 그러나 (1)에서 보조사 '–도'는 어떤 한 격을 담당하는 성격보다는 의미를 더하는 역할을 수행하고 있다고 보아야 할 것이다. 이러한 다양한 위치에서 사용되는 보조사의 특징은 외국인 학습자들에게 보조사가 어렵게 느껴지는 주요 요인이 되고 있다.

(2) a. 비빔밥은 몸에도 좋고 다이어트에도 도움이 된다.
b. 그 분은 입으로도 그림을 그리셨다.

(2)에서처럼 이미 다른 격조사가 쓰인 자리에 보조사가 덧붙은 경우에 보조사의 성격이 더욱 뚜렷하게 구분되어진다. 즉 (2a)에서 보면 처격은 이미 '–에'로, (2b)에서 부사격은 이미 '–으로'로 실현되어 있고, 거기에서 '–도'는 '다른 것을 포함하여 이것 또한' 이란 의미를 더하여 주는 일만 하고 있을 뿐 어떤 격의 표현에 관여하지 않고 있음을 알 수 있다. 그런데 이러한 보조사는 외국인 학습자들에게는 격조사와 혼동되기 쉽다. 보조사도 주로 명사 뒤에 연결되어 쓰이는데다가 격조사에 따라서는 어떤 보조사를 만나면 생략되기 때문에, 외국인 학습자들이 느끼기에는 문장 내에서 보조사가 격의 표시 기능까지를 하는 것으로 생각하게 만들기 때문이다. 이는 의사소통 중심의 암시적 교수법에서 고급학습자들에게 정확성이 떨어지는 이유이다. 더불어 격의 자리에

보조사가 단독으로 쓰인 것은 격조사가 그 자리에서 생략된 결과로 본다면 외국인 학습자들에게 명시적인 학습 없이 그 차이를 설명해내기란 쉽지 않을 것이다. 비록 격조사가 그 자리에 안 쓰였다 하더라도 격은 생략된 격조사가 담당하는 것이며 보조사는 그 조사들 하나하나가 담당하고 있는 의미적 기능을 나타내 준다는 것이 학습 목표가 되어야 할 것이다. 보조사의 이러한 성격 때문에 보조사를 학습자 스스로 형태, 통사, 의미적으로 나누어 사용양상을 인식하기에는 어려움이 있는 만큼 교사는 보조사의 이러한 특징을 다양한 방법으로 제시해 주어야 할 것이다.

3. 한국어 교육용 교재 분석

형태 기능보다 의미 기능이 언어 사용에 영향을 주는 문법 항목은 한국어 교재를 보면 직접 제시 설명이 이루어지지 않더라도 연습 문제 또는 활용 등에서 문법 항목의 학습 내용을 학습시키고 있다. 이러한 교수 방법은 중, 고급 이상의 학습자들에게 많은 오류가 일어나는 문법 항목들에 대한 반성에서 나오게 되었으리라 생각된다. 이에 본고에서도 조사 항목에 대해 형태적 결합 특성 외에 의미적 분석을 꾀하여 외국인 학습자들에게 제공 가능한 정보를 한국어 교재 내에서 수집하고자 한다.

서울대학교 언어교육원(2000). 한국어1~4[2]. 문진미디어

---

2) 서울대학교 한국어 교재는 초기 기획 단계에서 1~4권이 초, 중, 고급 한국어를 가르칠 수 있도록 고려하여 출간 되었다. 이는 한국어능력시험(TOPIK)를 고려하여 1~6

연세대학교 한국어학당(2007). 연세한국어 1~6. 연세대학교 출판부
이화여자대학교 언어교육원(2006). 말이 트이는 한국어1~6. 이화여자대학교출판부

3.1. '은/는'

'—은/는'은 보조사 중 가장 널리 쓰이면서 그 의미와 용법도 가장 복잡한 조사다. 이 조사에서 일차적으로 드러나는 의미는 '대조' 내지 '배제'다.

(3) a. 철수는 도서관에서 공부를 한다[3].
b. 철수는 도서관에서는 공부를 한다.

(3a)는 도서관이 아닌 곳에서 철수가 공부를 하는지에 대한 함축 정보가 없지만 (3b)는 도서관이 아닌 곳에서는 철수가 공부를 하지 않을 것이라는 의미를 함축하고 있다. 이는 도서관 이외의 장소는 배제하는 의미를 함축하고 있다고 할 수 있다. 그런데 '는'이 배제의 의미를 함축한다고 할 때 유의할 점은 그러한 함축은 어디까지나 함축으로서, 실제적인 대화문에서는 모든 도서관 외에 올 수 있는 상황을 모두 배제하는 것은 아니라는 점이다. 다시 말해서 (3a)는 (4a)의 의미일 수도 있으나 그보다는 (4b)를 의미하는 것이라 볼 수 있다.

권으로 만든 이화여대와 연세대 교재와 같은 대상을 고려하여 문법 항목들을 선정한 것이다.

3) 본고에서는 한국어 교재에서 사용하고 있는 예문들을 가능하면 가공하지 않고 사용하도록 하겠다. 다만 구어적 특성이 강한 한국어 교재 문장들의 특성상 설명을 위해 다소 변형하거나 약간의 문장들은 생상해서 사용하도록 하겠다.

(4) a. 철수는 도서관에서는 공부를 하지만 다른 곳에서는 하지 않는다.
b. 철수는 도서관에서는 공부를 하지만 다른 곳에서는 어떨지 잘 모르겠다.

이런 점에서 '-은/는'은 '-만', '-도'의 의미와 비교된다. 후술하겠지만, '-도'는 가능한 모든 상황적 의미를 포괄하고 '-만'은 배제하는데, '-은/는'은 가능한 모든 상황적 의미에 대해 중립적인 입장을 취함으로써 '-은/는, -도, -만'이 의미의 상관성을 가지는 것이다. 그런데 이러한 의미의 상관성에도 불구하고 '-은/는'은 이 중에서도 특별한 학습적 유의점이 필요하다. 이유는 의미가 '-도'나 '-만'에 비해 분명치 않기 때문이다.

(5) a. 철수는 도서관에서도 공부를 한다.
b. 철수는 도서관에서만 공부를 한다.

(5)에서 '도서관에서도' 라고 하면 '다른 곳에서도'의 의미가 분명히 드러나고 '도서관에서만'이라고 하면 '다른 곳은 다 빼고'의 의미가 저절로 드러나는데 '도서관에서는'이라고 하면 그처럼 양쪽 끝의 분명한 의미를 잡아내기 어렵다. 이는 예문(4)는 '-도' 및 '-만'이 덧붙음으로써 추가된 의미를 전달할 수 있는데 반해 (5a)와 (5b)는 '도서관에서'와 '도서관에서는'의 의미 차이를 나타내 주기가 쉽지 않기 때문이다. 또한 '-은/는'이 문두의 주어 자리에 쓰일 때는 특히 그 의미가 쉽게 잡히지 않는다.

(6) a. 영희는 반장입니다.
b. 영희가 반장입니다.

보조사 '은/는'과 사용 환경이 비슷한 격조사 '이/가'도 (6)에서처럼 문장의 주어의 위치에 온다.

(7) a. A: 이름이 무엇입니까? / B: 제 이름은 영희입니다..
b. A: 영희는 학생입니다. / B: 영희는 어느 나라 사람입니까?

그러나 (7a)에서처럼 '－은/는'은 앞에서 말한 것을 다음 문장에서 다시 말하여 문장의 주제를 나타낼 때 쓰이지만 '－이/가'는 (7b)에서처럼 새로운 화제를 도입할 때 쓰인다. 서희정(2012)에서는 '－은/는'의 의미를 대조와 화제로 완전히 분리하여 두 가지 별도의 의미를 가지는 것으로 이해하느냐, 아니면 어느 한쪽의 의미를 기본적인 것으로 보아 되도록 화제 한쪽으로, 또는 대조 한쪽으로 통합하는 방향으로 이해하느냐 하는 문제가 제기 될 수 있다고 하였다.

(8) a. 저는 마이클입니다.
b. 제가 마이클입니다.

(8a)는 정보의 초점이 서술절에 있고 (8b)는 정보의 초점이 체언에 있다. 또한 '－은/는'은 다른 부사어나 어미와 결합이 가능하지만 '－이/가'는 '조금은 알겠습니다'와 같은 문장이 만들어지지는 않는다. 이처럼 '－은/는'같은 보조사는 사용 의미가 다양하기 때문에 문장 또는 담화 예문을 통해 제시가 필요한 문법 항목이다.

3.2. '만'

'-만'은 여러 보조사 중 어떤 한 것이 선택됨을 가리켜 주는 '오직'이라는 의미를 더해 주는 보조사로 외국인 학습자들이 비교적 초급 시기의 교재에서 접하는 보조사다.

(9) a. 비빔밥만 먹다.
b. 축구공만 사요.

'-만'이 가진 '오직'의 의미는 수량 표현에 결합했을 때 그 수량이 적다는 함축을 가져온다. 학습자는 이러한 의미 정보를 수량이라는 정보와 함께 배우게 될 때 초급 단계의 학습자들은 혼동을 일으킬 수 있다. 이러한 의미 정보는 한 형태의 보조사라 할지라도 나누어서 학습목표를 설정할 필요가 있다.

(3) A : 이것은 얼마예요?
B : 만 원이에요.
A : 비싸요. 천원만 깎아 주세요.

3.3. '도'

'-도'는 어떤 다른 것에 그것이 함께 포함됨을 뜻하는 일에 쓰인다. 그만큼 '-도'는 '-만'과 대립되는 의미를 가진다고 할 수 있다.

(10) a. 나도 고향에 가고 싶어요.
b. 마이클 씨는 성격이 좋다. 더구나 공부도 잘 한다.

'－도'에는 극단예시의 기능이 있다. (10a) 앞에는 '저는 이번 주에 고향 가요'라는 문장이 온다. 이는 어떤 일이 극단적인 경우에 성립하므로 나머지 경우에는 당연히 성립함을 나타낸다. (10b)의 경우에도 불특정한 대상일지라도 비교 대상이 존재해야만 성립되는 문장이다.

(11) a. 아무도 학교에 안 왔다.
b. 그 사람 고집은 누구도 못 꺾는다.

또한 부정문에서 (11b)와 같이 부정대명사에 '－도'가 결합되면 전체 부정이 된다. 이러한 형식적 제약에 따른 의미적 변화를 인식하지 않고서는 외국인 학습자들이 문장 전체의 의미를 온전하게 이해하기란 쉽지 않다. 또한 이해영역을 넘어 표현영역에 가서는 이러한 표현들의 사용에서 나오는 빈번한 오류들의 수정이 불가능할 것이다.

4. 보조사 교육 방안

지금까지 외국인 학습자를 대상으로 하여 나온 주요 한국어 교육용 교재와 한국어교육용 문법 사전을 중심으로 보조사의 제시가 어떻게 되어 있는가를 살펴보았다. 본 장에서는 한국어를 배우는 외국인 학습자들에게 맞는 조사의 학습 순서를 정함에 있어 고려되어야 할 변수로 조사의 사용 빈도 및 용이성[4]과 결합 유형을 중심으로 살펴보고 그런 변수를 종합할 때, 실제로 외국인 학습자들에게 가장 적절한 그리고 학습 효과

4) 언어 사용상에서의 용이성을 뜻하며 의미를 표현하기 위해 사용한 어휘나 문법 등이 까다롭지 않고 읽고 학습자가 이해하기 쉬운 정도를 나타냄

가 높은 보조사 학습 순서는 어떤 것이 될 것인가를 살펴보고자 한다.

4.1. 사용 빈도에 의한 순서

한국어에서 어떤 조사의 사용 빈도가 높으냐에 대한 연구는 기본적인 말뭉치(corpus)의 구축을 토대로 이루어질 수 있는데, 그동안 국어정보학 연구를 위한 말뭉치의 구축 및 말뭉치를 이용한 연구들은 국립국어원의 세종말뭉치 구축 사업과 함께 90년대 후반 이후 폭발적인 증가세를 보이고 있다. 이렇게 구축되어진 자료의 도움을 받아 조사의 교육 순서를 위계화해 나간다면 각 교재가 가지는 기관별 상황을 고려한다 하더라도 보조사처럼 비교적 초급 단계에서 이루어져야 하는 학습 내용들의 학습 순서가 정해질 수 있을 것이다.

의사소통 중심의 교수법이라 하더라도 언어의 기능성을 고려하여 학습 방안을 제시하기 위해서는 형식(form)의 제시가 먼저 이루어진 후에 의미(meaning)을 이해하고 이를 사용(use)을 통해 언어 학습의 중간 언어 단계를 거쳐야 한다. 즉, 많은 사용이 일어나는 언어 형태를 먼저 습득하는 이유는 언어 사용을 통한 의미의 확장과의 연계를 고려한 학습 방안에서 나온 것으로 보조사와 같은 문법 항목들의 교육에서 우선적으로 고려되어야 할 부분이다.

<표1> 형태과 의미에 초점을 둔 교수법의 구분

구 분	focus on forms	focus on meaning	focus on form
학습 형태	언어 형태	언어 기능(언어 사용)	언어 형태, 의미 기능(언어 사용)
학습 목표	정확성	유창성	정확성, 유창성
교수 요목	구조 중심	의사소통 중심	의사소통 중심
학습 방법	명시적	암시적	명시적→ 암시적

4.2. 학습의 용이성

학습의 용이성이란 학습자가 해당 표현을 얼마나 쉽게 학습하느냐의 정도를 말하는 것인데, 우선 이를 결정하는 요인으로 어떤 것이 있는가가 논의되어야 할 것으로 보인다. 이와 관련하여 황정숙(1991)은 조사를 기능 중심의 조사와 의미 중심의 조사로 분류하면서 그런 구분이 용이성을 결정하는데 큰 요인이 되는 것으로 보았다. 구체적으로는 다음과 같은 단계를 제시하였다.

첫째, 기능 중심의 조사들이 다른 조사의 학습보다 더 용이하다고 판단되므로 이들이 1단계에 포함되어야 한다. 그리고 이들은 가장 많이 쓰이는 조사이기도 하다. 둘째, 2단계에서는 기능과 의미를 함께 제시하며 이해하기 쉬운 조사들을 다룬다. 셋째, 3단계에서는 의미에 대해 구체적인 설명이 필요한 조사들을 제시한다. 마지막으로 4단계에서는 앞서의 세 단계의 조사 수업 내용을 토대로 조사의 겹침 현상과 일반 담화에서의 조사의 생략 현상을 다룬다. 이상의 견해들은 모두 학습 대상 언어의 관점에서 용이성을 고려한 것이라 할 수 있는데, 언어를 배우는 학습자들의 모국어와 학습 대상 언어의 차이로 인한 용이성 문제는 언어권별로 따로 고려하여야 한다. 다만 학습자의 모국어에서 한 가지 형태로 나타나는 소리나 어휘, 통사 구조가 학습 대상 언어에서 두 가지 이상의 형태로 나타나는 경우에 학습자가 느끼는 학습의 어려움이 크고 또한 가장 많은 오류를 저지르고 있기에 이는 언어권별로 용이성을 따져야 하며[5], 일반적인 학습의 용이성은 학습자들의 교육 내용 위계화와 연관지어야 한다.

---

5) 황종배(2007)에서는 학습자의 조사 오류 현상이 모국어의 영향이 크게 작용한다고 이야기하고 있다. 형태적 오류보다도 형태는 같으나 의미적 일치가 일어나지 않는 경우에 조사 사용의 오류가 두드러진다고 분석하고 있다.

4.3. 형태의 복잡성

학습하고자 하는 언어의 어떤 표현을 어떤 순서로 배울 것인가 하는 문제와 관련하여 문법 형태의 복잡성도 중요한 요소가 된다. 위에 언급한 보조사들은 다양한 환경에서 사용이 되면서 의미 기능이 분화되고 있기 때문에 결합도 한국어 교재 내에서 아래와 같이 다양한 형태를 보이고 있다.

'은/는'

결합형 조사	(으)로는, 만은, 에게는, 에는, 치고는
결합형 어미	-(으)니까는, -다가는, -고는, -기에는
결합형 표현	-만으로는 충분하지 않다, -고는 하다, -(으)수는 없다

'도'

결합형 조사	에도, 말고도
결합형 어미	-는데도, -(으)면서도, -고도, -다가도
결합형 표현	-는데도 불구하고, -에도 불구하고, -(으)지도 모르다, -고도 남다, -기도 하다

'만'

결합형 조사	에서만, (이)라야만
결합형 어미	-기만, -어야만
결합형 표현	-(으)ㄹ 것만 같다, -(으)ㄹ 뿐만 아니라, -(으)려고만 하다, -기만 하다

이처럼 한국어 교재 내에서 다양한 형태적 결합을 통해 조사나 어미로 또는 문법적 역할을 수행하는 표현으로 문장 내에서 사용이 되고 있다. 이런 다양한 결합 형태의 특성을 고려하여 같은 부류의 문법 형태

가 결합한 것, 원래 사용된 조사의 역할을 그대로 수행하는 것, 그리고 단순한 형태에서 복잡한 형태로 변한 것을 고려하여 보조사를 포함한 문법 항목들은 아래와 같이 항목의 위계화가 필요하다.

'은/는'	
초급 ↓ 고급	은(으)로는, 만으로는, (이)라고는, 께서는, 에게는, 에는, 치고는, -(으)니까는, -다가는, -고는, -기에는
	-(으)ㄴ 셈치고는, -(으)ㄴ 경우에는, -(으)로는 -가 그만이다, -(으)ㄹ 수 없다, -고는 하다, -(이)라고는 -밖에 없다

'도'	
초급 ↓ 고급	말고도, 에도, -는데도, (으)면서도, -고도, 다가도
	-에도 불구하고, -었는지도 모르다, -고도 남다, -기도 하다, -(으)ㄹ 나위도 없다

'만'	
초급 ↓ 고급	에서만, (이)라야만, -기만, -어야만
	-(으)ㄹ 것만 같다, -(으)ㄹ 뿐만 아니라, (으)려고만 하다, -기만 하다

이처럼 보조사를 포함한 한국어 교육 문법 항목들은 교육적 순서에 따라 단순한 형태에서 복잡한 형태로 가르쳐야 할 것이다. 이를 위해서는 문법 항목의 형태적 결합 유형 분석이 선행되어야 한다. 본고에서 다루고 있는 '-은/는', '-만', '-도'는 보조사를 포함해서 조사의 역할로 쓰이고 있는 문법 항목과 보조사를 포함해서 어미의 역할로 쓰이는 문법 항목으로 구별이 된다. 그리고 이 둘 어디에도 속하지 않는 표현 항목으로도 구분이 된다.

5. 결론

본 연구에서는 한국어 교재에 나타난 보조사의 특성을 살피고 보조사를 포함한 문법 형태들을 결합 형태별로 분류하였다. 보다 구체적으로 이 보조사를 포함한 문형들을 분석하기 위해서 의미를 세분화하고 교육적 순서로 나누어 학습자에게 제시하는 것이 필요함을 주장하였다. 한편, 이 구문을 효율적으로 교수하기 위해서는 거시적으로 보조사를 포함하고 있는 문형에 대한 문법적 설명이 이루어져야 하며 미시적으로는 보조사를 교수하기 위한 구체적 수업 모델이 필요하나 본고는 이와 같은 구체적 수업 모델을 제시하지 못하였다는 점에서는 연구의 한계를 갖는다. 그러나 본고에서는 보조사를 포함한 결합 형태들을 살피는 것이 목표였기에 보조사를 포함한 문법 형태들의 교육 순서 방안을 제시하였다.

참고문헌

고석주(2004), 『현대 한국어 助詞의 연구 I』, 서울: 한국문화사.

고석주 외(2004), 『한국어 학습자 말뭉치와 오류분석』, 서울: 한국문화사.

고석주(2002), 「助詞 '가'의 의미」, 『국어학』 40, 221~246쪽.

국립국어원(2005), 『외국인을 위한 한국어문법 1』, 서울: 커뮤니케이션북스.

김영희(1986), 「복합명사구, 복합동사구, 그리고 겹목적어」, 『한글』 193, 54~76쪽.

김용하(1999), 『한국어의 격과 어순의 최소주의 문법』, 서울: 한국문화사.

김의수(2002), 「국어의 격 허가 기제 연구」, 『국어학』 39, 49~74쪽.

김정숙 · 남기춘(2002), 「영어권 한국어 학습자의 助詞 使用 오류 분석과 교육 방법」, 『한국어 교육』 13-1, 27~45쪽.

김진형(2000), 「조사연속구성과 합성조사에 대하여」, 『형태론』 2, 59~72쪽.

남기심, 고영근(1985), 『표준 국어 문법론』, 서울: 탑출판사.

목정수(2003), 『한국어문법론』, 서울: 월인.

박동호(2004), 「술어명사구의 통사적 실현 양상」, 『어학연구』 40(3), 597~617쪽.

박동호(2006), 「한국어 特殊助詞 교육방안」, 『한국외국어교육학회 2006년 학술대회 발표 논문집』.

서울대학교 언어교육원(2000), 『한국어』 1~4, 문진미디어.

서정수(1991), 『현대 한국어 문법 연구의 개관: 제1권 主語/목적어/관련助詞/機能용언』, 서울: 한국문화사.

서희정(2012), 「한국어교육을 위한 보조사 결합형 문법항목의 선정 방안 - "는", "도", "만", "야" 결합형을 중심으로」, 『새국어교육』 93, 437~467쪽.

성광수(1981), 「타동사 목적어와 중목적어」, 『어문논집』 22, 78~103쪽.

신창순(1975), 「국어의 主語 문제 연구」, 『문법연구』 2, 101~126쪽.

양정석(1987), 「이중주어문과 이중목적어문에 대하여」, 『연세어문학』 20, 88~110쪽.

연세대학교 한국어학당(2007), 『연세한국어』 1~6, 연세대학교 출판부.
유동석(1995), 『국어의 매개변인 문법』, 서울: 신구문화사.
이양혜(2005), 「외국어로서의 한국어 助詞 '로' 교육」, 『이중언어학』 29, 269~295쪽.
이익섭 · 채완(2000), 『국어 문법론 강의』, 서울: 학연사.
이진은(2011), 「한국어 학습자를 위한 조사 결합 교육 방안 연구」, 『배달말』 49, 401~425쪽.
이화여자대학교 언어교육원(2006), 『말이 트이는 한국어』 1~6, 이화여자대학교 출판부.
임동훈(2004), 「한국어 助詞의 하위 부류와 결합 유형」, 『국어학』 43, 119~154쪽.
임홍빈(1972), 「국어의 주제화 연구」, 『국어연구』 28, 76~97쪽.
임홍빈(1979), 「용언의 어근 분리 현상에 대하여」, 『언어』 4(2), 55~76쪽.
임홍빈(1999), 「국어 명사구와 助詞구의 통사 구조에 대하여」, 『관악 어문 연구』 24, 1~62쪽.
최기용(1996), 「한국어 特殊助詞구성의 구조」, 『언어』 21, 611~650쪽.
최동주(1997), 「현대국어의 特殊助詞에 대한 통사적 고찰」, 『국어학』 30, 201~224쪽.
최형용(2002), 「국어 단어의 형태 · 통사론적 연구」, 서울대 박사 학위 논문.
황종배(2007), 「외국인 학습자의 한국어 조사 중첩 습득 연구」, 『외국어 교육 Foreign Languages Education』 14-4, 391~416쪽.
허 용(2001), 「부사격 助詞에 대한 한국어 교육학적 접근」, 『이중언어학』 19, 365~390쪽.
홍용철(2005), 「特殊助詞 "는"에 대한 통합적 분석」, 『생성 문법 연구』 15, 397~413쪽.

한국어 유사 문법 항목의 유형 분류 연구*

이지용

1. 서론

모국어 화자는 문법 항목 사이 유사성을 자동적으로 인식해 내지만, 외국인 학습자가 한국어 문법 항목들 사이의 유사성을 인식해 내는 것은 쉽지 않은 일이다. 이와 같은 문법 항목의 유사성으로 인해 목표어 내 전이 현상에 따른 오류가 발생하게 된다. Taylor(1975)에서는 부정확한 상태로 학습된 부분이 일반화됨으로써 발생하는 언어 내 전이 현상을[1] 학습자 오류의 주요한 원인 중 하나로 보고 있다.

이러한 현상은 간섭 현상이라고 할 수 있다. 간섭 현상은 문법 항목 사이에 유사성이 많을수록 증가하는데, 이것이 교수–학습에 부정적

---

* 본고는 영주어문학회에서 발간하는 『영주어문』 36집(2017년 6월)에 게재되었던 논문임을 밝힌다.

1) 주로 학습의 초기 단계에서 언어 간 전이에 의한 오류가 발생하며, 이에 비해 학습의 단계가 높아질수록 언어 내 전이에 의한 오류가 많이 발생한다.

이라는 주장도 있고 오히려 긍정적이라는 주장도 있다. 부정적이라고 보는 입장에서는 간섭 현상이 기억에 방해가 된다고 보는 데 비해 긍정적이라고 보는 입장에서는 기억에 도움이 된다고 보고 있다.

유사성이 부정적이라고 보는 Underwood(1951)에서는 유사한 항목을 함께 학습하면 서로 혼동을 일으키므로 유사성이 감소하도록 구별하는 방법을 개발하여 교육을 해야 한다고 보았다. Siegel & Msselt (1984)에서도 유사하여 혼동을 초래하는 자극들의 경우, 변별력을 강화하는 학습이 효과적이라고 하였다.

Nesbit & Yamamoto(1991) 역시 학습의 초기에는 이러한 유사 항목들이 간섭 현상을 유발하지만, 오히려 이를 극복하면 오류를 줄일 수 있다는 사실을 실험을 통해 증명하였다.

이러한 연구에서도 알 수 있듯이 유사성은 혼동을 일으키므로 피해야 할 특성이 아니라, 적극적으로 구분하여 사용할 수 있는 능력을 키워 교육의 효과를 높여야 하는 특성임을 알 수 있다. 이에 따라 한국어 학습자가 적극적으로 유사성을 발견하고, 이를 구분하여 사용할 수 있도록 교육하기 위해서는 어떠한 측면에서 문법 항목의 유사성이 발생하는지를 먼저 정확히 파악한 후, 학습자가 이를 변별하여 사용할 수 있는 방향으로 교수-학습이 수행되어야 한다.

무엇보다도 학습자는 유사성을 변별해낼 수 있는 모국어 화자와 같은 능력을 지니지 않았으므로, 유사성의 정체와 유형을 먼저 밝혀낼 필요가 있겠다. 다시 말해서 문법 항목의 '유사성' 개념과 이에 따른 세부 유형을 체계적으로 규정해야 할 것이다. 이에 본고는 유사 문법 항목의 유사성 개념과, 유사성이 발생하는 범위를 밝혀내고, 이에 따라 유사 항목의 유형을 분류하고자 한다.

2. 유사성에 관한 문제제기

'유사성'은 유사 문법 항목으로서 규정될 수 있는 핵심적인 요소이다. 따라서 유사 문법 항목으로서 분류하기에 앞서 이들을 구분하기 위한 '유사성'이라는 개념에 대해 먼저 규명해야 할 것이다. 이를 위해 먼저 한국어 교육용 사전에서는 어떠한 양상으로 유사한 문법 항목들이 제시되고 있는지를 살펴볼 필요가 있다.

(1) 사전 제시 항목[2)]

· '이/가', '은/는'
· '—으니까', '—는데'
· '—아서', '—으니까', '—기 때문에'
· '—기 나름이다', '—을 나름이다'
· '—더니', '—았더니'
· '—을게', '—을께'
· '—든지', '—던지'
· '—지 않다', '—지 못하다'

이와 같이 다양한 양상의 항목들이 한국어 교육용 사전에 비교되어 제시되고 있다. 위 항목들은 의미, 발음, 형태나 기능이 유사하지만 문장 내에서 교체될 수 있기도 하고, 정반대로 교체되면 오류가 발생되기도 하는 항목들이다. 따라서 문법 항목의 유사성은 분류 기준에 따라 구분되어야 할 필요가 있다. 문법 항목 사이 유사성이 어떠한 측면에서 발생했는지에 따라 학습자가 혼동될 수 있는 부분이 상이하기 때문에 교육적 접근 방식에 차이를 가져오기 때문이다.

---

2) 국립국어원(2005), 백봉자(2006), 이희자 · 이종희(2010), 양명희 외(2013, 2014)

한국어 교육용 문법 항목들이 이처럼 다양한 차원에서 비교되고 있다는 사실은 외국인 학습자가 문법 항목들이 무엇 때문에 유사한지를 파악하기 어렵다는 점과, 어느 정도까지 유사하다고 봐야 하는지를 구분해내기 어렵다는 사실을 반영한다. 무엇보다도 형태가 유사한 항목들의 경우, 모국어 화자는 맥락과 상황 속에서 자연스럽게 구별할 수 있겠지만, 외국인 학습자에게는 더욱 혼동되는 요소일 수 있다. 특히 학습자들에게는 유사성이 발생하는 측면이 다양하다는 사실 자체가 혼동될 수도 있다.

예를 들면, 어떤 항목들은 형태는 유사한데 의미는 전혀 다르다. 또는 동일한 형태가 포함되어 있지만 의미가 다르거나, 전혀 다르게 생겼는데 의미가 유사한 경우도 있다. 이러한 문제는 교사의 입장에서도 다루기 쉽지 않다. 문장에서 바꿔 쓸 수 있으면 똑같은 항목으로 제시해도 되는지, 특정 문장에서만 교체가 가능하고 다른 문장에서는 교체가 안 되는 항목들을 어떻게 설명해야 할지, 더 나아가 의미적 관련성은 있어 보이지만 기능에 차이가 있는 항목들을 유사한 것으로 제시해야 하는지 등의 문제로 어려움을 겪기 마련이다.

이러한 복잡한 양상의 유사 항목들을 교육하기 위해서는 먼저 문법 항목 간의 차이를 발생시키는 원인을 밝히고, 그 원인에 따라 유형을 분류하여 체계적으로 정리할 필요가 있다. 이를 해결하기 위해 다음과 같은 문제를 제기할 수 있다.

(2) 문제제기

- 문법 항목의 무엇이 유사한가?
- 한국어 교육용 유사 문법 항목으로 규정되기 위한 유사성은 무엇인가?

문법 항목의 무엇이 유사한지에 대한 문제는 유사성의 개념에 대한 것이다. 이에 비해 한국어 교육용 유사 문법 항목으로 규정되기 위한 유사성이 무엇인지에 대한 문제는 유사성의 범위 설정과 관련된 것이다. 본고에서는 이 두 가지의 문제에 대한 답변을 마련하여 한국어 유사 문법 항목의 유사성을 구체화한 후, 유사성에 따라 그 유형을 분류하고자 한다.

3. 한국어 문법 항목의 유사성

먼저 "문법 항목의 무엇이 유사한가?"라는 문제는 결국 문법 항목의 어떤 측면에서 유사성이 발생하는지를 밝혀야 하는 문제이다. 명시적으로 '유사성' 개념을 정리하기 위해서는 문법 항목의 어떤 부분이 유사하며, 유사성이 어떻게 발생하는지를 규명해야 할 것이다.

이를 위해서는 먼저 문법 항목을 구성하고 있는 구성 요소를 밝혀야 한다. 문법 항목의 유사성은 결국 문법 항목을 구성하는 요소들 간의 특성이 유사한 것이기 때문이다. '유사성'은 문법 항목들 사이의 관계에서 도출될 수 있는 개념으로 다양한 측면에서 발생되는 유사성이 교육적으로 다루어지고 있음을 앞서 제시한 있음을 사전을 통해 확인할 수 있었다.

이처럼 문법 항목의 구성 요소를 밝혀 유사성이 발생하는 영역을 밝힌 후, 각 영역에서 발생하는 유사성이 한국어 교육에서 어느 정도 유의미한지를 검토해 봄으로써 한국어 문법 항목의 '유사성'을 보다 구체화할 수 있겠다.

3.1. 개념

문법 항목의 어떤 부분이 유사한지를 알기 위해서는 문법 항목을 구성하는 기본 단위의 구조를 파악해야 한다. 보다 체계적인 연구를 위해서는 연구 대상의 기본 단위를 정확하게 파악할 필요가 있기 때문이다. 유사성이 무엇인지를 알기 위해서는 유사성이 발생하는 문법 항목의 내부 구성 요소를 파악한 후, 구성 요소 간의 관계를 통해 유사성이 어떠한 측면에서 발생하게 되는지를 알 수 있다.

한편 한국어 유사 문법 항목과 관련된 연구 가운데 '유사성'을 명시적으로 다루고 있는 연구는 많지 않다. 따라서 문법 항목의 교육 원리나 내용에 대한 언급하고 있는 기존 연구를 통해 '유사성'과 관련된 부분을 모색하고자 한다. 먼저 한국어 교육 문법에 관한 원리를 제안하고 있는 김재욱(2003)에서 교육 문법에 관한 원리를 제안하고 있는데, 이 부분에서 '유사성'과 관련된 내용을 살펴볼 수 있다.

(3) 한국어 교육 문법에 관한 원리 (김재욱, 2003)

① 문법형태를 중심으로 각 문법형태의 구체적이고 세밀한 형태, 통사, 의미, 화용적 기능을 기술해야 한다.

② 어떤 문법형태들이 문법, 의미 면에서 한국어 화자도 그 쓰임새를 크게 구별하지 않고 쓰는 경우 이는 비슷한 문법형태로 제시하는 것이 좋다. 다만 실생활에서 활용빈도를 고려하여 예외적인 문법형태의 쓰임은 예외 규칙으로 제시한다.

③ 비슷한 의미 범주의 문법형태들은 학습자들에게 의미의 차이를 중심으로 제시되어야 하는 경우와 문법적 차이를 중심으로 제시되어야 하는 경우로 구분될 수 있다. 각각 의미나 문법의 차이가 확연하게 드러나는 쪽으로 설명을 해야 한다.

④ 한 문법형태가 가지고 있는 구체적인 의미를 가능한 자세하게

나누어 설명해 주어야 한다. 전형적인 의미와 주변적인 의미 기능도 같이 제시해야 한다.

⑤ 기존의 한국어 문법에서는 수사, 단위 명사 등을 한국어 문법 교수항목으로 제시하고 있기는 하나, 이는 문법적인 성격보다는 어휘적 성격이 강하다.

먼저 원리①을 통해 유사 문법 항목 역시 '형태, 통사, 의미, 화용적 기능'의 측면에서 비교되어야 함을 알 수 있다. 원리②를 통해서는 차이가 구분되지 않고 교체하여 사용할 수 있는 문법 항목들이 존재함을 알 수 있다. 원리③을 통해서는 비슷한 의미 범주에 속하지만 의미나 문법에 차이가 있는 항목들이 존재할 때, 그들의 구분을 어떻게 해야 하는지를 고려해야 한다는 사실을 알 수 있다. ④를 통해서는 문법 항목을 서로 비교하는 경우에도 그 의미를 구분하여 살펴봐야 하며, ⑤를 통해서는 어휘적 의미가 아닌 문법적 의미 위주로 비교가 이루어져야 한다는 사실을 파악할 수 있다.

김재욱(2003)에서는 특히 '비슷한 의미 범주'에 속하는 문법 항목들, 즉 문법적 차이는 크지 않으므로 상세한 의미상의 차이점을 제시해야 하는 경우와 의미상의 차이가 중요하지 않아서 문법적 차이를 제시해야 하는 경우를 구분해야 한다고 보았다. 이와 같은 유사 문법 항목의 분류 방식은 교육적 활용을 위해 문법 항목 사이 차이가 나타나는 측면을 구분하여 구체적으로 제시하였다는 점에서 의의가 있다.[3)]

방성원(2002) 역시 고급 단계 학습자는 동일 문법 범주에 속하는 문

3) 그러나 모국어 화자도 구분하기 어려운 수준의 미세한 의미상의 차이를 구분하도록 분류하였다는 점과 생산성이 높지 않은 '−스럽다', '−답다', '−히−'와 같은 항목들을 문법 차이를 중심으로 제시해야 하는 항목으로 보았다는 점은 교육적 효율성에 의문이 든다.

법 요소의 의미 차이 및 제약을 학습자들이 관찰하여 스스로 발견할 수 있도록 유도하는 교육이 효과적임을 주장하고 있다. 이와 같은 논의에서는 유사 문법 항목이 동일한 문법 범주에 속해야 한다는 것과, 의미 차이 및 제약에 대해 명시적인 구별이 가능해야 한다는 사실을 전제하고 있음을 알 수 있다.

또한 김제열(2004)에서는 범주 기반 문법의 학습 목표가 가진 장점을 제시하고, 기능 중심 범주, 의미 중심 범주, 기초 문법 요소로 초급 문법 범주를 분류하였다. 이러한 논의에서 역시 기능, 의미, 그리고 기초 문법적인 부분에서 문법 항목의 '유사성'이 발생될 수 있음을 파악할 수 있다.

무엇보다도 유사성의 유형 분류를 구체화한 연구로는 양명희(2016)가 있다. 이 연구에서는 조사만을 대상으로 문법적 기능이 같거나, 의미 기능이 유사한 경우, 형태가 유사하고 일부 의미 자질이 같거나, 발음이 유사한 경우의 4가지 유형으로 분류하고 있다. 이를 통해 문법 항목의 유사성이 문법적 · 의미적 기능뿐만 아니라 형태와 발음의 측면에서도 발생할 수 있다는 점을 확인할 수 있다.

이와 같은 연구들을 살펴본 결과, 유사 문법 항목의 유형 분류 기준에 대해 충분히 논의되지 못하고 있으며, 유형 분류 기준이 '유사성'에 대한 규정 역시 명확하지 않음을 알 수 있다. 그렇지만 이들 모두 유사 문법 항목을 분류하는 기준으로 문법이나 의미적 차이를 설정하고 있다는 점에서 유사한 항목들이 이러한 차이를 중심으로 분류되어야 한다는 점은 확인이 가능하다.

한편 유현경 · 강현화(2002)에서는 한국어 교육의 유사 관계 어휘를 의미적으로뿐 아니라 형태적, 통사적, 화용적 측면에서 공통적인 부분을 지니고 있어서 학습 과정에서 혼동의 염려가 있는 일련의 어휘들의 관계로 규정하였다. 또한 조민정(2010)의 연구에서도 한국어 교육용 유의어의 유형을 음운론적 유의어, 형태론적 유의어, 문법적 유의어, 화용적 유의어로 분류하여 제시하고 있다.

이와 같은 어휘 분야의 연구에서 분류하고 있는 기준을 살펴보면, 문법 항목 또한 의미나 기능은 물론 형태나 화용의 영역에 대한 비교를 고려해야 함을 알 수 있다. 물론 비교되는 내용이 존재하지 않는 영역까지 고려할 필요는 없고 서로 비교가 가능한 영역만을 중심으로 하여 교육을 위한 분류가 이루어져야 한다. 그런데 이 경우 주목할 점은 유사 문법 항목에 따라 비교 영역이 다르다는 사실이다. 바로 이 비교의 영역에 따라 유사 문법 항목의 유형 분류가 가능하다.

즉 문법 항목의 '유사성'은 여러 가지 측면에서 발생할 수 있는데, 이를 기준으로 그 세부 유형을 분류할 수 있을 것이다. 이에 따라 의미, 통사의 영역뿐만 아니라, 형태나 음운 영역에서의 차이도 '유사성'을 판단하는 기준에 포함되어야 할 것이다. 이와 같은 사항은 결국 문법 항목의 구성 요소에 관한 내용과 관련된 것으로, 문법 항목을 구성하고 있는 요소는 '음운 특성', '형태 특성', '통사 특성', '의미 특성'에 해당함을 알 수 있다. 또한 문법 항목의 관계는 구성 요소의 특성에 따라 규정될 수 있으므로 '유사성' 역시 '음운', '형태', '통사', '의미'의 측면에서 발생한다는 사실을 알 수 있다.

즉 앞서 제시된 연구들을 통해 문법 항목 역시 '음운', '형태', '통사', '의미' 특성으로 구성된다는 것과 각각의 영역에서 유사성이 발생할 수 있다는 사실을 확인할 수 있었다. 요컨대 '유사성' 개념을 규정하기 위해 제기된 문제인 "문법 항목의 무엇이 유사한가?"라는 질문에서 '무엇'은 문법 항목의 내적 구성 요소인 '음운', '형태', '통사', '의미'가 된다. 문법 항목 사이 유사성은 그 구성 요소인 '음운', '형태', '의미', '통사'의 특성들을 각 측면에서 서로 비교할 때 발생하게 된다. 즉 '유사성'이란, 문법 항목의 구성 요소들을 서로 비교할 때 발생하게 되는 특성 가운데 하나로 정의할 수 있다.

이러한 체계에 따라, 어휘와 마찬가지로 문법 항목도 개별 문법 항목 자체가 지니는 내적 정보와 문법 항목 간의 관계에서 나타나는 외적 정보로 나누어 교육 내용을 구성할 수 있는데, 외적 구성에 해당하는 내용이 바로 유사 문법 항목과 관련된 것이다. 이처럼 문법 항목의 구성 요소를 명시적으로 밝힘으로써 유사성 개념에 대해 보다 체계화할 수 있게 되었다. 이로써 한국어 교육용 사전에서 제시되고 있는 다양한 양상의 유사 문법 항목들이 각각 어떻게 다른지에 대해 분석할 수 있는 토대가 마련되었다.

3.2. 범위

이제 한국어 유사 문법 항목으로 분류되기 위한 유사성의 범위 설정에 관하여 논의하고자 한다. 문법 항목의 구성 요소 각각의 측면에서 발생한 유사성이 유사 문법 항목을 분류하기 위해 교육적으로 유의미한 기준이 될 수 있는지를 살펴본다는 의미이다.

한편 이에 앞서 '유사성'과 관련된 내용이 왜 교육적으로 필요한지에 대해 먼저 정리할 필요가 있다. 학습자들은 문법 항목들의 '유사성'에 의해 오류를 양산해낸다. 의미상 또는 형태상으로 비슷한 특성을 지닌 둘 이상의 문법 항목의 '유사성'은 학습자에게 혼동을 줄 수 있기 때문

에 이와 같은 문법 항목들의 차이를 잘 구별할 수 있도록 교육 내용과 방법이 구성되어야 한다.[4)]

그렇지만 지금까지 한국어 교육에서 다루어지고 있는 항목들은 이들의 차이를 잘 구별될 수 있도록 하는 방식으로 제시되었다고 보기 어려운 면이 있다. 각 항목들의 차이를 밝히기에 앞서 이들이 어떠한 기준에 의해 유사한 항목으로 분류되었는지를 체계적으로 제시하지 못하고 있기 때문이다. 즉 분류 기준에 대해서 먼저 정리된 후 그 기준에 따라 유사한 항목들이 제시될 때, 항목들의 유사성이 학습자에게 초래하는 혼동의 근거를 보다 명시화함으로써 교육의 방향을 설정할 수 있을 것이다.

이를테면, 분류 기준을 구분하지 않는 기존의 제시 방식으로는 항목들의 상이점이 한눈에 들어오지 않기 때문에, 이들 항목이 유사하므로 교체하여 사용해도 된다는 것인지, 이와 정반대로 교체하여 사용하면 안 된다는 것인지에 대한 판단이 용이하지 않다. 전형적으로 유사성이 존재한다고 여겨지는 '-아서'와 '-으니까'와 같은 항목은 일정한 상황에서는 교체하여 사용할 수 있는 경우가 많지만 이와 달리 '은/는'과 '이/가'는 구분해서 사용해야 하며, '께', '께서' 역시 구분해서 사용해야 한다.

이뿐만 아니라, '-을게'와 '-을께', '-는 법이다'와 '-는 법이 있다' 등의 항목들 역시 비교되어 제시되고는 있으나 분류 기준이 다른 항목들과는 다르고, 이에 따라 교육되어야 할 내용과 방법도 달라진다. 이처럼 다양한 양상의 항목들이 단지 유사성에 의해 혼동된다는 점을 근거로 하여 체계적으로 정리되지 못한 채로 제시되고 있다.[5)]

---

4) 혼동을 초래하므로 오류를 유발할 수 있으나, 혼동하지 않고 정확하게 구분하여 사용할 수 있는 경우에는 학습자의 표현 능력을 향상시키게 된다.

이러한 문제를 해결하기 위해서는 '유사성'으로 인해 혼동되는 항목에 대한 엄밀한 분류 기준을 설정해야 한다. 이때 분류 기준은 한국어 교육에서 유의미하다고 볼 수 있는 유사성만을 근거하여야 할 것이며, 이것이 바로 '유사성'의 범위에 관한 문제가 된다. 다시 말해서 앞서 제시된 문법 항목들을 모두 한국어 교육의 유사 문법 항목으로 볼 수 있는지와 관련된 문제라 할 수 있다.

유사성의 범위 한정은 문법 항목을 구성하는 각 영역에서 발생한 유사성이 문법 교육의 내용으로서 다루어질 만한 가치가 있어야 한다는 점에 근거해야 한다. 말하자면 유사한 표현을 서로 교체하여 사용함으로써 표현 능력이 향상될 수 있거나, 서로 교체하여 사용할 수 없는데도 유사성으로 인해 혼동되므로 관련 오류를 방지할 수 있는 경우에 교육적 가치가 있다고 말할 수 있겠다.

앞서 살펴본 것과 같이 문법 항목을 구성하는 요소인 의미, 통사, 형태, 음운 등이 '유사성'이 발생하는 측면이다. 따라서 이러한 문법 항목의 구성요소 각각에서 교육적으로 유의미한 '유사성'의 범위를 결정해야 한다. 교육적 가치를 평가하는 기준은 학습자들이 문장을 어떻게 생성하고 사용해야 하는지와 관련된 교육 문법적 특성과 관련되어야 한다.

3.2.1. '음운'

'음운' 특성이 유사하다는 것은 음성적으로 유사하다는 것으로, 소리가 비슷해서 유사성이 생기는 경우를 가리킨다. 한국어 학습자의 입장

5) 이러한 현상은 한국어 교육에서 다루고 있는 문법 항목의 유사성이 문법 항목 자체가 가지고 있는 특성에 의한 발생적 측면뿐만 아니라, 학습자들의 혼동에 의한 결과적 측면에서도 함께 조망되고 있기 때문으로 여겨진다.

에서 보면, 소리가 비슷해서 혼란이 생기는 경우에 해당한다. 바로 '－노라고', '－느라고'와 같은 항목들이나 '－든지', '－던지'와 같은 항목들이 여기에 해당한다. 이들 항목은 서로 소리가 비슷하여 학습자들이 혼동함으로써 오류가 발생하게 된다.

실제 교육 현장에서 학습자들이 이를 구분하여 이해하거나 표현하지 못하는 경우에는, 그 차이를 명확하게 밝혀 이를 구분할 수 있도록 교육해야 한다. 이와 같은 항목들은 문장 내에서 담당하고 있는 의미나 기능이 서로 달라 교체되어 사용될 수 없다는 점에 주목해야 한다. 따라서 이것은 혼동하여 실수하지 않도록 각각 다른 것으로 구분해야 하는 부분으로 다루어져야 한다.

한편 '－을게', '－을께'와 같은 경우를 살펴보자. '－을께'는 별도의 의미 기능이 있는 유사한 다른 항목이 아니다. 단지 '－을게'의 잘못된 표현일 뿐이므로 이와 같은 경우는 유사 문법 항목으로서 분류할 수 없다. 이에 비해 '－든지'와 '－던지'는 두 항목이 각각 별도의 문법 항목으로서 존재한다. 이들 항목은 형태 및 발음에 의해 학습자가 혼동할 수 있는 서로 다른 항목이라는 점에서 유사 문법 항목으로서의 분류가 가능하다.

이처럼 발음이나 철자로 인해 서로 혼동되는 항목들은 비교 대상 항목들이 각각 서로 다른 문법 항목으로 존재하는 경우에 한하여 유사성에 의해 혼동될 수 있는 것으로 그 범위를 정할 필요가 있다. 요컨대 발음이나 철자가 유사한 경우는 형태적 유사성의 범위로 포함하지만, 잘못된 표현의 경우는 유사성의 범위에 포함하지 않는다.

3.2.2. '형태'

문법 항목 사이 유사한 '형태'의 특성으로 볼 수 있는 부분은 이들 항목의 구성단위가 동일한지와 동일한 어소를 포함하고 있는지와 관련이 있다. 먼저 문법 항목의 구성단위에 대하여 살펴보겠다.

3.2.2.1. 구성단위의 유사성

한국어 문법 교육 항목의 유형에 대해 성지연 · 도원영(2014)에서는 다음과 같이 제시하고 있다.

<표 1> 한국어 문법 교육 항목의 분류 (성지연 · 도원영, 2014)

구분	문법 항목		문법 표현 항목					
구성	단독형		결합형			복합형		
단위	어미	조사	어미 +어미	조사 +조사	어미 +조사	어미 +명사	조사 +동사	어미 +용언
항목	-었-	을/를	-었던	-는커녕	기에	-게 마련이다	-에 대해	-고 말다
통사적 기능	시제	목적격 조사	시상	보조사	연결어미	서술어	목적어 보충	보조 용언
의미적 기능	과거	대상	과거 회상	부정 강조	원인 이유	당위	대상	완료

성지연 · 도원영(2014)에서는 한국어 교육용 문법 항목을 '문법 교육 항목'으로 지칭하고, 단독형과 결합형, 복합형으로 구분하였다. 이러한 방식은 문법 항목 구성단위의 차이점을 명시적으로 파악할 수 있다는 장점이 있다. 물론 한국어 학습자에게 이러한 정보를 교육 내용으로서 제시하는 것은 지양하고 있다. 이것은 학습자에게 과도한 인지적 부담을 주지 않기 위한 것이지만, 고급 단계로 갈수록 학습자에게 이미 내

재되어 있는 형태 정보를 활용할 수 있도록 하는 방식이 오히려 학습적 효율성을 높일 수도 있다.

즉, 문법 항목의 구성단위에 대한 정보 제시는 교수-학습에 용이할 수도 있지만, 이와 반대로 학습자가 유추해 낼 수 없거나, 다른 형태와 혼동하게 되는 경우는 방해가 될 수도 있다. 따라서 형태 구성에 대한 정보는 교육 현장에서의 상황을 고려하여 제시되어야 한다.

그렇다면 유사 문법 항목의 교육에 있어서, 형태 단위에 대한 분석적 정보는 필요한 것인가? 문법 항목 간 유사성 여부를 파악할 때, 형태 단위가 단독 구성인지 복합 구성인지는 외적으로 가장 먼저 인식하게 되는 부분이다. 그러나 그 구성이 의존 명사 중심인지, 어미 중심인지 등의 내적인 세부 정보는 유사 문법 항목 사이 기능적 차이점을 파악할 때에는 고려할 내용이 아니다.

문법 항목 사이의 유사성은 문장에서 동일한 계열에 올 수 있는 항목들 사이에서만 발생하기 때문이다. 같은 자리에 교체될 수 있는 문법 항목들은 이미 동일한 기능과 의미를 담당하고 있는 하나의 단위로서 인식하게 된다. 이러한 전제에서 유사한 문법 항목으로서 분류되기 때문에, 학습자 역시 그 형태 단위가 복합적이라고 해도 이를 묶어 하나의 기능적 단위로서 먼저 인식할 것이다.

따라서 유사 문법 항목의 교육 내용으로 개별 문법 항목의 분석적 정보와 특성을 고려할 필요가 없으며, 유사성이 발생하는 영역만을 중심으로 교육 내용을 구성해야 한다. 문법 항목 사이 유사성은 문법 항목을 구성하는 형태 낱낱에 대한 것이 아니라, 하나의 덩어리 형태로서 지니고 있는 기능에 대한 문제이다. 즉 문법 항목의 단위가 결합형이냐, 단독형이냐 하는 문제는 문법 항목 사이의 의미적 유사성에는 영향을 끼치지 않는다.

결국 교육적인 입장에서는, 특히 의미적 차이를 밝히는 유사 문법 항목의 경우에는 이를 구성하는 구성요소 낱낱의 단위 정보에 대해서는 특별히 의미를 두지 않아야 할 것이다. 예를 들면 '–아서', '–으니까', '–기 때문에'의 의미적 유사성을 비교하는 경우, '–기 때문에'가 복합형이라는 이유로 '–아서', '–으니까'와의 유사성이 부족하다고 볼 수는 없겠다.

그러나 의미적 유사성을 따지지 않고 단지 형태적인 유사성만을 비교하는 경우에는 문법 항목의 구성이 단독형인지, 복합형인지를 비교할 수 있겠다. 그렇지만 이 경우에도 단위의 세부적인 정보, 예를 들면 의존 명사 중심인 항목들이므로 더 유사하다거나, 보조 동사 구문이므로 더 유사하다거나 하는 등의 내용은 동일 어소가 포함되지 않는 한 유사성의 비교 기준으로 고려되지 않을 것이다. 형태적 유사성은 학습자가 문법 항목들의 외적인 측면을 비교할 때 발생하므로, 그 구성이 복합형인지 단독형인지가 일차적으로 판별된 후에는 외적 형상, 즉 음운적인 유사성을 비교하게 되기 때문이다.

이를테면 –아야 되다'를 '–아야겠다', '–아도 되다'와 각각 비교하면, '–아야겠다'보다는 '–아도 되다'와의 유사성을 우선적으로 인지하게 될 것이다. 이들 항목이 '–아야 되다'와 형태적으로 혼동될 때, 음운적인 유사성 판별에 앞서 구성 양상에 대한 유사성을 먼저 판별하게 된다는 것이다. 즉 '–아야 되다', '–아야겠다'에 비해 '–아도 되다', '–아야 되다'의 형태적 유사성을 학습자가 우선적으로 인식하게 될 것이다.

이에 대한 근거로는 두음 전환 현상인 스푸너리즘(spoonerism)을 들 수 있다. 스푸너리즘은 'well–oiled bicycle'을 'well–boiled icicle'이라고 발음하게 되는 발화 실수를 가리킨다. 이러한 현상을 통해 언어를 인식하는 단위가 분절음부터 시작되지 않고, 보다 큰 단위에서 시작되고 있음을 확인할 수 있다. 따라서 학습자가 문법 항목 사이 유사성을 파악할 때에도 분절음이 아닌 보다 큰 단위인 구성의 유사성을 먼저 파악한다고 볼 수 있다.

또한 학습자의 쓰기 과제에 제시된 어휘 오류 가운데 유사한 형태로 인한 오류들을 분석한 Laufer(1991)의 연구에서도 관련된 내용을 찾아볼 수 있다. 이른바 'synforms'로 지칭하고 있는 혼동하는 항목들의 일반적 특징으로 서로 음절의 수가 동일하며, 음절의 위치가 유사하고, 강세의 형태, 통사적 분류가 동일하며, 공유하는 음소의 수에 차이가 적다는 점을 밝혀냈다. 이와 같은 연구 결과에서도 형태적으로 유사함을 인식함에 있어 학습자가 먼저 고려하는 사항이 무엇인지에 대해 시사하는 바가 있다.

결과적으로 문법 항목의 구성단위와 관련하여 고려되어야 하는 항목 간 형태적 유사성은 단독 구성 항목인지, 복합 구성 항목인지와 관련한 부분으로 한정하고자 한다. 즉 문법 항목 단위에 대한 분석적 정보는 의미적 유사성을 판정하기 위해서는 고려될 필요가 없으며, 형태적 유사성을 판정하기 위해서는 일부 내용이 고려되어야 한다.

3.2.2.2. 어소의 유사성

'형태' 범주의 유사성 가운데 동일 어소가 중첩되어 있는 항목들의 경우를 따로 살펴볼 필요가 있다. 이는 동일 어소에 각각 다른 형태가 붙어 확장되거나 축소되는 경우에 해당한다. 그런데 이때 동일한 어소가 중첩된 문법 항목인 '에 비하여', '에 비하면'나 '－아도', '－더라도'

와 같이 의미 기능이 유사한 경우와 '에 의하면', '에 의하여'와 같이 전혀 다른 의미 기능을 수행하는 경우가 발생한다.

결과적으로 두 가지의 상반된 경우가 발생하는데, 동일 어소가 중첩되어 형태적으로 유사함은 물론 의미적으로도 유사한 경우와, 이와 달리 동일 어소가 중첩이 되어 형태적으로 유사하지만 의미적 유사성이 존재하지 않는 경우이다. 따라서 동일 어소가 중첩되어 있는 경우에는 의미적 유사성이 존재하는 부류와 형태적으로 유사성이 존재하는 부류로 분류할 수 있다.

즉 동일한 어소가 중첩되어 있다고 해도 문장에서 실현되는 의미가 반드시 유사한 것은 아니다. 이때 의미적 유사성은 문법 항목을 구성하는 개별 어소들이 지니는 의미가 아닌, 문장에서 실현되는 의미를 가리킨다. 예를 들면 '에'와 '의하-'가 동일한 '에 의하면', '에 의하여' 항목들은 의미적 유사성이 있는 것으로 볼 수 없다. 학습자가 문장에서 이것을 인식해 나가는 측면에서 볼 때, 복합 구성인 문법 항목의 의미는 하나의 덩어리 형태로서 그 의미를 고려해야 하기 때문이다.

'에 의하면'과 '에 의하여'에 대해 국립국어원(2005)에서는 각각 '어떤 상황이나 기준에 근거함', '수단이나 방법으로 말미암음'으로 그 의미를 설명하고 있다. 물론 각 항목의 의미가 총합된 것이 의미적 근거가 되겠지만, 두 항목은 결과적으로는 상이한 의미 기능을 드러낸다. 즉 문장에서 담당하고 있는 의미 기능이 서로 다르다는 것이다.

한국어 학습자에게는 문법 항목이 문장 내에서 담당하는 결과적인 의미 기능이 우선되어야 하므로 동일 어소의 중첩은 의미적 유사성을 판단할 수 있는 필요충분조건이 될 수 없다. 그렇지만 이와 달리 형태적 유사성을 판단하기 위한 기준으로서 동일 어소의 중첩을 적용할 수 있는 있을 것이다. 요컨대 동일한 어소가 중첩되어 있는 경우는 형태적 유사성을 판단하기 위해 고려될 수 있는 기준이 되지만, 이것이 의미적 유사성을 보장하지는 못한다.

3.2.3. '통사', '의미'

문법 항목의 의미는 일반적인 어휘적 의미가 아닌 문법적인 의미라고 할 수 있기 때문에 '의미적 기능'이나 '용법'이라는 용어로 제시되어 왔다. 즉 문법 항목의 '의미'로 볼 수 있는 것들은 모두 '통사'적인 특성을 보여준다. 따라서 이 두 영역을 하나로 묶어 살펴보고자 한다. '통사' 및 '의미'의 측면에서 발생한 유사성은 기존 연구에서 가장 많이 언급되고 있는 전형적인 유사성에 해당하며, 의미상 유사한 문법 항목이라고도 할 수 있다.

이 영역에서 유사성이 발생한 항목들은 문장 내에서 서로 교체될 가능성이 있음을 전제로 하며, 이는 같은 계열 관계에 있는 항목이라는 뜻이다.[6] 그러나 이것이 모든 문장과 맥락에서 완벽하게 교체가 가능한 절대적 동의성이 있음을 의미하지는 않는다. 서로 교체되어 사용될 가능성이 있는 항목들이라 해도 제약에 차이가 있거나, 문법 항목이 사용될 수 있는 상황 등에 차이가 나타날 수 있기 때문이다.

따라서 문법 항목들의 미세한 의미 차이나 제약 등의 차이점을 고려하기에 앞서, 의미·통사적 기능의 유사성을 판단하여 먼저 유사군으로서 분류한 후, 상이한 부분들을 밝혀내야 할 것이다. 이를 위해서 먼저 통사 및 의미 기능이 유사하여 동일한 계열에 속하는 문법 항목들을

6) 한국어 사전에서도 이러한 부류의 항목을 제시할 때 "바꿔 쓸 수 있다"라는 표현으로 제시되고 있다.

의미적 유사성이 있는 항목으로 분류하고자 한다. 이때 통사적 유사성은 의미적 유사성의 전제가 되어야 한다. 기본적으로 통사 기능이 유사한 경우에 한해서 의미적 유사성이 있는 항목으로 볼 수 있기 때문이다. 즉 문법 항목의 의미적 유사성은 통사적 유사성을 전제로 하기 때문에, 의미 비교에 앞서 일차적으로 고려되어야 한다.

양명희(2016)에서는 문장을 구성하기 위한 문법적인 기능인 통사적 기능과 의사소통 기능인 의미적 기능의 측면에서 조사의 유사성을 분석하였다. 그러나 의사소통 기능은 문법 항목의 의미 특성에 포함시키지 않을 것이다. 그러나 의사소통 기능은 문장이 실현되는 맥락에서 발생하기 때문에 문법 항목 자체가 지니는 것으로 보기 어렵고, 문법 항목과 일대일로 대응하지도 않기 때문이다.

즉 의사소통 기능은 유사 문법 항목을 분류하기 위한 기준으로 제시되어야 할 부분이 아니라, 교수요목 및 교육과정 구성 시에 고려되어야 하는 부분이다. 한송화(2006)에서도 문법 기술 시 언어의 사용과 관련된 기능이 아니라, 일정한 문법 구조와 형태가 특정 상황에서 지니는 특정한 의미와 관련된 문법적 기능이 중심이 되어야 함을 주장한 바 있다. 요컨대 의미 기능은 문법 구조와 형태가 특정 상황에서 지니는 특정한 의미와 관련된 기능으로, 의사소통 기능은 포함하지 않는 것으로 범위를 정한다.

이를테면 '－기 때문에'와 '－기 때문이다'를 의미적으로 유사성이 있는 항목으로 분류하는 방식은 합리적이지 않다. 이 두 항목은 문장에서 담당하는 통사 기능이 전혀 다르기 때문이다. 이러한 항목들을 의미상 유사한 항목으로 함께 제시하는 것은 '비교'의 기본 조건에 어긋난다. 두 가지 이상의 대상을 견주어 공통점과 차이점을 밝히는 '비교'의 대상이 되려면 그 범위를 한정해야만 하기 때문이다.

또한 의미론적 측면에서만 유사성이 존재하는 항목들까지 모두 유사 관계로 분류하게 되면, 묶일 수 있는 항목들의 경우의 수가 많아지게 된다. 학습자의 입장에서 볼 때에도 동일 통사 기능이 전제되지 않은 문법 항목들을 모두 유사 관계의 항목으로 다루게 되면, 문장에서 교체 시 고려해야 하는 부분이 많아져 더욱 혼동될 여지가 많다. 따라서 설명적 타당성과 용이성을 확보하려면 의미적 유사 관계에 있는 항목으로 분류되기 위해서는 문장 내에서 동일한 계열에 속해야 한다는 기본 조건을 충족할 수 있어야 한다.

한편 '이/가'와 '은/는'은 각각 격조사와 보조사로서 통사 기능이 다르다. 그렇지만 이들 항목은 모두 조사로서 문장 내에서 비슷한 자리에 위치하기 때문에 그 분포적 특성으로 인해 대다수의 학습자에게 혼동을 초래한다.

(4) 나는/내가 교사이다.
금요일은/금요일이 내 생일이었다.

(4)의 문장에서와 같이 '은/는'은 어떤 대상이 화제임을 나타내거나, 앞선 내용과 대조되는 상황에서는 강조의 뜻을 나타내는 보조사로 체언뿐만 아니라 부사어나 어미 뒤에도 결합이 가능하다. 이러한 점에서 격조사 '이/가'와는 의미 기능과 통사적 분포가 다르다고 할 수 있다. 즉 이들 항목은 의미 기능과 통사적 분포에는 차이가 있다. 그렇지만 특히 'A가 B이다'와 같은 '체언(주부)+서술어(술부)'로 연결되는 '이다' 구문의 경우에 한국어 학습자가 이들 항목을 혼동하기 쉽다. '이다' 구문에서는 맥락에 따라 '이/가'는 신정보를 '은/는'은 구정보의 의미 기능을

지닌다. 이때 체언에 붙는 '이/가'와 '은/는'은 의미상 모두 어떠한 정보를 나타낸다는 점과, 동일한 구문에서 동일한 위치에 분포할 수 있다는 점이 유사하기 때문이다.

특히 자기소개를 하며 이름이나 국적을 말하는 초급 단계의 한국어 발화에서 '은/는'이 먼저 제시되고, 그것이 학습자의 입력에 강화되는 경우가 많기 때문에 '은/는'을 '이/가'와 같은 주격 조사처럼 여기는 언어 내 간섭 현상이 발생하게 된다. 이에 따라 학습자는 이 두 항목을 교체하여 사용함에 있어 많은 오류를 양산한다. 이러한 점을 고려하여 '이/가'와 '은/는'은 엄밀하게 볼 때 동일한 통사 기능이 전제되지 않았음에도 불구하고, '이다' 구문에 한하여 통사적 분포와 의미적 유사성이 있는 이들 항목을 유사 항목으로 보고자 한다. 이것은 본 연구가 교육 문법적 특징을 고려하여 유사성의 범위를 설정하고 있음을 반영한다. 즉 문법 항목 자체에서 발생하는 유사성뿐만 아니라, 학습자에게 혼동을 준다는 결과적인 측면에서의 유사성까지 포괄적으로 다루고 있는 것이다.

지금까지의 논의를 정리하면 다음과 같다. 먼저 '음운'의 유사성에 의한 유사 항목은 오류와 관련된 부분이다. 혼동되는 문법 항목이 각각 별도의 문법 항목으로 존재하는 경우, 그 항목들이 서로 같지 않고 다른 항목이라는 점을 구분할 필요가 있으므로 교육 문법적 관점에서 유사 문법 항목으로 분류한다.

'형태'의 유사성에서는 문법 항목의 구성단위에 대한 분석적 정보는 비교 사항으로 정하지 않는다. 이에 비해 어소의 중첩이나 구성 방식에 대한 정보는 비교 범위로 정한다. 이것은 한국어 학습자가 문장을 지각해 나가는 과정적 측면을 고려한 것이다. 학습자가 문법 항목의 형태적 유사성을 판단하는 경우를 생각해 볼 때, 구성요소에 대한 형태론적 분석보다는 구성이 단독형인지 복합형인지, 공통된 어소가 중첩되어 있는지 등을 비교하게 될 것으로 보인다.

'통사'의 유사성은 '의미' 유사성의 전제가 된다. 이 두 영역의 유사성은 문법 항목이 문장에서 지니는 기능과 관련된 것이다. 이 역시 학습자의 인식적 측면을 고려하여 살펴봐야 한다. 의미적 유사성은 문법 항목이 지니는 의미 기능에 관한 것으로 판단해야 한다. 이처럼 문법 항목을 구성하는 각각의 영역에서 발생한 유사성에 대해 '음운'과 '형태' 유사성을 통합하여 '형태적 유사성'으로, '통사', '의미'의 유사성을 통합하여 '의미적 유사성'으로 설정하고자 한다. 본 연구에서 지칭하는 '형태적 유사성'은 외형적 표현과 관련된 개념으로 겉으로 드러나는 표현 형식에 근거한다. 이에 비해 '의미적 유사성'은 통사 기능의 유사성이 전제된, 문장에서의 기능을 중심으로 하는 개념이 된다.

또한 앞서 설명한 것과 같이 본고에서 설정하고 있는 '유사성'은 학습자의 인식을 기준으로 하고 있다. 즉 학습자가 문장을 인식하는 상황에서 그 문장에서 하는 문법 항목의 기능에 대한 유사성을 의미적 유사성으로, 문법 항목의 형상에 대한 유사성을 형태적 유사성으로 규정하고자 한다.

4. 유사군 분류

지금까지 '유사성'의 개념 및 범위에 대한 논의를 통해 한국어 문법 항목 간 유사성을 의미적 유사성과 형태적 유사성으로 구분하였다. 이에 따라 한국어 교육을 위한 유사 문법 항목의 유형은 의미적 유사성이 존재하는 의미유사군, 형태적 유사성이 존재하는 형태유사군, 의미적 유사성과 형태적 유사성이 모두 존재하는 복합유사군으로 분류할 수 있다.

유형 분류를 위해서는 먼저 형태적 유사성이 있는지를 판단한 후, 형태적 유사성이 있는지 여부에 따라 각각 의미적 유사성이 있는지를 판단한다.

· 형태적 유사성이 있는가? => 의미적 유사성이 있는가?

'의미적 유사성'과 '형태적 유사성'이라는 두 기준을 적용하여 유사군을 분류한 이와 같은 절차는 학습자가 문법 항목의 유사성을 지각해 나가는 관점에서 접근한 것이다. 이에 따라 형태적 유사성을 가장 상위 기준으로서 설정하였다. 학습자의 관점에서 문법 항목들을 비교할 때, 먼저 형태적으로 유사한지를 인식한 후, 의미적 유사성이 있는지를 파악하게 되기 때문이다.

결과적으로 형태적 유사성은 없지만, 의미적 유사성이 존재하게 되는 경우에는 의미유사군으로 분류될 것이다. 이에 비해 형태적으로는 유사하지만 의미적으로 유사하지 않은 동형이의 또는 유형이의에 해당하는 항목들은 형태유사군으로 분류한다. 또한 형태적으로 유사하고, 의미적으로도 유사한 경우는 복합유사군으로 분류한다. 한편 형태적으로나 의미적으로도 유사성이 존재하지 않는 경우에는 서로 유사관계에 놓여 있지 않은 항목들로 판정될 것이다.

이러한 절차에 의해 한국어 유사 문법 항목은 의미유사군, 형태유사군, 복합유사군으로 분류될 수 있다. 먼저 의미유사군에 속하는 항목들은 문장 내 동일한 자리에 상호 교체하여 사용할 수 있는 의미적 유사

관계에 있는 항목들이다. 즉 동일 계열에 있는 항목으로서 통사 기능 및 의미 기능이 동일한 부류라고 할 수 있다. 학습자가 통사 기능과 의미 기능의 유사성으로 말미암아 이들 항목을 혼동할 수 있으므로, 항목 간 차이가 생기는 부분인 제약이나 화용적 차이에 대한 비교를 통해 정확하고 적절하게 사용할 수 있도록 교육해야 한다.

형태유사군에 속하는 항목들은 의미적 유사성이 존재하지 않지만, 구성과 음운이라는 형태의 측면에서는 유사한 항목들이다. 의미적으로 유사하지 않으므로 형태유사군에 속하는 문법 항목들은 동일한 문장 내에서 서로 교체하여 사용하면 안 되는 부류이다. 그렇지만 이들 항목의 형태가 유사하기 때문에 동일 항목으로 혼동될 수 있다. 즉 실수로 바꿔서 사용할 수 있는 가능성이 존재한다. 그러나 이들 항목은 서로 기능이 다른 항목으로 구별해서 사용할 수 있도록 교육되어야 하는 부류라 하겠다.

한국어 유사 문법 항목의 유형 중 하나로 형태유사군을 설정한 이유는 바로 유형 분류의 목적이 교육에 있기 때문이다. 본 연구는 교육의 효율성을 중시하는 교육 문법적 특징을 반영하고 있기 때문이다. 따라서 학습자의 오류를 반영하고, 학습자가 문법 항목을 지각해 나가는 과정을 고려할 때 형태유사군을 설정할 필요가 제기되었다. 학습자에게는 문법 항목이 의미적으로 유사한 것처럼 형태적으로 유사한 경우에도 유사성으로 인한 혼동이 초래되기 때문이다. 이때 학습자는 교사, 교재, 사전 등을 통해 혼동되는 문제를 해결하기 원한다. 즉 혼동되는 항목들이 어떠한 측면에서 유사하고 어떠한 측면에서 상이한지에 대한 명확한 정보를 제공받기 원한다.

따라서 교육의 현장에서는 혼동되는 문법 항목의 유사성이 어떠한 연유에서 발생하는 것인지를 알고 있어야 한다. 즉 어떤 경우에 서로 교체하여 사용할 수 있는지, 교체하여 사용할 때 변화가 생기는 부분이 있는지를 설명해 줄 수 있어야 한다. 더욱이 결코 혼동해서는 안 되는 형태유사군과 같은 별개의 문법 항목들은 정확하게 구분하여 사용하도록 학습자의 기억 속에서 내재화할 수 있는 전략에 대한 부분까지 교육의 내용으로 고려될 필요가 있다.

이처럼 유사 문법 항목의 교육에 있어서 가장 핵심적인 부분이 바로 유사 문법 항목으로 규정하고, 이를 분류해낼 수 있는 '유사성'에 관련된 것이다. 유사성으로 인해 혼동되는 문법 항목을 효과적으로 교수할 수 있는 유사 문법 항목의 교육 원리 및 방법을 고안하기 위해서는, 본 연구와 같이 유사성에 따른 문법 항목의 유형 분류에 대한 연구가 필수적이라고 할 수 있다.

5. 결론

지금까지의 내용을 정리하고자 한다. 먼저 '유사성'의 개념을 의미적 차원과 형태적 차원의 기준을 적용하여 규정하였다. '유사성'은 학습자에게 혼동을 줄 수 있는 특성임이 분명하다. 둘 이상의 문법 항목이 의미적으로 또는 형태적으로 비슷하여 혼동을 주기 때문에, 이와 같은 문법 항목을 효과적으로 구별할 수 있도록 교육이 수행되어야 한다. 이를 위해서는 무엇보다도 유사 문법 항목에 해당하는 요소들이 어떤 것인지에 대해 인식해야 하며, 유사성에 대한 보편타당한 이해가 필요하다.

본고에서는 '형태적 유사성'과 '의미적 유사성'이라는 두 가지 기준에 의거하여 유사 문법 항목을 형태유사군, 의미유사군, 복합유사군의 세 유형으로 분류하였다. 의미적 유사성이란, 문법 항목 사이에서 의미적 기능이 유사한가와 관련한 것이다. 여기에서 말하는 문법 항목이 지니는 의미란, 통사적 기능과 의미적 기능을 모두 함축하고 있다. 통사적 기능은 문장을 구성하는 문법적 기능을 뜻하며, 의미적 기능은 문법 항목이 가지는 의미를 뜻한다.

형태적 유사성이란, 학습자가 문법 항목의 외적 형태를 인지하는 과정에서 문법 항목이 얼마나 유사한지와 관련된 것이다. 이와 같은 형태적 유사성으로 인해 학습자는 전혀 다른 의미의 항목들을 혼동하기도 하며, 때로는 축소되거나 확장된 동일한 의미의 문법 항목들을 혼동하기도 한다. 형태적 유사성은 문법 항목의 구성상의 유사성과 음운 및 음성 차원의 유사성까지 포괄하는 개념이다.

구성의 유사성은 문법 항목이 단독 구성 항목이냐, 복합 구성 항목이냐와 관련된 것을 비교하는 것이며, 구체적인 구성단위가 무엇인지에 대한 것을 비교하는 것은 아니다. 학습자가 형태를 인지할 때 단독 구성인지 복합 구성인지에 대한 것은 일차적으로 비교하게 되는 부분이지만, 모국어 화자처럼 그 형태의 문법적 기능이 각각 무엇인지를 자동적으로 분석하기는 어렵다.

문법 항목의 형태적 구성 요소에 대한 분석적 정보는 더 복잡한 형태 단위를 습득하기는 어렵다거나 하는 학습적 용이성과 관련한 문제와 연관될 수는 있지만, 의미적 유사성이나 형태적 유사성에 기여한다고 보기는 어렵다. 의미적 유사성이 경우, 형태 단위에 대한 분석적 정보에 관계없이, 항목 전체가 지니는 의미 기능을 가지고 비교하는 것이고, 형태적 유사성의 경우 한국어 학습자가가 인식할 수 있는 범주에서 비교가 이루어져야 되기 때문이다.

본 연구는 한국어 유사 문법 항목을 설정하기 위한 유사성의 개념과 그 범위를 설정하고, 이에 따라 유사 문법 항목의 유형을 분류하였다는 점에 의의가 있다. 한국어 교육용 사전과 교재에 제시되고 있는 다양한 유형의 유사 항목들은 각각 어떠한 측면에서 어느 정도 유사한지에 대한 기준이 설정되지 않은 채 '유사함'만을 근거로 제시되고 있었다. 학습자들이 혼동할 가능성이 있기 때문에 서로 관련된 항목으로 묶일 수 있지만, '혼동됨'만이 '유사함'의 근거가 될 수는 없다.

이러한 항목들은 체계적으로 분류하기 위해 '유사성' 개념을 명시화하고 유사 관계로 묶을 수 있는 '유사성'의 범위를 한정하여 한국어 교육을 위한 유사 문법 항목의 유형을 분류하였다. 이제 기존에 제시된 항목들을 이러한 틀에 맞춰 선정 및 분류하여 교육 목록을 확정하고, 이에 따라 교육의 내용과 방법이 효과적으로 구성되어야 할 것이다.

참고문헌

강현화(2005), 「중 · 고급 학습자를 위한 감정 기초형용사의 유의관계 변별 기제 연구」, 『한국어 의미학』 17, 한국어의미학회, 43~64쪽.

국립국어원(2005), 『외국인을 위한 한국어 문법 1, 2』, 서울: 커뮤니케이션북스.

김용석(1981), 「유의어 연구: 그 개념규정과 유형분류」, 『배달말』 5-1, 배달말학회, 103~122쪽.

김유정(1998), 「외국어로서의 한국어 문법 교육: 문법 교육의 위치 · 교육 원리에 관하여」, 『한국어 교육』 9-1, 국제한국어교육학회, 135~152쪽.

김재욱(2003), 「외국어로서의 한국어 문법 교육」, 『이중언어학』 22, 이중언어학회, 163~179쪽.

김제열(2004), 「한국어 교육 문법의 문제점과 개선 방안: 중급 1단계를 중심으로」, 『문법교육』 제1집, 한국문법교육학회, 285~309쪽.

김정숙 · 남기춘(2002), 「영어권 한국어 학습자의 조사 사용 오류 분석과 교육 방법: '-이/가'와 '-은/는'을 중심으로」, 『한국어 교육』 13-1, 국제한국어교육학회, 27~45쪽.

방성원(2002), 「한국어 교육용 문법 용어의 표준화 방안」, 『한국어 교육』 13-1, 국제한국어교육학회, 107~125쪽.

방성원(2003), 「고급 교재의 문법 내용 구성 방안」, 『한국어 교육』 14-2, 국제한국어교육학회, 143~168쪽.

백봉자(1999), 『외국어로서의 한국어 문법 사전』, 서울: 연세대학교 출판부.

백봉자(2006), 『외국어로서의 한국어 문법 사전』, 서울: 도서출판 하우.

성지연 · 도원영(2014), 「한국어 교재에 나타난 문법 교육 항목 선정과 제시에 대한 연구」, 『한민족문화연구』 47, 한민족문화학회, 127-157쪽.

안경화(1998), 「외국인에 대한 유의 표현 교수법」, 『목원국어국문학』 5, 목원대학교 국어국문학과, 65~80쪽.
양명희(2016), 「한국어 유사 문법 항목에 대한 기초 연구: 조사를 중심으로」, 『제 22차 춘계 전국학술대회 발표집』, 한국언어문화교육학회.
양명희 외(2013), 『한국어교육 문법 · 표현 내용 개발 연구(2단계)』, 국립국어원.
양명희 외(2014), 『한국어교육 문법 · 표현 내용 개발 연구(3단계)』, 국립국어원.
양명희 외(2015), 『한국어교육 문법 · 표현 내용 개발 연구(4단계)』, 국립국어원.
유해준(2011), 「한국어 교육 문법적 연어 항목 선정 연구」, 중앙대 박사학위논문.
유해준(2016), 「보조사를 포함한 한국어 교육 문법 유형 분석」, 『어문론집』 65, 중앙어문학회, 267~282쪽.
유현경 · 강현화(2002), 「유사관계 어휘정보를 활용한 어휘교육 방안」, 『외국어로서의 한국어 교육』 27－1, 연세대학교 한국어학당, 243~269쪽.
이희자 · 이종희(2001), 『한국어 학습용 어미 · 조사 사전』, 서울: 한국문화사.
이희자 · 이종희(2006), 『한국어 학습 학습자용 어미 · 조사 사전』, 서울: 한국문화사.
이희자 · 이종희(2010), 『한국어 학습 전문가용 어미 · 조사 사전』, 서울: 한국문화사.
조민정(2010), 「학습자 사전에서의 유의어 선정과 기술 방법에 대한 연구: 연세현대한국어사전을 중심으로」, 『한국어 의미학』 33, 한국어의미학회, 349~387쪽.
진정란(2005), 「유의표현 '－느라고, －는 바람에, －거든'의 교육문법 정보」, 『언어와 문화』 1－2, 한국언어문화교육학회, 179~200쪽.
한송화(2006), 「외국어로서 한국어 문법에서의 새로운 문법 체계를 위하여」, 『한국어 교육』 17－3, 국제한국어교육학회, 357~379쪽.
Laufer, B.(1991), *Similar lexical forms in interlanguage*, Gunter Narr: Tubingen.
Nesbit, J. C., & Yamamoto, N.(1991), "Sequencing confusable items in paired-associate drill", *Journal of Computer-based Instruction* 18－1, pp.7~13.
Siegel, M. A. & Misselt, A. L.(1984), "Adaptive feedback and review paradigm for computer-based drills", *Journal of Educational Psychology* 76－2, pp.310~317.

Underwood, B.(1951), "Studies of distributed practice: Learning and retention of paired-adjective lists with two levels of intra-list similarity", *Journal of Educational Psychology* 42-3, pp.153~161.

Taylor, B. P.(1975), "The use of overgeneralization and transfer learning strategies by elementary and intermediate students in ESL", *Language Learning* 25, pp.73~107.

/ 언어 기능 교육 연구 /

중국인 한국어 학습자의 음장 오류 연구*

상해 지역 초급 학습자를 중심으로

임칠성 · 곽일성(郭一诚)

1. 연구 배경과 필요성

중국어로 '한국어'는 '韩语'이고, '중국어'는 '汉语'이다. 한국 한자음은 같지만 중국어는 사성(四聲)으로 두 어휘를 구별한다. 韩语는 2성인 반면 汉语는 4성이다. 사성에 익숙하지 않은 한국인은 이 두 어휘가 같이 들리지만 중국인이라면 두 어휘의 차이 를 분명하게 발음하고 그 의미를 구별한다. 중국어는 음장(音長)이 변별적이지 않기 때문에 중국인 학습자들은 음장의 차이를 구별해 내기 어렵다. 특히 장음을 교육할 때는 아주 어려움을 겪는다.

그래서 중국의 한국어 학습자들이 한국어의 장단음을 어떻게 구별하여 발음할까? 이런 궁금증 때문에 필자들은 학습자들의 발음을 관찰

* 이 글은 국어교육학회에서 발간하는 『국어교육학연구』 49권 3호(2014년 9월)에 실린 논문이다.

했다. 그런데 대부분의 학생들이 음장을 잘못 발음했다. 어떤 낱말을 얼마나 잘못 발음하는가? 그리고 왜 그럴까? 한국어의 중세국어에도 성조가 있어서 그 중 상성(上聲)이 장음으로 변했고, 중국어의 2성과 3성은 한국어의 장음처럼 발음되는데 이것들이 중국인 학습자의 발음과 상관이 없을까? 이것이 이 글의 시작이었다.

국가별 학습자에 대한 한국어 교육 연구에서 중국인 학습자에 대한 연구가 가장 많은 비중을 차지한다. 그리고 중국인 학습자의 발음에 대한 연구가 아주 많다. 대체로 어두음, 유음, 비음, 받침 발음, 모음, 음운규칙 등에서 나타나는 중국인 학습자의 발음 오류에 대해 오류 현상과 그 교육 방안을 제시하고 있다. 중국인 한국어 학습자에 대한 연구 현황은 정명숙(2008:347~354) 등 여러 연구에서 개괄하여 정리하고 있다.

그러나 중국인 학습자의 한국어 음장에 대한 본격적인 연구는 아직 찾아보지 못했다. 추이진단(2002)와 백소영(2008) 등에서 중국인 학습자가 사성의 영향으로 발음에 어려움을 겪는다는 간단한 언급을 볼 수 있는 정도이다.

추이진단(2002:336~339)은 중국어의 음운과 발음 그리고 한국어의 음운과 발음을 체계적으로 비교하여 설명하면서 중국인 한국어 학습자가 중국어 음운 체계와 발음 방법 때문에 한국어 발음에서 어떤 어려움을 겪게 되는지 구체적으로 설명하고 있다. 여기에 덧붙여 악센트, 억양, 장단음, 성조에 대해 한국어와 중국어를 대비 설명하고 있다. 이 연구는 한국어는 음장에 상관없이 문맥에 의해 의미 파악이 가능하므로 음장은 상식적인 수준에서만 그 의미 차이를 설명하면 될 것이지만, 그러나 '중국인은 장음과 단음에 대한 기억의 편리를 위해 임의로 한국말의 장단 구별을 소리의 고저로 대체하는 일이 꽤 있다. 중국어의 성조를 한국어의 장단을 구분하는 데 이용하는 것이다. 따라서 중국인 학습자들에게 이러한 언어적 습관이 생기기 이전에 반드시 교정해 주어야 한다.'(추이진단, 2002:338)고 학습의 필요성을 강조하고 있다.

백소영(2008:80~81)에서는 중국인 학습자들의 발음 오류 현상에 대한 중국어의 사성의 영향을 간단하게 설명하고 있다. 어휘의 강세에 에너지를 쏟는 한국어와 달리 중국어에는 사성에 에너지를 쏟기 때문에 중국인들이 한국어를 발음할 때 개별 음에 대한 집중도가 떨어지는 경향이 있다는 것을 지적하였다.

이러한 교육적 필요성에 대한 지적에도 불구하고 한국인조차 음장을 제대로 지켜지지 않는데 굳이 외국인 학습자에게 이것을 가르쳐야 하는가에 대해 의문을 제기되기도 한다. 그런데 살펴보면 한국인들이 고빈도 일상 어휘들에서는 대부분 음장을 지킨다는 것을 알 수 있다. 예를 들어, '돈이 많아요.'에서 '돈, 많'은 모두 장음으로 발음한다. 그런데 중국인 학습어 초급학습자들은 대체로 이들을 4성이 반영된 일정한 방식으로 단음으로 발음한다. 중국에서 중국인 한국어 발음 가운데 '억양이 없는 한국어'를 하는 가장 한국어다운 한국어로 인식하는 것은 이 때문이다.

한국어에서 음장이 의미를 변별하는 자질이라는 점에서 뿐만 아니라, 초급 한국어 학습자들이 고빈도 일상 어휘들을 학습한다는 점과 중국인들의 오류 발음에 일정한 방식이 존재한다는 점에서 초급 한국어 학습자들에 음장 교육은 매주 중요한 교육 요소이다.

이 연구는 중국인 초급 한국어 학습자들이 중국이라는 kfl 환경에서 한국어를 배울 때 한국어의 음장을 어떻게 발음하는지 그 실태를 밝혀 분석하고, 분석의 결과를 해석하는 것을 목적으로 한다.

이 연구는 상해 지역 한 대학의 초급 한국어 전공 학생들을 대상으로 했다는 점과 학습 환경이 kfl이라는 점에서, 그리고 학생들이 출신 지역이 한정되어 있다는 점에서 그 결과를 일반화하는 데 한계를 지니고 있다. 또 연구 대상자들의 학습 경험을 세밀하게 연구에 포함하지 못했다는 점에서 해석의 한계를 지니고 있다. 추가적인 연구가 필요하다.

2. 연구 방법

2.1. 연구 대상과 기간

1) 연구 대상

- 상해시 소재 F대학의 한국어학과 1학년 학생 12명[1)]
- 남학생 1명 여학생 11명이다.
- 8명이 부모가 상해에 거주하고 중고등학교를 상해에서 졸업한 상해 출신이다. 나머지 4명은 각각 항주(杭州), 하문(厦門), 정주(鄭州), 무한(武漢) 출신이다.
- 학습자들은 2013년 9월부터 18학점 이상의 한국어 수업을 받았다.

2) 연구 기간

2014년 2월 ~ 4월(3개월)

1) 1명은 일본 유학생이어서 제외하였다. 나머지 두 명은 모두 여학생인데 불행하게도 자료 변환 작업을 하면서 원 자료 파일이 손상되어 사용할 수 없었다.

2.2. 자료의 수집과 처리

1) 자료의 수집

(1) 수집 기간 : 2014년 4월 1일

(2) 수집 대상 : 학습자들의 3분 자유 주제 발표

(3) 수집 방법

지금까지 중국인 학습자의 한국어 발음 연구는 주로 연구자가 제시한 원고를 학생들이 낭독하도록 하는 방법을 사용하였다. 그러나 이 경우에는 학생들이 그 내용을 명확하게 이해하기 어려워 '의미를 말하는 것'이 아니라 '글자를 읽는 것'일 수 있어서 자연스러운 발음을 대상으로 하기 어렵다고 판단했다. 그래서 이 연구에서는 아래와 같은 절차를 통하여 학생들이 자신들이 이해하고 있는 내용을 가능한 한 자연스럽게 말할 수 있는 환경을 조성한 다음 그 발음을 연구 대상으로 삼았다.

㉠ 원고 작성과 1차 수정(2014년 2월 중순) : 학습자가 작성한 발표 원고를 연구자가 교정함.

㉡ 예비 발표(2014년 3월 초순) : 조원들을 대상으로 자유 발표하게 하게 함. 듣는 학생들이 이해에 어려워하는 부분을 이해 가능하도록 수정해 가며 게 함.

㉢ 원고 2차 수정(2014년 3월 중순) : 원고를 수정하도록 함.[2)]

㉣ 연습(2014년 3월 중순 ~ 3월 말) : 다음 세 가지 평가 기준(이해하기 쉬운 발표자, 감동적인 발표자, 유창한 발표자)으로 학생 평가가 이루진다는 것을 예고하고[3)], 이에 맞추어 연습하도록 함.

㉤ 발표(2014년 4월 1일) : 발표를 학생들의 동의를 얻어 녹화함.

---

2) 이런 과정을 통해 예를 들어, '장원급제한 유래를 찾아볼 수 없는 유능한 인재였습니다.'를 '일등을 했습니다.'로, '이이를 양육한 인물입니다.'를 '그분의 아들입니다.'로 학생들이 이해할 수 있는 말로 수정하였다.

3) 평가 비율은 학생 평가 50%, 교수 평가 50%이었다.

2) 자료의 처리

녹화된 동영상을 들으면서 학생들의 발표를 채록하였다. 그리고 이 발표 동영상을 들으면서 발음이 부자연스러운 어절을 찾아 그것이 음장의 문제인지, 그러하다면 장단음을 어떻게 잘못 발음하는지를 연구자의 직관으로 파악하였다[4]. 장음인지 단음인지 구분하기 어려운 길이의 중간 발음은 분석의 대상에서 제외하였다. 오류 발음이 발견되면 먼저 학습자의 오류 발음과 같아질 때까지 연구자가 그것을 그대로 따라하였다. 그리고 연구자의 발음을 올바른 발음을 비교해 가면서 어떤 잘못이 있는지 파악하였다.[5]

이 연구에서는 중국인 학습자의 발음을 Praat 등 컴퓨터 프로그램으로 분석하는 방법을 피하고, 한국인의 청각적 인상을 그 판단 기준으로 사용하는 방법을 선택하였다. 이는 중국인 학습자의 발음 오류와 지도 방법에 대한 연구가 많은데도 불구하고, '대체로 음성학이나 음운론 분야의 전문적인 지식을 가진 연구자에 의해 이루어졌으며, 그 결과 이 분야에 문외한 대부분의 현장 교사들이 이해할 수 없는 언어들로 내용이 전달되었다는 것'(정영숙, 2001:442) 때문에 그것이 교육 현장으로 이어지지 못하고 있다는 지적에 공감하였기 때문이다.

어절 단위로 분석하였다. 어절 단위로 띄어 발음하고자 하는 의식이 있다고 판단했기 때문이다. 다만, 단위 명사를 비롯한 불완전명사는 앞 어절과 붙여 계량하였고, 보조용언은 본용언과 합하여 분석하였다. 아라비아 숫자는 우리말로 고쳐서 계량하였다.[6] 그리고 필요한 경우에

4) 연구자(임칠성)는 사범대학 국어교육과 교수로서 화법(교육)을 전공하고 20년 동안 이를 지도하였다.

5) 일차적으로 잘못을 파악한 다음 모든 발표를 다시 들으면서 이를 확인하는 작업을 하였다. 직관에 의지하여 판단했기 때문에 연구자가 잘못을 판단하기 전에 잘못을 예견하여 들을 수 있었기 때문에 한 번에 두 명 이상의 발표를 분석하지 않았다.

의미 구별을 위해 ( ) 안에 의미를 구별해 줄 수 있는 표현을 추가하였다. 인명이나 지명, 영어 발음은 특이한 경우[7]를 제외하고는 분석에서 제외하였다.

음장의 잘못을 다음 네 가지로 나누어 분류하여 분석하였다.[8]

ㄱ. 1음절을 장음으로 잘못 발음한 유형(유형 1)
ㄴ. 1음절을 단음으로 잘못 발음한 유형(유형 2)
ㄷ. 둘째 이하의 음절을 장음으로 잘못 발음한 유형(유형 3)
ㄹ. ㄴ과 ㄷ이 합쳐진 유형(유형 4)[9]

어절별 분석이 끝난 다음 유형별로 오류 빈도수가 높은 어휘들을 사전의 표제어로 변환하여 계량하였다.[10] 마지막으로 오류 발음에 대한 학습자들의 발음 방식과 관련하여 두 가지 방법과 네 가지 유형을 정리하였다.

---

6) 예를 들어 '1998년'은 '천구백구십팔년'으로 고쳐 파악하였다.
7) 2음절을 장음으로 발음한 '신사임당'의 경우나, 같은 학생이 '이이'와 '이황'의 성씨 '이'를 각각 다르게 발음하는 경우 등은 분석의 대상이 필요하다고 판단하여 포함하였다.
8) 한 학습자는 영화 제목 '설국열차'를 어두 음절 '설'을 장음으로 잘못 발음하면서 삼음절의 '열'을 장음으로 잘못 발음한 경우가 2회 있었다. 이 학습자는 '열차'라는 표현 8회 중 5회에서 어두 발음 '열'을 장음으로 발음했다. 따라서 이 학습자가 '설국열차'를 그렇게 발음한 것은 이것을 '설국 + 열차'로 나누어 인식하여 발음한 것으로 판단하였다. 그래서 이 발음 방식은 잘못된 발음으로 유형화하지 않았다.
9) ㄹ은 1음절을 단음으로 잘못 발음하면서 둘째 이하 음절에서 장음이 나타나는 경우이다. 셋째 음절 이하에서 장음 발음이 나타나면 그 음절을 굵게 표시하여 구분하였다.
10) 예를 들어 '자전거를, 자전거나' 등은 모두 '자전거'로, '하고, 하였다, 하는데' 등은 모두 '하다'로 고쳐 계량하였다.

3. 자료와 분석

3.1. 오류 유형별 분포

각 학습자의 전체 어절과 그 중 오류 발음이 차지하는 비율은 <표 1>와 같다.

<표 1> 전체 어절에서 잘못 발음이 차지하는 비율

	가	나	다	라	마	바	사	아	자	차	카	타	계
오류(%)	44.60	46.50	36.40	40.50	28.80	44.70	35.10	42.30	38.50	35.40	38.50	49.30	40.30
전체(개)	193	213	219	205	191	195	154	215	213	164	169	152	2,283

전체 어절 2,283개 가운데 음장을 잘못 발음한 어절은 919개이니 40.30%에 해당한다. 그리고 '학습자 타'를 제외하고는 모든 학습자가 1유형이 2유형보다 적다는 것을 알 수 있다. 그런데 이 학습자의 1유형 26회 가운데 '친구'와 '진정한'이라는 어절이 각각 9회와 5회 출현하고 있다. 이 두 어절을 고려하면 '타'의 1유형 빈도는 14개가 된다.

유형별 비율은 <표 2>과 같다. 빈도가 높은 유형의 순서는 2유형>3유형>1유형이다.

<표 2> 유형별 비율

유형	1	2	3	4	전체
빈도(%)	183(18.50)	338(36.80)	326(35.50)	72(7.80)	919

각 학습자의 발표를 어절 단위로 유형별 잘못을 정리하였는데, 유형별 빈도는 <표 3>과 같다. 모든 수치는 소수점 이하 둘째 자리에서 반

올림하였다. 학습자는 이름 대신 '가, 나, 다'와 같이 표현하였다. 출신별로 살펴보면 '가, 나, 마, 바, 자, 차, 카, 타'는 상해, '라, 아'는 정주, '다'는 하문, '사'는 항주이다. 성별로 살펴보면 '타'를 제외한 모든 학생이 여학생이다.[11]

<표 3> 학습자들의 오류 유형별 빈도　(단위 : 어절)

유형	가	나	다	라	마	바	사	아	자	차	카	타	계
1	13	29	18	4	18	14	20	21	11	6	3	26	183
2	29	39	41	42	19	29	21	35	26	29	13	15	338
3	40	28	14	25	11	47	8	26	42	18	43	24	326
4	4	3	3	12	7	8	5	6	3	5	6	10	72
합	86	99	76	83	55	98	54	88	82	58	65	75	919

3.2. 유형별 고빈도 어휘

각 어절을 사전의 표제어로 고쳐 그 출현 빈도를 계량하였다. 출현 빈도가 높은 어휘들은 대체로 일반적이라고 판단했다. 잘못 발음한 어휘 중 빈도가 3회 이상이면서 해당 어휘를 2명 이상의 학습자가 발음한 경우를 살펴보았다. 빈도가 3회 이상일지라도 1명의 학습자가 발음한 경우에는 해당 학습자의 발음 습관으로 볼 수 있기 때문에 분석에서 제외하였다. 예를 들어 '비무장'이란 어휘는 출현 빈도가 4회이지만 1명이 반복적으로 발음하였기 때문에 이를 제외하였다.

11) 지역별, 성별 특징을 살펴보지 못했다. 상해 지역과 그 외 지역을 비교하는 것 자체도 문제가 있지만 그러하다 하더라도 두 지역별로 유의미한 특징을 파악하기 어려웠다. 2학년 수업을 통해 남학생들의 오류가 여학생들보다 심한 경향이 있다는 것을 알 수 있었지만 남학생이 한 명이어서 '타' 학습자의 특성을 남학생의 특성이라고 단정할 수 없었다.

1유형부터 3유형까지 유형별 고빈도 어휘는 <표 4>와 같다.[12)]

<표 4> 유형별 고빈도 어휘(1유형~3유형)

유형	어휘	빈도	학습자	중국어(병음)
1	하다	14	8	做(zuò)
	친구	11	3	朋友(péng you)/ 亲旧(qīn jìu)
	보다	7	2	看(kàn)
	이(指示)	6	2	这(zhè)
	사진	5	2	照片(zhào piān)/ 写真(xiě zhēn)
	가장	3	3	最(zuì)
	발표	3	2	发表(fā biǎo)
	자신	3	2	自己(zì jǐ)/ 自身(zì shēn)
2	많다	24	10	多(duō)
	한국	23	4	韩国(hán guó)
	사람	21	10	人(rén)
	제	15	10	我(wǒ)
	좋다	12	8	好(hǎo)
	돈	10	3	钱(qián)
	좋아하다	10	5	喜欢(xǐ huān)
	같다	8	4	相同(xiāng tóng)
	말(言)	8	6	话(huà)
	감사하다	7	4	感谢(gǎn xiè)
	없다	7	6	没有(méi yǒu)
	내	6	3	我(wǒ)
	못하다	6	5	不(bù)
	일(事)	5	4	事(shì)
3	영화	20	2	电影(diàn yǐng)/ 映画(yìng huà)
	중국	8	3	中国(zhōng guó)

12) <표 4>의 2 유형에서 '제, 같다, 내'는 <표준국어대사전>에 어두음이 단음으로 표시되어 있다. 그러나 필자의 직관으로는 이 세 단어는 장음으로 발음되어야 한다고 판단하여 몇몇 국어학 연구자들에게 이들을 발음하도록 하였는데 발음하는 이마다 서로 달랐지만 대체로 이들을 장음으로 발음하였다. 따라서 이들을 오류 2 유형에 포함하였다.

	행복	8	2	幸福(xìn fú)
	가지다	7	4	带(dài), 有(yǒu)
	그래서	7	4	所以(suǒ yǐ)
	여러분	7	6	大家(dà jiā)
	어리다	6	3	幼(yòu)
	행복하다	5	3	幸福(xìn fú)
	상대방	4	2	对方(duì fāng)/ 相对方(xiāng duì fāng)
	생활	4	3	生活(shēng huó)
	혼자	4	2	独自(dú zì)
	그런데	3	2	可是(kě shì), 但是(dàn shì)
	그리고	3	3	并且(bìng qiě)
	사랑하다	3	2	爱(ài)
	생각하다	3	3	思考(sī kǎo)
	이런	3	2	这样(zhè yàng)
	지금	3	2	现在(xiàn zài)

3.3. 오류 발음의 방식

오류 발음 방식을 두 가지 방법에 네 가지 유형으로 정리할 수 있었다. 두 가지 방법이란 평탄하게 끌어가는 발음 방법과 사성을 넣어 발음하는 방법이다. 평탄하게 끌어가는 방법에 장음과 단음이 있고, 사성을 넣어 발음하는 방법에도 장음과 단음이 있다. 이를 편의상 '평장(平長), 평단(平短), 성장(聲長), 성단(聲短)'이라고 부르자.

이 네 가지 발음 방식을 중국어의 사성과 관련하여 설명하고자 한다. 중국어의 사성의 성조는 제1성은 55(高平), 제2성은 35(高升), 제3성은 315(降升), 제4성은 51(全降)으로, 제2성과 제3성은 발음하는 동안 소리가 올라가거나 혹은 내려갔다가 다시 올라가면서 변한다.(董同龢, 1969:23)

평장의 발음은 오류 발음 1유형의 어두 발음에서 나타난다. 예를 들어 '친구'는 소리의 고저가 변함이 없이 '친'을 평단하게 길게 끌어 발음한다. 마치 중국어 1성을 5의 높이가 아니라 3의 높이로 발음하는 것처럼 느껴진다. 한국어의 장음 발음과 같다. 평단의 발음은 오류 발음 3유형의 어두 발음에서 나타난다. 3유형의 어두 발음은 모두 평단으로 발음된다. 2음절을 2성으로 발음하기 위해 1음절을 소리의 고저가 변함이 없이 평탄하게 갖다 붙이는 듯한 인상을 주는 발음이다. 마치 중국어 1성을 5가 아니라 3의 높이로 가져다 붙이는 듯하다. 한국어의 단음 발음과 같다. 그래서 평장과 평단의 발음의 길이는 한국인의 장단음의 길이와 유사하게 느껴진다.

성장의 발음은 중국어 사성이 얹힌 발음이다. 성장의 발음은 오류 발음 3유형의 2음절 장음 발음에서 나타난다. 3유형의 2음절 장음 발음은 모두 성장으로 발음된다. 2성을 얹혀 발음하는데 소리가 35정도로 낮은 소리에서 높은 소리로 변한다. 길이가 한국인의 장음보다 길게 느껴진다. 성단은 오류 발음 2유형의 어두 발음에서 나타난다. 4성을 얹혀 발음하는데 소리가 5에서 빠르게 하강한다. 길이가 한국인의 단음보다 짧게 느껴진다. 특히 성단은 강하고 짧게 발음하기 때문에 평음의 경음화나 격음화 현상이 나타나기도 한다. 예를 들어 '경제'를 '껑제'나 '켱제', '국민'을 '꾹민'이나 '쿵민'과 같이 발음하는 것이다. 네 가지 유형을 정리하면 <표 6>과 같다.

<표 6> 음장 오류 발음 방식

유형	출현 환경	예	특징
평장	오류 1유형의 1음절	합니다[ha:mnida]	평탄하게 소리를 끎
평단	오류 3유형의 1음절	한국인[hangu:↗gin]	평탄하게 소리를 가져 댐
성장	오류 3유형의 2음절	옥탑방[okta:↗pp'ang]	낮은 곳에서 천천히 상승함
성단	오류 2유형의 1음절	많아요[ma↘nayo]	높은 곳에서 급히 하강함

4. 해석

위의 표들을 통해 몇 가지 해석을 할 수 있다. 첫째, <표 3>에서 보듯이 어두 단음을 장음으로 잘못 발음한 1유형 비율이 18.50%인데 반해 장음 어두음을 단음 어두음으로 잘못 발음한 2유형(338개)과 4유형(72개)을 합한 비율이 410개로 전체 919의 44.60%에 달해 그 비중이 매우 높다. 또 <표 2>에서 보듯이 '많다, 사람, 제' 등 고유어는 12명 중 10명의 학습자들에게서 단음 오류 현상이 나타난다. 이런 현상은 학습자들이 단음 발음을 선호한다는 해석을 가능하게 한다.

둘째, <표 4>에 나와 있는 한국어와 중국어의 발음의 대비에서 보듯이 개별 어휘의 음장 오류에 대한 중국어 간섭을 찾아보기 어렵다. 한국어와 중국어 중 한자가 같고 소리가 유사한 경우에는 학습자들의 오류가 중국어 발음의 간섭 때문에 발생하리라는 예측을 할 수 있다. 예를 들어, '한국, 중국, 미국'의 경우 한국어의 한자가 중국어와 같고, 대부분의 학습자들이 '국'을 장음으로 발음하는데 이는 '국(國)'이 2성이기 때문이라고 예측할 수 있다. 실제로 중국인 학습자의 자음과 모음의 발음 오류나 음운 규칙 적용에 대한 발음 오류를 중국어의 간섭으로 설명하고 있다.

그러나 다음 세 가지 이유로 볼 때 음장에 관한 한 개별 어휘에 대한 중국어의 간섭이 없다는 해석이 가능하다. 첫째, <표 4>를 살펴보면 '한국'과 같이 한국어와 중국어의 한자가 같고 소리가 흡사한 어휘들의 발음에 사성이 반영되지 않았다. '한국'은 중국어와 한국어의 한자가 같고 발음도 흡사하다. 그런데 중국어의 '한'은 2성이어서 중국인 학습자가 '한국'을 발음을 할 때 장음으로 발음할 것이라 예측할 수 있고, 한국어 발음도 장음이지만 실제로는 단음으로 잘못 발음한다. 수업을 하다 보면 이런 예를 자주 발견하게 된다. 예를 들어, '오백 원'의 '오'도 글자가 같고 소리도 흡사하지만 중국어의 사성인 3성을 반영하지 않고 단음으로 발음한다. '미국'의 '미'도 3성이지만 단음으로 발음한다. 둘째, 같은 한자음을 때로는 장음으로, 때로는 단음으로 잘못 발음한다. '이이(李珥)'와 '이황(李滉)'의 성씨 '이(李)'는 같은 글자임에도 불구하고 동일한 학습자가 '이이'의 '이'는 장음으로 '이황'의 '이'는 단음으로 발음하였다.[13] 셋째, 중국어에서 2성과 3성이 장음으로 발음된다는 점을 고려할 때, 중국어 사성에 의해 영향을 받는다면 한국어 고유어 중 자주 사용하는 어휘들은 그 어두음을 장음으로 잘못 발음하는 경우가 단음으로 발음하는 경우와 비슷하거나 많아야 할 것이다. 그런데 '좋다, 많다, 돈, 제가, 못하다' 등 자주 사용된 고유어들을 단음으로 잘못 발음하는 현상이 두드러진다. 많이 사용한 고유어 중에서 장음으로 잘못 발음되는 특징적인 어휘는 '하다' 하나 정도이다.[14]

셋째, 학습자들이 음절이나 어절을 의식하면서 발음하는 경우에는 오류 3유형과 4유형과 같이 장음 오류 현상이 나타난다. 의식하면서 발음하는 경우란 강조를 위해서나 혹은 의미의 연결이나 전환 등을 위해 어떤 의식을 동반하면서 발음하는 경우를 말한다. 예를 들어, "중국 돈

---

13) 해당 학습자도 같은 글자라는 것을 알고 있었다. 그런데 왜 다른 방식으로 발음했는지 그 이유를 물었는데 이유를 답하지 못했다. 그냥 그렇게 발음한다는 것이다.

14) 중세국어에 성조가 있었다고 하난 이것이 중국어의 성조와 서로 달랐다. 중세국어에 성조가 있었다고 하지만 중세국어의 성조는 중국어의 성조와 서로 달랐다. 중국어의 성조는 올라가거나 내려가는 '동적 상태(動的 狀態)'가 있는 기복체계(起伏體系)이지만, 중세국어의 성조는 중국어의 성조와 달리 동적 상태가 없는 수평체계(水平體系)로 서로 다른 체계이었다.(정연찬, 1976:291~293) 따라서 이러한 역사적 사실로 비추어보더라도 중국어가 한국어의 개별 어휘의 발음에 해당 중국어의 발음의 영향을 미치기가 어렵다고 판단한다.

에는 정치적인 대표 인물인 마오쩌둥만을 그린 반면 한국 돈은 문화적으로 의의가 있는 사람을 그립니다."라는 문장에서 '만'을 장음으로 발음하였는데, 이는 대조적인 의미에서 알 수 있듯이 학습자가 '마오쩌둥'을 의식적으로 강조하기 위한 것이다. 위의 문장에서 '중국'과 '한국'의 '국'도 모두 장음으로 발음하였다.[15]

학습자들이 의식적으로 발음하고자 하는 경우 장음으로 발음하는 경향이 있다는 것을 확인하기 위해, 의식이 동반되는 경우와 그렇지 않은 경우를 대비하여 읽게 하는 간단한 조사를 하였다. '4500원, 1946년, 42개'를 중급 학습자(2학년 학생) 4명과 초급 학습자(1학년 학생) 4명에게 읽어보도록 하였다. 숫자를 제시한 것은 '4500원'을 읽을 때는 '사천오백원'을 읽을 때와 달리 숫자를 한글로 변환하는 의식이 동반될 것이라고 생각했기 때문이다.

중급 학습자(2학년 학생) 4명 중 2명은 '사'를 장음으로, 2명은 '사'를 단음으로 읽었다.[16] 그러나 초급 학습자들은 이것을 모두 두 번에 나누어 읽었다.[17] 처음에는 천천히 읽었고, 두 번째는 빠르게 읽어 내려갔다. 초급 학습자들이 처음 천천히 읽을 때는 '사'를 평장의 발음 유형으로 장음으로 읽었다. 그러나 두 번째 읽을 때는 '사'를 모두 성단의 발음 유형으로 단음으로 단숨에 읽었다.

---

15) 이런 발음을 '표현적 장음'으로 볼 수 있다는 심사자의 의견이 있었다. 그러나 이 경우는 표현적 장음으로 보기 어렵다고 생각한다. 표현적 장음이란 주로 형용사나 부사에서 예를 들어, '높다'에서 높음의 어감을 강조하기 위해 '높'을 장음으로 발음하는 경우이다. 그런데 이 경우는 1음절이 아니라 2음절 이하에서, 예문의 '마오저뚱만'의 '만'에서 보듯이 전체 문장 내에서 해당 표현의 의미를 강조하기 위한 '의식'이나 혹은 그 한국어 음을 확실하게 알지 못해서 '의식'하면서 발음하느라 장음 오류가 나타나는 경우이기 때문이다.

16) 이런 발음은 지역과 무관하였다. 4명 모두 상해 출신들이었다.

17) 두 번 읽으라는 지시를 하지 않고, "이것을 읽어 보세요."라는 지시만 하였다.

의식이 동반된 말하기의 경우 한국인은 다음 예문의 ㉠처럼 음절 자체를 길게 끌어 발음하는('~'로 표시함) 경향을 보인다. 그런데 중국인 학습자들은 음절이 아니라 ㉡처럼 모음을 길게 끌어 음절을 장음으로 발음하는 현상을 보이는 경향이 있다.

(1) 봄에는 호수 둘레에서 자전거를 탄다.
㉠ [çaɟən~gəriɭ]
㉡ [çaɟə:ngəriɭ]

이런 현상은 중국어 음절의 특징과 관련이 된다고 생각한다. 중국어 음절은 60% 정도가 개음절로서 받침이 없어서(崔羲秀, 2007:122,132)[18] 2성을 발음할 때 소리가 3에서 시작해서 5로 올라가 맺는 '동안' 모음을 길게 끌어 발음한다. 모음의 발음이 3에서 시작해서 5에서 맺게 되는 것이다. 3성의 경우도 마찬가지이다. 3에서 1로 내려왔다가 다시 5로 올라가는 동안 모음을 길게 끌어 발음한다. 받침이 있는 경우도 비슷하다. 중국어에서 받침은 [n]과 [ŋ] 두 가지만 존재한다.[19] 이 두 가지가 모두 비음이다. 그래서 받침 있는 발음을 할 때도 비음으로 받침을 시작하되 받침의 마지막 발음은 마지막 5에서 이루어진다. 이런 이유 때문에 학습자들은 받침 발음이 끝난 상태에서 음절을 길게 끄는 소리와 음절

18) 崔羲秀(2007:122,132)에 따르면 중국어의 총 405개 음절 중에 모음으로 끝난 개음절이 246개로 무려 60.74%를 차지하고, 나머지 159개의 폐음절은 전부 자음 'n', 'ng'로 끝난다. 종성자리에 나온 비음(鼻音) '-n', '-ng'는 '-k','-t','-p'과 달리 실제로 소리가 나는 향음(響音)으로서 역시 평탄하게 끌어가면서 발음할 수 있다. 중국어의 이런 음절 구조 특징에 비해, 한국어는 받침 '-k','-t','-p' 음절인 폐음절이 모두 819개가 되어 전체 2437개의 음절수 중에 33.60%를 차지하고 있다.

19) n 받침성운에는 an, ən, in, yn, ian, uan, uən, yan이 있고, ŋ 받침 성운에는 aŋ, əŋ, Iŋ, uŋ이 있다.

의 모음을 길게 끄는 소리를 구분하는 것이 매우 어렵다고 생각한다.[20)]

넷째, 오류 3유형에서 어절이 두 개의 음절로 구성되어 있을 때는 한 어절 내에서 일정한 고저 리듬을 발견할 수 있다. 장음으로 잘못 발음되는 2음절을 중국어 2성처럼 발음한다. 오류 3유형과 4유형이 세 개의 음절로 구성되어 있을 때도 한 어절 내에서 일정한 리듬을 발견할 수 있다. (2)에서 보듯이 첫 음절은 평평하게 발음되다가 장음이 되는 음절을 중국어 2성과 같이 상승시켜 발음하고 마지막 음절은 단음으로 끝맺는 리듬이다.

(2) 한－국／인－, 옥－탑／방－, 여－러／분－

4음절 이하 어절에서 오류 장음이 나타날 때도 '소개－하／려고－'와 같은 현상이 나타난다.[21)] 어절 내 고저 리듬과 문장 리듬이[22)] 중국인 학습자들에게 흔히 보이는 독특한 억양을 만들어 낸다고 생각한다.

다섯 째, 음장의 오류 발음 방식 중 성장과 성단은 중국어 사성의 영

---

20) 이런 어려움은 4성 발음에서도 나타난다. 오류 유형 3이 가장 많은 '카' 학습자는 "혼자´ 사는 일이 저에´게 어려운´ 것은 아닙니다. 초등´학교 때부터 혼자´ 살았던 경험이 많기´ 때문입니다."와 같이 발음했다. 이 학생에게 '손님'의 '손'을 4성으로 발음하면서도 장음으로 발음했다. 이 학습자는 음절이 길어지는 소리와 모음이 길어지는 소리를 구별하지 못했다. 이 학습자가 '손님'의 '손'을 단음으로 따라 발음하도록 개별 지도하는 데 5분 이상의 시간이 걸렸다.

21) 그런데 이들 삼 음절 이하 어절에서 장음 발음이 되는 현상은 모두 합성어 혹은 합성어와 같은 의식이 작동되는 어절에서 두 번째 표현의 1음절이거나 2음절이라는 것을 확인할 수 있다.
천구백+**사**십일년, 가져다+**주었**어요, 돌아+가**셨**지만, 건너+**다**닐수, 소개+**하려**고, 감사+**합**니다

22) 추이진단(2002:337)에서는 중국인 학습자의 한국어 악센트와 관련하여 중국인이 모국어와 같은 악센트와 리듬을 적용한다는 지적을 하면서 "신문을／ 보지→ 않는다.↘"는 예를 들고 있다.

향이라고 해석할 수 있다. 비록 개별 어휘의 음장에는 사성이 영향을 주지 않지만 단음을 4성으로 발음하는 경우와 장음을 2성으로 발음하는 경우는 학습자들이 중국어 사성의 영향을 받은 것이라는 것이다.

5. 결론

중국인에게 성조는 발음에서 매우 중요한 역할을 한다. 중국어의 성조는 그 기능 부담량이 매우 커서 중국인들은 '성조를 정확하게 발음하지 않으면 청자는 이에 대해 즉각적인 반응을 한다.'(백소영, 2008:79) 따라서 일정한 교육적 처치가 없이는 중국인 학습자들이 이런 성조의 영향에서 벗어나기 어렵다. 한국어 학습 초기부터 음장을 교육하지 않으면 중국인 학습자들은 독특한 사성식 발음으로 한국어를 발음하게 되고 이것이 고착화될 것이다. 중국인 한국어 학습자의 수가 누적되어 가는 지금 한국어 음장에 대한 교육이 제대로 이루어지지 않는다면 중국인 학습자들이 독특한 어절 내 리듬으로 새로운 한국어 성조 체계를 만들어낼 것이다.

그럼에도 불구하고 중국 내에서 가장 많이 사용되는 교재의 발음 부분을 분석한 오선화(2011)의 연구를 살펴보면 음장에 대한 내용을 찾아볼 수 없었다. 중국인을 위한 한국어 교재에서 새로운 어휘를 제시할 때 어휘에 음장 표시를 해 주어야 한다. 그리고 중국인 학습자가 사성과 관련하여 어떤 잘못된 발음을 하는지 알려주고 이를 바로잡아 주어야 한다.

그런데 중국의 대학에서 많은 비중을 차지하는 재중교포 교수와 강사들의 한국어 발음이 중국 연변 지역의 성조를 반영하고 있어서 한국어의 음장을 제대로 발음하기 어렵다. 따라서 한국어 교육자 연수 등을 통해 한국어를 담당하는 교수와 강사들이 고빈도 일상 어휘의 음장을 바로 익힐 수 있는 기회를 마련해 주어야 한다.

참고문헌

백소영(2008), 「중국인 한국어 학습자의 발음 오류와 지도방법」, 『외국어교육연구』 22－1, 한국외국어대학교 외국어교육연구소, 80~81쪽.

정명숙(2008), 「한국어 학습자를 위한 전략적 발음 교육－중국인 학습자를 중심으로」, 『한국어학』 38, 한국어학회, 347~354쪽.

鄭然粲(1976), 『國語聲調에 관한 硏究』, 一潮閣, p.291~293.

추이진단(2002), 「중국어권 학습자에 대한 한국어 발음 교육」, 『이중언어학』 20, 이중언어학회, 337~339쪽.

오선화(2011), 「중국 대학교 한국어 교재의 발음 내용 분석과 교육 방안」, 『국제한국어교육학회 제21차 국제학술대회 발표자료집』, 297~306쪽.

董同龢(1969), 『漢語音韻學』, 永茂印刷廠 23.

崔羲秀(2007), 『韩汉语音对比』, 黑龙江民族出版社, p.122~132.

읽기에서 어휘 시소러스(thesaurus)의 응용*

조형일

1. 디딤-읽기, 읽어내기

텍스트가 전제된 언어의 이해교육 영역 관점에서 '읽기'는 전통적으로 '독서'가 함의하는 교육적 효과는 물론 이 행위의 근원적 목표가 되는 지식의 습득과 함께 이해, 논리적 탐구, 지적 향유라는, 다시 말해서 '읽기 행위'를 통해서 얻을 수 있는 총체적인 결과물이 상정된 교육 행위의 통칭으로 볼 수 있다. 읽기 영역에 대해서 (한)국어교육에서는, 읽기 활동을 통해서 얻고자 하는 것과 얻을 수 있는 것에 대한 논의로부터 시작해서, 읽기의 내용 · 방법 · 평가 항목 등에 대한 논의의 연쇄 안에서 읽기 텍스트의 교육적 위계를 파악할 수 있을 것이다.

이 연구에서는 읽기 텍스트의 교육적 위계에 대한 원론적 논의는 잠

* 이 연구는 국어교육학회에서 발간하는 『국어교육학연구』 41집(2011년 08월)에 수록되었던 것이다. 여전히 아쉬움은 가득하지만 문맥을 다듬고 어색한 표현을 바로잡을 수 있는 기회를 갖게 된 것에 감사할 따름이다.

시 미뤄 두고, (한)국어교육에서 읽기 자료 구축과 읽기의 교육 효과 달성을 위한 교수 · 학습 방법에 직접적으로 적용 가능한 '시소러스 응용 방안'을 논의해 보았다. 이 논의는 읽기에 대한 교육 방법을 풍성하게 만들어 줄 수 있을 것이다. 또한 이를 통해서 회귀적으로 읽기 텍스트의 교육적 위계를 정하는 데에 시소러스의 구축과 적용의 필요성에 대해서도 명확하게 확인할 수 있을 것이다.

일반적으로 어휘를 텍스트 이해의 주요 요소로 보고 이것이 텍스트 이독성(readabilities)을 결정짓는 핵심 요소의 하나로 파악하는 데에 주저하지 않는다. 하지만 이와 동시에 어휘가 과연 '어떻게', 그리고 모든 상황에 '반드시' 관여하는지에 대해서 의구심이 드는 것도 사실이다. 어휘를 텍스트의 난이도를 결정하는 핵심 요소로 파악하려면 필연코 어휘를 어휘 이상의 층위에서 파악해야 하는데[1], 문장의 연쇄적 구조 안에서 논항 간 상호 참조되는 양상 즉, 규칙 지배(rule governed)를 받는 정도를 명확하게 계측해 내기란 쉬운 일이 아니다. 이러한 난점을 해소할 수 있는 방안으로 시소러스(thesaurus) 즉, '목적성 있게 가공된 분류어휘집'의 구축과 활용을 제안해 볼 수 있다. 읽기 텍스트의 해석은 물론 생산에서부터 관여하는 어휘 목록이 제공된다면, 이것은 당연히 텍스트 이독성/난이도 측정의 지표가 될 수 있다.[2] 이 연구에서 제안하고 있는 시냅스형 시소러스 (Synaptic Thesaurus system: 이하 STs)는 부족하나마 어느 정도 이를 충족시켜 줄 수 있을 것이다.

분류어휘집인 시소러스라는 개념을 읽기에 적용하기에 앞서, 읽기라는 언어 기능 영역에 대해서 간단히 개념을 정리해 볼 필요가 있어

1) 어휘의 개념이나 어휘 간 의미적 관계 등을 파악하는 수준 이상의 것을 말한다.
2) 그러므로 이 연구에서는 시소러스를, 읽기 행위가 지향하는 이해와 지식 습득의 앵커(anchor)이자 접점(node)으로 기능하는 것으로 본다.

보인다. 주지하듯이 텍스트에 '목표된 지식' 또는 '구축된 지식'[3]은 단 한 번의 읽기 행위만으로 즉각적으로 이해되거나 행위자의 이해 영역으로 체계화되기 어렵다. 따라서 읽기는 텍스트 구축에서부터 독자의 수준을 염두에 둘 수밖에 없다.

읽기의 중요성에 대한 기존의 논의는 다음의 천경록 · 이재승(1997)에서 정리된 것으로 충분해 보인다.

◎ 읽기의 중요성

(1) 읽기를 통해 정보(지식)를 얻을 수 있다.
(2) 읽기를 통해 문화를 전수하고 유지, 발전시키게 된다.
(3) 읽기는 사고력을 기르는 한 방편이다. 글을 읽는 과정에서 독자는 글의 내용을 분석, 종합, 비판하는 과정을 밟게 되고 이 과정에서 독자는 사고력을 기르게 된다.
(4) 읽기를 통해 정서를 함양할 수 있다.
(5) 읽기는 그 자체가 목적일 뿐만 아니라 다른 학습을 하는 도구가 된다.
(6) 읽기는 언어 발달을 가져온다. 글을 읽음으로써 많은 어휘와 지식을 습득하게 되는데, 이는 읽는 사람의 언어를 발달시킨다.
(7) 다른 사람과 의사소통을 원만히 하는 데도 읽기는 필요하다.

이처럼 읽기는 종합적 사고와 그 과정에 대한 본질적 접근을 가능하게 해 주는 학습 영역이라고 할 수 있다. 그렇다면 읽기의 교육 목적을 실현하기 위한 교육 방법을 구안하기 위해서는 우선 읽기 텍스트의 생산 단계에서부터 적절한 교육적 안배가 필요하다고 볼 수 있다. 읽기의

3) 이런 표현을 쓸 수 있을지 모르겠다. 이에서 이야기하고자 하는 '텍스트에 목표된 지식'이란 읽기 행위를 염두에 둔, 텍스트가 궁극적으로 제공하고자 하는 지식을 말하며, '텍스트에 구축된 지식'이란 텍스트 자체의 이독성에 관여하는 지식으로 보았다.

교육 성과를 고려하여 다양한 텍스트를 선정하고 교육적으로 활용 가능하도록 가공하는 것과 함께, 처음부터 교육적 활용 가능성을 고려하여 텍스트를 생산할 수 있어야 하는 것이다. 바로 이 단계에서 시소러스를 구축 · 적용할 수 있다.[4)5)]

2. 뺀음－시소러스(thesaurus)와 읽기

2.1. 시소러스(thesaurus)와 어휘 해석

시소러스란 '분류어휘집'을 말한다. 이는 간단히 말해서 목적성 있게 가공된 어휘 목록이라고 할 수 있다. 도서관에서 서지사항별로 책을 분류하는 것에서부터 인터넷 검색용 페이지를 데이터베이스로 구축하는 것에 이르기까지 시소러스의 개념은 매우 유용하게 활용될 수 있다. 조형일(2010)에서는 시소러스를 다음처럼 정리해 놓고 있다.

---

4) 읽기의 대상이 되는 텍스트에 대한 이해는 문식성(literacy)의 측면에서 접근되는 것이 옳다. '정보와 언어 처리 기능의 습득이라는 관점에서 개인의 스키마를 동원한 의미 구성 능력과 텍스트에 대한 독자의 반응이 강조되고 중시되는 것(박인기, 2002)', '문자 언어 식별 기능 수준을 넘어선 매체 언어와 인간의 사고력을 설명하기 위한 개념으로, 고등 수준의 비판적 문식성이 초점화되고 있음(박수자, 2003)' 등에서 보이듯 문식성은 교육 텍스트 또는 텍스트를 활용한 교육에서 중요한 측면이라고 볼 수 있다.

5) 이처럼 텍스트의 생산 단계에서 적용 가능한 어휘와 문형 자료를 시소러스로 구축하고 이를 응용하는 방안은 앞으로 텍스트 생산에 상당한 도움을 줄 수 있을 것이다. 따라서 이제부터 제안하고자 하는 시소러스는 단순한 어휘집 수준이 아닌 복합적 시각에서 읽기 텍스트의 해석과 생산에 직접적으로 적용 가능한 개념으로 제안될 것이다.

1) 자료의 탐색 시에 질의어(query)에 포함된 용어의 의미를 연계성을 기반으로 확대하여 사용자가 원하는 정보를 찾게 해 주는 색인으로써 어휘를 분류해 놓은 것.
2) 특정 분야에서 활용하기 위해 의도적 · 제한적으로 용어를 정리해 놓은 분류어휘집.
3) 체계적인 분류와 함께 분류된 대상 간의 관계에 대한 표시를 명확하게 나타낸 것.
4) 논리적인 분석을 통한 규준이 필요하고 이를 위해 필산규칙인 알고리즘을 고려한 설계가 필수적으로 수반되어야 하는 것.

시소러스를 구축한다는 것은 어휘 간의 정보를 결합하는 것으로 볼 수 있다. 따라서 제한된 영역에서 시소러스는 매우 유용한 수단으로 기능하게 된다. 예를 들어서 어떤 인터넷 검색기 검색창에 질의어(query)를 넣었을 때, 그 질의어에 가장 적당한 원문 텍스트를 찾아서 보여 주는 기법은 - 원론적으로 볼 때 — 시소러스 때문에 구현 가능한 기술이라고 할 수 있다. 이때 질의어의 다양한 변수를 예측하고 시소러스를 복잡하게 구축하면 할수록 검색 결과가 좋아지는 것은 당연하다. 그러므로 시소러스를 구축할 때에는 알고리즘을 어떻게 설계하느냐가 가장 중요한 요소가 될 것이다. 이처럼 실재(實在)하는 정보를 찾아서 연결시켜 주는 간단한 방식의 검색 엔진(retrieval engine)을 구축하기 위해서도 상당히 복잡한 규준과 알고리즘이 필요하다. 따라서 읽기 교육을 위해서 텍스트의 난이도를 판별하고, 텍스트 생산 단계에서부터 적용 가능한 시소러스를 구축하는 것은 상당히 복잡한 규준을 세우고 이에 걸맞은 알고리즘을 구안해야 하는 고된(?) 작업라고 할 수 있다.

그런데 지금까지 교육의 장에서 논의된 시소러스는 그 유용성에 비해서 다소 제한적 영역에서 응용되어 왔다고 판단할 수 있다. 비록 주제별 분류와 함께 어휘장, 동음이의, 유의, 상하의, 반의, 다의 등의 의미 관계에 따른 어휘 분석 기준을 이용하고 있기는 하지만 그것만으로는 시소러스의 진가를 드러내기에는 부족해 보인다.[6)]

다음의 <표 1>은 한국어 시소러스 및 시소러스 개발 규준을 조형일(2010:63)에서 정리해 놓은 것이다.

<표 1> 시소러스 개발 지침과 그 내용

시소러스 개발 지침	시소러스 관계
한국자료베이스진흥센터 (2000)	대등관계 : 우선어와 비우선어의 등가어 집합 형성 유사어, 유사 동의어 구분
	계층관계 : 상 · 하위어, 전체 · 부분 관계
	연관관계 : 동일 범주/상이 범주
ISO가이드라인 (2788:단일어, 5964 다국어)	유사관계 : 동의어/유사 동의어
	계층관계 : 종속 관계. 전체－부분 관계
	연관관계 : 유사/계층 관계에 속하지 않는 관계
ANSI가이드라인 (2003)	대등관계 : 동의어, 어휘 파생어, 이형 동의어, 유사어, 복합명사(상호 참조 가능 시)
	계층관계 : 상 · 하위어, 종속/전체－부분, 사례, 다층 관계
	연관관계 : 동일 범주 간/타 범주 동시 출현, 관련어, 기계 가독 특정 코드 구분
UNESCO지침 (1981)	대등관계 : 우선어/비우선어, 동의어/유사 동의어
	계층관계 : 최상위어/파생 하위어, 속성 관계/전체－부분, 사례 관계
	연관관계 : 군집, 동일 범주/이 범주의 관련성 고려
	상호범주관계 : 범주의 복수성 고려, 특정 주제

6) 사실 우리가 지니고 있는 추상적 언어 체계와 능력은 개인별 시소러스 체계와 그 수준으로 바꾸어 말할 수 있다. 추상적으로 동일하다고 믿는 언어 체계와 능력은 사실 저마다 각자 방식으로 다시 체계화되어 추상의 영역에 실재하게 되는데 이를 시소러스 체계로 바꾸어 부를 수 있을 것이다.

이에서 보이듯 시소러스 개발을 위해 마련해 놓은 지침은 서로 대동소이하다. 어휘의 대등성과 유사성 그리고 계층성, 연관성 및 상호 범주 간의 관계를 중심으로 다소 넓은 기준에 의해 구분되어 있는 것이다. 이러한 지침은 일반적으로 언어학, 국어학을 전공한 사람이라면 누구나 알 수 있는 수준인데 문제는 이들을 어떻게, 어느 정도 수준으로 판별하고 조직화할 것인가와 과연 이것만으로도 충분한가에 달려 있다. 이는 전산학에서 이루어지는 성과와 국어학에서 이루어지는 연구 성과가 적절한 수준에서 상호 수용되어야 하는 부분이라고 할 수 있다.

어휘의 의미 관계에 따른 상호 참조식 시소러스는 어휘의 의미 속성에 전적으로 기댈 수밖에 없다. 중언부언 같지만 그러하기에 어휘가 지니는 의미 속성의 범주를 벗어나기 어렵다. 결국 이렇게 구축된 시소러스는 제한된 상황에서만 유용할 뿐이다. 어휘를 색인용 노드(node)나 앵커(anchor) 이상으로 볼 수 없게 되는 것이다.

적어도 교육적 측면에서 어휘는 내용과 속성, 기능 등의 다양한 층위를 복합적으로 이해하며 해석되어야 한다. 김광해(1995:229~234)에서는 "단어의 의미에 대한 설명을 위해서는 어떤 한 어휘소와 다른 어휘소가 의미상으로 관계를 맺는다는 것에 대한 고찰이 필요하다."고 지적한 바 있다. 이러한 주장은 다시 '생각과 말과 세계'가 연결된 삼각도식으로 부연 설명되는데, 이에서는 이들 간의 상호 관련성의 정도에 따라서 어휘의 의미관계에 대한 기술이 가능해질 것으로 보고 있다.

이러한 논의에 기대보면 어휘의 의미 관계에 따른 '단순 참조식' 시소러스의 구축은 그 자체가 말이 안 되는 개념이 된다. '생각과 말과 세계'는 각자 또는 상호 조응하면서 상대적인 상황 내에서 다양한 변인의 결과물로 표출될 것이다. 이러한 복합적 결과물은 표면적으로는 어휘 연쇄와 문장 구조로 드러날 것이지만 필경 상황과 관계 등의 요소에 영향을 받으면서 함께 사유의 철학적 언명까지 내재하고 있게 된다. 그러므로 이에 대한 완벽한 해석은 애초부터 요원한 일일지도 모른다. 하지만 어느 정도 설명 타당한 방안을 모색하는 노력을 지속적으로 해야 하는 것도 사실이다. 그러므로 이제 우리에게는 어휘의 의미 관계 즉, 의미 속성에 대한 관계의 기술을 넘어서는 개념이 필요해졌다.

어휘의 의미 관계에 대한 논의를 포함하는 동시에 이를 넘어설 수 있는 적절한 개념으로는 '어휘의 자릿값'을 들 수 있다. 주지하듯 일반적으로 이는 문장 안에서 하나의 논항으로 작용하는 어휘가(이를 출발점으로 삼을 때) 필요충분 성분으로 요구하게 되는 다른 논항의 개수를 의미한다. 이 연구에서는 이를 조금 더 세밀하게 '하나의 논항으로 선택된 어휘를 출발점으로 삼고 이와 결합하는 문장형식과 다른 어휘가 제시되는 방식까지 고려하는 개념'으로 이해하고자 한다. 단순한 자릿값이 아니라 출발점을 고려한 자릿값으로 보고자 한 것이다. 그러므로 이제부터 '어휘의 자릿값'은 어휘가 그 자체로 변수가 되는 함수로 해석되며 이때의 등식은 당연히 방향성을 갖는 개념이 된다. 이는 '단순 참조식'의 시소러스가 아닌, 인지적 속성과 유사한 시소러스를 구축하기 위한 개념이다. 이 연구에서는 이를 시냅스형 시소러스(STs)로 제안한다.

2.2. 시냅스형 시소러스(Synaptic Thesaurus system[7])

시냅스형 시소러스(STs)란 졸고(2010)에서 한국어 어휘교육을 위해 고안 · 제시했던 개념이다. 이는 교육용 어휘와 문형을 난도별로 선정,

7) 이 부분은 조형일(2010)에서의 내용을 이 논문의 취지에 맞게 요약 발췌하여 수정하였음을 밝힌다.

배열하고 이를 교육적으로 활용 가능한 규준에 맞게 세분화하여 학습 단위로 상정한 것이다. 원래 이 개념은 외국인을 위한 한국어교육에서 교육 단위로 삼고 있는 문형 중심의 교육이 갖는 한계를 어휘를 중점에 두고 극복해 보고자 설정한 것이었다. 따라서 이는 어휘를 교육적으로 활용 가능하게 분류하여 제시한 어휘 체계라고 할 수 있다.[8] 그런데 한국어교육의 문형 교육 측면에서 벗어나 (한)국어교육용 읽기 텍스트의 판단 및 작성의 영역에서도 이를 응용할 수 있다.[9] 시냅스형 시소러스를 응용하여 텍스트의 생성 및 난이도 판단을 할 수 있는 하나의 평가 기준을 마련할 수 있는 것이다. 이에 대한 논리적 전개를 위해서 우선 시냅스형 시소러스(STs)의 배경과 원리, 특징을 다음과 같이 요약하여 제시해 보일 수 있다.

1) [배경] 각각의 정보가 하나의 연결점(node)으로 접점을 이루면서 참조되는 개념인 신경망 구조는 언어 표현의 다양한 가능성을 사전에 차단해 버리는 오류를 범할 수 있다. 선 · 후행 한 두 단어를 참조하는 것만으로 목표어와 동형이의 관계나 다의 관계에 있는 어휘를 분명하게 구분할 수 있다고 보기 어렵고 상호 참조되는 어휘 각각의 세밀한 차이를 설명해 주지도 못한다. 따라서

---

8) 조형일2010)에서는 시냅스형 시소러스(STs)를 "어휘의 '습득'을 지향하는 '학습' 모델"로 보고 있다. 외국어로서의 언어 학습에서 어휘 학습은 어휘의 정확한 의미의 학습뿐만 아니라 어휘의 사용 환경에 대한 학습 즉, 문법적 기능까지 효율적으로 학습하여 적확하게 사용할 수 있도록 해 주는 것이다. 따라서 어휘는 단순한 의미 학습의 단위가 아닌 문장 구성에 관계하는 중요 요소가 된다. 그리고 이는 습득의 개념을 지향하고 있다.

9) 본고에서 쓰고 있는 (한)국어교육은 한국어교육과 국어교육을 따로 구분하지 않고 적용 가능한 때를 일컫는다. 교육용 읽기 텍스트의 선정에 있어서 한국어교육과 국어교육을 특별히 구분해야 할 때도 있기는 할 것이나 시소러스를 활용하여 교육용 텍스트의 난도를 조정해야 한다는 논의에 있어서 딱히 이 둘을 구분해야 할 필요성은 보이지 않는다.

교육적으로 활용 가능한 시소러스의 구조는 신경망 구조보다 조금 더 복잡한 구조를 가질 수 있어야 한다.

2) [원리] 신경망 구조 대신 시냅스(synapse) 간극을 설정하여 어휘 각각에 부여되는 조건에 따라서 수의적으로 선택할 수 있도록 어휘 간의 정보 체계를 열어 두는 것을 생각해 볼 수 있다. 교육적으로 활용 가능한 시소러스는 어휘에 대한 기본 정보까지 고려하여 설계되어야 하는데 이때 어휘와 통사 정보를 분리하여 수의적인 결속 우위에 따라 연결시키는 방법을 제안해 볼 수 있는 것이다.
3) [특징] 시냅스형 시소러스의 가장 큰 특징은 출발점이 정해져 있다는 것에 있다. 시냅스형 시소러스는 대상 어휘를 선택하고 이를 중심으로 하는 어휘 목록을 선정한 후 대상 어휘와 결합하는 문형에 따라서 선정된 어휘와의 관계 유지 여부를 판별하는 원리를 갖는다. 이를 이용하여 교사는 교육적으로 설명 가능한 설명 어휘장을 확보하게 되고 제시 가능한 문형을 확인할 수 있게 된다. 이러한 구조는 통합적 관점에서 어휘 교육을 바라보는 입장에 부합한다고 할 수 있다.

시냅스형 시소러스(STs)는 앞서 설명한 것처럼, 기존 논의들이 시소러스 체계를 어휘 간 의미적 속성에 따라서 종합적으로 연결되는 방식인 신경망 체계로 보고 있는 것에 반해서, 구축된 어휘와 문형 간의 수의적인 선택 조합에 따라서 그 결과 값을 참(true)과 거짓(false)으로 보여주는 가부(可否) 결정 체계로 보는 것에 차이가 있다고 할 수 있다. 이때 목록으로 구축된 어휘와 문형은 그 빈도수에 따라 교육적으로 활용 가능한 등급을 갖게 된다.[10]

---

10) 이와 비슷한 연구로는 남지순(2007)이 있다. 이는 어휘부와 통사적인 속성들을 기반으로 전체 5,300여 개의 한국어 형용사 술어 구문을 검토하여 15개의 클래스로 나누어 기술한 연구인데, 시냅스형 시소러스(STs)가 어휘의 의미 관계와 문형(구문)을 종합적으로 고찰하여 교육적으로 응용 가능한 결과물이라면, 이는 형용사

따라서 시냅스 개념을 포함하는 시소러스 체계에는 각각의 어휘마다 교육적으로 응용 가능한 정보 체계가 표시되어 있어야 한다. 시냅스형 시소러스(STs)의 원리는 다음의 <표 2>에서 보이듯 시소러스 구축을 위한 어휘의 선정 후에 선택 어휘를 기준으로 하여 각각의 적용 가능한 격틀 정보로 유의어들을 연결하고 이들이 그 격틀과의 결합 시에 결과 값을 참(True) 또는 거짓(False)으로 표시해 주는 것으로 다시 간단하게 설명할 수 있다.

<표 2> 시냅스형 시소러스의 구축 방법

선택 어휘	결합 격틀	유의어1	유의어 2	유의어 3
A	Composition Grp1－A	B	C	D
판정 값		True	True	False

이에서 쓰인 '격틀[11]'은 기존의 '문형' 개념으로 어휘와 결속 가능한 문법적 관계를 나타낸 것인데 이는 다시 복합적인 문법 요소와의 결합(Composition Group1)과 단일한 문법 요소와의 결합(Composition Group2)으로 구분할 수 있다.[12]

시냅스형 시소러스(STs)는 앞서 논의한 것처럼 단순히 어휘 간의 접점 구조를 중점에 두고 있지 않기 때문에 격틀 정보가 무엇보다 중요한 요소가 된다. <표 2>는 선택 어휘 A와 이의 유의어로 일반적으로 제시되는 어휘 B, C, D가 있을 때 A와 B, C, D 간의 유의 관계가 격틀 Grp1이 A를 취할 때 결합 값(유의 관계)을 유지할 수 있느냐 없느냐에

중심의 거시적이고 종합적인 어휘문법적 기술 방안에 관한 연구로 볼 수 있다.

11) 이에서의 '격틀'과 'Composition Grp1, 2'의 용어는 권재일(2000)을 따랐다.

12) Composition Group1은 'N을/를 N에게 V'와 같은 세 개 이상의 논항이 관계하는 문형을 말하고 Composition Group2는 'N이/가 V/A'와 같이 두 개 이하의 논항이 관계하는 문형을 의미한다. 이는 다시 '복합 문형'과 '단순 문형'으로 환언할 수 있다.

따라서 참(True), 거짓(False)으로 판정되는 것을 보여 주고 있다. 이때 참 값을 갖는 유의어 B와 C가 결합 격틀을 기준으로 하여 A와 함께 유의어 목록으로 결정되는 것을 확인할 수 있다. 우리는 이에서 단순히 A의 유의어로 제시된 B, C, D는 — 적어도 교육의 어떤 단계에서는 — 의미가 없다는 것을 확인할 수 있다.

시냅스형 시소러스(STs)에서 선택 어휘와 유의어로 제시되는 어휘는 일차적으로 유의 관계에 따라서 분류되어야 하며 각각의 어휘마다 격틀 정보의 결합 값을 가지고 있어야 한다. 이러한 방식을 취하게 되면 동사와 형용사 어휘의 경우 격틀과의 결합은 한 어휘의 기능적 형태를 보여 줄 수 있을 뿐만 아니라 그 어휘가 몇 개의 논항을 취할 수 있는지도 보여 줄 수 있게 된다. 이에서는 어휘 A를 출발점으로 삼고 문법 형태와의 결합 요소를 중점에 두고 등급별 유의어의 결합 관계를 보였지만 추후 이를 심화 확대하여 반의어, 상하의어, 다의어, 주제화 어휘 집단 등으로 발전시켜야 한다. 이런 단계를 거쳐 구축된 시소러스야말로 비로소 텍스트의 구성과 판단 등에 응용할 수 있는 충분한 규준 자료가 될 수 있을 것이다.

2.3. 시냅스형 시소러스(STs)의 응용 방안

'읽기 행위'를 통해서 학습자가 얻는 것은 다양하다. 학습자는 읽기 활동을 통해서 집중력과 함께 안정감을 기를 수 있다. 이는 학습자의 물리적 성장과 신체 정신적 밸런스를 이상적으로 끌어올리는 데에 기여할 것이다. 여러 가지 읽기의 행위 중에서 특별히 '독서'가 지향하는 주요 목표는 독자의 의식 향상이 될 것이다. 그러므로 다양한 텍스트

중에서 교육적 함의성이 가장 큰 텍스트를 '책'으로 보고, 독자인 '학습자'가 독서 행위를 통해서 정보 획득, 정서 함양, 재미와 여유의 치환을 얻을 수 있을 것으로 생각할 수 있다면 독서를 '읽기의 복합적 활동'으로 분석할 수 있어야 한다. 따라서 읽기 행위는 독서의 일면이자 독서의 개념을 뛰어넘는 개념으로 봐야 한다. 읽기를 텍스트를 읽어내는 모든 활동으로 볼 수 있기 때문이다.

이러한 개념하에서 보면 읽기 활동의 측면에서 텍스트를 구성하고 있는 어휘란 텍스트의 해석을 위한 전달 매개이자 의미 그 자체로 볼 수 있다. 그러므로 독자 즉 학습자에게는 텍스트 해석에 필요한 일정 수준의 어휘량이 확보되어 있어야 한다. 그리고 텍스트 읽기를 통해서 어휘량을 증가시키는 동시에 어휘의 사용역에 대한 유기적인 확장을 수행하게 된다.

읽기 교육을 통해서 기대하는 결과는 학습자의 어휘량 증가와 사용역의 확장(정확도와 유기적인 연쇄 해석 능력) 정도로 볼 수 있다. 이를 관계도로 나타내면 다음처럼 나타낼 수 있을 것이다.

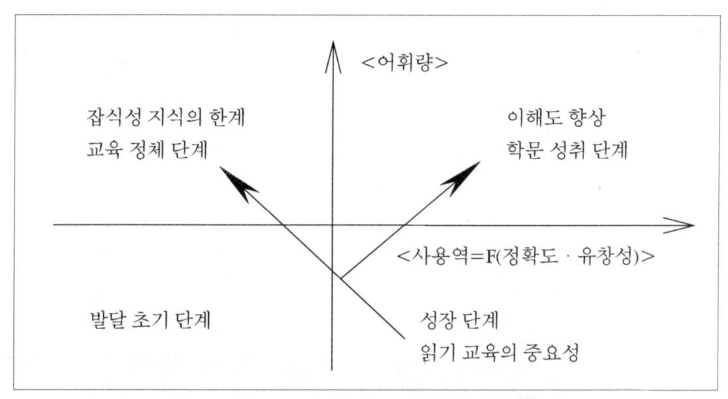

<그림 1> 학습자의 어휘량과 사용역 간 상관관계

이에서 보이듯 발달 초기 단계에는 학습 어휘량과 그 사용 수준이 평균 이하인 상태로 볼 수 있다. 이후 사용역에 대한 지식과 사용 능력의 변화 없이 어휘량이 많아지는 단계를 소위 잡식성 지식의 한계 상태인 '교육 정체 단계'로 볼 수 있다. 이와는 상대적으로 어휘량은 크게 증가하지 않고 있지만 그 사용역이 증가하는 단계를 '성장 단계'로, 이 두 가지 요건이 모두 상승하는 단계를 '학문 성취 단계'로 볼 수 있다.[13)]

이러한 발달 단계를 전제로 하는 어휘 중심의 읽기 교육이란 '읽기 행위를 통한 어휘 교육 방법'을 구안하는 것이 된다. 따라서 이의 목표는 어휘에 대한 이해도를 높이는 동시에 사용의 정확성/적확성, 유창성과 함께 설명적 치환 능력을 키워주는 데에 있다고 하겠다. 그리고 이러한 목표를 달성할 수 있는 방안으로 읽기에 시냅스형 시소러스(STs)를 응용하게 되면 다음과 같이 될 것이다.

1) 시냅스형 시소러스는 구조와 결속에 관한 것이다. 이에서는 어휘를 문장 구조를 관통하는 의미의 축으로 본다. 이를 이용하면 텍스트/책의 독서 지수를 측정하거나 독서 지수를 고려한 읽기 텍스트 작성이 가능해진다. 예를 들어 'A라는 것은 B이다.'라는 정의, 지정 또는 설명, 비유 등에 해당하는 문장은 'A는 B' 의 B" 이다.'를 함의하는 것이므로 A와 B 또는 B의 구성성분이 되는 B' 와 B"의 문장 내 결속 관계와 함께 각 성분들의 의미 관계를 파악하는 것으로 문장의 난이도를 계수할 수 있다.[14)]

---

13) 국어교육과는 다르게 한국어교육은 유독 발달 초기 단계에 집중하는 경향을 보인다. 학습자의 성격에 따라서 달라지기는 하겠지만 한국어교육의 학습자가 하나 이상의 언어를 모국어로 이미 가진 성인 학습자라고 한다면 문장과 문단의 이해와 작성에 편중되는 것은 재고해야 할 것이다. 그런데 이는 바꾸어 말하면 국어교육은 오히려 문장과 문단의 이해에 집중해야 할 필요가 있다는 말이 되기도 한다. '숲'을 이해시킨다는 명목하에 희생시키는 것이 너무 많지는 않은지 고민해야 할 것이다.

2) 주제 중심의 시냅스형 시소러스를 이용하여 주제 밀집 어휘의 양과 등급을 판별하는 동시에 하위 설명 개념 어휘를 추출, 측정할 수 있다. 이를 위해서 문형 검증/ 복합 문형의 개수/ 수식의 관계 등을 판단할 수 있는 알고리즘을 구축하여야 한다. 이때 '1이 아닌 양의 어떤 수를 거듭제곱하여 다른 주어진 수와 같아지는 거듭제곱 수'인 로그(log) 개념[15]을 이용할 수 있다.[16] 문장과 문단의 로그값은 문단 구성 문장의 개수와 문장 내 서술어의 개수, 그리고 문장 구성에 관계하는 어휘의 등급과 함께, 문형 결합의 결속 정도, 유의어/반의어/연어 관계 등의 활용 정도를 판별해야 정확하게 얻을 수 있을 것이다.

지금까지 살펴본 시냅스형 시소러스(STs)는 1)번 항목에 집중되었다. 그런데 어휘의 의미 관계와 문형을 복합적으로 계측하는 방법과 함께 2)에서 제안하고 있는 것처럼 주제화 구성이 이루어진다면 읽기 텍스트의 판단과 생산에 직접 관여하는 객관적이고 타당한 규준을 제시해 줄 수 있을 것이다. 그리고 이렇게 구축된 시소러스는 나날이 새로워지는 새로운 형태의 읽기 방식과 내용에 대한 지속적인 경신으로 꾸준히 새롭게 응용될 수 있을 것이다.

---

14) 시냅스형 시소러스(STs)는 이때 어휘 A, B, B', B" 및 이들의 결속 관계를 한정하는 'N_1(이)라는 것은 N_2이다', 'N_1은/는 N_2의 N_3이다'와 같은 문형의 난도를 제공해 주고 있다.

15) x=ay에서, y를 'a를 밑으로 하는 x의 로그'라 하며 $\log_a X = y$처럼 표시한다. 예를 들어 $100 = 10^2$을 $\log_{10} 100 = 2$로 표시할 수 있다.

16) 10의 제곱은 100이 된다. 그런데 읽기는 10의 제곱이 100이라는 결과를 도출하는 것이 아니라 100을 만드는 거듭제곱 수가 10이라는 결과를 찾아내는 과정이 된다. 즉 100의 로그값을 찾는 것이다.

2.4. 시소러스 응용의 실제

이 장에서는 앞서 논의된 시냅스형 시소러스의 응용 방안이 읽기 텍스트의 독서 지수 측정과 텍스트 작성에 실제적으로 어떻게 적용될 수 있는지 살펴보기로 한다. 이를 통해서 이 연구에서 제안하고 있는 시냅스형 시소러스가 읽기 텍스트의 해석과 생산에 적용 가능한 방법론이 되는지를 검증할 수 있을 것이다.

2.4.1. 텍스트 독서 지수 측정 응용 실제

다음 텍스트는 초등국어 4학년 1학기 교과서 읽기 영역에 실려 있는 '가끔씩 비 오는 날'이라는 텍스트의 일부분이다. 이 텍스트는 삶과 가치 영역으로서 용기, 창조, 개척 정신 부분의 글감으로 선정된 것이다.[17)]

> 이삿짐이 들어왔습니다. 서랍 두 개가 딸린 책상이 하나, 일인용 침대가 하나, 낡은 책장이 두 개, 그리고 무엇이 들었는지 꽤 무거워 보이는 종이 상자가 서른 개쯤 있었습니다.
>
> '무엇을 하는 사람일까?'
>
> 아저씨는 밤늦게까지 책상 앞에 앉아 책을 읽거나 무엇인가를 씁니다. 때때로 소리 내어 책을 읽기도 하고, 자기가 쓴 글을 읽기도 합니다. 나는 그 모든 것을 보고 듣는 것이 즐겁습니다.

이 텍스트에 쓰인 어휘와 사용 문형을 간단하게 분류해 보이면 다음과 같이 정리할 수 있다.[18)]

---

17) 이 텍스트는 제2회 '좋은 어린이 책' 원고 공모창작 부문 대상 수상작 '이가을(1998) 가끔씩 비 오는 날, 창작과 비평'에서 가져온 것이다.
18) 어휘 등급과 문형 등급의 객관성이 확보되어야 하나 이에서 다룰 문제가 아니므로

<표 3> 선정 텍스트의 등급별 어휘와 문형 분석

구분	1등급	2등급	3등급
체언/수식언	책상, 두, 개, 하나 침대, 무엇, 사람 아저씨, 밤, 앞, 책 자기, 글, 나, 그, 것 소리	서랍 책장 종이상자 꽤	이삿짐 일인용 때때로
용언	들어오다, 무겁다 있다, 하다, 늦다 읽다, 쓰다 보다, 듣다	즐겁다 보이다	딸리다 들다 내다
사용 문형 (조사와 어미)	N이/가 V A/V−아/어 보이다 N까지 N에 V N을/를 V	V−았/었는지 −(으)는 N N쯤 V V−거나 V−기도 V A/V(으)는 것	N_1이/가 V−(ㄴ)/는 N_2 N이/가 N

기존의 텍스트 지수 계산 방식은 텍스트에 사용된 어휘량과 등급별 어휘량을 개수하는 것이었다. 하지만 <표 3>에서처럼 사용 문형을 추출하는 것만으로도 이 텍스트가 초등 저급학년 학습자에게는 어려운 수준이라는 것을 한눈에 파악할 수 있게 된다. 그리고 이때 파악된 사용 문형과 등급별 어휘가 결합된 시냅스형 시소러스를 비교 검사하면 각 사용 문형의 위계와 관계를 확인할 수 있게 될 것이다.[19]

표에서는 임의로 조정했다.

19) 이 연구는 시냅스형 시소러스의 원리와 응용 방안의 가능성을 제안하는 데에 그 목적이 있다. 이 텍스트의 읽기 지수를 완벽하게 측정해낼 수 있는 시냅스형 시소러스는 아직 구현되지 못한 상태이다.

2.4.2. 텍스트 작성 응용 실제

읽기 텍스트는 다양한 경로로 수집 · 구축될 수 있다. 교육적으로 활용 가능한 텍스트를 선정하는 것과 교육적 효과를 고려하여 텍스트를 제작하는 것은 모두 '교육적 활용 가능성'을 중심축에 두어야 한다. 따라서 텍스트의 선정은 물론 제작에 있어서 읽기 텍스트로서 객관성과 타당성을 확보하는 것은 매우 중요한 요건이 된다.

그런데 전문가에 의해서 선정되는 텍스트는 선정 위원의 전문성에 의존하게 되고, 새롭게 구축되는 텍스트는 생산자인 작가의 전문성에 전적으로 의존하게 된다. 그리고 이러한 전문성을 다시 객관적 지표로 환언해서 제시하는 것은 쉽지 않은 일이 될 것이다. 물론 오랜 기간 동안 텍스트를 다루어 온 전문가라면 어휘와 문장 구성, 그리고 제재와 주제화 구성, 기타 글 구성의 여러 기법들을 구분하고 분석하여 기술해 낼 수 있다. 하지만 '텍스트의 전문가'가 곧 '텍스트 내용의 전문가/텍스트 생산의 전문가/교육적 텍스트 생산의 전문가'를 의미하지 않을 것이다. 어떠한 경우라도 다양한 전문가가 저술한 내용을 교육적으로 활용 가능한 수준으로 개작하면 되기는 한다. 하지만 일차적인 텍스트의 구축에서부터 교육적으로 활용 가능한 텍스트의 수준을 결정하는 데에 도움을 줄 수 있다면 시냅스형 시소러스를 응용해 볼 만할 것이다. 텍스트 생산 단계에서부터 교육적 텍스트 작성 지침을 이해하고 적용할 수 있게 된다면 여러 방면의 전문가들이, 회의적 수준에서 서로 의심받으며 텍스트를 심의하고 개작하는 단계를 거치지 않아도 될 것이다.

앞의 <표 3>으로 예를 들어서 1 등급 텍스트를 구축해 보이면 다음과 같은 결과물을 얻을 수 있을 것이다.

아저씨가 이사를 왔습니다. 이삿짐에는 책상이 하나, 침대가 하나 있습니다. 무거워 보이는 종이상자도 많이 있습니다.

'무엇을 하는 사람일까?'

아저씨는 밤에 책을 읽습니다. 자기가 쓴 글도 읽습니다. 나는 그 소리를 보고 듣습니다.

* 이삿짐: 이사할 때 옮기는 짐
* 종이상자: 종이로 만든 상자

이 텍스트를 앞서 제시한 원래의 텍스트와 비교해 보면, 문장 길이가 단순해졌을 뿐만 아니라 사용 어휘도 확연히 줄어든 것을 확인할 수 있다. 이는 <표 3>에서 제시하고 있는 1등급 수준의 어휘와 문형을 사용하여 텍스트를 생산했기 때문이다. 이때 '이삿짐'과 '종이상자'처럼 학습자 수준보다 높은 어휘로 제시된 경우 새로 배워야 할 어휘로 제시해 줄 수 있다. 결과적으로 새로운 텍스트는 초등학교 4학년 수준이라고 하기에는 쉬운 텍스트가 되어버렸다. 동일한 내용을 초등 저급학년용으로 만들 수 있게 된 것이다. 이처럼 텍스트 작성을 위한 지침이 제공되는 경우 텍스트의 생산자는 학습자의 수준에 맞는, 보다 분명하고 직접적으로 교육적으로 활용 가능한 텍스트를 생산할 수 있게 된다.

그런데 앞의 <표 3>은 이미 있는 텍스트를 분석해서 이를 다시 응용한 것이므로 사실 어떤 텍스트의 작성에 직접적으로 도움을 줄 수 있는 시냅스형 시소러스는 주제별로 참조 가능하거나 어휘별, 또는 문형별로 조건별 구성이 가능해야 한다는 결론에 도달하게 된다. 그리고 이것은 앞서 제시한 주제 중심의 시냅스형 시소러스 개념으로 접근해야 할 것이다. 주제별 어휘의 등급별 구축과 함께 이들 어휘의 유의어/반의어/상하의어/관용 표현 등을 보여줄 수 있어야 하고 이들이 다시 등급화된 문형과 결합되는 결합 값을 확인할 수 있도록 해야 하기 때문이다.

3. 닫음.

이 연구에서 주장 · 제안한 것을 요약하면 다음과 같다.

1) 단순한 의미 관계에 따른 어휘 수준과 문장의 길이를 측정하는 것만으로는 이독성과 문식성을 포함하는 읽기 텍스트 난이도 판별을 실현하기는 어렵다.
2) 읽기 텍스트의 난이도 판별 또는 읽기 텍스트의 작성 시에 시냅스형 시소러스(STs)를 적용해 볼 수 있다.
3) 시냅스형 시소러스(STs)는 단순한 어휘, 구문 간의 조합뿐만 아니라 주제화된 영역을 각각의 출발점으로부터 구축해 낼 수 있을 것이다.

지금까지 읽기에서 어휘 시소러스 응용 방법에 관해서 논의하면서 읽기 능력 향상을 위한 방법과 함께 읽기 텍스트의 구축을 조금 더 객관적으로 계수할 수 있는 측면에서, 어휘 시소러스의 응용 가능성을 살펴보았다. 이들 중에서 어느 정도까지 호응을 받을 수 있을지 모르는 상태에서, 필자의 천착에서 비롯된 논리적인 비약을 제외한 결론을 조심스럽게 정리하면 이렇다. 앞서 제시해 보인 것처럼 읽기 교육 방안을 구안에 있어서, 교육 텍스트의 구축으로 제한하여, 시냅스형 시소러스가 충분히 응용될 수 있고, 텍스트의 읽기 난이도 선정 판별에서 시냅스형 시소러스가 이용될 수 있다. 그리고 이는 객관적이고 타당한 규준을 마련하는 데에 일조할 수 있을 것이다.

참고문헌

권재일(2000), 「국어 정보화와 용언 전자사전 구축」, 『한말연구』 6, 67~86쪽.
김광해(1995), 『어휘연구의 실제와 응용』, 집문당.
남지순(2007), 『한국어 형용사 어휘문법』, 한국문화사.
박수자(2003), 「21세기 문식력과 국어과교육의 과제」, 『국어교육』 110, 45~65쪽.
박인기(2002), 「국어교육과 문화교육: 문화적 문식성의 국어교육적 재개념화」, 『국어교육학연구』 15, 23~54쪽.
조형일(2010), 「시소러스 기반 한국어 어휘 교육 연구」, 서울대학교 박사학위 논문.
천경록 · 이재승(1997), 『읽기 교육의 이해』, 우리교육.

중국인 학습자의 한국어 격식적 글쓰기 교수 · 학습에 대한 제언*

중국 산동성의 사례를 대상으로

조경순 · 유하(劉霞)

1. 서론

한국어 교육은 구어를 중심으로 이루어지고 있다. 한국어 학습자의 의사소통 능력을 키우기 위해 듣기와 말하기 중심의 교육이 이루어져야 한다는 점에서 구어 중심의 한국어 교육은 당연하다. 그렇지만 중급 단계 이상의 한국어 학습자에게는 문서 작성 능력이 필요할 수 있는데, 보고서, 논문, 이력서 및 자기소개서 등은 일정한 격식에 따라 작성해야 하며 사용하는 문체도 구어와 다르다. 따라서 중급 단계 이상이나 학문 목적 한국어 학습자들에게는 별도의 글쓰기 교육도 필요하다고 할 수 있다. 이러한 측면은 한국어능력시험 등급별 평가 기준에도 나타나 있다.

* 이 논문은 전남대학교 인문학연구소에서 발간하는 『용봉인문논총』 46호(2015년 4월)에 실렸던 것을 일부 수정한 것이다.

<표 1> 한국어능력시험 등급별 평가 기준[1)]

등급	평가 기준
3급	문어와 구어의 기본적인 특성을 구분해서 이해하고 사용할 수 있다.
5급	공식적, 비공식적 맥락과 구어적, 문어적 맥락에 따라 언어를 적절히 구분해 사용할 수 있다.

<표 2> 쓰기 영역 작문 문항 평가 범주

문항	평가 범주	평가 내용
53−43	언어사용	글의 목적과 기능에 따라 격식에 맞게 글을 썼는가?

위와 같이 한국어능력시험에서는 중급 이상 한국어 학습자에게 문어와 구어를 구별하는 능력과 글에 따라 격식에 맞추어 글을 쓸 수 있는 능력을 요구하고 있다. 그러나 구어 중심의 말하기 · 듣기 수업만이 이루어질 경우 문어와 괴리가 생기게 되고, 격식적인 글을 말하듯이 쓰게 되어 글을 통해 표현하고자 하는 의도를 온전히 드러내기 어려워진다. 또한 문어가 가진 속성들이 제대로 반영되지 않아 글에서 구어적이거나 격식에 어울리지 않은 문장이 자주 나타나고 있다.

국내 한국어 교육 현장에서는 학문 목적 한국어 쓰기에 대한 관심이 높아지며 글의 격식을 고려한 글쓰기 교육 연구가 이루어지고 있으나, 중국 내에서의 한국어 학습자 대부분은 별도의 격식적 글쓰기 교육을 받고 있지 않은 현실이다. 구어와 문어는 여러 다른 특성을 가지고 있음에도 불구하고, 중국 내 한국어 교육 현장에서는 이러한 특성이 간과된 채 교수·학습이 이루어지는 경우가 많다. 이는 중국에서 이루어지는 한국어 수업이 의사소통 능력 배양을 최우선 목표로 두다보니, 쓰기 수

1) 한국어능력시험 평가 공지에서 문어 또는 문어 관련 부분을 발췌함.
(http://www.topik.go.kr/usr/cmm/subLocation.do?menuSeq=2110101#none)

업 비중이 높지 않을뿐더러 학생이 비문을 쓰거나 구어를 사용해서 글을 써도 피드백을 하지 않는 경우가 많기 때문이다. 또한 현지 교사의 쓰기 능력과 태도 등에서도 격식적 글쓰기를 본격적으로 가르칠 수 있는 교육 여건이 미흡하기 때문이다.

이러한 문제 인식 아래 본고에서는 중국 내에서 한국어를 배우는 학습자들이 구어와 문어의 차이를 인식하고 격식적인 글을 쓸 수 있는 능력이 필요하다고 보며, 이를 배양하는 교수·학습 방안을 제시하고자 한다. 본고에서는 문어를 분리하여 별도의 학습 과정을 거치는 것이 아니라 동일 의미에 대해 문어와 구어가 각각 어떻게 표현되는지를 한국어 학습자가 자연스럽게 익히고, 격식적 글을 쓸 때 이를 반영하여 언어생활을 원활히 하도록 의도하는 데 중점을 두고자 한다.

본고는 다음과 같은 논의를 전개한다. 먼저, 한국어 쓰기에서 격식성의 개념과 구성 요인을 살핀 뒤 중국 대학의 한국어 쓰기 교육 실태 분석과 그 실례로서 중국 산동과학기술대학의 한국어과 학생들의 쓰기 자료 분석을 통해 문어 인식과 격식적 글쓰기 교육의 필요성을 논의하겠다. 다음으로 문어 인식 및 격식적 글쓰기 교수 · 학습 방법을 제시하되 중국 내에서의 한국어 교육 현장에 실질적인 도움이 되도록 구체적인 쓰기 교수 · 학습 방안을 제시하고자 한다.

2. 쓰기의 격식성과 격식성의 구성 요인

한국어 능력 시험에서는 한국어 학습자에게 구어와 문어를 구분할 수 있고, 글의 격식에 맞게 쓸 수 있는 능력을 요구한다. 이 평가 요소는 구어와 문어가 구분되며 글에는 일정한 격식이 있다는 점을 전제하고 있으나, 구체적으로 문어의 개념과 글의 격식의 구성 요인들에 대한 설명이 부연되어 있지는 않다. 이 장에서는 구어와 문어에 대한 기존 연구를 검토하여 문어의 특징을 살피고, 글에서 격식의 개념과 격식성의 구성 요인에 대해 살피고자 한다.

(1) 구어와 문어의 사전적 정의
가. 표준국어대사전[2)]
ㄱ. 구어: 문장에서만 쓰는 특별한 말이 아닌, 일상적인 대화에서 쓰는 말
ㄴ. 문어: 일상적인 대화에서 쓰는 말이 아닌, 문장에서만 쓰는 말
나. 고려대 한국어대사전[3)]
ㄱ. 구어: 직접 입으로 주고받는 말. 주로 일상적인 대화에서 쓰는 말을 이른다.
ㄴ. 문어: 글에서만 쓰이고 일상적인 대화에서는 쓰이지 않는 말.

구어와 문어에 대한 사전적인 정의에서 볼 수 있듯이 구어와 문어는 말과 글 또는 음성 언어와 문자 언어라는 측면에서 구분할 수 있으며 구어와 달리 문어는 일상 대화에서는 사용하지 않고 글 또는 문장에서만 쓴다고 제시되어 있다. 그러나 한국어 능력 시험의 평가 내용에서는 구어와 문어에 대한 정의나 개념을 찾기 어려우며, TV 토론과 같이 일상적인 대화에서 사용하지 않는 어휘나 논증적인 구조의 문장을 말로 했을 때는 이를 구어와 문어 중 어디에 포함해야 하는지 그 기준이 선명하지 않다.

문어와 구어에 대해 다룬 기존 연구들에서도 이러한 문제를 제기하

2) 국립국어원, 『표준국어대사전』 온라인 판(http://stdweb2.korean.go.kr)
3) 고려대학교 민족문화연구원, 『한국어대사전』 온라인 판(http://dic.daum.net)

고 있는데, 장경현[4]에서는 기존의 연구에서 문어와 구어를 명확하게 개념화하거나 구분하지 않아 담화·텍스트 차원의 분석을 하는 데 있어 정확성에 문제가 있다고 하였다. 김미형[5]에서도 구어와 문어의 구분 기준이 간명하지 않다며, 구어는 말의 의사소통 행위로서 표현한 언어이고, 문어는 글의 의사소통 행위로서 표현한 언어라는 본질적인 속성에 의한 구분만이 가능하다고 하였다.

그러나 본고에서는 실제 발화 상황에서 나타나는 구어와 문어의 특징을 통해 구어와 문어를 구분할 수 있다고 본다. 특히 한국어 교육에서 구어와 문어에 대한 개념을 직접 설명하지 않고 텍스트를 통해 제시하거나 학습한다는 점에서 더욱 그러하다.

구어와 문어의 본질적인 속성은 언어 사용 환경에 의해 비롯된 것으로서, 공간적 요건에서 언어 상황이 구어는 상황 의존적이고 문어는 탈상황적이며, 시간적 요건에서 발화 순간에 구어는 청자에게 전달되는 것이고 문어는 그렇지 않으며, 의도성 요건에서 구어는 화자와 청자의 즉각적인 상호작용에 초점을 두지만 문어는 작가가 내면의 생각을 표현하여 잘 짜인 내용을 드러낸다.[6] 이와 같이, 구어와 문어는 다른 특징이 나타난다는 것을 알 수 있는데, 장경현[7]에서는 문자 발화의 특징을 다음과 같이 크게 네 가지로 제시하고 있다.

(2) 문자 발화의 특징

가. 잉여성과 문장 확대: 장식적·우회적 표현 및 늘어난 구조의 문

---

4) 장경현, 「문어/문어체, 구어/구어체 재정립을 위한 시론」, 『한국어 의미학』 제13호, 한국어의미학회, 2003, 143~165쪽.

5) 김미형, 「한국어 구어와 문어의 특징 연구」, 『한말연구』 제15호, 한말연구학회, 2004, 25~28쪽, 37쪽.

6) 김미형, 앞의 논문, 37쪽.

7) 장경현, 앞의 논문, 151~157쪽.

장 종결부 사용
나. 격식성: 잉여적 표현을 많이 사용하며 문장의 요소들을 생략하여 발화 수용자에게 해석의 부담을 안기지 않는 표현을 사용
다. 관습화된 어휘 사용: 특수한 장면에서의 관습화된 어휘 사용
라. 특수한 문형: 관습적인 양식에 따른 특수한 문형 사용

또한, 구어와 문어 모두 언어 구성 단위 중 문장을 주로 사용한다는 점에서 문형의 특징도 살펴야 할 것이다. 이에 대해, 서은아[8]에서는 구어와 문어의 문형을 비교하여 문어의 특징을 제시하고 있는데, 문형 사용에서 구어는 문장 성분 가운데 주어가 생략된 '생략형' 문형의 실현 빈도가 높게 나타났고, 문어는 문장 성분이 온전하게 갖추어진 '완성형' 문형이 높게 조사되었으며, 문형의 사용 빈도에서 구어는 '(주어)+서술어' 문형이 가장 높게 나타나는 반면에, 문어는 '주어+서술어' 문형이 가장 높은 빈도로 나타났다고 하였다. 이 논의를 통해 문어는 문장 성분 특히 주어가 갖추어지는 점이 구어와의 차이점이라는 것을 알 수 있다.

본고는 외국인 학습자가 글을 쓸 때 문어를 적절히 사용하고 격식에 맞게 글을 쓰는 능력을 배양하기 위한 방안을 모색하고자 하므로, 문어의 개념과 특징에 대한 논의는 글의 격식과 결부하여 진행하고자 한다. 한국어 능력 시험의 쓰기 영역 작문 문항 평가 범주의 평가 내용에 따르면, "글의 목적과 기능에 맞게"라는 기준이 제시된다. 글의 격식이란 글의 목적에 맞게 쓰는 것이라고 할 수 있는데, 글의 목적을 국어 교육의 내용 영역 체계에 따르면 다음과 같이 나눌 수 있다.

---

8) 서은아, 「구어와 문어의 문형 연구 :단문을 중심으로」, 『한국어학』 제24호, 한국어학회, 2004, 99~129쪽.

(3) 2009 개정 교육과정 국어과 쓰기 내용 체계
가. 정보를 전달하는 글
나. 설득하는 글
다. 친교 및 정서 표현의 글

위와 같은 내용 체계에 따라 글은 논증문, 설명문, 보고서, 자기소개서 등과 같은 구체적 유형의 글로 나뉘게 되고, 각 유형에서는 글의 목적에 따라 문체가 달라진다. 최근에는 이러한 형식을 장르라 부르고 한국어 학습 목적에 따라 장르 중심/기반 접근법을 사용한 쓰기 교육 방안에 대한 연구가 활발하다. 목적 지향적 글쓰기 교육을 위한 연구로서 이은영[9], 김정숙[10], 김정남[11], 박기영[12] 등이 있으며, 김영미[13]에서는 유학생의 학문 목적 한국어 쓰기 교육 과정에서 장르 기반 접근법을 적용한 쓰기 수업 계획을 제안하였다. 이 논의에 따르면, 장르는 특정 목적을 성취하기 위한 언어의 기능적 측면과, 생산된 텍스트가 의미를 가지는 사회 · 문화적 맥락을 포함하는 것인데, 이러한 장르를 쓰기 교육에 적용한 모형이 장르 기반 쓰기 과정이다.

---

9) 이은영, 「유학생을 위한 한국어 연구 1－쓰기 교육을 중심으로」, 『언어학』 제13권 3호, 대한언어학회, 2005, 1～16쪽.
10) 김정숙, 「읽기, 쓰기 활동을 통합한 학술 보고서 쓰기 지도 방안」, 『이중언어학』 제33호, 이중언어학회, 2007, 35～54쪽.
11) 김정남, 「텍스트 유형과 담화 표지의 상관관계」, 『텍스트언어학』 제24호, 한국텍스트언어학회, 2008, 1～26쪽.
12) 박기영, 「외국인 유학생의 학문 목적 글쓰기에 대한 일고찰－단락 쓰기를 중심으로」, 『언어와 문화』 제4권 3호, 한국언어문화교육학회, 2008, 103～126쪽.
13) 김영미, 「학문 목적 한국어 쓰기 교육－장르 기반 접근법으로」, 『한국어 교육』 제21호, 국제한국어교육학회, 2010, 87～123쪽.

(4) 장르 기반 쓰기 단계의 순환

	보기 글 제시하기	
↗		↘
스스로 쓰기	↙	협력하여 써 보기

학습자는 장르 중심 쓰기의 첫 단계인 '보기 글 제시하기'에서 장르와 관련된 언어적 특성과 구조를 공부한다. 즉, 텍스트에 사용되는 어휘와 표현과 같은 언어적 특성과 문장의 표현 방식 등 문법적 사항과 같은 구조를 학습하는데[14], 여기에서 말하는 언어적 특성과 구조를 글의 격식이라고 할 수 있을 것이다.[15]

이상의 기존 연구 검토를 통해 문어의 개념과 특징, 글의 격식에 대하여 다음과 같이 정리할 수 있다.

(5) 문어와 격식의 개념

가. 문어: 필자가 주장하거나 설명하거나 정서를 표현하고자 논증문, 설명문, 감상문 같이 일정한 형식을 갖추어서 글을 작성할 때 사용하는 언어

14) 김영미, 앞의 논문, 93~95쪽.

15) 글의 격식은 모든 글에 동일한 것은 아니다. LI YAN · 김정남에서는 한국어능력시험 고급 단계 마지막 작문 문항의 모범 답안이 모두 주장하기 장르에 포함되는데, 주장하는 글은 담화 구조의 관점에서 '서론－본론－결론'으로 구성되며, 서론의 전개 방식은 '사례를 들면서 시작하기', '의문을 제기하면서 시작하기', '대립되는 주장을 제시하면서 시작하기', '주장을 직접 제시하면서 시작하기'로 정리되고, 본론의 전개 방식은 '연역법, 귀납법, 변증법'의 세 가지로 제시되며, 결론의 전개 방식은 '본론을 요약하면서 결론을 내리기'와 '주장을 한 번 더 강조하면서 마무리하기'로 정리된다고 하였다.(LI YAN · 김정남, 「장르 중심 쓰기 교육을 위한 제안-한국어능력시험 고급 작문 문항의 '주장하기' 글을 중심으로」, 『텍스트언어학』 제36호, 텍스트언어학회, 2014, 287~321쪽.)

나. 격식: 논문, 학술 보고서, 연구 계획서, 이력서, 취업 자기소개서, 신문 칼럼 등과 같이 일반적으로 일정한 방식을 갖추어야 하는 글에서 지켜야 하는 형식

그리고 한국어 학습자에게 모국어 화자의 능숙한 글쓰기 능력을 요구한다는 점에서 한국어 학습자에게는 글의 목적에 맞게 격식을 지키고 문어를 적절히 사용할 수 있는 능력이 필요한데, 한국어 학습자들에게 요구되는 문어 능력과 격식에 부합하는 쓰기 능력은 다음과 같은 요건으로 구성할 수 있다.[16]

(6) 한국어 학습자 격식적 글쓰기 능력 요건

가. 문장 측면

ㄱ. 주어, 서술어, 목적어 등 문장의 필수성분이 갖추어진 문장을 구성할 수 있다.

ㄴ. 종결 표현, 높임 표현, 지시 · 대용 표현 등을 적절하게 사용할 수 있다.

ㄷ. 글의 목적과 맥락에 부합하는 어휘를 선택할 수 있으며, 어문 규범에 맞게 쓸 수 있다.

나. 글의 구조 측면

ㄱ. 글의 목적에 부합하는 장르를 선택할 수 있다.

ㄴ. 글의 목적을 잘 드러낼 수 있는 글의 구조와 전개 방식을 선택하고 구성할 수 있다.

ㄷ. 글의 주제가 잘 드러나도록 글의 개요를 구성할 수 있다.

ㄹ. 각 문장과 단락을 적절한 담화 표지 등을 이용하여 연결할 수 있다.

---

16) 본고에서 제시하는 격식적 글쓰기 능력은 문장과 글의 구조 구성 측면에 국한된 것으로서, 쓰기 능력 전반 즉 스키마 활용, 고쳐 쓰기 능력 등에 관한 것을 포함하고 있지 않다.

다음 장에서는 중국 내 대학의 한국어 교육과정 분석과 중국인 한국어 학습자 쓰기 자료를 검토하여, 중국 내에서 문어 및 격식적 글쓰기 능력 배양을 위한 교육과정 운영 여부와 중국인 한국어 학습자의 격식적 글쓰기 능력 실태를 분석하도록 하겠다.

3. 중국의 한국어 교육과정 및 학습자의 글쓰기 능력 실태

3.1. 중국 대학의 한국어 교육 과정 분석

의사소통 능력은 읽기, 쓰기, 듣기, 말하기 기능으로 구성되므로, 한국어 교육과정은 이러한 기능들이 균형 있게 교수 · 학습이 이루어지도록 구성되어야 한다. 그러나 중국 내 한국어 수업은 대부분 말하기와 듣기 중심의 수업으로 이루어지다 보니 쓰기 교육이 제대로 이루어지지 않고 있다. 그리고 쓰기 교육이 이루어지더라도 수업 시간에 활동한 대화 내용을 글로 옮겨 적는 경우가 많다.

먼저, 중국 대학의 교육과정에서 읽기, 쓰기, 듣기, 말하기 영역의 배정 실태와 비중을 분석하겠다.[17] 중국 대학에서 학생들의 기본적인 의

17) 중국의 대학(4년재 대학을 가리킴)을 영역으로 구분하면, 종합 대학, 이공계 대학, 사범 대학, 외국어 대학 등이 있고, 지역으로 구분하면 수도권 대학, 지방 대학, 해안도시 대학, 내륙 대학 등이 있다. 각 대학은 실정에 따라 특색을 살릴 수 있는 인재 양성을 목표로 세우고 있다. 수도권 대학들은 공무원, 대(영)사관, 외자 은행의 업무를 수행할 수 있는 한국어 인재를 양성하는 것을 목표로 하고, 해변 도시 대학들은 해양 관련 업무, 관광업, 중한 무역 영역의 업무를 수행할 수 있는 한국어 인재를 양성하기 위한 교육 과정을 실시한다. 따라서 각 대학에서 설정되는 특색 과목은 소위 과학 한국어, 관광 한국어, 무역 한국어, 해양 한국어 등과 같이 다양하

사소통 능력을 기르기 위해 1학년과 2학년 4학기 동안 집중적으로 한국어 듣기, 읽기, 말하기, 쓰기 수업을 실시한다.[18] 그러나 각 영역별 한국어 수업의 비중이 동일하지 않다. 듣기와 말하기 수업은 필수 과목으로 1학기부터 최소한 4학기 동안 주 4시간에서 6시간까지 배정되는 데 비해 쓰기 수업은 대부분 5, 6학기에 주 2시간씩 배정된다. 예를 들어, 중국 남경 대학의 한국어 듣기와 말하기 수업은 1학기부터 6학기까지 주 2시간씩 배정돼 있는 반면에 한국어 쓰기는 3, 4학기에만 배정돼 있다. 또, 쓰기 과목을 선택 과목으로 설정하는 대학도 적지 않다는 점도 주목할 만하다. 예를 들어, 중국 북경 대학에서는 1학기부터 4학기까지 한국어 듣기 · 말하기 통합 수업이 주 4시간씩 배정돼 있는 데 비해 쓰기는 선택 과목인 '한국어 실용문 글쓰기'만 8학기에 배정돼 있는 실정이다.

아래 <표 3>은 중국 대학 한국어 교육과정의 실례로서 산동과학기술대학교 한국어학과 교육 과정의 필수과목을 제시한 것이다.

학점 및 이수 시간을 살펴보면 읽기와 쓰기는 듣기와 말하기의 1/4~1/3만 된다는 것을 알 수 있다. <기초 한국어>와 <고급 한국어>는 네 개의 기능을 종합적으로 다루는 과목으로서 읽기 내용을 많이 포함한다. 다른 과목들도 모두 일정한 읽기 내용을 바탕으로 전개되기 때문에 교육 현장에서의 읽기 활동은 상당한 비중을 차지한다고 할 수 있

다. 그럼에도 불구하고 각 대학의 기본 과목 설정은 오히려 엇비슷하게 나타난다. 인재 양성 방안을 수정할 때마다 타 대학의 과목 설정 방안을 분석하고 참고하는 필연적 결과이다.

18) 이 과목들은 '전공 기초 과목'에 속한다. 전공 기초 과목의 중요성은 전체 이수 시간의 60%를 차지하는 것에서 알 수 있다. 필수 과목과 선택 과목들은 보통 3, 4학년에 배정되는데 비교적 높은 이해 및 표현 능력을 전제로 한다. 이 때 주로 언어학, 한국 문학, 한국어 개론, 한국 역사, 중한 관계사 등 이론 수업과 통 · 번역, 무역 한국어, 관광 한국어 등 실습 중심 수업을 받는다.

다. 이에 비하여, 쓰기 과목에 배정돼 있는 시간이 지나치게 적은 편이다. 또한, 6학기와 7학기 두 학기를 거쳐 쓰기 교육을 실시하고 있지만, 글쓰기가 이미 어느 정도 정형화된 학습자들에게 구어와 문어의 구별을 인식시키는 것은 학습자와 교수자에게 큰 부담이 될 수밖에 없다.

<표 3> 중국 산동과학기술대학 한국어과 교육과정

필수 과목	학점	총 이수 시간			학기								평가 방식
		이수 시간	수업	실험 실천	1	2	3	4	5	6	7	8	
					20주	20주	20주	20주	20주	20주	20주	20주	
기초한국어	20	410	410		6	6	6	6					시험
고급한국어	8	144	144						4	4			시험
한국어말하기	12	216	216		2	2	4	4					시험
한국어듣기	16	280	280		4	4	4	4					시험
한국어읽기	4	72	72		2	2							시험
한국어쓰기	4	64	64						2	2			시험
한국어언어학	2	32	32							2			시험
번역	4	72	72						2	2			시험
한국문학	2	32	32						2				시험
한국어개론	2	32	32							2			시험
통역이론 및 실천	2	32	32								2		시험
논문작성	1	16	10	6								1	고찰

3.2. 중국인 한국어 학습 대학생의 글쓰기 실태 분석

이 절에서는 중국인 학습자의 글쓰기 실태를 분석하고자 한다. 글쓰기 실태 조사는 중국 산동과기대의 한국어과를 대상으로 이루어졌으며 한국어과 학생 2학년생과 3학년생의 글쓰기 자료를 분석했다.[19] 본

19) 중국 대학에는 하루에 최소한 4시간의 전공 수업이 배정돼 있는 것을 감안하면 한

고에서는 중국 학습자의 글쓰기에 대한 분석 결과를 '문장 측면'과 '구조 측면'에서 제시하겠다. 먼저, 문장 측면에서의 분석 결과는 다음과 같다.[20]

첫째, 구어 어미를 주로 사용한다. 구어에 사용하는 연결어미나 조사가 글에 나타나는 경우가 많다.

(7) 가. 주말에는 친구들이랑 샤브샤브를 먹곤 했다.
　나. 이 분야에는 전문가가 별로 없으니까 나는 앞으로 이 일을 하고 싶다.
　다. 그는 사람들에게 멋있는 사람이다라는 첫인상을 남겨준다.

예문 (7)과 같이 '－와/과'를 '－하고'나 '－(이)랑'으로 표현하거나 '－으므로'가 격식에 적절한 표현인데도 어미 '－(으)니까'를 사용하는 경우가 있다. 또한 '멋있는 사람이라는 첫인상'을 '멋있는 사람이다라는 첫인상'으로 표현하는 경우도 있다.

둘째, 조사를 과도하게 생략한다. 말하기 · 듣기 수업에서 구어인 대화체를 주로 사용하다보니 조사를 사용하지 않는 것에 익숙하며, 더욱이 중국인 학습자들은 모국어의 영향으로 격조사를 구별해서 사용하는 것이 어려운 편이다.

(8) 언어 창조하려면 많은 시간 필요해요. 그럼 사람이 언어 사용할 때 불편이 있어요. 그래서 새 단어 창조해요.

국어 학과에서 1년 반 정도 공부한 학생은 중급(3, 4급) 수준에 도달할 수 있으므로, 2학년 1학기 학생 중에서 상위권에 속하는 학생들과 3학년생의 쓰기 자료를 분석 대상으로 삼았다.

20) 아래 예로 살펴볼 내용들은 단순히 사전적 개념만을 적용하는 것이 아니라 실제 글쓰기의 유형과 문맥도 함께 고려해서 정리한 것이라는 것을 일러둔다.

예문 (8)은 중국인 학습자가 작성한 보고서의 일부이다. 보고서의 문장은 필수성분과 조사를 갖춘 즉 격식적 문장으로 작성해야 하나, 중국인 학습자가 작성한 문장에서는 위와 같이 조사를 사용하지 않은 문장들이 다수 발견된다.

셋째, 구어체 어휘를 주로 사용한다. 예를 들면, '날마다'나 '매일'을 사용하지 않고 '맨날'을 사용하는 경우가 많다.

(9) 가. 고3 때 나는 맨날 공부만 했다.
나. 유망 직업은 환경오염이 적고 지구가 오래오래 발전하도록 할 수 있는 그런 직업이다.
다. 다른 사람이 실수를 해도 좀 참고 그냥 용서하는 것이 좋다.
라. 돈이 많이 있어도 막 쓰지 말고 좀 아껴서 써야 한다.

예문 (9)의 사례들은 중국 학습자들의 글쓰기에 종종 나타난다. 동사의 경우에도 "아침을 거르면 건강에 해롭다."가 글의 격식적 특성에 부합한 표현인데, "아침을 안 먹으면 건강에 안 좋다."와 같이 대화에서 사용하는 표현을 글에 그대로 옮겨 쓴 경우가 발견된다. 특히, 중국인 학습자들은 구어성 부사를 많이 사용하고 있다. 예문 (9나, 다, 라)과 같이 '오래오래', '좀', '많이', '너무너무', '그냥', '막' 등과 같은 정도 부사가 학습자의 글쓰기에 등장하는 빈도가 높은 편이다. 드라마나 예능 프로그램에서 현장감을 돋우기 위해 정도 부사를 사용하는 경우가 많은데, 이러한 표현이 학습자들에게 깊은 인상을 남겨주기 때문일 것이다.

넷째, 구어적인 절이나 문장을 많이 사용한다. 또한, 의미가 같은 내용들이 한 문장에 반복해서 등장하는 경우가 있으며 짜임새를 갖추지 못한 표현을 사용하는 경우도 적지 않다.

(10) 가. 뛰어난 자질이 없으면 살아갈 수 있기는 하지만 부자되기
는 어렵다.
나. 일을 기쁘게 하는 것도 무시할 수 없다.

예문 (10가)에서 "생계유지를 할 수 있-"이 문맥과 격식에 부합하는 문장인데, 이를 "살아갈 수 있-"라고 쓰거나, (10나)에서 "일에 대한 열정"이 적절한데 "일을 기쁘게 하는 것"으로 쓰는 경우가 이에 해당된다.

다섯째, 어휘적인 차원에서 중국인 학습자들은 한자어를 더 쉽게 습득하기 때문에 대화하거나 글을 쓸 때 우선적으로 한자어를 사용하며, 수업 중에 사전을 활용하다 보니 한국에서 사용하지 않는 한자어를 사용하거나 문맥에 어울리지 않는 한자어를 사용하는 경우가 많다.

(11) 가. 간접 화문에서 위 예문 ㄱ, ㄴ과 같이 말하면 괜찮지만 ㄷ
처럼 쓴다면 자연스러운 문장이 아닌 것을 느끼게 된다.
나. 배우는 만큼 제대로 사용하지 못한 사람이 있으나 그냥 배
운 것을 변통하여 활용하지 않고 그대로 쓰는 사람도 적지
않다.
다. 실패가 인생의 선생님이라고 생각한다.

예문 (11가)과 같이 '대화문'을 '화문'으로 쓰거나, 예문 (11나)의 '변통하다'처럼 사전에서 찾은 단어를 그대로 쓰거나, (11다)와 같이 '스승'이나 '교직' 대신에 '선생님'을 사용하는 경우를 발견할 수 있다. 이는 구어 사용의 직접적인 사례는 아니지만, 수업 시간에 쓰기를 위해 어휘를 모색하는 중 구어나 부적절한 한자어를 사전에서 찾아 사용한다는 점에서 폭넓게 보면 격식에 부합하는 어휘를 사용하는 능력이 부족하

다고 할 수 있다. 이상과 같이, 중국인 학습자의 글쓰기를 검토를 통해 중급 이상 학습자임에도 불구하고 여전히 구어를 글에 많이 사용하고 있으며, 이러한 점은 글의 유형과 구조와 상관없이 동일하게 나타난다는 점을 예상할 수 있다.

그리고 중국 학습자의 글쓰기에서는 구조적 측면의 문제점들도 찾을 수 있다.

(12) 중국인 학습자의 격식적 글 사례

가. 요즘에는 사회가 발달하면서 직업의 종류가 많아지고 있다. 돈을 많이 벌 수 있는 직업도 있고 사회 지위가 높은 직업도 있다. 나는 직업이 귀천의 차이가 없다고 생각한다. 자기의 적성에 잘 맞고 이 직업을 통해 자기의 존재 가치를 느낄 수 있는 직업이라면 좋은 직업이라고 생각한다.(서론) —중략—
직업의 종류가 많아지면서 우리들은 선택할 수 있는 직업도 많아지고 있다. 그런데 취직자들의 경쟁도 강열해지게 된다. 왜냐하면 회사는 취직자들의 학력과 소질 요구는 높아지기 때문이다. 그래서 우리들은 정확하는 직업관을 가질 뿐만 아니라 자기의 소질을 제고해야 한다.(결론)

나. 사람마다 다 부자가 되고 싶다. 나도 그렇게 생각한다. 부자가 되는 것은 어렵다고 생각하지만 완성하지 못하는 일이 아니다. 내가 보기에는 부자가 되려면 일단 자신이 있어야 된다. 왜냐하면 만약 자신이 없으면 아무일도 잘하지 못하기 때문이다. (서론)
부자가 되려면 많은 돈을 벌 수 있는 직업을 해서 돈을 벌어야 한다. 그리고 일을 하는 것을 통해서 버는 돈을 계획적으로 써야 한다. 왜냐하면 부자가 되기 위해서 가장 중요한 것은 얼마나 많이 버는가가 아니라 많이 저금하는 것이기 때문이다. 경제 관념이 있는 사람은 언제나 계획적으로 지출할 뿐만 아니라

일을 잘해서 돈을 벌곤 한다. 그래서 돈을 절약하는 것은 부자가 되는 중요한 방법이다.(본론 일부)

두 제시문은 중국 산동과학기술대학 한국어학과 3학년 학습자 글쓰기 내용의 일부를 제시한 것이다.[21] (12가)의 제목은 '나의 직업관'이고, (12나)는 '부자가 되는 법'이다. 학습자들이 표현하고자 하는 내용도 풍부하고 사용하는 문법과 어휘도 다양하지만 글의 구조 측면에서 격식을 지키지 않은 부분들이 많다.

(12가)는 '나의 직업관'이라는 제목에 맞게 서론에서는 주제와 쓰게 된 이유 등을 간략하게 쓰고 결론에서는 본론에서 전개한 직업관을 요약해서 정리하는 것이 바람직하다. 그러나 서론에서 학습자는 주제를 언급하기 전에 이미 자기 주장을 펼치기 시작했다. 또 서론의 마지막 문장에서 성급하게 결론을 내리고 있으며, 결론에서도 학습자는 본론 내용을 요약 · 정리하는 것이 아니라 새로운 관점과 주장을 펼치고 있으며 글의 주제에서 벗어난 점도 보인다.

(12나)는 '부자가 되는 법'을 주제로 쓴 글의 서론과 본론 첫 번째 문단을 제시한 것이다. 이 글의 가장 큰 문제점은 문단을 나누는 기준이 모호하다는 것이다. 본론에서 전개해야 하는 내용이 서론의 마지막 부분에 나타나고 있다. 학습자가 서론과 본론의 역할과 구별을 명확하게 알지 못하기 때문에 범한 오류로 보인다. 그리고 문장과 문장, 서론과 본론을 자연스럽게 연결하는 적절한 담화 표지를 이용하지 못하고 있으며 짜임새를 갖추지 못하고 내용들이 서로 단절돼 있다. 정해진 분량

21) 해당 글은 필자가 한국어 교육을 하며 수집한 쓰기 자료로 비교적 자신의 주장을 공식적으로 제시하는 유형의 글을 선택하여 분석하였다. 앞에서 제시한 문장 측면의 오류도 나타나지만 이에 대한 분석은 하지 않았다.

안에 주장을 내세우고 근거를 제시하는 전개 방식이 바람직하지만 한꺼번에 많은 주장을 나열하는 것은 글의 구조를 느슨하게 만들 뿐만 아니라 설득력을 잃게 만든다.

이러한 구조적 오류는 쓰기 수업에서 오류 수정이나 다시 쓰기 활동 등을 통해 수정될 수 있을 것이다. 그러나 중국 대학에서의 글쓰기 오류 수정은 문장 고치기에만 국한되고 구조적 수정은 제대로 이루어지지 않고 있다.[22] 다시 말해, 중국인 학습자들은 글쓰기에 있어 정확한 문법과 어휘의 사용에만 치우치는 반면에 담화 구조와 전개 방식을 소홀히 하고 있으며, 교수자의 피드백 역시 글쓰기의 구성에 주의를 돌리고 있지 않는 실정이다.

이상과 같이, 중국인 학습자가 구어를 글에 사용하는 원인은 다음과 같이 분석할 수 있다. 첫째, 한국어 환경 측면에서 초급 학습자는 언어 수준의 제한으로 인해 다양한 대중매체를 접하는 대신에 교과서에 의존하여 쓰기 활동을 하는 반면에, 중급 이상 학습자들은 한국어에 대한 일정한 이해 능력을 바탕으로 한국 영화나 드라마, 예능 프로그램 등 훨씬 다양한 매체에 노출되면서 구어에 익숙하게 되고 이러한 측면이 쓰기에 반영되기 때문이다. 둘째, 정규 교육 과정 측면에서 수업 중 대화 장면이 등장하는 시청각 매체들을 선호하는 것이 쓰기에 있어서 구어를 많이 사용하는 결과를 가져오는 것으로 보인다. 그럼에도 불구하고, 중국 대학에서 문어나 격식적 글쓰기 수업은 거의 이루어지지 않고 있다. 또한, 글쓰기 평가 시간에 교수자는 종결어미와 같은 문법 형태의 수정에 국한되어 있다.

22) 글쓰기 수업 시간이 부족하기 때문이기도 하지만 한국어 글쓰기의 구조적 문제는 모국어 글쓰기의 전개 방식 및 문단 구성 방식과 긴밀하게 연결돼 있기 때문이기도 하다.

4. 격식적 글쓰기 교수 · 학습의 실제

격식적 글에서는 일상적인 대화에서는 잘 사용하지 않는 문어를 사용하는 경우가 많다. 같은 의미이지만 말과 글에서 다른 어휘를 사용할 때도 있고 다른 구조의 문장을 사용할 때도 있다. 또한 대화에 사용할 때는 자연스러우나 글에 사용하면 어색해지거나 그 반대되는 상황도 많이 발생한다. 따라서 한국어 학습자의 대화 구성 능력뿐만 아니라 격식적 글쓰기 능력을 배양하여 구어와 문어 능력이 조화된 한국어 능력을 기르기 위해서는 구어와 문어의 차이를 인식시키는 교수 · 학습 과정이 필요하다.

이러한 문제 인식은 구어와 문어의 특징을 한국어 교육에 반영해야 한다는 선행 연구의 논의에서도 찾을 수 있다. 박희영[23]에서는 구어와 문어를 상호 보완하는 한국어 수업 모형을 제시하였는데, 상호 보완하는 방법으로 언어 교수법뿐만 아니라 문학과 문화 교수법이 뒷받침되어야 한다고 했다. 황인교[24]는 구어 교수와 관련된 한국어 교육의 특징과 구어의 보편적인 특성을 살폈고 구어 교수의 원리와 지도법을 듣기와 말하기로 나누어 살펴보았다. 한국어 교재와 관련하여 문금현[25]에서는 기존의 한국어 교재에 제시된 본문은 한국인이 실제로 사용하는 구어가 아니라는 점에서 구어 텍스트(드라마 대본)에 나타난 한국어 구

---

23) 박희영, 「'구어와 문어를 상호 보완하는 한국어' 문법 수업 모형」, 『한국어교육』 제10권 1호, 국제한국어교육학회, 1999, 173~194쪽. 이 연구에서는 구어와 문어 교육을 함께 다루기 위해 전래동화를 이용하였으나 학습자들이 구분하여 사용할 수 있게 한다기보다는 함께 지도할 수 있는 교육 방안에 목적을 둔 것이다.

24) 황인교, 「외국어로서의 한국어 교육 연구, 2 :구어 교수 이론의 정립을 위하여」, 『한국어교육』 제10권 1호, 국제한국어교육학회, 1999, 283~301쪽.

25) 문금현, 「구어 텍스트를 활용한 한국어 어휘 교육」, 『한국어교육』 제11권 2호, 국제한국어교육학회, 2000, 21~61쪽.

어의 특징을 반영한 교재를 편찬해야 한다고 했다. 그리고 구어 어휘의 특징을 활용한 어휘 및 표현에 대한 교육 방법과 학습해야 할 목록을 학습 단계별로 선정했다. 이어 문금현[26]에서는 구어 텍스트에 나타난 한국어 구어의 특징을 살펴보고 한국어 교재의 본문을 제시하였는데, 한국어 학습자들이 한국인과의 실제 대화에서 많은 어려움을 겪는 것은 교재의 문체나 표현이 한국인의 실제 구어를 반영하지 못하기 때문이라고 하였다. 이효상[27]에서는 한국어 교재들이 구어를 충분히 반영하지 못하다고 하면서 구어 현상의 '－아/어 가지고'의 '－아/어서'의 교체 현상, 격조사 비실현/생략 현상, '－(으)려고 하다'의 '하다'가 '그렇다'로 교체 되는 현상 등을 살펴보았다. 조성문[28]에서는 구어 말뭉치를 근거로 하여 7개의 한국어 초급 교재 의 기초 어휘가 잘 선정되었는지를 분석하였다.

이상의 선행 연구들을 살펴보면 한국어 교육에서 실제 구어를 반영하지 못하고 있기 때문에 말뭉치 자료를 근거하여 어휘와 문법 항목들을 제시해야 한다는 연구들이 주를 이루고 있다. 이는 한국어 교육 초창기에 지나치게 문법을 중시하여 한국어 학습자의 회화 능력이 떨어지고 실제 한국인의 발화와 차이가 있기 때문이다. 즉, 구어와 문어에 관련된 기존 연구들은 정형적인 문법적 틀에서 벗어나 구어 중심의 교육을 주장했다고 볼 수 있다. 그러나 앞 장에서 구어 중심 교육이 격식적 글 구성 능력에 미치는 영향에서 본 바와 같이, 본고에서는 한국어

26) 문금현, 「구어 중심의 한국어 교재 편찬 방안에 대하여」, 『한국어교육학회지』 제105호, 한국어교육학회, 2001, 233～262쪽.
27) 이효상, 「외국어로서의 한국어 교재와 문법 교육의 문제점」, 『서울대학교 국어교육연구』 제16호, 서울대학교 국어교육연구소, 2005, 241～270쪽.
28) 조성문, 「구어 말뭉치에 의한 한국어 초급교재의 어휘 분석」, 『한민족문화연구』 제17호, 한민족문화학회, 2005, 259～286쪽.

학습자들이 문어와 구어를 구분하여 격식적인 글을 쓸 수 있는 능력과 이러한 글에 사용되는 문어를 인식할 수 있는 능력이 필요하다고 본다. 이에 따라, 본고에서는 격식적 글쓰기 교육 방안으로서 중국 내에서의 교육과정을 고려하여 2차시 분량의 격식적 글쓰기 교수 · 학습 과정을 구성한다. 첫 번째 차시인 문어 인식 수업은 의사소통 중심 교수법으로, 두 번째 차시인 격식적 글쓰기 수업은 과제 중심 교수법을 활용하였다.[29]

4.1. 문어와 구어 인식 교수 · 학습 방안

문어 인식 도입 단계에서는 학생들의 글쓰기 사례를 제시하며 이 사례에서 발견되는 문제점이 무엇인지 추론하게 한다. 먼저 같은 내용의 구어 문장과 문어 문장을 보이고 학습자들이 이를 비교할 수 있게 한다. 교수자는 학습자들에게 두 문장의 차이점을 추론하게 하고 글에는 말을 할 때 사용하는 어휘를 그대로 사용해서는 안 되는 경우가 있으며, 글에 주로 사용하는 문어가 있음을 알린다. 이를 통해 학습자들로부터 구어와 문어의 차이를 인식하는 것이 중요하며, 오늘 수업을 통해 "문어를 이용하여 글을 쓸 수 있는 능력을 가질 수 있다."라는 학습 목표를 이끌어 낸다.

전개 단계에서는 읽기 자료를 제시하여 구어와 문어의 차이점과 각

---

29) 교수 · 학습 과정안은 부록으로 제시하며, 교실 상황을 충실히 반영해야 하므로 교사와 학생 간의 구어 형식으로 제시한다. 그리고 부록으로 제시하는 교수 · 학습 과정안은 본고 본론의 방안을 구체화한 것으로 수업 변인 등을 고려하여 일부 변경한 부분이 있어 본론에서 제시한 교수 · 학습 방안과 순서 등에서 일치하지 않을 수 있다.

각의 사용 환경이 다르다는 점을 인식시킨다. 제시문은 동일한 주제이지만 사용되는 환경에 따라 언어 사용 양상이 달라진다는 것을 알 수 있는 자료를 제시한다. 첫 번째 제시 활동에서는 대화 상황을 주고 그 속에서 구어가 사용되는 상황을 보인다. 두 번째 제시 활동에서는 같은 내용을 전달할 때 문어에서 다른 어휘가 사용된다는 것을 보인다. 그리고 구어를 문어로, 문어를 구어로 바꾸는 연습 문제를 제시한다. 연습 문제는 조사나 어미 위주의 문체 변환보다는 한국어 학습자들이 평소에 잘못 쓰기 쉬운 구어 문장을 문어 문장으로 바꾸는 활동에 중점을 두고, 단문보다는 일정한 주제를 가진 한 단락을 고치도록 하는 것이 학습자에게 유의미하다.

다음 단계에서는 방송 자료를 보고 구어와 문어의 차이를 인식하게 한다. 읽기 자료만 읽히거나 청각 자료를 들려주기보다는 시청각 자료를 이용하는 것이 수업의 효과를 높일 수 있을 것이다. 특히, 중국 내에서는 한국인이 보고서나 논문 발표, 연설과 같이 문어를 사용하는 경우를 접하기 어렵다는 점도 고려해야 한다. 그래서 본고에서는 방송 뉴스나 시사 교양 프로그램 중 일반인이 구어로 말하고 이를 방송 하단에 자막으로 제시한 방송 자료를 이용하는 수업 자료 이용을 제안한다. 일반인이 뉴스 인터뷰를 할 때는 구어를 사용하는데, 방송 자막에서는 이를 그대로 녹취 · 전사하는 것이 아니라 수정 과정을 거쳐 문어화하여 방송 자막으로 송출하므로, 동일한 상황에서 사용하는 구어와 문어의 차이를 동시에 파악할 수 있기 때문이다.

수업 활동은 먼저 TV 뉴스에서 일반인 등을 대상으로 인터뷰한 내용을 보이고, 화면 하단의 자막과 비교하며 말과 글에서 달리 사용되는 어휘를 찾게 한다. 그리고 찾은 어휘를 사용하여 짝과 간단한 대화를 구성하게 하고 이 대화 내용을 다른 사람에게 전달하는 문서로 작성하게 하여, 같은 내용이라도 말과 글에서 문장이 달리 구성될 수 있음을 익히게 한다. 이러한 활동은 수업이 끝난 뒤 학습자들이 글을 쓰며 문어적 요소를 고려할 수 있게 하는 기제로서 작용할 것이다.

정리 단계에서는 교사가 한국어 학습자들의 활동을 정리한 뒤 다시 구어와 문어가 서로 다르다는 것을 인식시킨다. 다음으로 학습자들에게 오늘 학습 목표에 관련된 과제를 제시하고 수업을 마무리한다. 과제는 학습자들에게 구어 중심으로 작성된 자기소개 내용 일부분을 나누어주고, 문어로 구성한 자기소개서로 바꾸어 작성해 오게 한다.[30] 자기소개서를 문어로 바꾸는 과제 활동은 학습자에게 한국어 강의실 내에서만 한국어를 배우고 끝나는 것이 아닌 다른 언어생활로 전이되고 이를 통해 한국어 능력이 강화될 수 있는 기회를 제공할 것이다.

(13) 문어 인식 교수 · 학습 과정안

학습 단계	교수 · 학습 활동	학습 자료	시간
도입	• 출석 확인 및 전시 학습 확인 • 학습 동기 유발 – 한국어로 글을 쓸 때 어려웠던 경험을 떠올리게 한다. – 같은 내용으로 쓰인 구어 문장과 문어 문장을 보인다. – 학습자들이 차이점을 찾게 한다. – 몇 어휘가 구어 문장과 문어 문장에서 달리 쓰인 이유를 생각하게 한다. • 학습 목표 제시 – 같은 내용으로 말을 할 때와 글을 쓸 때 달리 쓰는 어휘가 있음을 알고 문장을 구성할 수 있다	구어 문장과 문어 문장	5분

30) 학문 목적 학습자들은 한국어로 자기소개를 하거나 제출할 기회가 많은데, 자기소개서 중 대부분은 구어 문장을 그대로 사용하는 경우가 많다.

	교사: 여러분은 보고서를 작성하면 한국 친구들이 뭐라고 해요? 학생: 네, 보고서를 쓰면 교수님이나 한국 친구들이 문장이 이상하다고 해요. 교사: 그래요, 보고서 같은 글을 쓸 때 어려움이 있어요. 먼저 지난 시간에 A 씨가 작성한 글을 볼 거예요. [다. 학교에서 한국 사람하고 얘기할 기회가 없어요.] 교사: 어떤 내용이에요? 학생: 이야기할 한국 사람을 만나기 어렵다는 내용이에요. 교사: 그럼 같은 내용을 한국 학생이 적은 글을 읽어 보세요. [라. 학교에서 한국 사람과 대화할 기회가 없습니다.] 교사: 어떤 내용이에요? 학생: 이 문장도 같은 내용이에요. 교사: 네, 그래요. 그럼 두 문장의 다른 점은 무엇이에요. 학생: '하고'가 '가'로 바뀌었어요. '얘기'가 '대화'로 바뀌었어요. '없어요'가 '없습니다'로 바뀌었어요. 교사: 그래요. 한국어에는 말할 때 사용하는 단어와 글을 쓸 때 사용하는 단어가 다를 때가 있어요. 오늘은 이 차이를 배우기로 해요. 오늘 수업이 끝나면 한국어로 보고서를 쓸 때와 시험을 볼 때 어렵지 않을 거예요.		
전개 1	• 제시 활동 1 – 학습자에게 대화에서 문어가 쓰인 제시문을 읽히고, 어색한 부분을 찾게 한다. – 문어가 쓰인 대화문을 구어로 바꾸고 다시 대화문을 읽게 한다. • 제시 활동 2 – 학습자에게 시험 답안에서 구어가 쓰인 제시문을 읽히고, 어색한 부분을 찾게 한다. – 구어가 쓰인 시험 답안을 문어로 바꾸고 다시 제시문을 읽게 한다. 교사: 먼저, 다음 제시문을 읽어 보세요. 읽으면서 어색한 부분을 찾아보세요.	대화 제시문 문어 제시문	12분

마. <A가 친구에게 여행 다녀온 뒤 이야기를 하는 상황>
바. B: 어제 누구랑 놀러 갔어?
사. A: 응, 미진이와 함께 갔어.
아. B: 여행은 어땠어?
자. A: 아주 아름다운 경치였어. 그래서 즐거운 여행이었어.
차. B: 선생님은 함께 안 가셨어?
카. A: 그는 수업이 있어서 함께 못 가셨어.

교사: 무엇을 하는 상황이에요?
학생: 친구와 이야기하고 있어요.
교사: 어떤 내용이에요?
학생: 여행 갔다 온 이야기하고 있어요.
교사: 두 사람의 대화에서 어색한 곳이 있어요?
학생: 한국 사람들은 말을 할 때 '와, 아름다웠어, 즐거워, 그'라는 말을 잘 안 써요.
교사: 네, 맞아요. 노래 가사에는 많이 나오지만, 말을 할 때는 잘 안 써요. 이런 어휘들은 이렇게 바꿔야해요.

타. 미진이와 → 미진이하고/랑　　아름다운 → 좋은
파. 즐거운 → 재미있는　　그 → 선생님

교사: 그러면, 상황에 맞게 바꾼 제시문을 읽어볼까요.

하. B: 어제 누구랑 놀러 갔어?
거. A: 응, 미진이하고 함께 갔어.
너. B: 여행은 어땠어?
더. A: 경치가 아주 좋아서 재미있었어.
러. B: 선생님은 함께 안 가셨어?
머. A: 선생님은 수업이 있어서 함께 못 가셨어.

교사: 잘 읽었어요.
교사: 그 다음 예문도 같이 읽어볼까요?

버. <대학 신문에 여행소감문 내기>
서. 제목: 가을 여행을 다녀와서
어. 저는 어제 친구랑 가을 여행 다녀왔어요. 가을 경치가 너무 좋아서 재미있었어요. 한국어 선생님 같이 못 가서 아쉬웠어요. 다음엔 꼭 같이 갔으면 좋을 것 같아요.

교사: 네, 잘 읽었어요. 어디에 글을 내요?
학생: 대학 신문에 글을 내요.
교사: 네, 맞아요. 그런데 어떤 문제점이 있어요?
학생: 친구랑 말하듯이 글을 적었어요.

	교사: 그래요. 신문에 글을 쓸 때는 말하듯이 적으면 안돼요. 글을 쓸 때와 말을 할 때 다른 어휘를 써야 할 때가 있어요. 그러면, 글을 쓸 때 어떤 것이 어색한지 같이 찾아볼까요? 학생: (제시문에서 어색한 부분 찾기 활동) 교사: 어떤 부분들이 어색해요? 학생: '－요'로 끝내고 있어요. 문장이 너무 짧아요. 말 하듯이 썼어요. 교사: 네, 맞아요. 그리고 또 중요한 것은 글을 쓸 때는 조사를 꼭 써야 해요. 그리고 문장을 끝낼 때 '해요'를 쓰지 말고 '하다'나 '합니다'로 쓰세요. 그러면, 바꾼 어휘로 다시 읽어볼까요. [저. 최근에 친구와 가을 여행을 다녀왔다. 가을 경치가 매우 아름다워 여행이 즐거웠다. 한국어 선생님과 같이 못 가서 아쉬웠지만, 다음에는 꼭 같이 가면 좋을 것 같다.]		
전개 2	• 구어－문어 변환 연습 활동 － 학습자에게 제시문의 구어 문장을 문어 문장으로 바꾸는 연습 문제를 풀게 한다. 교사: 이제 주로 말을 할 때 쓰는 문장을 글을 쓸 때의 문장으로 바꾸는 연습을 할 거예요. 연습 문제를 같이 풀어봐요. [처. 언어는 단어가 많이 있어요. 단어는 사람이 생활 중 많이 발명했어요. 언어 창조하려면 많은 시간 필요해요. 그럼 사람이 언어 사용할 때 불편이 있어요. 그래서 새 단어 창조해요.] 교사: A 씨가 연습 문제 푼 것을 발표해 볼까요? 학생 A: 저는 이렇게 고쳤어요. "언어에는 단어가 많이 있지만 인간이 생활을 하다보면 새로운 단어가 필요하다. 단어가 없으면 인간이 언어를 사용할 때 불편하다. 그래서 인간은 새로운 단어를 창조한다." 교사: 네, 아주 잘 고쳤어요.		8분
전개 3	• TV 인터뷰 이용한 구어－문어 비교 활동 － 학습자에게 TV 뉴스에서 일반인 인터뷰 내용을 보이고, 말과 자막에서 다르게 사용되는 단어를 찾게 한다. • 대화 구성 및 편지 쓰기 활동 － 말에서 주로 사용되는 단어를 이용하여 대화를 구성하게 한다. － 대화 내용을 다른 사람에게 전달하는 편지를 쓰게 한다.	TV 뉴스 인터뷰 자료	20분

<table>
<tr><td></td><td>교사: 이제 화면을 보면서 한국 사람들이 말하는 것을 볼 거예요. 화면 밑에 인터뷰 내용이 쓰이는데, 말과 글에서 다르게 사용되는 단어를 찾아보세요.
학생: (TV 뉴스의 일반인 인터뷰를 시청하며 말과 글에서 달리 쓰인 단어를 찾는다.)
교사: 다시 한 번 볼 테니 잘 찾아보세요.
교사: 짝꿍끼리 찾은 단어를 비교해 보세요.
교사: 다음 활동은 찾은 단어를 이용해서 대화를 만들어보는 거예요. 짝과 함께 TV 인터뷰와 같은 주제로 인터뷰하는 대화를 만들어 보세요. 오른쪽의 학생이 기자이고, 왼쪽의 학생이 시민이에요.
교사: 대화를 다 만들었어요? 그럼 그 대화 내용을 선생님에게 알려주는 편지를 써보세요.</td><td></td><td></td></tr>
<tr><td>정리</td><td>• 학습자 활동 정리
– 학습자 중에서 2~3명을 선정하여 활용 단계에서 활동한 결과를 발표시킨다.
– 발표 내용에 대해 적절한 피드백을 실시한다.
– 구어 문장과 문어 문장이 각기 달리 쓰일 수 있음을 다시 인식시킨다.
• 과제 제시
– 학습목표와 관련한 과제로, 구어로 쓰인 자기소개서의 일부분을 문어의 자기소개서로 고쳐 오는 과제를 제시한다.
• 수업 마무리
교사: 이제 활동을 마무리해요. A 씨가 활동한 것을 발표해 볼까요?
학생 A: 과제 활동 결과 발표
교사: 네, 잘 했어요. 그리고 편지로 쓴 것을 B 씨가 다시 발표해 볼까요?
학생 B: 편지 내용 읽기
교사: 네, 잘 읽었어요. ( ) 부분을 아주 잘 바꿨어요. 그런데 ( ) 부분은 ( )로 바꾸는 것이 더 좋아요.
교사: 오늘 수업은 한국어에서 말을 할 때와 글을 쓸 때 달리 쓰이는 단어가 있다는 것을 알아보았어요. 오늘 과제는 행정실에 제출하는 자기소개서로 바꾸어 오는 거예요. 자신에 맞게 바꿔 써도 좋아요. 수업 끝낼게요. 다음 시간에 봐요.</td><td>과제
유인물</td><td>5
분</td></tr>
</table>

4.2. 격식적 글쓰기 교수 · 학습 방안

2차시에서는 문어로 보고서를 작성하는 수업을 전개한다. 보고서는 연구하거나 실험한 내용을 담는 글쓰기 형식으로서 내용도 중요하지만 일정한 형식에 따라 작성하는 것도 중요하다. 본 차시의 학습 목표는 학습자들이 보고서 형식에 맞게 '한국 문화'와 관련하여 글을 완성할 수 있는 것이다. 화제인 '한국 문화'는 한국어 학습자에게 가장 친숙하고 별도의 자료 조사 없이 수업 시간 내에서 활동이 이루어질 수 있다는 장점이 있다. 그리고 수업은 과제 중심 교수법으로 이용하되 쓰기 전, 쓰기 그리고 쓰기 후 단계로 구성하며, 쓰기 전 단계는 보고서의 구성 및 각 구성 요소에 해당하는 내용을 학습하는 활동으로, 쓰기 단계는 서론, 본론, 결론의 요점 작성과 조 활동으로, 쓰기 후 단계는 쓰기 단계의 결과에 대한 교수자의 피드백과 수업 정리로 전개된다.

교수자는 1차시의 학습 효과에 대해서 학습자들에게 확인하는 동시에 보고서를 쓸 때 여전히 아직도 부족한 점이 무엇인지를 물어봄으로써 본 차시의 수업 내용 및 목적을 도출한다. 그리하여 교수자는 자연스럽게 보고서의 구성을 제시함으로써 학습자에게 보고서 형식의 중요성을 인식시킨다. 각 구성 요소의 형식과 들어갈 내용은 상호작용을 통해 학습하게 한다. 교수자는 학습자와의 상호작용에 따라 '표지－차례－본문－참고문헌'의 작성 방법을 제시하면서 설명한다. 학습자 스스로가 흥미를 느껴 질문을 하게 하면 더 좋은 학습 효과를 거둘 수 있으므로 교수자는 질문을 통해 학습자가 자기 의견을 이야기하게 유도한다.

쓰기 단계에서는 쓰기 전 단계에서 제시된 보고서 작성 방법에 따라 '한국 문화'와 관련된 주제로 각각 서론, 본론, 결론의 요점을 쓰게 한다. 쓰기 전에 한국 문화에 대한 학습자들의 의견들을 나누게 한다. 교수자는 서론, 본론, 결론에 해당하는 표현들을 제시하여 학습자들이 주제와 관련된 내용을 채우게 한다. 이러한 방식으로 학습자는 교수자가 제시한 형식과 표현들을 활용하여 각각 서론, 본론, 결론을 간략하게 쓰고 상호 토의를 진행한다. 교수자는 학습자가 주제에 관련하여 확장 사고를 할 수 있도록 방향을 제시하는데, 학습자들이 쓰고 싶은 한국 문화의 '장점', '단점', '흥미로운 점'을 각각 쓰게 하고 그중 단점을 바꿀 수 있는 방안과 근거를 찾게 한다. 그 다음 서론, 본론, 결론의 요점을 정리해서 조 활동에서 발표하고 다른 학생들의 의견을 적용해서 수정하게 한다.

쓰기 활동이 끝나고 교수자는 학습자 중에서 2~3명을 선정하여 조 활동 결과를 발표시키고 이에 대한 피드백을 한다. 그리고 쓰기 단계에서 작성한 요점을 중심으로 보고서를 완성하여 과제로 제출하게 한다. 동시에 보다 높은 수준의 보고서를 완성할 수 있도록 학습자에게 보고서 평가 기준을 제시한다.

(14) 격식적 글쓰기 교수 · 학습 과정안

학습 단계	교수 · 학습 활동	학습 자료	시간
쓰기 전	교사: 제시 내용을 다 읽었어요? 어떤 내용인 것 같아요? 학생: 보고서의 형식이에요. 교사: 네, 그래요. 보고서의 구성이에요. 여러분은 앞으로 위와 같은 형식에 맞춰서 보고서를 작성해야 해요. 내용도 중요하지만 구성도 못지않게 중요하다는 것을 기억하세요. 학생: 네, 알겠습니다. 학생: 선생님, 차례와 참고문헌에 대해서 자세히 설명해 주시겠어요? 교사: 그래요. 차례는 목차라고도 하는데 본문 내용의 목록을 따로 빼	교재 유인물	10분

	내서 앞부분에 제시하는 부분이지요. 참고문헌의 형식은 다시 책과 논문으로 나눠질 수가 있어요. 예문으로 보여 줄게요. 교사: 서론에 들어가는 주제와 목적은 무엇일까요? 학생: 주제는 보고서의 중심 내용입니다. 목적은 보고서의 목표예요. 교사: 네, 잘 이야기를 했어요. 서론 부분에서는 보고서의 구조와 내용 그리고 쓰게 된 이유에 대해 간략하게 요약하면 돼요. 그러면 서론의 작성은 쉽다고 할 수가 있어요? 학생: 짧아서 쉬운 것 같아요. . 교사: 그렇죠. 서론은 본론보다 양이 적지만 보고서의 전체적인 체계를 제시하는 역할을 하기 때문에 짜임새 있게 써야 해요. 학생: 그런데 서론을 잘 쓰지 않으면 좋은 보고서가 될 수 없어요.		
쓰기	교사: 제시된 3개의 표현을 이용해 서론에 대해 이야기를 해 볼까요? 학생: 나는 (한국의 군대 문화)에 관심을 가지고 있다. 나는 이 주제로 쓰게 될 보고서를 통해 (한국의 예능/오락 문화)를 알고 싶다. 보고서를 작성하는 목적은 (한국의 여가 문화를 알아보기) 위해서이다. 교사: 여러분 다 잘했어요. 우리는 한국문화에 대해 많이 알고 있는 것 같지만 논리적으로 고찰할 기회는 별로 없었네요. 이번 기회로 깊이 있게 한국문화를 들여다볼 수 있었으면 좋겠네요. 교사: 여러분의 이야기를 들어보니까 한국 드라마에 관심들 많네요. 그렇죠? 학생: 네, 한국 드라마를 쓰려고 해요. 한국 드라마가 재미있으니까요. 교사: 그래요, 선생님도 재미있게 보고 있어요. 한국 드라마는 스토리가 흥미롭고 배우들도 아주 멋있죠? 학생: 맞아요. 웃기기도 해요. 교사: 그래요. 한국 드라마가 우리에게 즐거움을 많이 가져다줬어요. 그런데 사물마다 양면성을 가지고 있어요. 한국 드라마도 그렇고요. 혹시 바뀌었으면 가는 점이 없나요? 학생: 아주 재미있지만 어떤 드라마는 우리의 삶과 달라요. 교사: 아, 현실과 거리가 있다는 이야기죠? 잘 지적했네요. 교사: 그럼, 이러한 내용을 보고서의 격식에 맞추어서 조별로 함께 모여 써보세요.	교재 유인물	30 분

쓰기 후	<평가 기준> ① 글의 주제나 문제 해결 방안이 구체적으로 나타나는가. ② 이 과제를 해결하기 위해 필요한 자료들을 충분히 반영했는가. ③ 이 글을 읽을 독자를 생각해 보았는가. ④ 내가 구성한 방법이 과제의 성격에 부합하는지 생각해 보았는가. ⑤ 맞춤법과 띄어쓰기 및 문장 표현에는 문제가 없는가. ⑥ 앞, 뒤 문맥을 고려하여 글을 썼는가. ⑦ 틀린 부분이나 잘못된 부분을 고치려고 노력했는가.		10분

5. 결론

한국어 교육에서 중급 단계 이상이나 학문 이수를 목적으로 유학 온 학생들에게는 문어 교육도 중요하다. 문어와 구어는 여러 다른 특성을 가지고 있음에도 불구하고, 한국어 교육 현장에서는 이러한 특징이 간과된 채 학습되는 경우가 많다. 이에 따라, 본 연구에서는 중국 내에서 한국어를 배우는 학습자들 중 학문 목적 학습자가 구어와 문어의 차이를 인식하고 격식적 글을 쓸 수 있는 교수 · 학습 방안을 제시했다.

필자가 주장하거나 설명하거나 정서를 표현하고자 논증문, 설명문, 감상문 같은 유형의 글을 이용할 때는 일정한 형식을 갖추어서 글을 구성해야 하는데, 문어란 구체적인 글의 유형으로서는 신문 칼럼, 학술 보고서, 논문, 취업 자기소개서, 대학원 연구 계획서에서 사용하는 언어를 말하고, 이러한 글의 유형에서 지켜야 하는 글의 형식을 격식이라고 할 수 있다. 그리고 한국어 학습자에게 모국어 화자의 능숙한 글쓰기 능력을 요구하며 글의 목적에 맞게 격식을 지키고 문어를 적절히 사용할 수 있는 능력이 필요하다는 점에서, 한국어 학습자들에게 요구되는 문어 능력과 격식에 부합하는 글쓰기 능력을 다음과 같이 정리하였다.

한국어 학습자 격식적 글쓰기 능력 요건

가. 문장 측면

ㄱ. 주어, 서술어, 목적어 등 문장의 필수성분이 갖추어진 문장을 구성할 수 있다.

ㄴ. 종결 표현, 높임 표현, 지시 · 대용 표현 등을 적절하게 사용할 수 있다.

ㄷ. 글의 목적과 맥락에 부합하는 어휘를 선택할 수 있으며, 어문 규범에 맞게 쓸 수 있다.

나. 글의 구조 측면

ㄱ. 글의 목적에 부합하는 장르를 선택할 수 있다.

ㄴ. 글의 목적을 잘 드러낼 수 있는 글의 구조와 전개 방식을 선택하고 구성할 수 있다.

ㄷ. 글의 주제가 잘 드러나도록 글의 개요를 구성할 수 있다.

ㄹ. 각 문장과 단락을 적절한 담화 표지 등을 이용하여 연결할 수 있다.

본고에서는 한국어 학습자의 격식적 글쓰기 능력을 배양하여 구어와 문어 능력이 조화된 한국어 능력을 기르기 위해 구어와 문어의 차이를 인식시키는 교수 · 학습 과정을 제시했다. 중국 내에서의 교육과정을 고려하여 2차시 분량의 격식적 글쓰기 교수 · 학습 과정을 구성했으며, 1차시는 문어 인식 수업으로 의사소통 중심 교수법을 활용하였고 2차시는 격식적 글쓰기 수업으로 과제 중심 교수법을 활용하였다.

본고의 논의는 최근 다양한 학습자의 요구와 한국어 교육의 목적에 부합하도록 다변화된 교수 · 학습 방안을 제시했으며, 한국어 교육에서의 문어의 개념을 정립하고 격식적 글쓰기 능력의 구성 요건을 제시했다는 점에 의의가 있다. 그러나 중국에서 이루어지는 한국어 교육과정을 전반을 분석하지 못한 점과 학습의 효과를 구체적으로 제시하지 못한 점은 차후 연구 과제로 남겨둔다.

참고문헌

구현정(2005), 「말뭉치 바탕 구어 연구」, 『언어과학연구』 32, 언어과학회, 1~20쪽.
김미형(2004), 「한국어 구어와 문어의 특징 연구」, 『한말연구』 15, 한말연구학회, 23~73쪽.
김영미(2010), 「학문 목적 한국어 쓰기 교육－장르 기반 접근법으로」, 『한국어 교육』 21, 국제한국어교육학회, 87~123쪽.
김정남(2008), 「텍스트 유형과 담화 표지의 상관관계」, 『텍스트언어학』 24, 한국텍스트언어학회, 1~26쪽.
김정숙(2007), 「읽기, 쓰기 활동을 통합한 학술 보고서 쓰기 지도 방안」, 『이중언어학』 33, 이중언어학회, 35~54쪽.
LI YAN · 김정남(2014), 「장르 중심 쓰기 교육을 위한 제안-한국어능력시험 고급 작문 문항의 '주장하기' 글을 중심으로」, 『텍스트언어학』 36, 텍스트언어학회, 287~321쪽.
문금현(2000), 「구어 텍스트를 활용한 한국어 어휘 교육」, 『한국어 교육』 11－2, 국제한국어교육학회, 21~61쪽.
문금현(2001), 「구어 중심의 한국어 교재 편찬 방안에 대하여」, 『한국어교육학회지』 105, 한국어교육학회, 233~262쪽.
민현식(2005), 「문법 교육의 표준화와 다양화의 과제」, 『국어교육연구』 16, 서울대학교 국어교육연구소, 125~191쪽.
박기영(2008), 「외국인 유학생의 학문 목적 글쓰기에 대한 일고찰 －단락 쓰기를 중심으로－」, 『언어와 문화』 4－3, 한국어교육학회, 103~126쪽.
박희영(1999), 「'구어와 문어를 상호 보완하는 한국어' 문법 수업 모형」, 『한국어 교육』 10－1, 국제한국어교육학회, 173~194쪽.
서은아(2004), 「구어와 문어의 문형 연구 :단문을 중심으로」, 『한국어학』 24, 한국어학회, 99~129쪽.
안의정(2008), 「말뭉치를 이용한 어휘의 구어성 측정과 활용」, 『어문논집』 57, 민족어문학회, 93~119쪽.
안주호(2003), 「국어 문법교육에서의 구어자료 활용 방안」, 『현대문법연구』 33, 한국문법학회, 149~171쪽.
유혜원(2009), 「구어에 나타난 주격조사 연구」, 『한국어 의미학』 28, 한국어의미학회, 147~169쪽.
이은영(2005), 「유학생을 위한 한국어 연구 1-쓰기 교육을 중심으로」, 『언어학』 13-3, 대한언어학회, 1~16쪽.
이효상(2005), 「외국어로서의 한국어 교재와 문법 교육의 문제점」, 『서울대학교 국어교육연구』 16, 서울대학교 국어교육연구소, 241~270쪽.
장경현(2003), 「문어/문어체, 구어/구어체 재정립을 위한 시론」, 『한국어 의미학』 13, 한국어의미학회, 143~165쪽.
조성문(2005), 「구어 말뭉치에 의한 한국어 초급교재의 어휘 분석」, 『한민족문화연구』 17, 한민족문화학회, 259~286쪽.
한송화(2003), 「기능과 문법 요소의 연결을 통한 한국어 교육 :명령 기능을 중심으로」, 『한국어 교육』 14-3, 국제한국어교육학회, 289~313쪽.
황인교(1999), 「외국어로서의 한국어 교육 연구, 2 :구어 교수 이론의 정립을 위하여」, 『한국어 교육』 10-1, 국제한국어교육학회, 283~301쪽.
刘小蕾(2013). 「以中国学习者为对象的韩国语书面语连接词尾研究」. 中央民族大学硕士学位论文.
成方志 · 张锦辉(2004), 「用语篇分析理论谈口语与书面语」, 『天津商学院学报』, Vol.24 No.1, pp.47~51.
王福生(2002), 「对外汉语教学活动中口语和书面语词汇等级的划界问题」, 『汉语口语和书面语教学－2002年国际汉语教学学术研究会论文集』, pp.47~59.
易保树 · 罗少茜(2012), 「工作记忆容量对二语学习者书面语产出的影响」, 『外语教学与研究』 Vol.44 No.4, pp.536~546.
李绍林(1994), 「论书面语和口语」, 『齐齐哈尔师范学院学报』, 1994年 第4期, pp.72~78.

<참고 사이트>

국립국어원, 『표준국어대사전』 온라인 판(http://stdweb2.korean.go.kr)
고려대학교 민족문화연구원, 『한국어대사전』 온라인 판(http://dic.daum.net)

/ 제2언어로서의 한국어 습득 연구 /

한국어 학습자의 시제 개념 습득 연구*

과거 시제 형태의 습득 양상을 중심으로

강남욱

1. 서론

외국어를 '교육의 대상'으로 놓을 수 있고, 또 외국어교육을 '학문의 대상'으로 삼을 수 있다는 논의 뒤에는 여기에 어떤 일반성이 존재하고 있다는 합의가 전제되어 있다. 즉 '학습(learning)'과 달리 '습득(acquisition)'이라는 개념을 학술적으로 변별하고자 한 이유에는 외국어를 익혀 나가는 과정 속에는 단순히 개별성, 무질서성이나 비일관성만이 있는 것이 아니라 어떤 보편적인 규칙이 존재한다는 판단이 포함되어 있는 것이다.

이와 같은 객관적인 믿음 뒤에는 모든 언어의 습득 자체가 규칙적일 것이라는 이른바 '보편 문법의 가설'이 역사적 배경으로서 자리 잡고

* 이 글은 국어교육학회에서 발간하는『국어교육연구』49집(2011년 8월)에 게재된 것으로, 본문의 내용은 동일하나 본서의 성격에 맞게 각주 일부를 미세하게 수정하였음을 밝혀 둔다.

있다. 유아가 제1어(또는 모국어)를 습득하는 과정을 보면 중간에 실수나 오류가 없는 것은 아니지만 특별히 체계적인 문법 구조나 형태를 의도적으로 전달하지 않아도 신기할 정도로 '자연스럽게' 터득해 나간다. 그것이 인간에게 생득적으로 내재된 언어습득장치(LAD)의 기능이라는 설명은 비판과 보완을 통해 다소 변화를 겪기는 했지만 1960년대 중반 이후 언어학 연구에서 배제할 수 없는 이론적 전제로서 자리매김해 왔다.

이를 확장해 보면, 성인이 제2언어(또는 외국어)를 배우는 과정에서도 일정한 패턴이 있을 수도 있으며, 이 얼개와 순서를 추출해 낸다면 외국어 교육에 획기적이며 확실한 근거가 될 것이라는 가정을 해 볼 수 있다. 이에 대한 초창기 연구로 1973년과 1974년에 수행된 Dulay & Burt의 연구를 들 수 있는데, 이 연구에서는 어린이와 성인을 대상으로 여러 외국어를 모어로 하는 어린이들이 제2어로 영어를 습득할 때 형태소의 습득에 어떤 일정함이 있는지 살펴보았고, 그 결과 제2언어 습득에도 규칙성과 보편성이 있음을 밝혔다. 이어 1974년 Bailey, Madden & Krashen은 성인 학습자들에게도 거의 동일한 실험을 시도해 보았는데 마찬가지로 보편적 유사성을 보인다는 것을 발견했다. 이후 응용언어학 및 외국어 교육학 분야에서는 '습득 순서(acquisition order)'라는 주제 하에 음운, 형태소, 통사 등의 다양한 영역에서 습득의 보편성 탐색 노력을 진행하여 상당한 진척을 이루었으며 습득의 선·후행 관계를 고려하여 학습자를 위한 교육 자료로 반영하는 등 실제적인 성과를 낳고 있다.

위 주장이 제기된 이후 지금까지 이어진 응용언어학 분야의 습득 순서 연구는 대략 세 가지 흐름으로 분화되어 진행되어 왔다. 지면 관계상

충분히 선행연구를 다룰 수는 없겠으나 간단히 정리하면 다음과 같다.

(ㄱ) 오류율 및 출현 빈도 기반의 연구 : 필수 문맥에서의 오류율 및 공급 빈도를 확인하여 습득의 여부를 가리고, 이를 근거로 습득의 순서를 제시하는 형태로서, 앞서 언급한 Dulay & Burt(1974) 또는 Lightbown, Spada & Wallace(1980)의 연구 등을 들 수 있다. 여기에서는 잘못된 사용(오류)을 어떻게 판정하며 출현 빈도의 계량을 어떤 방식으로 표준화하는가가 쟁점이 된다.

(ㄴ) 중간 언어 이론 기반의 변이형 연구 : 1980년대를 지나며 중간 언어 이론이 정립됨에 따라 단순 오류율이나 정답률로 습득 순서를 가를 것이 아니라 동일 범주의 자질을 축으로 놓고 학습자가 생산한 변이형의 발달 패턴을 동적인 틀(dynamic paradigm)로 분석하여 이를 함축적으로 제시하자는 논의가 진행되었다. Ellis(1994) 등에 이와 관련된 논의와 방법론이 정리되어 있다.

(ㄷ) 언어 유형론 기반의 가설 검증 연구 : 어휘적, 혹은 통사적인 내재적 의미를 기반으로 하여 습득에 대한 보편적인 가설을 세우고 이를 다양한 L1 · L2에 적용하여 검증하는 연구의 흐름이 90년대 후반부터 활발하게 나타났다. 대표적인 것으로 상(相) 가설(Aspect Hypothesis: AH)과 관련한 일련의 시상 습득 연구를 들 수 있으며 Bardovi-Harlig (2000)나 Salaberry & Shirai(2002) 등의 연구에서 그간 이루어진 논의의 결과와 함의를 살펴볼 수 있다.

한국어교육에 있어서 이와 같은 본격적인 의미의 습득 순서 연구는 아직 충분히 이루어지지 못한 듯하다.[1] 더구나 한국어를 모국어로 하는 영유아의 습득 순서나 발달 과정도 구체적으로 드러나 있지 못한 상황이어서 앞으로 개척을 필요로 하는 미지의 영역이 많다. 습득 순서를

1) 앞서 살핀 외국어교육 연구 결과와 연계하여, 한국어교육의 시제 습득 관련 선행 연구로서 다음과 같은 연구들을 참고해 볼 수 있다. (ㄱ) 관련: 강남욱 · 김호정(2011), (ㄴ) 관련: 이해영(2003, 2004), (ㄷ) 관련: 이채연(2008), 박선희(2009) 등.

확인하는 연구는 대규모 집단을 대상으로 하여 실험을 하거나 충분한 양의 말뭉치 등이 구축되어야 하는 등 난제가 많아 쉽게 접근하기 어려운 것도 사실이었다. 그러나 한국어교육이 양적으로 안정적인 궤도에 오르고, 학문적으로도 정초(定礎)의 시기를 지난 현 상황에서 한국어 습득의 순서와 관련된 다양한 문제 제기와 해결 과정을 누적해 나가고, 또 이를 이론화할 필요가 있으며, 이를 장차 교육에 적용해 나가는 실천도 요구된다 하겠다.

본 연구에서는 '한국어 문법 항목의 습득'이라는 대 주제 하에, 시제의 습득, 그 중에서도 문법 표지를 비교적 선명하게 추출할 수 있는 '과거 시제'를 주 대상으로 논의해 보고자 한다. 시제와 시간 표현의 습득은 언어의 습득에 있어서도 중요한 영역으로서 습득 순서를 다루는 앞으로 전개할 긴 연구의 시작점으로도 중요한 의의를 갖는다고 여겨진다.

이를 위해 이 연구에서는 다음과 같은 연구 전제와 방법론을 설정 한다.

① 전제 : 학습자 말뭉치는 학습자의 언어 사용 실태를 균형적으로 보일 것이다.
방법 : 제2어, 혹은 외국어로 한국어를 학습하는 2~3급 학습자들을 대상으로 충분한 사례수의 언어 자료를 수집하여 균형 말뭉치로 구축한다.

② 전제 : 특정 문법 항목(표지)의 사용의 빈도는 해당 표현에 대한 습득 수준을 대표할 것이다.
방법 : 시제 표현 중 '과거 시제'를 표현하는 문법 항목을 선정하여 구축한 균형 말뭉치 중 출현한 빈도 통계를 작성한다.

③ 전제 : 개별 항목 출현의 횟수를 통해 습득의 정도를, 개별 항목의 급별 출현 빈도의 차이를 통해 습득의 진행을 확인해 볼 수 있을 것이다.

방법 : 항목별 출현 빈도 표를 근거로 하여 동일 급에서 어떤 항목이 가장 많이 쓰이는지를 확인하고, 또 다른 급에서 출현 빈도를 계산하여 성장비를 비교한 후 습득의 진행이 어떻게 이루어졌는지를 살펴본다.

④ 전제 : 한국어 외국어 학습자(Korean L2/FL learners)들의 과거 시제 습득 양상 및 순서는 한국어 모국어 학습자(Korean L1 learners)와 어느 정도 유사성을 가지고 있을 것이다.

방법 : 현재 결과 보고된 기존 연구 논문의 결과 수치를 활용하여 전제 ③에서 확인된 결과를 활용하고 적용해 보아 순서적 일치성을 확인해 본다.

본고에서는 II장에서 위 ①과 ② 항목에 관한 내용, 즉 말뭉치를 위한 자료 수집의 절차와 과정, 방법론 등에 대해서 논의하고 시제 표현의 형태적 항목 여덟 가지를 추출하는 논리에 대해서 언급할 것이다. 이어 III장에서는 ②의 논의 일부와 ③에 관련된 내용을 다루어 빈도 조사와 통계적 처리 및 그 결과를 소개하고자 하며, 이어 IV장에서는 ④ 항목에 의거, 제1언어(모국어)로 한국어를 습득하는 영유아의 과거 시제 습득 순서에 대한 기존의 연구를 원용(援用)하여 습득 일치성을 검토해 보고, 한국어교육에서의 시사점을 간단히 짚어보고자 한다.

사실 본고에서 제시하는 말뭉치의 구축만으로도 많은 인적 · 물적 자원이 투입되어야 하는 작지 않은 과제라 하겠다. 그러나 한국어교육의 이론과 실제 현장이 아직 그만한 상황을 뒷받침해 주지 못하는 여건인바, 본 연구에서는 개인의 역량 안에서 최대한 보유하고 있는 자료를 활용하여 연구를 진척시키고자 한다. 이를 통해 현재 이루어지고 있는 한국어 시제 형태 교육의 교육과정(혹은 교수요목)이 단순히 우리가 내린 직관만으로 이루어져야 할 것이 아니라 보다 학문적으로 엄밀한 근거 하에 이루어져야 하기에 그것으로서 연구의 필요성과 당위성을 얻고자 한다.

2. 연구 방법

2.1. 분석 대상 및 절차

이 연구에서 연구 분석의 대상으로 삼은 것은 국내외 한국어교육 기관(대학 포함) 다섯 곳에서 2000년 3월부터 2010년 11월까지 수집한 3,500여 건의 학습자 자유 작문 자료이다.[2)]

당연한 언급이겠지만, 학습자 언어의 다양한 면모를 보기 위해서는 물론 문어뿐만 아니라 구어까지 확보가 되어야 할 것이다. 그러나 현재의 상황에서 구어의 수집과 말뭉치 구축이 여러 가지 제약 조건으로 용이하지 않다는 점을 감안하여 문어 자료를 기반으로 분석 대상을 설정하되, 통제된 글쓰기나 쓰기 연습 문제 등 학습한 단원의 문법 항목과 관련된 산출 자료는 모두 배제하였다. 통제된 글쓰기는 특정한 문법 항목을 의도적으로 활용하도록 유도하는 목적을 가지고 있고, 또 단원의 쓰기 연습은 수업을 통해 단기 기억에 남아 있는 문법 요소들을 활용하

---

2) 말뭉치의 최종적인 전산화 작업은 2011년 해당 논문이 출판될 당시 5~6년 이후를 두고 장기적으로 구축할 예정으로 있다고 언급하며 미루어 두었다. 그러나 1급부터 6급까지의 학급별 안배, 국내를 비롯하여 국외 기관 등 지역적 안배, 외국인 학습자와 교포 학습자 등 학습자 구별 등의 큰 작업이 추가적으로 뒤따라야 하는 작업으로서 여전히 현 상태에서는 원시말뭉치 형태로 남아 있음을 밝혀 둔다. 다만 이 연구 종료 이후에 한국어학습자말뭉치가 별도로 구축되어(https://kcorpus.korean.go.kr) 조금 더 보완적으로 이 연구에서 추구했던 작업의 데이터를 보충할 수 있는 방법이 추가되었다는 점도 별도로 밝혀 둔다.

어 과제를 수행하기 때문에 진정한 의미에서 습득된 한국어를 구사한다고는 보기 어렵기 때문이다. 따라서 분석의 대상으로 수업과 교재로부터 독립적으로 이루어진 자유로운 문어 작문 자료로 한정시켰다. 자유로운 자유 작문이기는 하나, 일기와 같은 완전히 개방된 형식의 자유 작문보다는 주제 작문(예 : '나의 미래', '가장 기뻤을 때', '고향 소개', '더위를 이기는 방법' 등)이 대부분을 차지한다.

연구자는 개인적으로 직접 분석 자료를 수집하거나 해당 기관 근무자의 협조와 동의를 구하여 자료를 확보하는 방법으로 기본 자료를 수합하였다. 최초 자료는 모두 종이에 자필 쓰기 형태로 이루어진 것이며, 추후 대조 작업의 편의성과, 망실(亡失)을 방지하기 위해 문서 스캔을 통해 그림 파일(*.jpg)로 전산화하였다.

전산화한 것 중 판독이 어려운 파일은 제거하고 이와 같이 확보된 원본 스캔 파일을 텍스트 파일(*.txt)로 입력하는 작업을 진행하였다. 입력 작업은 오타, 띄어쓰기, 줄바꿈 등의 모든 행동적 양상을 반영하여 진행되었으며, 본 연구를 위해 최종적으로 구축된 파일 개수와 입력된 어절 수를 제시하면 아래 <표 1>과 같다.[3]

---

3) 각각의 말뭉치와 관련한 상세한 내역은 비공개로 한다. 다만 이들 중 [A], [B]는 국외 대학에서, [C]는 국내 대학 부설 한국어교육 기관에서, [D]와 [E]는 각각 유학생을 대상으로 한 국내 대학원과 대학 학부 과정에서 수집된 것임을 밝혀 둔다. 이 중 [A]와 [B]는 강남욱(2010)에서 텍스트 전산화 이전 상태인 원본 형태로 활용된 바 있었으며, [D] 중 일부는 김호정 · 강남욱(2010ㄱ, ㄴ)에서 종단형(longitudinal) 말뭉치로 활용된 바 있다. 원본 자료 스캔 및 텍스트 입력 등의 말뭉치 구축 작업은 2010년 5월 1일부터 2011년 2월 28일까지 이루어졌다. 이 각주에서 제시한 세 편의 서지사항은 아래와 같으며, 본 연구의 직접 인용 대상이 아니므로 참고문헌에서는 제외한다.

• 강남욱(2010), "몽골인 한국어 학습자의 처 · 여격 조사 사용에 대한 대조언어학적 분석 및 교육 방안 연구", 『한국어 교육』 21-3, 국제한국어교육학회, 1-21.
• 김호정 · 강남욱(2010ㄱ), "한국어 학습자의 문법 습득 양상 연구(Ⅰ): '-고'와 '-어서'를 중심으로", 『국어교육』 132, 한국어교육학회, 295-323.

<표 1> 분석 대상 말뭉치 개수 및 입력 어절 수

말뭉치 종별	구축된 파일 수		입력된 총 어절 수	
Corpus A	2급	17	2급	828
	3급	60	3급	7,532
Corpus B	2급	4	2급	144
	3급	78	3급	9,808
Corpus C	2급	1,413	2급	87,333
	3급	1,732	3급	122,528
Corpus D	2급	30	2급	3,564
	3급	141	3급	5,935
Corpus E	2급	14	2급	1,550
	3급	11	3급	1,495
급별 합계	2급	1,478	2급	93,419
	3급	2,022	3급	147,298
총계	3,500 파일		240,717 어절	

위와 같이 입력된 파일은 별도의 헤더(header) 없이 원자료 형태로 저장하였다. 말뭉치 헤더는 작성자 성명, 급별, 국적, 모국어, 연령, 성별, 문종(文種) 등 말뭉치 수집과 관련된 정보를 저장해 두는 부분인데, 본 연구에서는 헤더를 읽는 별도의 데이터베이스를 사용하지 않고, 일부 학습자들에 대한 신상 정보가 아직 확보되지 않은 것들이 있어 <그림 1>과 같이 파일명에 대부분의 정보를 담았다.

2.2. 통합 말뭉치 구축 및 항목 추출

위 1절에서와 같은 과정을 통해 다양한 배경을 지닌 학습자들의 문어 자료 3,500건 240,717 어절에 대한 말뭉치를 설계하고 개별 말뭉치 입력을 완료하였다.

• 김호정 · 강남욱(2010ㄴ), "한국어 학습자의 문법 습득 양상 연구(II): 조사 {이/가}와 {은/는}의 사용 양상을 중심으로", 『국어국문학』 156, 국어국문학회, 5−41.

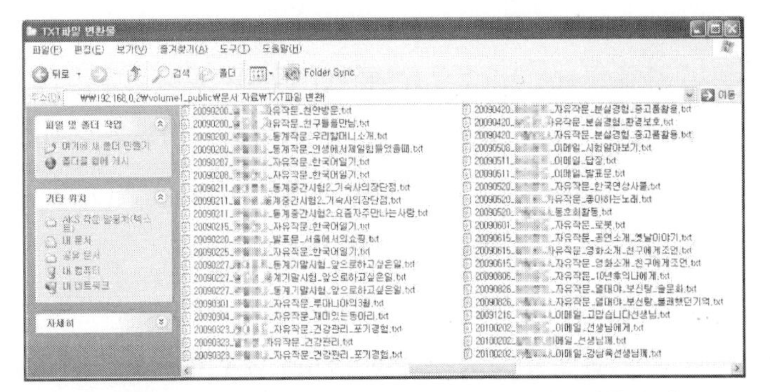

<그림 1> 개별 말뭉치(*.txt) 파일 구축 예시(인적사항 숨김)

상기(上記)한 바와 같이 최초의 텍스트 자료 입력은 수집 자료 당 1개씩 개별 파일로 생성하였는데, 전산 입력에 대한 오류 검증 작업을 마친 뒤에는 말뭉치 계량 및 빈도 조사를 본격적으로 실시하기 위해 이들 개별 파일을 급별로 통합하였다. 2급 1,479개 파일과 3급 2,022개 파일을 간단한 페이지 정보(파일명 등)를 남기고 두 개의 파일로 분산 통합하였다. 이는 급별로 표적하고 있는 항목의 빈도를 각각 추출하는 것을 의도하였기 때문이다.

이어 말뭉치 중 과거 시제 표지로 삼을 만한 항목을 선정하였다. 말뭉치 분석 프로그램은 검색어 또는 검색식으로 해당 항목이 출현한 지점과 빈도를 출력해 주는 얼개를 갖고 있으므로, 문법적으로 타당하고 형태적으로 명시적인 항목을 가려내는 것이 중요하다.

한국어의 과거 시제를 실현하는 방법에서 가장 쟁점이 되는 것은 시간의 외적 시점을 가리키는 '시제(時制)'와 시간의 내적 양상을 가리키는 '상(相)'을 정확하게 분리할 수 없다는 점에 기인한 것들이다. 예컨대 '-더-'와 같은 회상 선어말어미는 과거 시제를 표현할 때에도 쓰이며, 상황에 따라 진행상 등 상적(相的) 의미도 띠고 있기 때문이다. 이에 문법학자들은 이와 관련한 다양하고 치밀한 논의를 펼쳐 왔는데, 본고에서는 과거 시제의 설정 및 분류와 관련한 논의는 깊이 다루지 않기로 하고, 영유아의 시제 및 상의 습득과 관련한 기존 논의를 정리하여 연구 진행을 위해 최적화를 거쳐 범주별로 분류한 이필영 외(2009: 302)의 분류표(아래 <표 2> 참고)를 따라 진행하기로 한다.

같은 논문(2009:301)에서는 한국어의 시제가 종결형, 연결형, 관형형에 나타날 수 있음을 언급하면서, 한국어를 배우기 시작한 아동들에게는 연결어미의 사용 자체가 흔하지 않으므로 종결형과 관형형 표지만으로도 시제 발달을 살펴보는 데에는 무리가 없을 것으로 판단하였다. 본고에서도 이와 같은 체제와 항목을 따르는데, 이는 Ⅳ장에서 제1어 습득 순서와의 비교를 용이하게 하려는 목적이 있고, 더구나 본고에서 살펴보고자 하는 과거 시제는 연결형에서 사용되더라도 유표적인 '–었–'이 대체로 사용되므로 빈도를 확인하는 데 큰 문제가 없기 때문이다.

<표 2> 시제 형태의 범주 분류표(이필영 외(2009:302) 참고)

관형형	*과거*	*–던, –었을, {동사}–(으)ㄴ, –었던*
	비과거	{형용사}–(으)ㄴ, –는, –(으)ㄹ
종결형	*과거*	*–었–, –었었–, –더–, –었더–*
	비과거	–ㄴ/는, ø

이상의 <표 2>에 따르면 과거 시제의 형태 범주로는 총 여덟 개가 제시되었음을 알 수 있다. 따라서 이하의 연구에서는 이 8종의 과거 시제 표지의 출현 빈도를 살펴보고, 출현 양상을 분석할 것이다. 항목의 출현을 살펴보기 위한 말뭉치 분석 프로그램으로는 'SynKDP 1.6 (Synthesized Korean Data Processor 1.6, 일명 깜짝새)'을 이용하였는데,

구체적인 조사 방법은 다음과 같다.

첫째, 일차적으로 위 8개의 항목(과거 관형형 표지 4종, 과거 종결형 표지 4종)에 대해 2급과 3급에서의 출현 지점과 그 개수를 살펴보았다. 이때 SynKDP의 '전문가 탐색창'의 문맥 외 색인어(KWOC; Keyword out of context) 형식으로 조건식을 주어 해당 형태가 포함된 모든 용례를 문장 단위로 출력한 후(<그림 2> 참고), 이 용례 모두를 가나다순으로 정렬하여 엑셀로 분류 저장하였다.

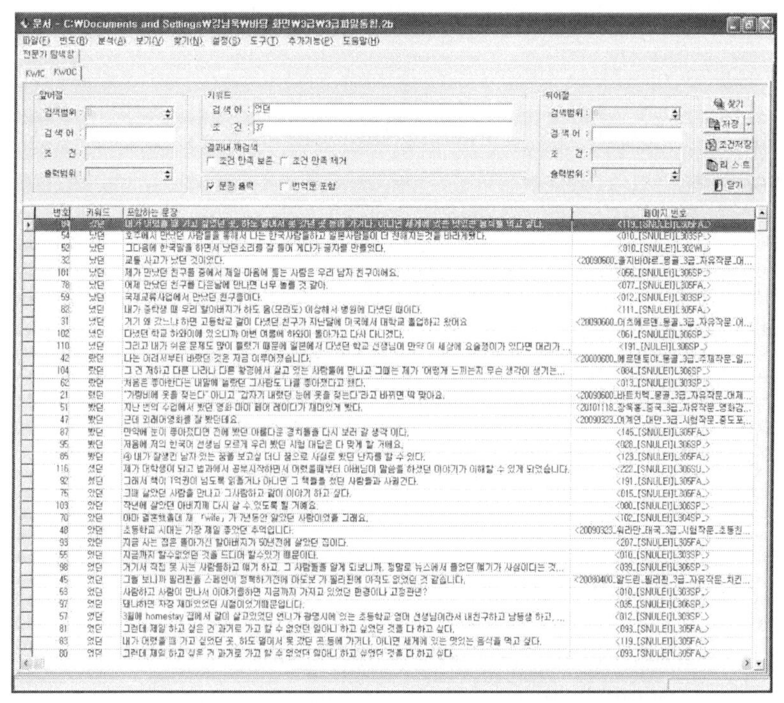

<그림 2> 3급 관형형 과거 '－ㅆ던' 출력 결과(SynKDP)

둘째, 출력된 용례를 수작업으로 검토하면서 동형이의(同形異義)의 사례나 명백한 오류인 것들을 제거한다. 예컨대, 관형형 과거 시제 항

목인 '{동사}-(으)ㄴ'을 검색 · 출력하면 보조사 '{명사}-은' 등도 모두 같이 검색되어 나타난다. 따라서 이들을 모두 수작업으로 제거해야 한다.[4)]

셋째, 학습자가 오기(誤記)할 만한 유사 형태를 별도로 검색하여 보충해 넣었다. 예컨대 관형형 과거 시제 항목인 '-던'을 검색할 때에는 학생들이 잘못 표기하기 쉬운 '-떤', '-턴', '-뜬' 등도 모두 검색해서 누락되는 것이 없는지 살펴보아야 하고, 발견되었을 경우 문맥을 확인해서 과거 시제 관형형 '-던'과 차이가 없음이 확인되었을 경우 사용 지점의 일부로 포함되도록 반영해 넣었다.

덧붙여, 다음 장에서 이어질 기초 계량 결과를 제시하기에 앞서 본고에서 다룬 말뭉치 규모에 대해서 별도로 언급할 필요가 있을 듯하다. 주지하는 바와 같이, 말뭉치 중 특정 언어를 학습하는 학습자들이 생산한 언어 자료를 바탕으로 구축된 말뭉치를 '학습자 말뭉치(learner corpus)'라고 하는데, 한 언어에서 다른 한 언어로 언어 습득의 이동 과정을 면밀히 살펴보면서 언어학적 현상을 관찰할 수 있고 교육 현장에 폭넓게 적용 · 응용할 수 있다는 점에서 활용도가 높다. 이로 인해 주요 언어 학습자 말뭉치 구축은 매우 활발하게 이루어져 왔다(조철현 외, 2002:4-7).

4) 막대한 양의 수작업을 불가피하게 진행하면서, 자연어 기반 공학 연구의 발전으로 개발된 다양한 형태소 분석기 사용을 검토해 보았다. 예컨대 세종계획의 일환으로 개발된 '지능형 형태소 분석기'나 고려대 자연어처리연구실의 '한국어 형태소 분석기 데모(http://cl.korea.ac.kr/Demo/dglee)', KAIST SWRC의 '형태소 분석기 한나눔 웹 데모(http://swrc.kaist.ac.kr/hannanum/ morph.php)' 등을 시범적으로 구동하면서 대규모 형태소 분석의 반복적 노력을 줄이고, 정확성을 제고해 보고자 했다. 그러나 프로그램 기본 오류, 문자 코드의 저장 및 변환상의 에러 문제, 학습자 오류에 대한 오인식 등이 다수 발견되어 유용하게 사용할 수 없었다. 향후 학습자 말뭉치의 형태소를 예상 오류를 파악해 내거나 기존 오류 데이터베이스를 참조하는 기능을 더하여 분석해 주는 알고리즘의 개발도 필요할 것으로 보인다.

그러나 외국어로서의 한국어 학습자 말뭉치의 구축 현황은 국가적 차원이나 개인적 차원을 통틀어서도 전무한 실정이다. 첫 번째이자 유일한 학습자 말뭉치 구축 사례라고 할 수 있는 것이 2002년 문화관광부(현 문화체육관광부) 국어정책 공모과제로 이루어진 '한국어 학습자의 오류 유형 조사 연구' 정도인데, 여기에서 구축된 어절 수가 원시 말뭉치가 50만 어절 규모였고, 학습자 오류 분석을 위해 만들어진 목적형 말뭉치였으므로 이 말뭉치에서 변인별 조건에 맞는 것만을 추려 103,771 어절에 대해서만 연구를 진행하였다. 본 연구에서 구축된 말뭉치는 2급과 3급에만 국한되어 있고 개인 구축 말뭉치라는 한계가 있음에도 불구하고 24만 어절을 상회하여, 그 규모가 작지 않음을 보여준다.

3. 연구 결과

3.1. 항목별 빈도 계량 결과

본 장에서는 먼저 2급과 3급의 학습자 말뭉치로부터 과거 시제 문법 항목의 출현 빈도를 계량한 결과를 분석해 보겠다. 급별로 빈도를 도표로 제시하고, 결과 확인을 위한 용례 등을 살펴보도록 하겠다.

먼저 2급에서 나타난 과거 시제 형태의 출현 빈도는 아래 <표 3>과 같다.

<표 3> 2급에서의 과거 시제 형태의 출현 빈도 결과

관형형(93,419 어절 중)

항목	–던	–었을	–(으)ㄴ	–었던
빈도	6	64	474	6
비율(%)	0.006423	0.068509	0.507391	0.006423

종결형(93,419 어절 중)

항목	―었―	―었었―	―더―	―었더―
빈도	3,487	22	2	4
비율(%)	3.732645	0.023550	0.002141	0.004282

2급 말뭉치로 구축된 전체 93,419 어절 중, 단연 가장 많은 빈도를 보인 항목은 종결형 과거 시제 형태인 '―었―'이었고, 이어 관형형 과거 시제 형태 '{동사}―(으)ㄴ'이 다음을 차지했다. 이 두 형태가 2급 과거 시제 표지의 출현 빈도(4,066건) 중 97.4%(3,961건)를 차지하여 2급 수준의 학습자들에게 있어 과거 시제 표현이 매우 제한적인 상태로 이루어지고 있음을 알 수 있다.

이 제한적인 사용에 덧붙여 한 가지 흥미로운 점이 '{동사}―(으)ㄴ'의 사용 용례를 통해 드러난다. 학습자들의 말뭉치를 살펴보면, '{X}―하다'의 과거 관형형인 '{X}―한'의 빈도가 98건, '만나다'의 과거형 '만난'이 91건, '오다'의 과거형 '온'이 62건, '{이러/저러/그러ㅎ}다'의 과거형 '―런' 형태가 45건, '보다'의 과거형 '본'이 34건 등으로 특정 단어의 과거 관형형만으로도 약 69.6%을 차지하고 있어 학습자들의 사용 어휘가 대체로 특정 어휘에 편중되어 있었음을 알 수 있었다.[5)]

항목 '―었을(64회 출현)'은 과거 시제이지만 다음의 학생 사례와 같이 실제로는 미래의 어느 순간에 대한 추측이나 예상을 표현하기 위해 사용하거나 '―었을 때' 혹은 '―었을 텐데'와 같은 공기(共起) 형태의 문형으로 사용한다.

5) 학습자가 자유로운 조건 하에서도 제한된 어휘만을 사용한다는 위 사실은 말뭉치를 통한 분석으로 얻어지는 부수적인 시사점이다. 이를 통해 학습자가 가장 많이 쓰는 관형형 형태의 동사 목록을 추출할 수 있고, 어휘 사용 범위를 확대하고 강화하기 위한 교육적인 모색을 해 볼 수 있을 것이다. 이에 대해서는 본 연구 논의의 본령이 아니므로 다루지 않는다.

(ㄱ) • 10년후에 저는 결혼 했을 겁니다. (169_L205SU)
• 지금보다 더 생활을 알게 됐을 거예요. (195_L206SU)

(ㄴ) • 이 음식을 먹었을때 기분이 좋아요. (168_L205SP)
• 친구들 하고 다 만났으면 좋았을텐데. (090615_MGL_SAI)

실제 2급 학습자의 말뭉치를 살펴본 결과 위 (ㄱ)과 같이 미래의 예상이나 추측으로 사용한 사례의 빈도는 총 13회(20.3%)에 지나지 않은 반면 사례 (ㄴ)의 사례 중 '－았을 때'는 49회(76.6%)로 대부분을 차지하고 있음을 알 수 있다('－었을 텐데'는 1회 출현).

'－던', '－었던', '－더－', '－었더－' 등 '－더－' 형태가 구사된 사례는 극히 드물다. 대부분의 한국어 교재에서 '－더－'는 2급 후반부나 3급 초반에서 다루어지므로 학습자 중에서 이 형태를 구사한 사례는 실제로 이 항목을 학습한 다음 습득의 과정을 거쳐 사용했다기보다는 교포 등 출신에 따른 환경적 영향이 있거나 불균형한 언어 기능(쓰기 등)으로 인해 3급 이상의 문법 항목을 접한 학습자가 2급에 남아 있는 경우로 보인다. 실제로 이 항목들의 출현 사례는 특정 학습자 2~3인의 작문 자료에서만 집중적으로 나타났다.

'－었었－'의 경우는 빈도는 22회이나 비교적 여러 학습자들이 사용했다. '－었었－'은 '－었－'과는 달리 단순하게 사건시를 발화시와 비교하여 과거임을 나타내는 것이 아니라 사건시가 심리적으로 상정한 어떤 기준시보다 과거임을 나타내는 형태로서 의미적으로 상당히 복잡한 인식을 요구한다. 학습자들의 사례 중 상당수는 맥락적으로 정확한 사용이라기보다는 아래 (ㄷ)과 같이 단순 실수나 중간언어적 사용으로 추정되는 것이 상당수 있었으며, 이는 물론 사용 빈도 지점으로 포함시키지 않았다.

(ㄷ) • 지금까지, 저는한국에<u>왔어</u> 다섯달쯤 됬었습니다. (170_L206SP)
• 일년기간 일을 <u>했었</u>서 한국친구 많아요. (043_L203SP)

다음으로, 3급에서 나타난 과거 시제 형태의 출현 빈도는 아래 <표 4>와 같다.

<표 4> 3급에서의 과거 시제 형태의 출현 빈도 결과

관형형(147,298 어절 중)

항목	−던	−었을	−(으)ㄴ	−었던
빈도	70	409	680	119
비율(%)	0.047523	0.277668	0.461649	0.080789

종결형(147,298 어절 중)

항목	−었−	−었었−	−더−	−었더−
빈도	6,365	50	41	67
비율(%)	4.321172	0.033945	0.027835	0.045486

3급 말뭉치로 구축된 147,298 어절 중, 빈도수가 높은 항목은 앞서 2급과 마찬가지로 '−었−'과 '{동사}−(으)ㄴ'이었다. 이 두 항목의 빈도(7,045건)는 전체 빈도의 90.3%를 차지하여 여전히 가장 높은 비율을 차지하나, 2급의 97.4%에 비해서는 현저히 떨어졌음을 알 수 있다.

앞서 2급 학습자의 '{동사}−(으)ㄴ' 항목에서 사용하는 어휘가 매우 제한적이라는 점을 밝혔는데, 3급에 있어서도 그 양상은 비슷하게 나타났지만 자주 사용된 어휘의 종류는 크게 늘어났다. '{X}−하다'의 과거 관형형인 '{X}−한'의 빈도는 167건, '{이러/저러/그러ㅎ}다'의 과거형 '−런' 형태가 56건, '오다'의 과거형 '온'이 44건 등으로 나타났고,

이외 아래 (ㄹ)에서처럼 주체높임선어말어미 '-시-'가 붙은 '{X}-신'이 17개, 접미사 파생 형태인 '{X}-어지다'의 관형형 활용꼴('{X}-어진')이 11개 등으로 2급에 문법적인 기능을 더한 관형형 과거 형태가 상당히 많이 나타났음을 확인할 수 있었다.

(ㄹ) • 다른 지방에서 오신 분뿐만 아니라 유명하신 가수나 배우도 오십니다. (133_L306SU)
• 다음에 옛날 한국에 가서 한글이 만들어진 순간을 보고 싶다. (070_L305FA)

이상에서 논구한 2급과 3급에서의 빈도 결과를 바탕으로, 다음 절에서는 서론에서 전제한 전제 ③에 따라 급별로 발생 비율에 따른 습득의 정도와 급간의 출현 빈도의 성장 비율을 통해 습득의 진행 수준을 분석해 보겠다.

3.2. 항목별 습득 순서 비교 결과

과거 시제 표지의 습득 정도를 확인하기 위한 방법으로 본고에서는 개별 항목의 출현 빈도와 비율을 살펴보고 상대 비교해 볼 것임을 밝혔다.[6] 이에 따라 먼저 각 급별로 출현 비율을 높은 순서대로 제시하면

---

6) 이는 습득 정도를 알아보기 위한 일반적인 방법으로서 선행 연구에서도 택한 방법이기도 하다. 문맥에서의 출현 빈도와 발생 오류를 기준으로 하여 습득 정도를 계량하는 방법으로 SOC(Percentage of Suppliance in Obligatory Context; 필수 문맥에서의 공급 백분율)를 제안한 Brown(1973), Dulay & Burt(1974), TLU(Percentage of Target-Like Use; 목표 언어적 사용 백분율)를 대안으로 제시한 Lightbown, Spada & Wallace(1980)와 Stauble (1981) 등이 있는데(각 측정법의 특성과 장단점에 대해서는 Pica(1983) 참고), 본고에서는 의도적인 필수 문맥을 요구하지 않는 자유 산출 자료

다음의 <표 5>와 같이 정리할 수 있다.

<표 5> 급별 과거 시제 표지 출현 비율

2급 출현 비율 순			3급 출현 비율 순		
1	-었-	3.732645	1	-었-	4.321172
2	-(으)ㄴ	0.507391	2	-(으)ㄴ	0.461649
3	-었을	0.068509	3	-었을	0.277668
4	-었었-	0.023550	4	-었던	0.080789
5	-었던	0.006423	5	-던	0.047523
6	-던	0.006423	6	-었더-	0.045486
7	-었더-	0.004282	7	-었었-	0.033945
8	-더-	0.002141	8	-더-	0.027835

위 표에서 보는 바와 같이, 학습자들은 '-었-'이나 '{동사}-(으)ㄴ' 등의 항목을 빈번하게 사용하였고, 자주 사용하는 만큼 사용 맥락이나 의미에 대해서도 비교적 정확하게 습득 단계에 오른 것으로 파악되었다. 다음으로 '-었을'이 출현 비율상으로 높았는데, 실제 말뭉치를 살펴본 결과 과거 시제의 표현이라기보다는 대체로 '-었을 때'와 같은 공기 표현을 사용하기 위해 이 항목을 사용하고 있음을 알 수 있었다. 이 부분은 사용된 횟수에는 일부 차이가 있을 수 있지만 2급이나 3급 모두 사용 측면에서는 비슷한 양상으로 나타났다.

'-었었-'의 출현 비율 순위가 2급과 3급 사이에서 차이를 보이는 것도 흥미롭다. 앞에서 설명한 바와 같이 이 항목은 사용 맥락의 의미를 분별하기 어렵고, '-었-'이 단순 중복되어 있는 것처럼 보여 유표

에서의 비율을 계측하므로 이영자 외(1997) 및 이필영 외(2009) 방식을 준용하여 사용 빈도 위주로 살펴보되 필요에 따라 모국어 사용자의 사용 비율을 비교하는 방식을 택한다.

성도 떨어진다. 이로 인해 학습자들은 시기가 지나도(전체적인 능숙도(proficiency)가 향상되어 2급에서 3급으로 올라가도) 이 '－었었－'은 쉽게 습득이 되지 않는 것으로 판단할 수 있다. 다시 말하면 학습자가 상급 단계로 간다 해도 이 항목은 완전한 습득이 잘 이루어지지 않는다고 볼 수 있다.

한편, 두 급 모두 '－었던' > '－던' > '－었더－'의 순서로 이어지는 빈도 비율의 순위는 동일했으며, 과거 회상의 선어말어미 '－더－'의 사용이 양 급별 모두 사용 빈도가 각 급 내에서 저조했다는 것이 일치하는 점도 공통적으로 볼 수 있었다.

사용 비율이 낮으면 습득의 정도도 낮을 것이라는 연구의 전제가 있기는 하나, '－더－'의 경우 기본적으로 서술자가 목격한 사건의 상황을 진행상의 의미를 담아 묘사하고 서술하는 기능이 있기 때문에 의미상 문어보다는 구어에서 더욱 빈번하게 사용될 소지가 높은 항목이다. 따라서 이 '－더－'에 대해서는 추후 구어를 포함한 균형 말뭉치를 구축하여 별도로 사용 양상을 추적해 볼 필요가 있다고 여겨진다.

이어 2 · 3급 사이의 빈도 비율 차이를 분석하여 습득의 진행 수준을 살펴보기로 하자. 본고에서는 각각의 과거 시제 표지들이 학습 시간에 따라 얼마만큼의 변화를 겪었는지를 계량화하기 위해 3급에서의 출현 비율을 2급에서의 출현 비율로 나누어 성장비(growth rate)를 구하였다. 이는 2급에서의 특정 항목이 3급에 들어서는 몇 배 정도 더 사용되었는지를 보여준다. 이를 계산하면 <표 6>과 같고, 그 양상을 순위별로 그래프로 표시하면 <그림 3>과 같다.

<표 6> 2급 · 3급 간 과거 시제 표지의 사용 성장비

	항목 (순위별)	2급 출현 비율 (FR^2)	3급 출현 비율 (FR^3)	급간 사용 성장비 (GR = FR^3 / FR^2)
1	-더-	0.002141	0.027835	13.000934
2	-었던	0.006423	0.080789	12.578079
3	-었더-	0.004282	0.045486	10.622606
4	-던	0.006423	0.047523	7.398879
5	-었을	0.068509	0.277668	4.053015
6	-었었-	0.023550	0.033945	1.441401
7	-었-	3.732645	4.321172	1.157670
8	-(으)ㄴ	0.507391	0.461649	0.909849

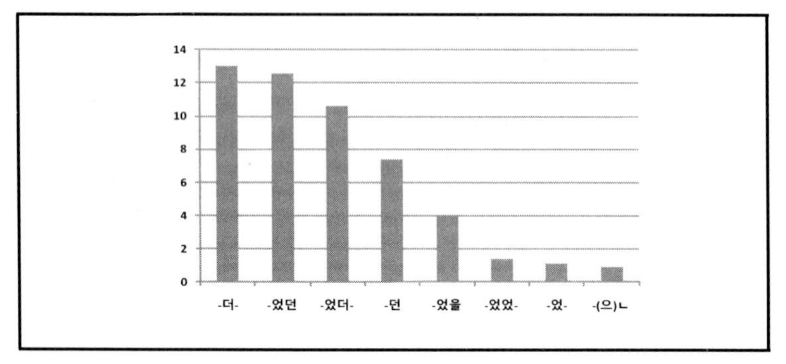

<그림 3> 시제 표지의 사용 성장비(순위별 정렬)

성장비의 양상을 놓고 보면 앞서 살펴보았던 <표 5>와 대비하여 흥미로운 결과를 관찰할 수 있다. 출현 비율이 높은 항목들이 급간 성장 비율은 오히려 떨어지는 현상이 나타나기 때문이다. 즉, 출현 비율상으로는 2급이나 3급 모두 가장 하위에 있었던 '-더-'의 경우, 2급에서보다 3급에서의 쓰임이 약 13배 이상 증가한 반면, 2급이나 3급 모두 상위(2위)의 출현 비율을 보였던 '-었-'의 경우 1.16배 사용량 증가에 그쳐 급 사이에 거의 차이가 없었다. 더구나 '{동사}-(으)ㄴ' 항목은 2

급에 비해 3급의 사용이 미세하기는 하지만 더 줄어드는 모습이 나타나기도 한다.

이러한 현상에 대해서는 다음과 같은 설명이 가능할 듯하다. 첫째, 사용 빈도는 적으나 사용량이 증가한 것이 뚜렷한 '－더－'와 같은 항목들은 시간의 진행에 따라 습득이 이루어진 것으로 볼 수 있다. 사용량 자체가 적기는 하나 이는 실제 언어 생활에서 해당 항목이 차지하는 비율도 고려해야 하기 때문이다.7) 둘째, 사용 빈도가 높지만 사용량의 증가가 뚜렷하지 않거나 그대로일 경우 이미 선행 단계에서 습득이 완료되었다고 해석할 수 있다. 습득이 완료된 상태라면 사용 총량에 거의 변동이 생기지 않기 때문이다. 셋째, 사용 빈도가 많지도 않으며 사용량의 증가도 뚜렷하지 않은 경우 습득이 잘 이루어지지 않은 항목 으로 해석할 수 있다. 당연하겠지만 습득이 잘 이루어지지 않으면 해당 항목을 활용하거나 구사할 의도나 의식 자체가 일어나지 않기 때문이다.

이와 같은 기준을 적용하여 한국어 2급(beginner high)과 3급(intermediate low) 사이에서 일어난 과거 시제 습득 순서를 정리하면 다음과 같다.8)

① **－었－** (2급 이전에 이미 습득) ⇒ ② **－(으)ㄴ** (2급 이전에 이미 습득) ⇒ ③ **－었을[1]** ('－었을 때' 등의 제한적인 문형으로만 사용

7) 서울대학교 IDS 연구실에서 개발한 "꼬꼬마 세종 말뭉치 활용 시스템(http://kkma.snu.ac.kr)"에서 '－더－(EP)'를 검색해 본 결과 세종 현대 구어 · 문어 말뭉치 중 해당 용례는 총 28회(문어1회, 구어 27회), 비율은 0.00%로 나타났다. 학습자 3급 말뭉치에서 나타난 '－더－'의 비율 0.02%는 현대 한국어의 '－더－' 발생 빈도보다 오히려 더 높은 것으로서, 학습자들이 습득한 문법 형태를 오히려 활발히 적용하고 있는 상황으로 진단할 수 있겠다.

8) 아래의 정리에서 '－었을'을 연어 형태(－었을[1])와 표층형 형태(－었을[2])로 분리한 것은 실제 용례의 습득 양상을 분석하여 반영한 것이다.

하는 형태) ⇒ ④ -더- (2~3급 사이 강한 습득 발생) ⇒ ⑤ -었던 ⇒ ⑥ -었더- ⇒ ⑦ -던 ⇒ ⑧ -었을[2] (3인칭 과거 추측이나 1, 3인칭 미래 예측의 의미로 쓰이는 경우 습득이 잘 일어나지 않음) ⇒ ⑨ -었었- (2~3급 사이 습득 발생의 근거 희박)

4. 논의 및 제언

4.1. 제1어와 제2어 간 습득 차이

이상에서의 연구 결과를 확보한 후 가장 관심을 끌 만한 후속 작업은, 과연 제2언어(혹은 외국어)의 과거 시제 습득 순서가 제1언어(혹은 모국어)의 같은 영역의 습득 순서와 일치하는지의 여부일 것이다. 이는 별도의 연구를 통해 진행할 수 있는 일이기도 하겠으나, 현재까지 제시되어 있는 한국어 모어 학습자(영유아 및 아동)의 시제 습득 연구의 결과가 양적으로 매우 한정되어 있고 학계에서 정설로 굳어진 것이 없는 상황임을 감안하여 이 장(章)에서 간략히 다루어 보도록 하겠다.

이필영 외(2009)의 연구에서는 24개월부터 35개월 사이의 유아로부터 발화 말뭉치를 구축하여(2002년 한국학술진흥재단 기초학문육성지원사업『한국인의 의사소통능력 발달 단계에 관한 연구』 일환) 유아들의 시제 습득의 양상과 순서를 논의한 바 있다. 이전의 제1어로서의 한국어 습득 연구가 해외 이론에 대한 일반적인 적용 내지는 유아 1인에 대한 관찰 연구에 국한되어 있었기 때문에 말뭉치 기반의 제1어로서의 한국어 시제 습득 연구로서는 거의 유일하다고도 할 수 있다.

같은 연구(2009:306, 312)에서는 한국어의 과거 시제를 종결형과 관형형으로 나누어 습득 순서를 제시하였는데, 그 결과는 다음과 같았다.

① 종결형의 습득 순서 : –었– > –었었– > –더– > –었더–
② 관형형의 습득 순서[9] : –(으)ㄴ > –었을 > –던 > –었던

이를 본고 Ⅲ장에서 도출한 습득 순서와 비교하면 종결형에서 '–었었–'과 '–었더–'의 순서가 바뀌었고(2위 ⇔ 4위), 관형형에서 '–던'과 '–었던'의 순서가 바뀌었음(3위 ⇔ 4위)을 알 수 있다. 이에 대한 시사점과 논의점을 제시하면 다음과 같다.

첫째, 말뭉치를 통한 분석 결과 제1어(모국어)와 제2어(외국어)의 습득 순서가 대체로 일치하는 것으로 드러났으며, 이는 곧 습득 순서의 패턴이 어느 정도 존재하는 것으로 해석할 수 있다. 이를 근거로 하여 향후 다른 문법 항목에 대한 제1어와 제2어 사이의 습득 순서, 특히 선행 항목 습득의 여부가 후행 습득에 영향을 미치는지를 규명해 보는 작업이 필요함을 알 수 있다. 이러한 연구를 통해 학습 시기에 필요한 적절한 자극 제공에 대한 근거를 얻게 되어 교육 내용을 조직하거나 성취도 평가를 구안할 때 중요한 역할을 하게 될 것이다.

둘째, 속단할 수는 없겠지만 제1어(모국어) 학습자들은 단일한 형태에서 중복된 표층 형태로 습득 순서가 이루어지나 제2어(외국어) 학습자들은 의미적으로 유표적인 형태에서 무표적인 형태로 습득 순서가 이루어지고 있다고 볼 수 있다. 예를 들어 '–었었–'의 경우 외국어 학습자에게는 그 세밀한 사용 맥락을 파악하기 어렵고 단일 형태인 '–었–'과 유사하여 명시적인 변별면에서도 무표적이므로 습득이 거의 진행되지 않았다. 반면 '–었더–'와 같은 경우는 모국어 학습자들에게

9) 이 순서는 실제로 단 한 명의 여자 유아의 결과이다. 실험 대상은 남아 2명, 여아 2명으로 이루어졌으나, 과거 관형형 시제 항목에 대해서는 여아 1명을 제외하고 24개월에서 35개월 사이 발화가 보고되지 않았다고 한다. 따라서 일반화 측면에서 볼 때 이 순서는 아주 신뢰할 만한 것은 아니다.

있어 '-더-'의 습득을 거친 후 따라오는 표층 결합 형태로 보이나, 외국어 학습자들에게는 두 항목은 별개로 작용하여 의미적으로 '과거'라는 관념이 강한 유표적 형태인 '-었던'이 선행되고 과거 진행상의 의미가 있는 '-던'이 후행되는 모습을 보인다.

셋째, 동일한 형태가 다른 의미로 쓰이는 경우와 이로 인해 생기는 오류를 확인하여 다층적인 습득 순서를 확인할 필요가 있다. 예컨대 관형형 시제 표지 '-(으)ㄴ'의 경우 동사가 선행하면 과거가 되고 형용사가 선행하게 되면 비과거가 된다. 본고에서는 논의되지 않았으나 이러한 동형이의(同形異義)의 표지들로 인해 습득은 매우 복잡하게 전개될 수밖에 없다. 여기에서 중요하게 점검할 수 있는 것이 바로 학습자 말뭉치를 대상으로 한 오류 분석이라고 할 수 있는데, 이를 통해 습득 순서와 함께 습득에 영향을 미치는 요인들을 추출해 낼 수 있다.

4.2. 습득 순서를 고려한 교육적 처치

현재 실시되고 있는 한국어 교수-학습은, 제1어 내지는 모국어로서의 한국어이든 혹은 제2어나 외국어로서의 한국어이든 그 교수 순서가 검증된 순위나 타당성에 근거한다기보다는 대개 그렇다고 여겨지는 개발자의 직관이나 교수자의 경험에 의존하고 있다. 본 연구는 먼저 그 순서에 대해 일차적인 질문을 던지고 이를 확인하기 위해 대상 집단을 선정하여 계량적인 방법으로 검증해 보았다는 점으로도 어느 정도의 의의를 지니고 있다 하겠다.

실제로도 현 시점에서 가장 널리 사용되고 있는 주요 대학 기관 출판 한국어 교재들의 과거 시제 관련 항목 배열 순서를 보면 아래 <표 7>

과 같이 연구를 통해 제시한 습득 순서와 불일치하거나 일부 순서에 대해서 누락되어 있음을 알 수 있다. 특히 '－더－'와 '－었더－'에 대해서는 모든 교재들이 따로 제시하지 않은 것을 볼 수 있는데, 이들 선어말어미의 형태적 개별성에 주목시키기보다는 대체로 '－더니, －더라, －더군요', 혹은 '－었더니, －었더라면, －었더라니' 등의 형태로 결합된 문형을 제시하는 사례가 많았다.

<표 7> 국내 주요 교재의 과거 시제 항목 제시 순서

	연세대 교재	서울대 교재	서강대 교재	경희대 교재
－었－	[1] 5과 4항	[1] 9과	[1]－A 4과	[1]－1 13과
－(으)ㄴ	[1] 6과 4항	[2] 3과	－	[1]－2 17과
－었을^{1}	[1] 6과 4항	[2] 11과	[2]－A 3과	[1]－2 21과
－었을^{2}	[1] 10과 2항	－	[2]－B 9과	－
－더－	－	－	－	－
－었던	[2] 9과 1항	[3] 25과	[3]－B 7과	－
－었더－	－	－	－	－
－던－	[2] 6과 4항	[3] 20과	[3]－B 7과	－
－었었－	[3] 2과 3항	－	[3]－A 5과	－

<이하 계속>

* □는 권수를 지시하며, 해당 항목의 제시 시기만 반영함.

한편 말뭉치의 분석을 포함하는 연구는 사용한 어휘의 빈도 정보를 알려주어 교육용 어휘를 선정하는 데에도 도움을 준다. 본고의 Ⅲ장 1절에서도 언급한 바와 같이, 동사로 과거 관형형의 형태를 만드는 경우는 실제 70% 정도가 일부 한정된 단어 안에서만 이루어진다는 사실[10)]

10) 본 연구를 통해 정리된 어휘를 제시하면 다음과 같다. 아래는 2급과 3급을 통합한 동사 어휘 목록이다. (가나다순)

은, 교육 자료, 연습 및 활동, 평가 등의 예문을 선정하거나 새 어휘를 제시하고자 할 때 유용성을 지니게 된다.

어느 언어에서나 시제 표현은 존재하지만, 시간에 대한 관념이나 시간을 표현하는 방식은 동일하지 않다. 이미 여러 선행 연구에서도 언급하고 있듯이, 한국어교육에 있어 그 습득이 쉽지 않은 대상으로 시제와 관련한 형태를 꼽고 있다. 한국어교육의 습득 순서를 연구함에 있어 시제 습득 순서를 따지는 것은 연구의 선결 과제라는 측면에서도 우선순위에 있는 것이다. 따라서 이 연구가 향후 후속 연구와 교육적 처방을 모색하는 데 있어서도 일조할 부분이 있을 것이라 전망한다.

본고에서는 과거 시제 표지들의 습득 순서를 추출하여 학습자의 발달적 특성을 유형화하였고, 제1어(모국어) 습득 순서와 비교한 다음 의미적 유표성보다는 표층적인 형태에 주목하여 배열된 구조 중심 교재의 배열 순서에 문제가 있음을 지적하였다. 앞으로 관련된 여러 후속 작업들을 통해 이 연구에서 제기한 논의들이 더욱 풍성해질 수 있기를 기대해 본다.

가다, 계시다, 그렇다, 끝나다, 도와주다, 되다, 들어가다, 마치다, 만나다, 만들다, 먹다, 받다, 배우다, 보내다, 보다, 살다, 시키다, 않다, 오다, 웃기다, 이렇다, 읽다, 입다, 저렇다, 주다, 지내다, 찍다, 찾다, 타다, ㅇㅇ하다(결혼하다, 공부하다, 관하다, 대하다, 도착하다, 이야기하다, 졸업하다, 좋아하다, 준비하다)

참고문헌

강남욱 · 김호정(2011), 「한국어 학습자의 문법 습득 양상 연구(Ⅲ) : 복문에서의 시제 사용 양상을 중심으로」, 『한국어 교육』 22－3, 국제한국어교육학회, 1~28쪽.

박선희(2009), 「중국인 한국어 학습자의 과거시제 습득 연구」, 『한국어 교육』20－3, 국제한국어교육학회, 79~110쪽.

이영자 · 이종숙 · 이정욱(1997), 「1, 2, 3세 유어의 의미－통사적 발달 연구」, 『유아교육』 17－2, 한국유아교육학회, 55~75쪽.

이채연(2008), 「동작류에 따른 한국어 시제와 동작상 습득 양상」, 이화여대 국제대학원 석사학위논문.

이필영 · 전은진 · 안정호(2009), 「영아의 시제 · 상 형태 습득에 관한 연구」, 『한국어학』 44, 한국어학회, 295~326.쪽

이해영(2003), 「한국어 학습자의 시제표현 문법항목 발달패턴 연구」, 『이중언어학』 22, 이중언어학회, 269~298쪽.

이해영(2004), 「과제 유형에 따른 한국어 학습자의 중간언어 변이: 영어권 학습자의 한국어 시제표현 문법항목 습득을 대상으로」, 『이중언어학』 25, 이중언어학회, 255~283쪽.

조철현 외(2002), 「한국어 학습자의 오류 유형 조사 연구」, 『2002년 국어정책 공모과제 연구보고서』, 문화관광부.

Bailey, K., Madden, C. & Krashen, S.(1974), “Is there a 'natural sequence' in adult second language learning?”, *Language Learning* 24, pp.235~243.

Bardovi-Harlig, K.(2000), *Tense and Aspect in Second Language Acquisition: Form, Meaning, and Use*, Wiley: Blackwell Publishers.

Brown, R.(1973), *A first language: The Early Stages*, Cambridge, MA: Harvard University Press.

Dulay, H. & M. Burt.(1973), "Should we teach children syntax?", *Language Learning* 23, pp.245~258.

Dulay, H. & M. Burt.(1974), "Natural sequences in child second language acquisition", *Language Learning* 24, pp.37~53.

Ellis, R.(1994), *The Study of Second Language Acquisition*, Oxford: Oxford University Press.

Lightbown, P., Spada, N. & Wallace, R.(1980), "Some effects of instruction on child and adolescent ESL learners", R. C. Scarcella and S. D. Krashen(Eds.), *Research in second language acquisition*, Rowley: Newbury House, pp.271~243.

Pica, T.(1983), "Methods of Morpheme Quantification: Their Effect on the Interpretation of Second Language Data", *Studies in Second Language Acquisition* 6, pp.69~78.

Salaberry, R. & Shirai, Y.(ed)(2002), *The L2 Acquisition of Tense-Aspect Morphology*, Amsterdam: John Benjamins Publishing Company.

Stauble, A. M.(1981), "A comparison of a Spanish-English and Japanese-English second language continuum: Verb phrase morphology", *Paper presented at the first Europe-North American Workshop on Cross-Linguisstic Second Language Acquisition Research*, Lake Arrowhead, California.

<참고 사이트>

21세기 세종계획 지능형 형태소 분석기 프로그램

http://www.sejong.or.kr (검색일: 2018. 11. 30.)

고려대학교 자연어처리연구실 한국어 형태소 분석기 데모

http://blpdemo.korea.ac.kr/MA (검색일: 2018. 11. 30.)

서울대학교 IDS 연구실 꼬꼬마 세종 말뭉치 활용 시스템

http://kkma.snu.ac.kr (검색일: 2018. 11. 30.)
KAIST SWRC 형태소 분석기 한나눔 웹 데모
http://swrc.kaist.ac.kr/hannanum/morph.php (검색일: 2018. 11. 30.)

양태 표현의 화용적 의미에 대한 중국어권 한국어 학습자의 지각 양상 연구*

이정란

1. 서론

본 연구는 한국어 양태 표현의[1] 화용적 의미에 대한 중국어권 한국어 학습자들의 지각 양상을 고찰하여 한국어 화용 교육을 위한 기초 자료를 제공하는 데 목적을 두고 있다. 양태 표현은 담화 안에서 축자적 의미 외에 다양한 화용적 기능을 수행한다.

(1) (차 안에서) 음악 <u>듣고 싶다</u>

* 이 연구는 우리어문학회에서 발간하는 『우리어문연구』 60집(2018년 1월)에 실린 논문이다.

1) 양태는 형태소, 단어, 억양 등 다양한 언어 층위에서 실현된다. 한국어교육을 위한 문법에서는 구나 절 단위의 덩어리 표현을 포함하므로 본 연구에서는 양태를 실현하는 언어적 요소를 '양태 표현'이라 통칭한다.

위의 예문 (1)에서 '－고 싶다'는 맥락에 따라 화자의 소망을 나타낼 수도 있고, 음악을 틀어 달라는 요청의 기능을 내포할 수도 있다. 이와 같이 양태 표현은 그 형태가 지니고 있는 축자적 의미뿐만 아니라 사용 맥락에 따라 다양한 화용적 기능을 수행하고 있고, 양태 표현의 이러한 특징은 한국어 학습자들에게 어려운 요인으로 작용한다. 특히 양태 표현이 요청, 거절과 같은 화행을 실현할 때 이에 대한 청자의 이해 여부에 따라 그 의사소통은 성공할 수도 있고 실패할 수도 있다. 가령 청자가 양태 표현에 함축되어 있는 요청 화행을 이해하지 못해 수락이나 거절의 반응을 보이지 않는다거나, 화자의 거절 의사를 이해하지 못하고 수락 가능성이 있는 것으로 받아들인다면 화 · 청자 간 의사소통에 오해가 생길 수 있는 것이다. 따라서 성공적인 의사소통을 위해서는 적절한 표현의 생산 못지않게 함축된 의미의 이해도 중요하다.

그동안 한국어교육 분야에서 수행된 양태 표현에 대한 연구는 양태 표현의 언어적 특징을 기술하고 교육적 적용을 시도하는 연구들이 가장 많은 비중을 차지하고 있다(이윤진 · 노지니, 2003; 이효정, 2004; 김효신, 2007; 홍윤기, 2007; 권영은, 2007 등). 이러한 연구들은 의미가 유사한 항목들을 선정해 형태, 통사, 의미적 특징을 기술하고, 한국어 교재를 분석하거나 교육 방안을 제시하였다. 그 중 일부 연구에서는 양태 표현의 형태, 통사, 의미적 특징뿐만 아니라 담화 차원에서의 특징까지 기술하였는데, 맥락을 고려한 분석을 했다는 점에서 고무적이라 할 수 있다(김효신, 2007; 권영은, 2008; 엄녀, 2009 등). 이 외에 학습자 모국어와의 대조 분석(엄녀, 2008 등)이나 학습자 언어에 나타난 오류 및 변이를 분석한 연구(신현정, 2006 등)도 소수 발표되었다. 그러나 학습자 언어에 나타난 오류나 변이를 분석한 연구들의 대부분은 양태 표현의 축자적 의미만을 대상으로 하고 있어 양태 표현의 화용적 의미에 대한 문제는 다루어지지 않았다.

최근 일부 연구들에서 양태 표현에 대한 이해나 발달 양상을 고찰하였는데, 이 연구들에서는 양태 표현의 축자적 의미와 화용적 의미를 함께 살펴보고 있다는 점에서 매우 의미 있다고 하겠다. 이해영(2011)에서는 베트남 학습자들이 추측 표현을 습득할 때 본래의 축자적 의미가 화용적 의미보다 먼저 습득된다고 밝힌 바 있으며, 이정란(2011)에서도 한국어 학습자들의 양태 표현 발달 과정을 분석한 연구에서 문법 능력이 화용 능력보다 먼저 습득된다는 결과를 도출하였다.

이상에서 살펴본 바와 같이 최근 양태 표현의 화용적 기능에 대한 관심이 많아지고 있으나 아직까지는 양태 표현의 화용적 의미 습득에 대한 연구나 지각 양상을 살펴보는 연구는 시도되지 않았다. 의사소통은 일방향적 전달이 아니라 청자로서의 이해를 전제로 하고 있으므로 화용적 의미 기능을 학습자가 어떻게 인식하고 있는지 지각적 측면에서 살펴볼 필요가 있다. 뿐만 아니라 대화 상황에서는 문어와 달리 대화 상대자의 발화를 이해하고 반응하기까지 긴 시간을 소요할 수 없기 때문에 한국어 학습자들이 함축된 의미를 이해하기까지 소요된 시간도 알아볼 필요가 있을 것이다. 이에 본 연구에서는 중국어권 한국어 학습자들이 양태 표현의 화용적 의미 기능을 어떻게 지각하고 있는지, 반응 속도는 어떠한지 분석하고자 한다. 구체적으로는 첫째, 중국어권 한국어 학습자들이[2] 양태 표현의 화용적 의미를 무엇으로 지각하고 있는

2) 본 연구에서는 중국어권 학습자들의 자료를 수집하였다. 그 이유는 우선 한국어 학습자 중 중국어권 학습자의 수가 가장 많기 때문이다. 또 공손성의 정도는 문화권마다 다르기 때문에 단일 언어권으로 피험자를 통제함으로써 변인을 최소화하기 위함이다.

가, 둘째, 학습자의 숙달도가 높아짐에 따라 양태 표현의 화용적 의미를 지각하는 정확성과 반응 속도도 향상되는가에 초점을 두고 분석할 것이다. 이를 위해 본 연구에서는 중급 학습자와 고급 학습자를 대상으로 지각 실험을 실시하여 양태 표현의 의미 선택과 반응 시간을 측정, 분석하도록 하겠다.

2. 연구 방법

2.1. 연구 대상

본 연구는 양태 표현을 대상으로 하나 양태 표현의 화용적 의미에 초점을 두고 있으므로 한국어의 양태 표현 중 화용적 의미 기능, 특히 공손한 화행을 실현하는 표현으로 한정하여 연구를 진행하고자 한다.[3) 한국어 모어 화자들이 공손한 표현을 통해 화행을 실현할 때 이를 적절히 이해하여 행동에 옮길 수 있는 것이 중요하며, 그렇게 하지 못했을 때 의사소통 실패로 이어질 수 있다. 그러나 문화권에 따라 공손성의 정도가 다르기 때문에 공손성을 확보하기 위해 간접적으로 화행이 실현되는 경우 한국어 학습자들에게는 어려움의 요소로 작용한다. 따라서 본 연구에서는 양태 표현이 공손한 화행을 실현하는 경우에 초점을 두고 연구를 진행할 것이다.

한편, 한국어 학습자의 화용적 의미 지각 양상을 고찰하기 위해서는 이미 학습한 표현에 대해 측정해야 하기 때문에 본 연구에서는 초급 양

3) 공손성, 완곡어법, 화행과 관련된 많은 연구들에서는 양태 표현들 중 일부가 화용적 기능을 수행하고 있음 밝히고 있다(이해영, 1996; 김미형, 2000; 윤은미, 2004 등).

태 표현만을 대상으로 하고, 피험자는 중급 이상의 학습자들을 대상으로 하였다. 이정란(2011:18－19)에서는 공손한 화행을 수행하는 양태 표현 중 초급에 해당하는 항목을 추출한 바 있는데, 이에 해당하는 표현은 '－아야 하다', '－으면 안 되다', '－아도 되다/괜찮다', '－고 싶다', '－으려고 하다', '－을 수 있다/없다', '－은/는/을 것 같다', '－겠－', '－을 것이다'이다. 본 연구에서는 이를 기초로 하여 본 연구에 적합한 표현을 선정하였다.

우선 본 연구에서는 위의 초급 양태 표현 중 한 표현이 여러 양태 의미로 사용되는 경우는 제외하였다. Coates(1983:16－17), 이정란(2011:20) 등에서는 한 양태 표현이 여러 의미를 가질 때 맥락에 따라서는 두 의미가 서로 배타적이지 않고 영향을 주어 한 의미로만 해석되기 어려운 경우가 있다고 하였다. 위의 초급 표현 중에서는 '－겠－'과 '－을 것이다'가 맥락에 따라 추측과 의지 혹은 의도 등 다양한 의미로 해석될 수 있다.[4] 또 본 연구에서는 음성을 통해 자극을 제시하는 것이 아니기 때문에 피험자가 억양 등 음성적 정보를 통해 의미를 유추할 수도 없다. 이러한 이유로 본 연구에서는 '－겠－'과 '－을 것이다'를 분석 대상에서 제외하였다.

---

4) 이정란(2011:20)에서는 일반적으로 '추측'의 양태 표현들이 공손한 효과를 나타내는데, '－겠－'과 '－을 거다'는 다른 양태 표현과 결합하지 않고 단독으로 사용되었을 때 '의지'의 의미가 영향을 미쳐 덜 공손하게 느껴지기 쉽다고 제시하면서 다음의 예문을 통해 설명하고 있다.

선배: 너 이번 주말에 학회에 참석할 수 있어?
후배: ㄱ. 전 못 갈 거예요.
ㄴ. 전 못 가겠어요.
ㄷ. 전 못 갈 것 같아요.

위 예문에서 '－겠－'과 '－을 거다'를 모두 [추측]의 의미로 본다고 해도 '－을 것 같다'를 사용한 (ㄷ)보다 (ㄱ)과 (ㄴ)이 더 단정적으로 느껴진다. 또한 위 대화에서 '－겠－'과 '－을 거다'가 '의지'로 해석될 여지도 있다.

다음으로 연구 대상에서 '−으면 안 되다', '−아도 되다/괜찮다'는 제외하였다. 이 표현들은 의문문의 형태로 요청을 수행하고 있다. 그러나 이 표현들은 담화 안에서 사용될 때 본래의 의미인 금지와 허락에서 벗어났다기보다 이러한 의미를 유지하고 있다고 볼 수 있다. 강현화(2007)에서도 '−으면 안 되다', '−아도 되다/괜찮다'가 허락이라는 의미 기능을 통해 요청 화행을 수행한다고 밝힌 바 있다. 이러한 표현은 본래의 축자적 의미를 넘어 화행을 수행한다고 보기 어려우므로 본 연구에서는 제외하였다. 이와 같은 과정을 거쳐 선정된 연구 대상은 다음과 같다.

<표 1> 연구 대상

양태 의미	표현	화행
능력	−을 수 있다/없다	요청
소망	−고 싶다	요청
의도	−으려고 하다	요청
의무	−아야 하다	요청/거절
추측	−은/는/을 것 같다	거절/제안

2.2. 실험 참여자

본 연구에서는 학습자의 숙달도에 따라 지각 양상이 달라지는지 고찰하고자 하므로 중급 학습자와 고급 학습자를 대상으로 자료를 수집하였다. 본 연구에 참여한 한국어 학습자의 성별은 남자 6명, 여자 36명이었고, 연령별 분포는 10대 1명, 20대 38명, 30대 3명이었다. 학습자 국적은 홍콩 3명을 포함하여 모두 중국이다. 본 연구에서는 서울, 경기, 대전 소재 세 학교의 언어교육원에서 한국어를 배우는 학습자들을 대상으로 자료를 수집하였다. 숙달도별 피험자 수는 다음과 같다.

<표 2> 숙달도별 피험자 수

숙달도	중급		고급		합계
	3급	4급	5급	6급	
인원(명)	16	4	17	5	42

한편, 준거 자료로 활용하기 위해 한국어 모어 화자의 자료도 수집하였다. 한국어 모어 화자는 총 17명을 대상으로 하였는데, 서울, 경기 지역의 대학교와 대학원에 재학 중인 학생들이다. 성별은 남자 10명, 여자 7명이고, 연령은 20대 13명, 30대 4명이었다.

2.3. 자료 수집 도구

본 연구에서는 연구 대상으로 선정한 양태 표현으로 대화를 구성하고, 해당 표현이 대화 안에서 어떠한 의미로 사용되었는지 피험자가 선택하도록 하였다. 이정란(2011)에서는 설문지를 통해 문법 능력과 화용 능력의 발달 관계를 고찰한 바 있는데, 본 연구에서는 이를 참고하여 지각 실험의 문항을 작성하였다.[5] 실험 문항은 각 표현별로 양태 의미로 실현되는 문항 각 2개씩, 화용적 의미로 실현되는 문항 각 2개씩을 제작하여 총 24문항으로 구성하였다.[6] 문항의 예시는 다음과 같다.

---

5) 본 연구의 대상 중 '–을 수 있다'를 제외한 4가지 표현이 이정란(2011)과 동일하고, 이 연구에서는 실험 전에 설문지 상황의 개연성에 대해 한국인을 대상으로 사전 조사를 하여 설문지의 타당성을 확보하였기 때문에 본 연구에서는 이정란(2011)의 설문지를 참고하여 실험 문항을 작성하였다.

6) 다섯 개의 표현이 양태 의미로 실현되는 경우가 각 2문항씩 총 10문항이고, '–아야 하다'와 '–은/는/을 것 같다'는 두 가지 화행을 실현하므로 일곱 가지 화행에 대한

가 : 너 피곤해 보인다. 무슨 일 있어?
나 : 어. 오늘까지 내야 하는 숙제가 있어서 어제 밤 샜거든.
[아, 자고 싶다.]

① 추측(推測) ② 소망(所望) ③ 요청(要請) ④ 거절(拒絶)
⑤ 제안(提案) ⑥ 의무(義務) ⑦ 의도(意図) ⑧ 능력(能力)

본 연구에서는 위에서 보는 바와 같이 간단한 대화를 제시하고, [ ] 안의 표현이 어떠한 의미를 실현하는지 선택하게 하였다. 보기에 제시된 어휘는 한국어 학습자들에게 어려울 수 있으므로 중국어를 함께 제시하였다. 위와 같은 유형으로 24문항을 제작한 후, 피험자들이 성실하게 응답하였는지를 알아보기 위하여 이 중 네 문항을 반복 제시하였다. 이로써 피험자들에게 제시되는 문항은 총 28문항이었다.

본 연구에서는 중국어권 한국어 학습자들이 양태 표현의 화용적 기능을 어떻게 지각하고 있는지와 반응 시간을 함께 살펴보기 위하여 prrat (ver.6025)의 MFC 스크립트를 이용하여 실험 도구를 제작하였다. 이 프로그램은 시각 자극을 제시하고 피험자가 이에 대해 반응을 하면 그 기록을 자동적으로 저장할 수 있도록 도구를 설계할 수 있다. 이 프로그램을 이용하여 양태 표현이 사용된 대화를 자극으로 제공하고 양태 표현의 의미가 무엇인지 선택하도록 도구를 설계하였다. 피험자들에게는 컴퓨터 모니터로 자극 대화를 읽고 [ ] 안에 들어가 있는 표현의 의미를 마우스로 선택하도록 하였다. 각 문항의 순서는 무작위로 제시되어 피험자마다 문항 제시 순서는 모두 달랐다.

문항은 총 14문항이다. 한 표현에 대해 여러 문항으로 측정하는 것이 이상적이지만 피험자들의 피로도와 집중력을 고려하여 의미 당 두 문항으로 결정하였다.

2.4. 실험 절차

본 연구는 아래의 <그림 1>과 같이 진행하였다. 먼저 실험 방법을 설명하고,[7] 피험자가 실험 방법을 잘 숙지하고 이에 익숙해질 수 있도록 연습 단계를 거쳤다. 그 다음 양태 표현의 화용적 의미에 대한 지각 양상을 알아보기 위한 본 실험을 진행하였다.

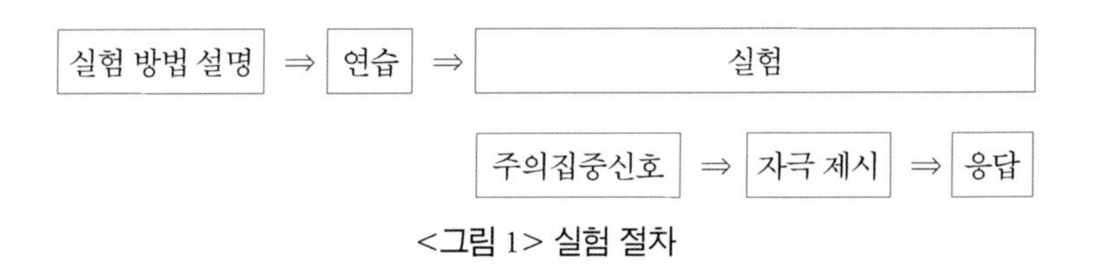

<그림 1> 실험 절차

모든 피험자에게 사전 동의를 받은 후 실험을 진행하였으며, 실험 시간은 약 15분 정도였다.

2.5. 분석 방법

본 연구에서는 중급 학습자와 고급 학습자의 응답 결과 차이를 알아보기 위하여 χ^2 검정과 독립표본 t검정을 실시하였다.[8] 각 양태 표현의 의미를 무엇으로 선택했는지는 명명척도이므로 χ^2 검정을 활용하였고, 응답 시간은 종속변수가 양적 변수이므로 t검정을 활용하였다.

7) 실험 방법 설명에서는 모니터에 나타난 대화를 잘 읽고 대괄호 안에 있는 발화의 의미가 무엇인지 선택하도록 안내하였으며, 답지 선택 등 조작 방법, 주의사항 등을 설명하였다.

8) 한국어 모어 화자의 자료는 양태 표현의 화용적 의미 실현 및 반응 시간의 확인을 위해 수집한 것이고, 본 연구에서는 숙달도 간 차이를 알아보고자 하였으므로 중급 학습자와 고급 학습자 간의 차이만 통계 검정하였다.

통계검정에 사용한 프로그램은 SPSS 21.0이고, 유의확률 .05 수준에서 검정하였다.

3. 연구 결과

본 장에서는 양태 표현의 화용적 기능을 학습자들이 어떻게 지각하고 있는지 실험한 결과를 기술하고자 한다. 각 표현별로 중국어권 학습자들이 화용적 의미를 어떻게 지각하고 있는지, 숙달도가 높아질수록 지각 양상도 발달하는지 분석하도록 하겠다.

3.1. [능력]의 양태 표현 : -을 수 있다

'-을 수 있다'는 의사소통 맥락에 따라 능력이라는 양태 의미를 실현하기도 하고 공손한 요청의 의미를 수행하기도 한다. 앞서 기술한 바와 같이 본 연구에서는 각 의미별로 두 문항씩 제시하였는데 '-을 수 있다'의 두 의미 기능에 대한 문항 대화는 다음과 같다.

<표 3> '-을 수 있다' 문항 대화

의미 기능	문항 대화
능력	가: 이리나 씨, 한국어를 할 수 있어요? 나: 네, 조금이요.
	가: 김치찌개를 만들 수 있어요? 나: 그럼요. 김치찌개는 맛있는 김치만 있으면 쉽게 할 수 있어요.
요청	가: 지금 빨리 집으로 올 수 있어요? 나: 왜요? 무슨 일 있어요?
	가: 내일 저하고 병원에 같이 갈 수 있어요? 나: 네, 그럼요. 몇 시에 만날까요?

다음은 '-을 수 있다'가 능력과 요청의 의미를 수행할 때 고급 한국어 학습자와 중급 한국어 학습자가 이를 어떻게 지각하고 있는지 측정한 결과이다.

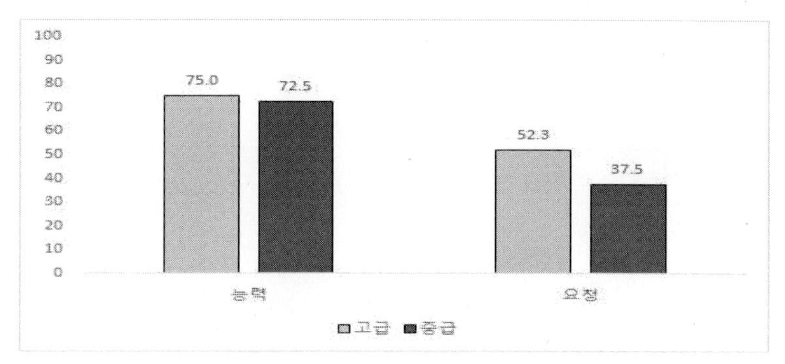

<그림 2> '-을 수 있다' 응답 결과(%)

위의 <그림 2>에서 알 수 있는 바와 같이 '-을 수 있다'가 본래의 양태 의미인 능력으로 실현될 때에는 중급 학습자와 고급 학습자 모두 70% 이상이 능력으로 인식하고 있음을 알 수 있다. 그러나 '-을 수 있다'가 요청 화행을 수행하는 경우 중국어권 학습자들은 이를 요청으로 지각하는 비율이 매우 낮아졌다. 고급 학습자는 52.3%가 요청 화행을 선택하여 중급 학습자(37.5%)에 비해 높은 비율로 요청 화행을 선택하기는 하였으나 두 집단 간 유의미한 차이는 나타나지 않았다(χ^2= 1.846, p=.174). 다음으로 피험자의 반응 시간을 살펴보면 <표 4>와 같다.

<표 4> 반응 시간(초)[9]

		N	M	SD	Max	Min	Mid	t/p
능력	고급	44	9.9	5.3	29.2	3.1	8.9	−.635/.527
	중급	40	11.0	9.3	43.4	3.2	8.0	
요청	고급	44	13.7	14.3	72.5	3.2	9.0	−.303/.763
	중급	40	14.6	12.8	68.2	3.6	9.5	

*p<.05

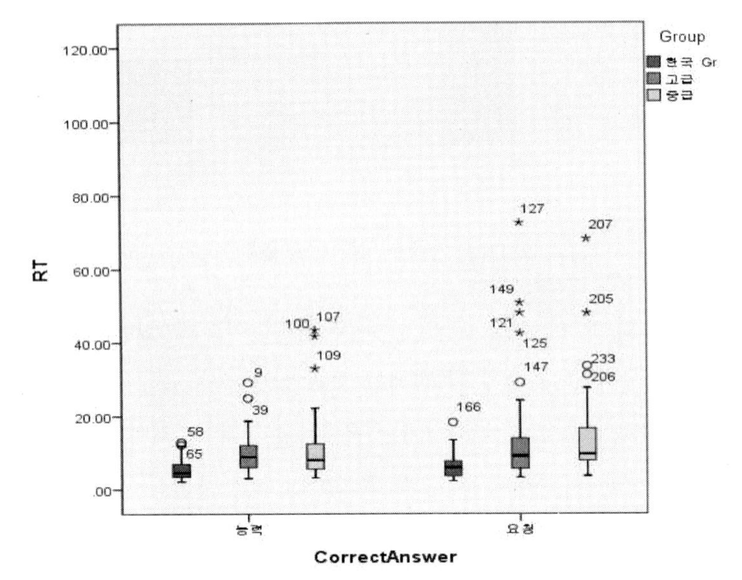

<그림 3> '−을 수 있다' 반응 시간에 대한 상자 도표[10]

위의 <표 4>에서 보는 바와 같이 '−을 수 있다'가 능력의 의미로 사용될 때보다 요청의 의미로 사용되었을 때 반응 시간이 조금 더 소요되

9) <표 3>에서는 해당 개수(N), 평균(Mean), 표준편차(SD), 최솟값(Min), 최댓값(Max), 중위수(Md), 독립표본 t검정 결과 t값과 유의확률(p)을 제시하였다. 이후 반응 시간을 제시한 표에서는 같은 형식을 취하였다.

10) 피험자에 따라서는 반응 시간이 극단적인 값으로 나타나는 경우가 있다. 이러한 경우는 평균 제시만으로는 알 수 없으므로 상자 도표를 함께 제시하였다.

었다. 그러나 각 의미를 선택할 때 고급 학습자와 중급 학습자 간의 반응 시간은 유의미한 차이가 나타나지 않았다. 한국어 모어 화자의 경우 '-을 수 있다'가 요청의 의미로 사용될 때 선택 시간이 평균 6.2초 소요되었는데, 고급 학습자라고 하더라도 한국어 모어 화자보다 두 배 이상 더 소요되었다.

'-을 수 있다'에 대한 한국어 학습자의 지각 양상을 분석한 결과, 축자적 의미인 능력의 의미로 사용될 때에는 그 의미를 비교적 정확하게 인지하고 있는 것으로 나타났다. 그러나 화용적 의미로 사용될 때에는 고급 학습자와 중급 학습자 모두 요청의 의미로 지각하는 비율이 낮게 나타났으며, 의미 기능 이해의 정확성과 반응 시간 모두 고급 학습자와 중급 학습자 간 차이가 없었다.

3.2. [소망]의 양태 표현: -고 싶다

'-고 싶다'는 소망의 양태 의미와 함께 공손한 요청의 의미를 수행한다. '-고 싶다'의 의미 기능에 대한 문항 대화는 다음과 같다.

<표 5> '-고 싶다' 문항 대화

의미 기능	문항 대화
소망	가: 너 피곤해 보인다. 무슨 일 있어? 나: 어. 오늘까지 내야 하는 숙제가 있어서 어제 밤 샜거든. 아, 자고 싶다.
	가: 너는 졸업하면 무슨 일을 할 거야? 나: 난 나중에 통역을 하고 싶어. 그래서 대학원도 갈 거야.
요청	가: 혹시 수업 후에 시간 있어? 같이 점심 먹고 싶은데……. 나: 그래, 좋아. 이따가 수업 후에 보자.
	가: 저, 선생님, 이번 주 금요일에 시간 있으시면 찾아 뵙고 싶습니다. 나: 금요일이면 3시에 수업이 끝나니까 3시 반쯤 연구실로 오세요.

다음의 <그림 4>는 '－고 싶다'가 소망의 의미로 사용될 때와 요청의 의미로 사용될 때의 응답률이다.

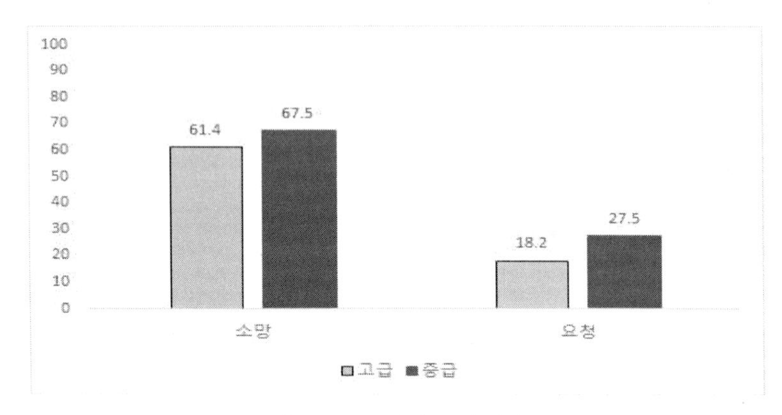

<그림 4> '－고 싶다' 응답 결과(%)

위의 <그림 4>에서 보는 바와 같이 중국어권 학습자들은 고급 학습자와 중급 학습자 모두 축자적 의미인 소망을 선택한 비율이 70% 미만으로 앞의 '－을 수 있다'와 비교했을 때 비교적 낮은 선택률을 보였으며, 두 집단 간 유의미한 차이는 나타나지 않았다(χ^2=.344, p=.558). 중 · 고급 학습자들 중 소망을 선택하지 않은 피험자의 대부분은 의도를 선택하였는데, 뒤의 '－으려고 하다'의 분석에서도 유사한 결과가 나타난다. 중국어에서 소망의 표현은 '想'인데 반해 '－으려고 하다'는 맥락에 따라 '打算, 要, 想'을 쓸 수 있다. 이러한 한국어와 중국어 간 표현 사용역의 차이가 중국어권 학습자들이 혼란을 일으키는 한 원인일 수 있다.

'－고 싶다'로 실현되는 요청의 의미는 고급 학습자 18.2%, 중급 학습자 27.5%로, 두 집단 모두 선택률이 매우 낮게 나타났다(χ^2=1.039,

p=.308). 고급 학습자들과 중급 학습자 모두 공손한 요청 화행 대신 양태 의미인 소망을 선택한 경우가 많았다.

다음으로 '-고 싶다'의 의미 기능에 대해 피험자의 반응 시간을 살펴보면 아래의 <표 6>과 같다.

<표 6> 반응 시간(초)

		N	M	SD	Max	Min	Mid	t/p
소망	고급	44	12.3	7.5	38.0	2.0	10.9	−2.152*/.034
	중급	40	16.1	8.6	40.1	5.3	13.8	
요청	고급	44	16.0	12.8	73.0	4.7	13.2	.345/.731
	중급	40	15.1	9.9	41.8	4.5	11.7	

*$p<.05$

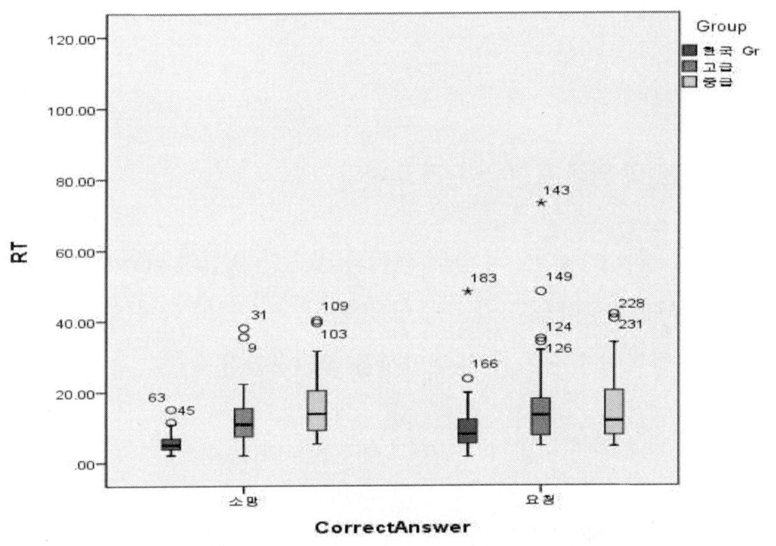

<그림 5> '-고 싶다' 반응 시간에 대한 상자 도표

위의 <표 6>에서 보는 바와 같이 고급 학습자는 소망의 의미를 선택할 때보다 화용적 의미를 선택할 때 시간이 더 많이 소요된 반면, 중

급 학습자는 유사하게 나타났다. 그리고 소망의 의미를 선택할 때는 고급 학습자가 중급 학습자보다 통계적으로 유의미하게 시간이 덜 걸린 반면, 요청의 의미를 선택할 때는 고급 학습자와 중급 학습자 간 소요 시간의 차이가 없었다.

'-고 싶다'의 의미에 대한 중국어권 학습자의 지각 양상을 분석한 결과, '-고 싶다'가 요청의 화용적 기능을 수행할 때에는 고급 학습자와 중급 학습자 모두 선택률이 매우 낮았고, 응답 시간의 차이도 나타나지 않았다. 그러나 축자적 의미인 소망의 의미로 사용될 때에는 고급 학습자들이 반응 시간에서는 더 빠르게 반응하는 것으로 나타났다. 즉, 고급 학습자와 중급 학습자가 소망의 의미를 선택한 비율은 비슷하였으나 중급 학습자의 경우 선택하기까지 고민의 시간이 더 길었던 것으로 보인다.

3.3. [의도]의 양태 표현: -으려고 하다

'-으려고 하다'는 의도의 양태 의미와 공손한 요청의 의미를 수행한다. 본 연구에서는 다음과 같은 문항을 통해 '-으려고 하다'의 의미 기능에 대한 한국어 학습자의 지각 양상을 살펴보았다.

<표 7> '-으려고 하다' 문항 대화

의미 기능	문항 대화
의도	가: 연락도 없이 이렇게 늦으면 어떻게 해? 걱정했잖아. 나: 미안해. 전화하려고 했는데, 휴대폰 배터리가 없어서 할 수 없었어.
	가: 방학 때 뭐 할 거야? 나: 난 제주도에 다녀오려고 해. 너는?

요청	(학생증을 잃어버려 다시 만들기 위해 사무실을 찾아 갔다) 가: 어떻게 오셨어요? 나: 학생증을 다시 받으려고 하는데요. 가: 저쪽에 있는 서류를 작성해서 제출해 주세요.
	(통장을 만들기 위해 은행에 갔다) 가: 저, 통장을 만들려고 하는데요. 나: 아, 네. 이 종이에 이름하고 여권번호를 써 주세요.

'-으려고 하다'로 실현되는 각 의미 기능에 대한 응답률은 다음과 같다.

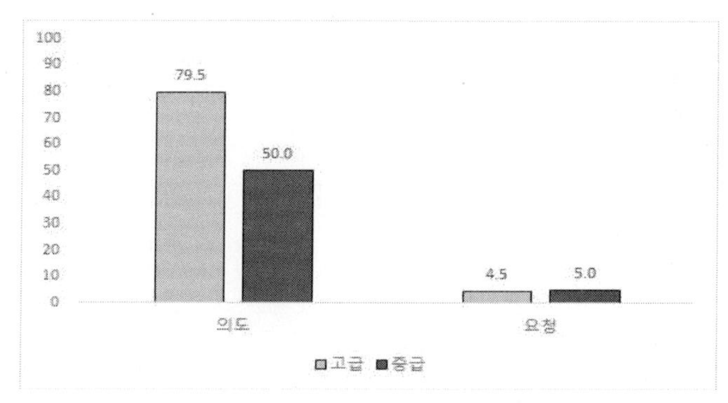

<그림 6> '-으려고 하다' 응답 결과(%)

'-으려고 하다'가 의도의 의미로 실현될 때 고급 학습자들은 매우 높은 비율로 의도를 선택한 반면, 중급 학습자들은 선택률이 50%에 그쳐 큰 차이를 보였다(χ^2=8.091, p=.004). 중급 학습자들이 의도 다음으로 많이 선택한 응답은 소망이었는데, 이것은 앞의 소망 표현에서 의도를 많이 선택한 것과 일맥상통하는 결과이다.

한편, '-으려고 하다'가 요청의 의미로 실현될 때의 선택률을 살펴보면, 위의 <그림 6>에서 알 수 있는 바와 같이 고급 학습자와 중급 학습자 모두 요청을 선택한 피험자가 거의 없었는데, 대부분이 축자적 의미인 의도를 선택하였다. '-으려고 하다'가 요청의 의미로 사용된 경우 다른 표현들과 비교했을 때 특히 더 선택률이 낮게 나타난 것은 '-으려고 하다'가 <표 7>과 같이 공적인 상황에서 요청을 할 때 사용되는 경우가 많아 상대적으로 사용 빈도 및 노출 빈도가 낮기 때문인 것으로 보인다.

다음으로 '-으려고 하다'에 대한 피험자의 반응 시간을 살펴보면 다음과 같다.

<표 8> 반응 시간(초)

		N	M	SD	Max	Min	Mid	*t/p*
의도	고급	44	14.6	7.6	35.8	2.9	12.4	-1.867/.065
	중급	40	20.1	17.8	94.3	2.9	14.3	
요청	고급	44	14.8	13.0	83.3	1.6	11.0	-2.189*/.031
	중급	40	23.0	20.9	108.7	3.8	16.4	

*p<.05

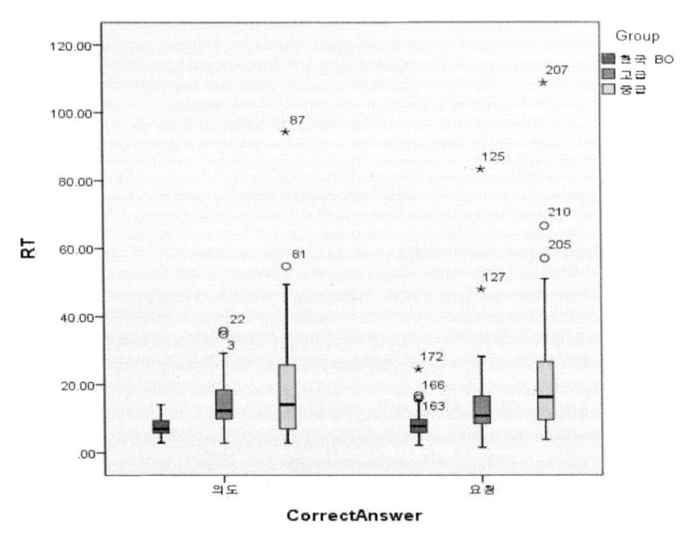

<그림 7> '-으려고 하다' 반응 시간에 대한 상자 도표

'－으려고 하다'에 대한 반응 시간은 고급 학습자의 경우 의도의 의미로 사용되는 경우와 요청의 기능을 수행하는 경우에 비슷하게 소요되었고, 중급 학습자는 요청의 기능을 할 때 의도의 의미로 사용되었을 때보다 3초 정도 더 소요되었다. 의도의 의미로 사용되는 경우에는 고급 학습자와 중급 학습자의 반응 시간이 유의미한 차이가 나타나지 않았으나 요청의 의미로 사용되는 경우에는 고급 학습자가 통계적으로 유의미하게 빨랐다.

'－으려고 하다'의 의미 기능에 대한 학습자들의 지각 양상을 분석한 결과, 중국어권 중급 학습자들은 양태 의미에 대한 문항에서도 의도를 선택한 비율이 낮게 나타났다. 또한 고급 학습자와 중급 학습자 모두 '－으려고 하다'가 요청의 의미로 사용되는 것에 대해 잘 인지하지 못하고 있는 것으로 나타났다.

3.4. [의무]의 양태 표현: －아야 하다

'－아야 하다'는 맥락에 따라 의무의 양태 의미를 수행하기도 하고, 요청 화행이나 거절 화행을 수행하기도 한다. 이 세 의미 기능에 대한 문항 대화는 다음과 같다.

<표 9> '－아야 하다' 문항 대화

의미 기능	문항 대화
의무	외국인: 민수 씨도 군대에 다녀왔어요? 한국인: 그럼요. 한국 남자라면 누구나 군대에 가야 해요.
	가: 한국에서 대학교에 입학하려면 무엇을 준비해야 해요? 나: 한국어능력시험을 봐야 해요.

요청	가: 선배님, 회비를 오늘까지 내 주셔야 하는데요. 나: 아, 맞다. 깜박 잊고 있었어. 지금 바로 줄게.
	(한 손님이 통장을 만들려고 은행에 왔는데, 서류에 주소를 쓰지 않았다.) 가: 여기에 주소를 쓰셔야 하는데요. 나: 아, 그래요?
거절	가: 얘들아, 우리 노래방에 가자. 나: 내일 시험이 있어서 난 이제 가야 해. 너희들끼리 놀아.
	가: 우리 이번 주 토요일에 동물원에 갈까? 나: 나는 친구 결혼식에 가야 해. 다음 주에 가자.

다음의 <그림 8>은 '－아야 하다'가 대화 안에서 의무, 요청, 거절의 의미로 실현되는 경우의 응답 비율을 비교한 결과이다.

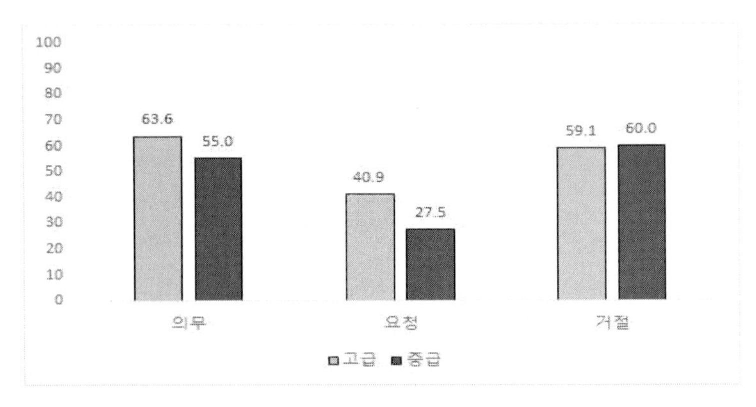

<그림 8> '－아야 하다' 응답 결과(%)

위의 <그림 8>에서 첫 번째 그룹은 '－아야 하다'가 의무의 의미로 실현되는 맥락에서 피험자들이 의무를 선택한 비율이고, 두 번째 그룹은 요청의 의미로 실현되는 맥락에서 요청을 선택한 비율이다. 세 번째 그룹도 마찬가지로 '－아야 하다'가 거절의 의미로 실현될 때 거절을

선택한 비율이다. 위의 결과를 보면, '-아야 하다'가 요청으로 실현될 때에는 선택률이 매우 낮게 나타났다. 고급 학습자들이 중급 학습자에 비해 조금 더 높은 비율로 요청을 선택하였으나 통계적으로 유의미한 차이는 아니었다(χ^2=1.667, p=.197). 고급 학습자들은 요청 다음으로 양태 의미인 의무를 선택한 경우가 많았다. 중급 학습자들은 요청을 선택한 경우보다 제안을 선택한 경우(30%)가 더 많았는데, 이는 중급 학습자들은 '-아야 하다'로 실현되는 요청 화행의 경우 제안 화행으로 인식하는 경우가 많다는 것을 보여준다. 반면 '-아야 하다'가 거절의 의미로 실현될 때에는 요청의 의미로 실현될 때보다는 고급 학습자와 중급 학습자 모두 선택률이 높게 나타났으며, 집단 간 차이는 나타나지 않았다(χ^2=.007, p=.932).

다음으로 의무 표현의 각 기능별 반응 시간을 살펴보면 <표 10>과 같다.

<표 10> 반응 시간(초)

		N	M	SD	Max	Min	Mid	t/p
의무	고급	44	13.2	8.9	48.4	2.7	11.4	-.732/.466
	중급	40	14.7	8.9	43.2	4.7	11.3	
요청	고급	44	16.2	10.5	60.1	4.0	13.4	-2.329*/.022
	중급	40	21.4	10.0	44.0	5.0	18.0	
거절	고급	44	13.3	11.6	76.7	3.7	10.8	-1.519/.133
	중급	40	17.4	12.9	54.8	2.4	13.8	

*p<.05

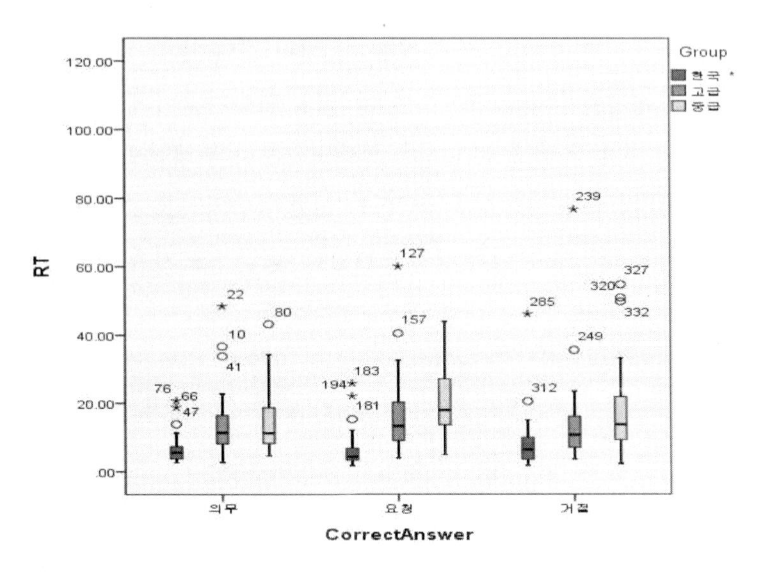

<그림 9> '–아야 하다' 반응 시간에 대한 상자 도표

'–아야 하다'에 대한 지각 양상을 분석한 결과, 고급 학습자와 중급 학습자 모두 요청의 의미로 사용될 때 이를 잘 알지 못했고, 특히 중급 학습자들은 반응 시간도 고급 학습자들에 비하여 유의미하게 느렸다. 반면, 거절의 의미로 사용된 경우 요청의 의미로 사용된 경우보다 선택률은 높게 나타났으나 선택률이나 반응 속도에서 중급 학습자와 고급 학습자 간 차이는 나타나지 않았다.

3.5. [추측]의 양태 표현: –을 것 같다

'–을 것 같다'도 추측의 양태 의미 외에 공손한 거절과 제안의 두 가지 화행 기능을 수행한다. 다음은 '–을 것 같다'의 세 가지 의미 기능에 대한 문항 대화이다.

<표 11> '-을 것 같다' 문항 대화

의미 기능	문항 대화
추측	가: 공부 많이 했어요? 나: 열심히 하긴 했는데, 이번 시험은 어려울 것 같아서 걱정이에요.
	가: 날이 흐리네. 곧 비가 올 것 같아. 나: 그러게. 비 오기 전에 빨리 집에 가자.
거절	가: 오늘 저녁에 우리 집에서 집들이 하는 거 알고 계시죠? 나: 네, 그런데 저는 집에 일이 있어서 못 갈 것 같아요.
	가: 민수야, 영화 <더 킹>이 아주 재미있대. 우리 오늘 그거 보러 갈까? 나: 나 오늘은 숙제가 많아서 안 될 것 같아. 미안해. 우리 내일 보자.
제안	가: 와, 이거 예쁘다. 어때? 예쁘지? 나: 어. 그런데 너한테는 검은색이 더 잘 어울릴 것 같아. 이 색은 너한테 별로인 것 같은데…….
	가: 선생님, 시내에 교통사고가 나서 길이 많이 막힌대요. 다른 길로 가시는 것이 좋을 것 같아요. 나: 아, 그래요? 알려줘서 고마워요.

'-을 것 같다'는 추측의 양태 의미와 함께 공손한 거절, 제안의 의미를 수행한다. '-을 것 같다'로 실현되는 각 의미에 대한 선택률을 보면 다음과 같다.

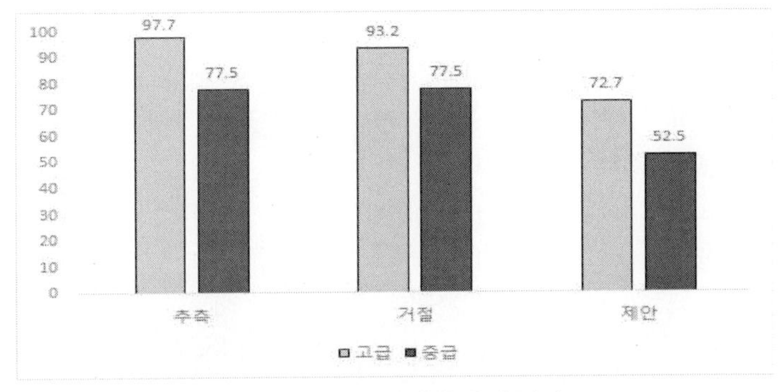

<그림 10> '-을 것 같다' 응답 결과(%)

위의 <그림 10>에서 보는 바와 같이 고급 학습자의 경우 '—을 것 같다'는 축자적 의미와 화용적 의미를 모두 잘 알고 있는 것으로 보인다. 중급 학습자들도 추측의 의미로 사용되는 경우와 거절의 의미로 사용되는 경우에는 선택률이 모두 77.5%로 비교적 높게 나타났는데, 이는 '—을 것 같다'를 사용하는 거절 표현이 공손한 거절이기는 하지만 '안'이나 '못'이 함께 사용되는 직접 거절이기 때문인 것으로 보인다.

반면, 제안의 의미로 사용되는 경우 두 집단 모두 추측이나 거절로 사용되었을 때보다 상대적으로 그 선택 비율이 낮았다(χ^2=3.682, p=.055). 특히 중급 학습자들은 평균 약 50% 정도만이 제안을 선택하여 '—을 것 같다'가 실현하는 공손한 제안의 기능을 잘 지각하지 못하고 있는 것으로 나타났다. 중급 학습자들은 제안의 의미로 사용되는 상황에서 추측을 선택한 경우가 많았다.

한편, 중급 학습자와 고급 학습자의 반응 시간을 살펴보면 다음과 같다.

<표 12> 반응 시간(초)

		N	M	SD	Max	Min	Mid	t/p
추측	고급	44	11.6	9.0	49.8	2.5	9.4	−1.101/.274
	중급	40	14.1	11.8	55.4	3.5	9.5	
거절	고급	44	12.0	7.5	36.6	1.9	9.9	−1.731/.087
	중급	40	16.3	14.4	85.1	2.6	12.8	
제안	고급	44	18.3	13.3	77.9	0.0	16.4	−2.862*/.005
	중급	40	27.0	14.5	75.1	9.0	23.4	

*p<.05

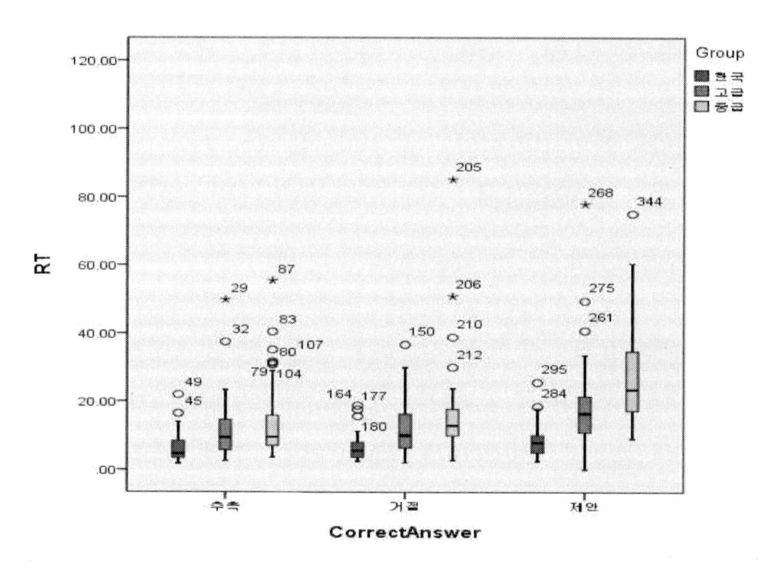

<그림 11> '-을 것 같다' 반응 시간에 대한 상자 도표

위의 <표 12>에서 보는 바와 같이 중급 학습자들은 '-을 것 같다'가 추측이나 거절의 의미로 실현될 때보다 제안 화행을 수행할 때 반응 시간이 더 길게 나타났으며, 이는 고급 학습자의 반응 시간보다 통계적으로도 유의미하게 차이가 나타났다.11)

'-을 것 같다'의 의미에 대한 지각 양상을 분석한 결과 고급 학습자들은 축자적 의미와 화용적 의미를 비교적 잘 지각하고 있는 것으로 나타났다. 반면, 중급 학습자들은 추측의 의미와 거절의 의미는 잘 알고 있었으나 제안의 의미는 상대적으로 낮은 선택률을 보이고, 반응 시간도 유의미하게 차이가 나타났다. 즉, '-을 것 같다'로 표현되는 제안 화행의 경우 고급 학습자들은 이를 잘 인지하고 있는 반면 중급 학습자들은 그렇지 못하는 결과를 보였다.

11) 한국어 모어 화자의 경우 추측 6.3초, 거절 6.5초, 제안 8.7초로 나타났다.

4. 논의 및 결론

본 연구에서는 양태 표현의 화용적 의미에 대한 중국어권 한국어 학습자들의 지각 양상을 살펴보았다. 특히 양태 표현 '-을 수 있다', '-고 싶다', '-으려고 하다', '-아야 하다', '-을 것 같다'의 의미를 어떻게 지각하고 있는지와 숙달도에 따라 화용적 의미에 대한 지각 양상이 발달하는지에 초점을 두고 분석하였다. 이를 위해 본 연구에서는 양태 표현들의 다양한 의미를 포함하는 대화문을 구성하고 양태 표현의 축자적 의미와 화용적 의미에 대해 학습자들이 어떻게 지각하고 있는지, 반응 속도는 어떠한지 측정하였다. 측정 결과, 중국어권 한국어 학습자들은 '-아야 하다'와 '-을 것 같다'로 실현되는 거절 표현 외에는 화용적 의미를 잘 인지하지 못하는 것으로 나타났다. 화용적 의미 대신 양태 의미를 선택하는 것은 숙달도에 상관없이 유사하게 나타났고, 반응 시간도 고급 학습자들이 중급 학습자들에 비해 유의미하게 빠른 결과를 보이는 경우는 드물었다. 이와 같은 결과를 통해 다음과 같은 시사점을 도출할 수 있을 것이다.

첫째, 양태 표현이 화용적 의미, 특히 공손한 화행을 실현할 때 중국어권 학습자들은 이를 잘 지각하지 못하고 축자적 의미로만 해석하는 것으로 나타났다. 양태 표현은 양태 의미뿐만 아니라 공손성의 기제로도 활용되므로 이에 대한 교육이 필요할 것이다. 또한 본 연구의 결과에 기대어 보면, 숙달도가 높아진다고 해서 화용적 의미를 지각하는 능력도 자연스럽게 발달하는 것은 아닌 것으로 보인다. 화용적 의미를 선택하는 경우 고급 학습자와 중급 학습자의 선택률이 유의미한 차이를 보이지 않는 경우가 많았고, 반응 시간도 고급 학습자들이 유의미하게 빠르지 않았다. 이는 명시적 화용 교육이 필요함을 보여주는 결과라 할 수 있을 것이다. 이해영(2015)에서는 명시적 화용 교육의 중요성과 가능성을 제안한 바 있는데 본 연구의 결과도 그러한 주장과 맞닿아 있다.

둘째, 본 연구의 결과를 통해 학습자들이 혼동을 느끼는 의미들을 발견할 수 있었다. 중국어권 학습자들은 화용적 의미 중에서 요청과 제안을 잘 구별하는 못하는 것으로 나타났다. 요청과 제안은 모두 지시화행에 속하기 때문에 변별이 어려울 수 있다. 그러나 제안은 요청과 달리 청자에게 도움이 된다는 믿음을 포함하고 있다(강현화, 2007: 11). 이러한 차이를 맥락과 함께 제시하여 발화를 적절히 이해하고 생산할 수 있도록 교육한다면 학습자들에게 도움이 될 것이다.

셋째, 본 연구의 결과를 통해 중국어권 학습자들이 비교적 잘 인지하는 화용적 의미와 그렇지 않은 의미에 대해 간접적으로 추론할 수 있다. 다음의 <그림 12>는 양태 표현이 화용적 기능을 수행할 때의 응답률만 다시 모아 비교한 것이다. 편의상 추측을 나타내는 양태 표현인 '-을 것 같다'가 거절 화행을 실현하는 경우 '추측-거절'과 같이 표시한다.

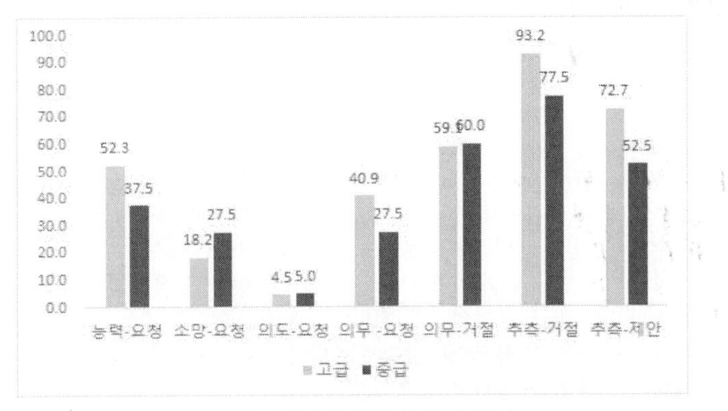

<그림 12> 화용적 표현의 응답 결과(%)

위의 <그림 12>에서 보면, 고급 학습자는 추측－거절, 추측－제안, 의무－거절, 능력－요청, 의무－요청, 소망－요청, 의도－요청 순으로 정확성을 보였다. 중급 학습자의 경우에는 추측－거절, 의무－거절, 추측－제안, 능력－요청, 소망－요청, 의무－요청, 의도－요청의 순으로 나타났다. 고급 학습자와 중급 학습자 모두 추측 표현이 거절 화행을 실현할 때 매우 높은 응답률을 보이고 있다. 이는 앞에서도 언급한 바와 같이 추측 표현을 통해 공손성을 확보하더라도 '안', '못'과 같이 직접적인 부정 표현이 포함되어 있기 때문인 것으로 보인다. 반면, 하위에 있는 화용적 기능은 모두 요청 화행이었다. 이는 화자의 의도, 소망 등으로 요청을 표현하는 간접적인 방법을[12] 중국어권 학습자들이 잘 모르고 있다는 것을 보여주는 결과이다.

본 연구는 중국어권 한국어 학습자의 화용적 의미 지각 양상을 고찰함으로써 명시적 화용 교육의 필요성을 확인하고, 화용 교육을 위한 기초 자료를 제공하였다는 데에 의의를 찾을 수 있을 것이다. 그러나 중국어권 학습자만을 대상으로 한 결과라는 점과 구체적인 교육 방안까지 제안하지 못한 점은 본 연구의 한계로 남는다. 그럼에도 불구하고 본 연구의 결과가 기초 자료로써 한국어 학습자의 화용 교육을 위한 교육과정 개발, 교육 내용 설계, 교재 개발에 기여할 수 있기를 기대한다.

---

12) Blum-Kulka, House & Kasper(1989)에서는 요청 화행 전략을 가장 직접적이고 명시적인 단계, 관례적이고 간접적인 단계, 비관례적이고 간접적인 단계로 나누고, 관례적이고 간접적인 단계에 다음의 4가지 하위 전략을 제시하였다.
① 의미에 의한 도출: 발화 의미에서 요청의 발화 수반력을 직접 파악할 수 있는 경우
② 화자의 의도 언급: 화자의 의도나 희망을 통해 표현하는 방법
③ 제안 표현: 제안의 형식으로 표현하는 방법
④ 예비 조건의 언급: 청자의 의지, 능력, 행위가 수행될 가능성에 대해 언급하면서 요청하는 방법

참고문헌

강현화(2007), 「한국어 표현문형 담화 기능과의 상관성 분석 연구: 지시적 화행을 중심으로」, 『이중언어학』 34, 이중언어학회, 1~25쪽.

권영은(2008), 「한국어교육에서의 후회 표현 연구」, 한국외대 석사학위논문.

김미형(2000), 「국어 완곡 표현의 유형과 언어 심리 연구」, 『한말연구』 7, 한말연구학회, 27~63쪽.

김효신(2007), 「완료표현 '－고 말다'와 '－어 버리다'의 한국어 교육학적 연구」, 한국외대 석사학위논문.

신현정(2006), 「한국어 학습자들의 '－겠－'과 '－(으)ㄹ 것이' 사용에 나타난 중간언어 변이 연구」, 이화여대 석사학위논문.

엄　녀(2008), 「한중 양태 표현의 대조적 고찰」, 『이중언어학』 36, 이중언어학회, 299~320쪽.

엄　녀(2009), 「한국어 교육을 위한 양태 표현 교육 연구」, 서울대 박사학위논문.

윤은미(2004), 「한국인과 영어권 한국어 학습자의 거절화행 비교 연구」, 연세대 석사학위논문.

이윤진 · 노지니(2003), 「한국어교육에서의 양태 표현 연구: 추측과 의지를 중심으로」, 『한국어 교육』 14(1), 국제한국어교육학회, 173~209쪽.

이정란(2011), 「한국어 학습자의 양태 표현 습득에 나타난 문법 능력과 화용 능력의 발달 관계 연구」, 이화여대 박사학위논문.

이해영(1996), 「현대 한국어 활용어미의 의미와 부담 줄이기의 상관성」, 이화여대 박사학위논문.

이해영(2011), 「베트남인 한국어 학습자의 추측 양태 습득」, 『한국어학』 53, 한국어학회, 335~360쪽.

이해영(2015), 「한국어 화용 교육에서의 명시적 교수 가능성과 교실 적용」, 『한국어 교육』 26(3), 국제한국어교육학회, 247~266쪽.
이효정(2004), 「한국어 교육을 위한 양태 표현 연구」, 상명대 박사학위논문.
홍윤기(2007), 「한국어 첨사의 양태 기능 교육 방안 연구: 기능, 의미의 메타언어를 활용하여」, 『이중언어학』 34, 이중언어학회, 399~425쪽.
Blum-Kulka, S., House, J. and Kasper, G.(1989), *Cross-cultural pragmatics: Request and apologies*, NJ: Ables.
Coates, J.(1983), *The semantics of the modal auxiliaries*, Beckenham: Croom Helm.

/ 담화 교육 연구 /

한국어 말하기 평가를 위한 내러티브 능력의 개념 연구*

손희연

1. 서론

인터뷰 상황 등에서 개인의 경험을 묻는 질문에 답하는 사적인 이야기, 민속적이고 문학적이거나 혹은 영화가 되는 내용을 지어내거나 기억하거나 재구성하는 이야기, 이러한 이야기 모두는 '텍스트'의 모습으로 나타난다. 텍스트를 중심으로 파악되는 내러티브는 한국어를 배우는 학습자들에게 습득의 방법이자 습득의 지점으로서 다양하게 활용되어 왔고, 특히 '말하기'의 기능 영역에서는 평가의 도구가 되기도 한다. 그러나 실제로 학습자들이 '내러티브하는' 구두 발화를 관찰해 보면(손희연, 2014), 그 학습자의 한국어 내러티브 발화가 어떠한 숙달도의 양상인지, 나아가 지금의 그 학습자가 궁극적으로 도달해야 하는 한

* 이 글은 한국언어문화교육학회 제19차 전국 학술대회(2014.11.01) 발표 논문을 수정, 보완한 것이다.

국어 내러티브 발화의 수준은 무엇인지를 명확히 판정하기가 어렵다. 이는 무엇보다도 내러티브 말하기는 다양한 변이나 화체(스타일)의 양상으로 실현된다는 점에 기인한 것이라 볼 수 있다.

구두적 발화에 대한 사회언어학의 논의들은 전통적으로 '변이', '화체(스타일)', '전략' 등의 개념을 강조해 왔다. 이러한 개념은 '말을 하는 것'의 문제가 구체적 사용의 실제임을 환기키시고, 말을 하는 능력이 그 실제적 수행과 구분된 일반적 정신 작용이나 지식 체계로서 추상화되기 어렵다는 점을 보여주는 것이다. '말하기'의 기능 영역에서 필수적인 '말하기 수행'에 대한 평가가 평가 항목을 설정하고 평가 방법을 결정하는 데에 어려움을 겪어 왔던 데에는, 이렇게 '말하기'가 '보편적 언어 지식'의 틀 안에서 논의될 수 없기 때문일 수 있다. 물론 '말하기'의 수행이 드러내는 변이성이나 전략적 특질, 대화적 특질 등에 대한 이해가 외국어 교수학습 영역에서 충분히 무르익은 시점이다. 그러나 말하기 영역의 평가에서는 이러한 이해가 보다 적극적으로 평가의 원리와 방법에 반영되지 않고, 이론이나 개념을 환기하는 것에만 머무르는 경우가 많음을 살필 수 있다. 보다 최근의 말하기 평가 논의가 과제 중심의 성취도 평가를 강조하고 상호행위 능력을 말하기 능력의 중심적, 본래적 요소로 주목하고 있지만, 대규모의 표준적 숙달도 평가가 요구되는 경우에는 특히 말하기의 일반적 능력을 기술하여 평가의 구인을 설정하는 것을 기본 논의로 하고 있다.

'내러티브'라는 구체적인 말의 실제는 그것의 습득 정도를 '평가'하는 관점에서 그 실제적 능력을 기술하고 이해할 수 있도록 하는 이론이 모색되어야 할 것이다. 그리고 이렇게 정의된 '내러티브 능력'의 개념은 내러티브를 활용하는 말하기 교육과 평가를 견인하는 역할을 할 수 있을 것이며, 동시에 말하기 평가론의 다양화, 다각화를 모색하는 데에도 기여할 수 있을 것이라 생각된다. 이러한 관점에서 본고는, 먼저 말하기 수행을 평가하는 논의에서 일반적인 바탕이 되는 '의사소통 능력' 개념을 '국지적 의사소통 능력(local communicative ability)(Johnson, 2004)'의 관점에서 다시 살피고, 이를 통해 내러티브 능력을 정의한 후, 내러티브 과제를 중심으로 하는 실제적 말하기 평가 모델을 제시하고자 한다.

2. 선행연구 및 문제제기

말하기의 기능 영역은 그것의 숙달도나 성취도를 평가함에 있어서 직접적인 실행 즉 수행에 대한 평가가 이루어져야 한다. 따라서 그러한 수행을 가능하게 하는 소위 '기저 능력'을 평가의 항목으로서 기술하는 문제가 우선 제기되었던 것이다. 김정숙(2014)이 밝히고 있는 바와 같이 1990년대에 시작된 한국어 말하기 능력 구인에 관한 연구는 초기에는 의사소통능력 이론에 바탕을 두고 이루어졌으며, 이후 과제 수행 능력, 상호작용 능력 등으로 그 범위를 확대해 왔다. 이러한 맥락에서 김정숙 · 원진숙(1993), 전은주(1997), 전나영 외(2007), 한상미(2009) 등이 일반적인 말하기 기능 실현에 관여하는 의사소통능력의 요소들을 기술하였고, 강승혜(2005), 지현숙(2006) 등은 과제에서 실현되는 말하기 기능의 언어 능력이나 평가의 문제를 논의하였다. 특히 최근에는 대화 과제(강현주, 2013), 스토리텔링 과제(김지혜, 2013)에서의 말하기 능력에 대한 논의가 이어지고 있다. 일반적인 구두 생산 기능으로서의 말하기에 대한 이해가 점차 말하기의 본래적 양상으로서의 대화나 본

질적 속성으로서의 상호성에 주목하는 쪽으로 이동하고 있다고 할 수 있으며, 이 과정에서 '상호작용 능력'의 개념이 말하기 능력의 요소로서 등장하고 있는 것이다.

말하기 능력에 대한 이러한 이론적 논의들에서는 두 가지 공유되는 속성을 확인할 수 있다. 첫째, 이들 선행 논의는 무엇보다도 말하기 능력을 말하기 수행을 가능하게 하는 기저 능력 혹은 내재적 지식의 개념으로서 공유하고 있는 것이다. 즉 '언어 능력'과 '언어 수행'을 구분하고 '랑그'와 '빠롤'을 구분하듯이 말하기 능력과 말하기 수행을 구분하고 있으며, 어떠한 상황에서 수행되는 말하기의 경우에도 내재적이고 일반적인 말하기의 능력 즉 말하기의 지식이 그 기저에서 작용한다고 보는 것이다. 둘째, 평가의 대상이 되는 '일반적 말하기 능력'은 기존의 의사소통 이론에서 제시해 왔던 틀에 따라, 주로 '문법적 언어능력'과 '담화구성 능력', '사회언어학적 능력'의 부류에서 논의되고 있다. 문법적 언어능력의 하위 범주로서 어휘와 발음이 따로 강조되는 경우가 많고, 상위 범주로서 전략적 능력이나 과제 수행력(전은주, 1997), 상호작용 능력(강현주, 2013)이 추가되거나 말하기 능력의 항목 요소가 아닌 자질 요소로서 유창성, 정확성, 적절성, 논리성 등이 논의되기도 한다(강승혜, 2005). 또한 일반적인 말하기 능력이 '구어 문법 능력'으로서 재구성되기도 한다(지현숙, 2006).

제도적인 한국어 교수, 학습의 분야에서 표준화된 말하기 숙달도 평가 도구에 대한 필요성은 분명하다. 앞서의 선행 논의들은 이러한 표준화된 말하기 평가 도구에 이론적 근거를 제시하는 논의들이 되는 것이다. 그러나 말하기 평가를 위해 도입되는 '과제'의 문제는 이러한 일반적 말하기 능력 평가에 근본적인 의문을 제기하게 만든다. 즉 평가자가 접근하는 학습자의 구두 발화 능력은 '과제에 한한' 것인가, 일반적인 것인가. 일찍이 Tarone(1985)은 Labov(1972)의 사회언어학적 스타일 연속체 이론을 바탕으로 학습자들의 과제 스타일(화체)을 통해 구두적 발화 생산의 메커니즘을 이해하고자 했다. 학습자들이 언어 습득의 과정에서 보여주는 의사소통의 능력은 복수의 스타일 목록이 상황(형식적 특성에 얼마나 주의를 기울이게 되는가를 결정하는 조건들이 결부된 상황)에 따라 연속적으로 배열되어 있는 중간언어적 목록인 것이다. 말하기의 속성이 원래 그러하듯이 학습자들도 '상황에 한하여', 그리고 그 상황 때문에 말하게 된다.

따라서 '말하기'의 능력은 말해야 하는 그 상황에서 가능하도록, 필요한 만큼의 말을 할 수 있는 능력일 것이다. 이 경우, 평가의 대상이 되는 것은 보편적인 것으로 직관할 수 있는 추상적인 능력의 요소가 아니라 경험적으로 관찰할 수 있는 실제적 내용으로 보아야 한다. 내러티브 말하기 상황이라면, 바로 그 상황에 국한된 내러티브 능력이 드러나는 것인데, 이렇게 상황 혹은 장면에 국한된 능력들의 총체가 의사소통 능력으로서 이해되어야 할 것이다. 이렇게 내러티브 능력을 선험적 지식이 아닌 경험적 실제로 보고 말하기 평가의 주요한 지표로서 확인하는 데에는 의사소통 능력 개념에 대한 보다 면밀한 재검토가 요구된다.

3. 의사소통능력의 개념 재고

한국어 말하기 평가에 있어서 '무엇을' 평가할 것인지를 결정하는 논의들은 대부분 말하기 기능 실현을 가능하게 하는 의사소통 능력을 기술하고 이를 평가 항목(구인)으로서 구체화하는 작업으로 요약될 수 있다. 이때, 의사소통 능력은 외국어 습득이나 교수/학습 분야에서 일반적으로 회자되는 Canale and Swain(1980)의 의사소통 능력 모델이나 Bachman(1990)의 의사소통적 언어능력 모델이 그 이론적 배경이 된다. 잘 알려져 있는 것처럼, Canale and Swain(1980)은 '문법 능력', '사회언어적 능력', '전략적 능력', '담화능력'을 의사소통 능력의 구성 요소로 제시했다. 이후 Bachman(1990)은 의사소통적 능력(ability)의 바탕으로서 '언어능력'을 '조직능력'과 '화용능력'으로 구별하여 제시한다. 조직능력은 문법과 텍스트에 대한 능력이고 화용능력은 화행적 능력과 사회언어적 능력으로 세분된다. Bachman(1990)은 이러한 언어능력을 맥락에 적용시키는 '인지적 기술'로서 '전략적 능력'을 따로 제시하고 있는데, 언어에 대한 능력이 상황에 따라 사용되는 데에 관여하는 인지적 기능에 대하여 설명하는 것이다.

말하기 평가뿐만이 아닌 한국어 능력 평가 전반에 걸쳐 가장 주요하고도 강력한 이론적 개념으로 자리하고 있는 이러한 의사소통 능력의 이론들은 그것에 대한 이해가 대단히 보편화되어서 그 개념을 재고한다는 것 자체가 새삼스러운 일이 될 듯도 하다. 그러나 말하기 평가에 관한 논의들이 공통적으로 지적하고 있는 '수행 평가'의 어려움은 '말할 수 있도록 하는 의사소통 능력'의 속성을 내재적이고 일반적인 하나의 기저 능력 혹은 지식으로 전제한다는 점에 기인한 측면이 있을 것이다.

'의사소통 능력'의 개념은 인류학(민족지학)과 사회언어학의 시각에 그 뿌리를 두고 있다. Hymes(1966, 1974, 1987)는 촘스키의 언어능력 개념(체계상의 가능성에 대한 지식, 즉 하나의 발화가 그 언어 내에서 문법적으로 가능한 구조인지 아닌지를 아는 지식)을 적합성(발화의 적절성 여부 및 그 정도), 발생(발화의 수행 여부 및 그 정도) 및 실행성(특정 상황 하에서 발화의 가능 여부 및 정도)에 대한 지식까지를 포함하는 것으로 확장시켰다(왕한석 외 역, 2009:27). 이는 문화적 지식으로서 또한 상호작용에 대한 지식으로서 강조된 것이다. 개별 언어 공동체의 구성원들이 공유한 것이면서 구성원 내에서는 다양한 형태로 존재하는 것이다. '공유되어 있지만 여전히 개별적인 의사소통 능력(왕한석 외 역, 2009:31)'의 속성을 강조하고, 이상적인 단일어 화자나 공동체의 존재, 한정된 상황에서 한 개인의 의사소통능력 전체를 평가하려는 시도를 경계한다. 민족지학적 의사소통 능력 개념에서 특히 주목되는 것은 '개별성'의 관점이다. 다양한 언어적, 문화적 공동체를 경험한 결과로서 획득되는 의사소통 능력은 각각의 개인에게서 '언어목록'의 형태로 개별적으로 그리고 경험적으로 드러나는 것이다.

이러한 맥락에서 의사소통 능력의 '국지성(locality)'를 주장하는 Johnson (2004)의 논의가 주목된다. Johnson(2004)은 제2언어 습득에 대한 대화주의적이고 사회문화이론적인 접근을 모색하고 있는데, 무엇보다도 '일반적인 언어적 능력(general language ability)'의 존재를 주장하는 논의들과 거리를 두는 것에서 출발한다. 언어 능력(language ability)은 구체적인 사회적 맥락에서 언어를 사용하는 것으로부터(즉 경험으로부터) 형성된다. 언어 능력을 갖추고 그것의 정신 작용으로서 언어적 수행이 가능한 것이 아니라 수행(사용)으로부터 배우고 그렇게 배운 '구체적인 사용'을 그 상황에서 다시 실현시키게 되는 것이다. 이때 구체적인 사회적 맥락은 보편적인 것이 아니라 '국지적인' 것이다. 즉 바흐친의 개념에 기인하는 '말하기 장르'로서의 국지적 측면인 것이며, 말하기 장르 내에는 다양한 사회문화적, 제도적 배경 안에서 이전 발화의 목소리(관습, 관점, 입장) 들이 현재적 발화와 대화적 관계를 맺고 있다.

이렇게 국지적인 사회문화적 배경에서 담론행위들의 상호 관계를 경험하면서 형성되는 국지적인 제2언어능력은 다음의 그림과 같이 나타낼 수 있다.

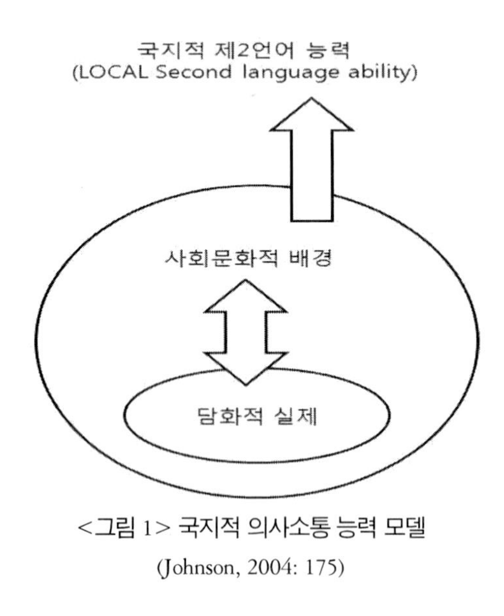

<그림 1> 국지적 의사소통 능력 모델
(Johnson, 2004: 175)

이러한 '국지적 의사소통 능력(local communicative ability)'의 관점에서는 말하기의 수행과 말하기의 기저 능력/지식을 구분하지 않으며, 어떠한 말하기 상황에서도 통용되는 보편적 말하기 지식을 평가 항목으로 설정할 수 없다. 말하기 능력은 다양한 말하기 장르마다 국지적으로 존재하는 문화적, 언어적 지식과 인지적 전략의 총체이며, 이러한 장르마다의 능력(ability)은 그러한 장르를 경험하고 학습한 결과로서 획득된다.

이러한 관점에서 내러티브 능력은 내러티브의 맥락에 결부된 국지적 의사소통 능력이라고 할 수 있다. 따라서 내러티브 말하기를 보고 학습자의 전반적인 말하기 능력에 대하여 일반적 평가를 내릴 수는 없을 것이다. 특정한 내러티브 맥락에 대응된 내러티브 능력에 접근하게 되는 것인데, 내러티브 말하기가 텍스트, 행위 그리고 문화를 핵심 개념으로 하는 다면적이고 역동적인 의사소통 사건이 된다는 점에서 특히 주목되는 것이다.

4. '국지적 의사소통 능력'의 관점에서 내러티브 능력의 정의와 평가 모델

4.1. 내러티브 능력의 정의

내러티브 능력은 다양한 내러티브 맥락에서 내러티브를 생산하고 수용하는 일련의 상호작용을 경험한 결과로서 획득되는 국지적 의사소통능력으로 정의될 수 있다. 따라서 이러한 내러티브 능력의 구성 요소는 내러티브 맥락적(문화적) 요소와 내러티브 텍스트 요소로 나누어 살필 수 있다. Pavlenko(2005)는 성인 외국인 화자가 목표어에 대하여 지니고 있는 내러티브 능력을 다음과 같이 정의하고 있다. 허구적인 이야기이든 자신이 경험한 것에 대한 이야기이든, 그 이야기를 해석하고 구성하며 또 수행할 수 있는 능력인데, 그것은 그 언어를 사용하는 모어 화자 그룹, 특히 그 발화자와 여러 사회언어학적 조건에서 유사점을 지니는 '참조 그룹'의 화자와 유사한 정도로 사용할 수 있는 능력이다. 이는 그 언어를 사용하는 모든 화자에게 일반화될 수 있는 보편적인 내러티브 능력을 전제하지 않는다는 점에서 특징적이다. 그 언어를 사용하는 모어 화자들에게도 내러티브의 경험은 다양한 것이어서 그들이 습득한 내러티브의 능력 즉 내러티브 목록 혹은 스타일은 달라질 수밖에 없기 때문이다. 또한 내러티브 능력을 목표어 사용자 그룹, 목표어 공동체의 구체적 문화적 관습으로서 접근하고 있는 것이다.

따라서 Pavlenko(2005)는 내러티브의 문화적 스타일을 결정하는 요소의 관점에서 내러티브 능력의 구성 요소를 기술하고자 한다. 이는 구조(structure), 평가와 조정(evaluation and elabaration) 그리고 응집성(cohesion), 세 가지로 제시되고 있다(Pavlenko, 2005:6). 이 중에서 구조와 응집성은 내러티브 텍스트 구성에 대한 지식으로 묶어 볼 수 있고, '평가와 조정'은 내러티브를 행위 구성의 측면이자 이들 행위의 상호성에 주목하는 문제로 볼 수 있다.

내러티브 구조에 대한 지식은 '텍스트에 대한 문화적 지식'이다. 목표어의 관습적 이야기 구성을 알고 또 적합한 이야기 맥락에서 그 구성을 적용시키는 것과 관련된다. 내러티브 텍스트는 이야기 문법 모델(Mandler, 1984)에서 설정하는 '잘 짜여진(well-formedness)' 내용의 구성 요소와 사적인 경험을 이야기로 엮어 나가는 이야기 구성 행위 모델(Labov and Waletzky, 1967), 두 측면에서 기술될 수 있다. 미시구조적 측면에서 '응집성'의 요소는 개별 언어의 형식에 대한 지식을 요구한다. 어휘적 측면에서는 직시(deixis)의 요소, 문법적 측면에서는 지시적 구문, 시상 구문 그리고 접속 구문 등이 관련되는데 이러한 담화적 응집성을 실현하는 문법적 구문은 개별 언어의 문화 조건적 지식으로서 특히 주목된다고 할 수 있다(Pavlenko, 2005:17).

내러티브 능력의 구성 요소로 '평가와 조정'은 내러티브 구성 행위 모델에서 차용한 개념이다. 이는 내러티브 말하기의 상호행위적 속성을 나타내는데, 내러티브가 맥락의 조건, 특히 청자의 이해와 수용의 관점에서 이야기 행위나 내용을 대화적 장치나 수사적 장치를 통해 '조정'하는 것이다. '평가'는 '조정'의 기능을 하는 행위이면서 이야기를 말하는 사람의 태도나 이야기의 가치를 전달하고 가시화하는 행위라는 점에서 특히 중요하다고 할 수 있다.

내러티브는 일반적으로 일방향의 구술적 담화로 인식되지만, 대화적 내러티브라는 보다 적극적인 개념을 통해 내러티브를 하나의 대화적 스타일로 보려는 논의는 일찍부터 진행되어 왔다(Tannen, 1984, Sacks, 1992, Norrick, 2000). Quasthoff(1997)은 내러티브를 일상적 의사소통의 상호작용적 체제(interactive process)로 보면서 아동들의 내러티브 습득이 성인들과의 대화 속에서 일정한 유형의 내러티브를 경험한 결과라는 점을 밝히고 있다. 대화적 내러티브는 일상적 의사소통에서 '이야기'가 기능하는 원리를 이야기 말하기의 '프레임(Tannen, 1993)'이나 '이야기 적합성(tellability)'(Fludernik, 1996:47)' 등의 개념을 통해 밝히고 있기 때문에, 내러티브의 상호행위적 속성에 접근하는 효과적인 개념일 수 있는 것이다. 지금까지 논의했던 내러티브 능력은 다음과 같이 내러티브 지식의 구성 요소로서 나타낼 수 있을 것이다.

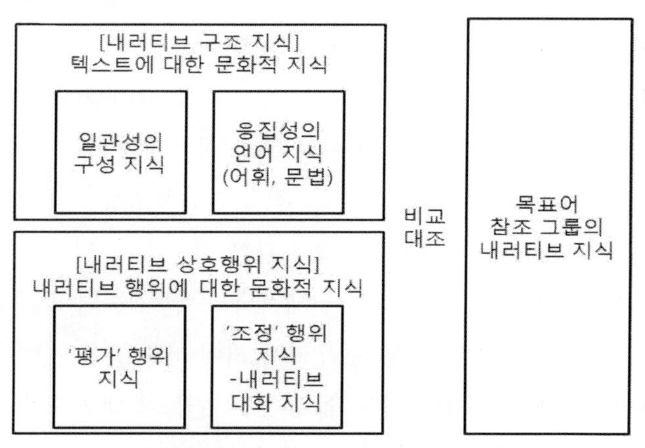

<그림 2> 제2언어 내러티브 능력 모델

이렇게 내러티브를 하나의 '의사소통적 사건(event)' 즉 문화적 사건으로서 다루는 것은 이야기하는 사람이 특정한 상황에서 특정한 목적을 지니고 이야기를 듣는 사람에게 이야기하는, 이야기 실행의 실제적 양상에 접근하는 것을 의미한다(De Fina and Georgakopoulou, 2012). 이때 이러한 이야기의 의사소통적 사건은, 이야기에 참여하는 사람들의 정체성 및 역할, 표현적 수단들, 이야기를 행하는 데에 관여하는 사회적, 상호작용적 원리, 규범, 전략, 그리고 이야기 내용을 형성하는 행위들의 조직에 따라서 일정한 구성을 나타내게 되는 것이다(Bauman, 1986:4; 재인용, De Fina and Georgakopoulou, 2012: 62).

4.2. 내러티브 능력 평가의 모델

한국어 학습자의 내러티브 말하기 교육과 평가의 관건은 '내러티브 말하기 맥락', '내러티브 말하기 장르'의 실제를 경험적으로 그리고 최대한 미시적으로 밝히는 데에 놓이게 된다. 그리고 내러티브 장르의 실제를 기술하는 정교한 데이터들을 바탕으로 한다면, Johnson(2001)이 제시하는 실제적 구두 언어 능력(POLA: Practical Oral Language Ability) 평가 모델이 활용될 수 있을 것이다. Johnson(2001), Johnson(2004)는 비고츠키의 사회문화이론과 바흐친의 대화주의를 배경으로 제2언어 습득을 설명하는 대안적인 관점을 지속적으로 모색하고 있다. OPI(Oral Proficiency Interview) 시험과 같은 비중 있는 말하기 수행 평가 시험을 분석한 결과로 제시된 '실제적 구두 언어 능력 평가 모델'은 앞서 제시한 '국지적 의사소통 능력'의 원리에 바탕을 둔 것이다. 따라서 평가의 대상이 되는 전형적인 내러티브 사건들에 대한 맥락과 기능, 형식 등에 대한 분명하고자 자세한 기술을 전제로 한다.

실제적 구두 언어 능력 평가 모델이 내러티브 평가의 관점에서 특히 주목되는 것은, '평가자에 대한 평가' 원리가 설정되어 있기 때문이다. 내러티브를 말한다는 것은 이야기를 청하거나 들어주는 사람이 있을 때 가능한 것이다. 즉 내러티브 말하기 상황에서 '청자'의 존재와 역할은 필수적인데, 이때 POLA 모델에서는 '평가자'가 상황에 맞는 청자로서 내러티브 과제에 참여하고 그러한 평가자의 참여 또한 평가의 대상이 된다. 참여자로서 평가자는 내러티브 수행에 대한 과제 요소를 평가하고, 평가자를 평가하는 평가단은 평가자로서의 참여자가 최적의 내러티브 수행을 이끌어 냈는지를 평가하게 되는 것이다. POLA 모델에서는 내러티브를 하는 것은 전적으로 평가를 받는 사람들에게 달려 있지 않다. 즉 이들의 말하기 능력은 평가자의 수행에 의존해 있다고 보는 것이다(Johnson, 2004: 184).

POLA 모델의 설정 원리(Johnson, 2001: 199~205)를 내러티브의 평가의 관점에서 적용한다면 다음과 같다.

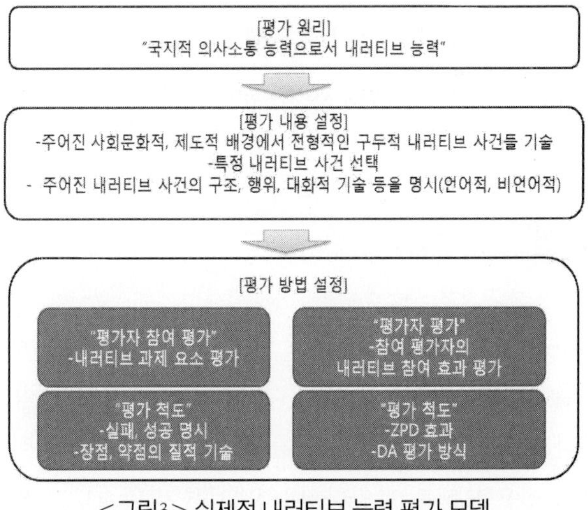

<그림3> 실제적 내러티브 능력 평가 모델

실제적 내러티브의 능력 평가는 내러티브 능력을 '국지적 의사소통 능력'으로 접근하는 평가 원리를 바탕으로 한다. 탈맥락적이고 보편적인 이야기 조직의 담화 능력이 아니라, 문화적 사건, 의사소통적 사건으로서 경험한 내러티브의 구체적이고 개별적인 맥락과 텍스트에 대한 지식에 주목하는 것이며, 따라서 평가의 내용은 대응되는 언어공동체(혹은 참조그룹)의 전형적인 구두적 내러티브 사건을 기술한 내용을 바탕으로 담화의 구조와 행위에 대한 실제적인 내용들로 채워지는 것이다. 마지막으로 평가의 방법은 실제적이면서 국지적인 내러티브 능력의 질적인 평가인 것인데, 평가에 참여하는 평가자의 기술적 부분과 평가자를 또한 평가 대상으로 하는 메타 평가의 부분을 포함한다. 메타 평가는 내러티브 생산 과정에 참여한 평가자의 평가가 온전히 그 대상이 되기보다는 내러티브적 상호작용에 참여한 하나의 구성원으로서 역할에 대한 '측정'이 주가 된다. 즉 평가를 받는 사람의 내러티브를 최대한 이끌어내거나 개선된 발화로 나아갈 수 있도록 하는 대화자로서의 개입이 성공적이었는가에 대한 측정이다. 이는 근접발달영역(ZPD)을 창출하는 대화자로서의 역할에 관한 것이고 학습자들의 잠재력을 평가하는 역동적 평가(Dynamic assessment: DA)평가와 관련이 된다.

5. 맺음말

지금까지 본고에서는 의사소통 능력의 '국지성'에 주목하면서, 내러티브 능력을 특정한 사회문화적 내러티브 맥락에서 국지적으로 획득되는 경험적 지식으로 정의하고, 이를 평가할 수 있는 실제적 내러티브 능력 평가 모델을 모색해 보았다. 내러티브를 말할 때, 그 생산의 양상이 대단히 구체적이고 실제적인 것에 비하면 내러티브 평가의 문제는 탈맥락적으로 진행되는 경향이 강하다. 또한 이러한 경향은 말하기 평가 전반과 공유되고 있는 것이다. 그러나 현재의 한국어 교육 분야에서 말하기 평가는 '과제' 개념을 중심으로 실제에 접근하려는 시도가 모색되고 있다. 이때 이러한 관점이나 이론이 '대안'의 성격으로 등장하기보다는 평가론의 '다양화'에 기여하는 방식이어야 할 것이며, 같은 맥락에서 이 연구는 실제적 내러티브 능력 평가에 대하여 이론적 차원의 논의를 개괄하였다. 평가자의 내러티브 개입까지를 평가의 요소로 하는 실제적 내러티브 능력 평가는 학습자의 숙달도 등급을 나누는 평가 형식과는 거리가 있다. 개별적인 내러티브 지식을 획득했는가의 여부나 지식 획득의 양상을 측정하는 질적 평가의 속성을 지니게 될 것이며, 다양한 내러티브 맥락에 대한 기술적 연구 작업이나, 이를 교육의 영역에서 과제로 개발하는 방법론을 요구하는 것이기도 하다. 본 연구에서 제시된 실제적 내러티브 평가의 모델은 구체적인 평가의 도구로서 기술되어야 할 것이며, 다양한 학습자들의 실제 내러티브 자료를 바탕으로 적용하거나 검증하는 경험적 분석이 보완되어야 할 것이다.

참고문헌

강승혜(2005),「한국어 고급 말하기 평가 도구 개발 기초 연구」,『외국어로서의 한국어교육』 30, 1~21쪽.

강현주(2013),「말하기 능력 평가에서의 대화 과제 도입의 필요성」,『어문논집』 71, 353~376쪽.

김정숙(2014),「한국어 말하기 능력 평가를 위한 구인 설정 연구」,『국제한국어교육학회 국제학술대회 발표 논문집』, 17~28쪽.

김정숙 · 원진숙(1993),「한국어 말하기 능력 평가 기준 설정을 위한 연구」,『이중언어학』 10, 24~33쪽.

김지혜(2013),「한국어 학습자의 과제별 스토리텔링 수행 능력에 관한 소고」,『우리어문연구』 44, 361~387쪽.

손희연(2014),「상호적 내러티브 구성에서 드러나는 결혼이주여성의 서사적 정체성 연구」,『이중언어학』 54, 185~215쪽.

왕한석 외 역(2009),『언어와 사회－의사소통의 민족지학 입문』, 한국문화사.

전은주(1997),「한국어 능력 평가－말하기 능력 평가 범주 설정을 위하여」,『한국어학』 6, 153~172쪽.

전나영 외(2007),「한국어 말하기 능력 평가 도구 개발 연구」,『외국어로서의 한국어교육』 32, 259~338쪽.

지현숙(2006),『한국어 구어문법과 평가I』, 도서출판 하우.

한상미 외(2009),「컴퓨터 기반 한국어 말하기 숙달도 평가 도구 개발 연구」,『외국어로서의 한국어교육』 34, 519~554쪽.

Atkinson, D,(ed)(2011), *Alternative approaches to Second Language Acquisition*, New York: Routledge.

Bachman(1990), *Fundamental Considerations in Language Testing*, Oxford:

Oxford University Press.

Canale and Swain(1980), "Theoretical Bases of Communicative Approaches to Second Langage Teaching and Testing", *Applied Linguistics* 1, pp.1~47.

De Fina and Georgakopoulou(2012), *Analyzing Narrative*, Cambridge: Cambridge University Press.

Fludernik, Monika(1996), *Towards a 'Natural' Narratology*, London: Routledge.

Hymes(1966), "Two types of linguistic relativity, In William Bright ed.", *Sociolinguistics*, The Hague: Mouton, pp.114~167.

Hymes(1974), *Foundations in Sociolinguistics: An Ethnographic Approach*, Philadelphia: University of Pennsylvania Press.

Hymes(1987), "Communicative competence, In Ammon, Dittmar and Matteier(eds.)", *Sociolinguistics: An International Handbook of the Science of Language and Society*, Berlin: Walter de Gruyter, pp.219~229.

Johnson, M.(2001), *The Art of Non-conversation*, Yale University press.

Johnson, M.(2004), *A philosophy of Second Language Acquisition*, New York: Yale University press.

Labov, William(1972), *Language in the inner city*, Philadelphia: University of Pensylvania press.

Labov, William and Joshua Waletzky(1967), "Narrative analysis, In June Helm(ed)", *Essays on the verbal and visual arts*, Seattle: University of Washington Press, pp.12~44.

Lantolf, J.P(ed)(2000), *Sociocultural Theory and Second Language Learning*, Oxford: Oxford University Press.

Norrick, Neal R.(2000), *Conversational narrative: Storytelling in everyday talk*, Amsterdam/Philadelphia: John Benjamin.

Pavlenko(2005), "Narrative competence in a second language, In Bymes, Weager-Guntharp and Sprang(eds.)", "Education for advanced foreign language capacities: constructs, curriculum, instruction, assessment", *Georgetown University Roundtable On Languages and Linguistics 2005*, Washington, DC: Georgetown University Press, 2-26.

Pavlenko and Lantolf(2000), *Second language learning as participation and the (re)construction of selves, in Lantol*, p.155~178.

Quasthoff(1997), "An Interactive Approach to Narrative Development, In Bamberg (ed.)", *Narrative Development-Six Approaches*, New York: Routledge, pp.51~84.

Sacks, Harvey(1992), "Stories take more than one utterance: story prefaces, In Gail Jefferson(ed)", *Lectures on conversation* vol II, Oxford: Blackwell, pp.222~238.

Tannen, Deborah(1984), *Conversational style*, Norwood: Ablex.

Tannen, D.(1989), *Talking voices: repetition, dialogue and imagery in conversational discourse*, Cambridge: Cambridge University Press.

Tarone E.(1985), "Variability in interlanguage use: a study of style shifting in morphology and syntax", *Language Learning* 35, pp.373~403.

Tarone E.(1988), *Variation in Interlanguage*, London: Edward Arnold.

한국어교육에서 대화 분석 방법론의 수용 양상과 발전 가능성*

백승주

1. 들어가며

담화는 최근 10여 년 간 한국어교육 연구 분야의 중요한 연구 분야로 부상했다. 한국어 교육 분야에서 이루어진 담화와 화용, 텍스트에 대한 연구 동향을 분석한 연구가 이유미(2010), 한상미(2011), 강현화(2012), 김정남(2012), 김호정(2012)[1] 등 5편이나 된다는 점은 담화에 대한 연

---

* 이 글은 중앙어문학회에서 발간하는『語文論集』61집(2015)에 실린 논문의 내용을 수정 · 보완한 것이다.

1) 이유미(2010)는 한국어교육에서의 화용론 연구 동향을 '수사적 표현의 화용적 실현 연구'와 '의사소통적 화용 연구'로 구분하여 살펴보고 있다. 한상미(2011)에서는 한국어교육 분야에서의 담화 및 화용 화행 연구의 현황을 보고하고 있다. 이 연구에서는 담화 연구를 언어적 주제와 교육학 주제로 나누어 고찰하고 있는데 언어적 주제의 연구는 다시 '담화표지', '담화구조', '담화 의미 및 기능', '담화 문법', '담화 결속성' 연구가 있었음을 보고하고 있다. 화용 연구도 언어적 주제의 연구물과 교육학 주제의 연구물로 구분하였는데 언어적 연구물들은 '공손성의 표현', '특정 어휘 · 표현 · 문법의 화용 정보', '화용 오류'연구들로 범주화하고 있다. 화행 연구도 언어적 주제

구가 한국어 교육의 지대한 관심의 대상이 되었음을 반증한다.

조태린(2014)에 따르면 담화에 대한 한국어교육학의 관심은 한국어 체계와 형식에 대한 이해 자체가 아니라 그 이해를 바탕으로 한국어 의사소통 능력의 배양과 활용에 더 관심을 가지고 있는 한국어 교육학의 근본적인 성격을 드러내는 것이다. 그리고 한국어교육학을 넘어서 기존의 국어관과 국어 연구의 변화를 이끌어낼 수 있다는 점에서 주목할 만한 현상이다.

한국어교육학 내부의 관점에서 볼 때 담화가 이처럼 한국어교육 연구자들의 관심을 받게 된 이유는 의사소통 중심 교수법(Communicative Language Teaching)이 한국어교수에 도입된 것과 무관치 않다. 주지하다시피 문법번역식 교수법이나 청각구두식 교수법과 같은 언어교수법에서는 언어 자체의 특성인 음운, 어휘, 통사와 같은 언어 '형식' 자체에 집중했다면 의사소통 중심 교수법에서는 맥락이 포함된 언어의 기능에 초점을 맞추고 있다. 다시 말해 언어의 사용과 언어가 사용되는 상황, 그리고 언어 사용의 효과가 중요한 교수 내용으로 부각된 것이다.

이 같은 교수법 패러다임 교체는 결국 언어를 바라보는 관점의 전환과 연결되어 있다. 즉 문법번역식 교수법이나 청각구두식 교수법이 형

화행 연구와 교육학 주제의 화행 연구물들로 구분하고 있는데, 언어적 주제의 화행 연구는 '한국어 학습자의 중간 언어 화행', '대조 화행', '한국어 화행의 특징 및 양상'에 대한 연구로 구분하고 있다. 강현화(2012)에서는 2000년대 이후의 담화 연구 흐름을 고찰하면서 담화 분석 연구를 '담화 구조', '담화 기능', '담화 표지', '담화 패턴', '담화 문법', '담화 배경', '담화 이론'으로 구분하고 있다. 김정남(2012)에서는 태동기(1990년대), 전개기(2000년대 초반), 팽창기(2000년대 후반), 확산기(2010년 이후)로 시기 구분을 한 후 텍스트언어학의 성과가 한국어교육학에서 어떻게 수용되었는지를 살펴보고 있다. 김호정(2012)은 한국어 문법교육에서 담화 연구의 동향을 분석하면서 관련 연구가 담화 차원의 문법 연구, 담화 유형에 따른 문법 연구, 담화 기반의 문법·교수 학습 연구, 학습자 담화 문법 연구가 이루어지고 있음을 보고하고 있다.

식주의적 언어관을 바탕으로 했다면 의사소통중심 교수법은 기능주의적 언어관을 바탕으로 한다. 이런 점에서 담화가 기능주의 언어학의 주요 연구 주제가 되었다는 것은 한국어교육 분야가 형식주의 언어학 패러다임과 기능주의 언어학 패러다임이 가장 치열하게 충돌하는 전장이 되었음을 뜻한다.

문제는 의사소통 중심 교수법을 받아들인 한국어교육 현장에서의 교수 내용이 여전히 형식주의적 언어관을 바탕으로 구성된 것이라는 점이다. 즉 의사소통 중심 교수법을 구현하려 하지만 언어교수 내용은 여전히 형식주의 언어학에 바탕한 어휘와 문법을 중심이기 때문에 제대로 의사소통 중심 교수법을 구현하기가 어렵다. 이를 극복하기 위해 맥락화된 언어 자료인 '담화'를 교수 내용으로 채택하려 해도 문제가 발생한다. '담화'의 실제 모습에 대한 정보가 축적되어야 이를 교육에 활용할 수 있는데 이러한 정보가 부족하기 때문이다. 이런 상황 속에서 한국어교육 연구 분야가 '담화'에 관심을 가지게 된 것은 당연한 귀결이라고 할 수 있다.

본 연구는 이처럼 한국어교육 연구 분야에서 이루어진 '담화'[2] 연구, 그 중에서도 '구어 담화' 연구의 경향을 고찰하는 것을 목표로 한다.[3]

---

2) 한국어교육 연구 분야에서 '담화'에 대한 규정은 다양하며 실제로 많은 논의들에서 '발화', '텍스트', '담화'가 혼용되어 사용되고 있다. 본고에서 말하는 담화란 구어와 문어를 아우르는 문장 단위 이상의, 맥락화된 언어 자료이다.

3) 한상미(2011), 강현화(2012), 김정남(2012) 등에서는 담화 관련 연구 목록들을 총망라하여 정리하고 그 전체적인 흐름을 고찰하고 있다. 본 연구에서는 앞선 연구처럼 구어 담화에 대한 논의들을 일괄적으로 소개하기 보다는 일부 논의를 중심으로 구어 담화에 대한 연구 경향을 살펴보는 것을 목표로 한다. 여기서 소개하는 논의들은 한국어교육 분야에서 이루어지는 구어 담화 연구의 방식을 잘 보여준다고 판단되는 것들이다. 더불어 이 연구에서 목적하는 바는 한국어교육 분야에서 간과했던 부분을 고찰하는 것에 있는 것이지 개별 논의들을 비판하기 위한 것이 아니다. 즉 이 연구의 목적은 지금까지 한국어교육 연구 분야에서 이루어졌던 연구들이 미처 보지

구체적으로 본 연구에서는 한국어교육 연구 분야의 담화 연구 중 '구어 담화'에 대한 연구가 어떻게 이루어졌는지 살펴볼 것이다. 더불어 연구 방법론으로서의 대화분석론(Conversation Analysis, 이하 CA)과 담화분석론(Discourse Analysis, 이하 DA)의 한 분파인 대화문법론이 한국어교육 연구 분야에서 어떻게 수용되었는지 살펴보고 그 한계와 앞으로의 발전 가능성을 논의하고자 한다.

2. 한국어교육학 분야에서의 '구어 담화' 연구의 특징과 한계

구조주의 언어학에서 변형 · 생성 언어학에 이르기까지 형식주의 언어학에서는 실제 사용되는 '구어'를 랑그가 아닌 파롤의 영역으로 보았다. 따라서 구어는 언어학의 연구 대상에서 배제되었다. 그러나 사회언어학, 화행론, 화용론, 대화분석론 등 기능주의 언어학이 대두되면서 비로소 살아있는 '구어'가 연구의 대상으로 부각되기 시작했다. 이에 발맞추어 외국어교육 분야에서도 의사소통 중심 교수법이 도입되면서 '구어'의 특질을 포착하고 이를 교육 현장에 반영하려는 노력이 이루어졌다. 이러한 경향은 한국어교육 연구 분야에도 나타나는데 이 장에서는 활발하게 연구가 이루어진 화행 연구, 담화표지 연구, 그리고 최근 들어 논의의 중심으로 부상한 구어 문법(또는 담화 문법)에 대한 연구

못했던 맹점이 있으며 따라서 새로운 시각이 필요하다는 점을 밝히는 것에 있지, 기존의 시각으로 이루어진 연구 성과 자체를 부정하는 것에 있지 않다. 다시 말해 소개된 각각의 논의가 가진 문제 의식이나 연구 방식의 타당성에 의문을 제기하는 것이 아니라는 점을 분명히 해 둔다.

를 중심으로 한국어교육 분야의 구어 담화 연구의 특징과 한계를 살펴보고자 한다.

한국어교육 분야의 구어 담화 연구들을 살펴보면 가장 큰 비중을 차지하는 것은 화행(speech act) 연구라는 점을 알 수 있다. 이처럼 화행 연구가 부각된 것은 화행이 바로 외국어교육학의 주요 개념인 '기능'(function)과 밀접한 관련을 맺고 있기 때문이다. '기능'이란 언어 교수에서 의사소통능력의 중요성을 부각시킨 Wilkins(1972)가 제안한 '개념－기능 중심 교수요목'(notional－functional syllabus)의 핵심 개념으로 언어를 통해 추구하는 의사소통상의 목적(거절하기, 요청하기 등등)을 말하는 것이다. 결국 언어교수학 쪽에서 말하는 '기능'의 개념은 '화행'의 개념과 일맥상통한다고 볼 수 있다. 의사소통 중심 교수법과 개념－기능 교수요목의 도입은 '언어를 가지고 무엇인가를 할 수 있다'는 것에 초점이 맞추어져 있고 이에 따라 '실제 언어 사용'이 화두가 되었다.

McCarthy(2010)는 1970, 1980년대의 화행 연구에 대해 논평하면서 '화행 이론이 모든 것을 바꿀 것으로 기대되었을 법하다'라는 표현을 통해 화행 연구에 대해 가졌던 기대감을 설명하고 있다. '화행 이론이 모든 것을 바꿀 것으로 기대'했던 이유는 여러 가지가 있겠지만 '언어'와 인간의 '행위'를 연결할 수 있는 고리를 찾아냈다는 흥분과 '행위'의 관점에서 언어를 설명할 수 있다는 자신감 때문이었을 것이다. 그러나 이는 곧 실망감으로 변한다. McCarthy는 실망감의 원인이 된 화행 연구의 문제점을 지적하고 있다. 그에 따르면 화행 연구에서는 화행을 특정한 언어의 정형화된 고정표현과 너무 단순하게 동일시했으며 실제 자료를 검토하기보다는 단순히 그런 정형화된 고정표현을 만들어내는 경향이 짙었다. 그렇다면 한국어교육학에서의 화행 연구는 어떠한가? 과연 화행 연구에 대한 McCarthy의 비판에서 자유로울 수 있을까?

유혜령(2009)에 따르면 한국어교육 분야에서의 화행 연구는 특정 화행 범주별 연구, 언어별 화행 차이를 분석하는 대조 연구, 화행 유형 분류 연구의 세 부류로 나눌 수 있다. 이 중 특정 화행의 실현 양상을 고찰하는 연구에서는 주로 담화 완성 테스트(DCT)나 준구어 자료를 이용하여 특정 화행이 어떠한 문형이나 상용구로 실현되는지를 조사하고, 이에 대한 빈도를 파악한 후 이를 근거로 특정 화행과 관련된 문형 등을 위계화하여 가르칠 것을 주장하는 방식의 연구가 많다. 대조 연구 또한 마찬가지로 담화 완성 테스트를 통하여 한국어 모어 화자의 화행 실현 양상과 특정 모어를 사용하는 한국어 학습자의 화행 실현 양상을 비교하는 형식으로 이루어진다. 이러한 화행 연구는 특정 화행의 실현에 어떠한 언어적 자원이 동원되는지에 대한 구체적인 정보를 제공해 준다는 점에서 중요하다. 그러나 몇 가지 문제점 또한 내포하고 있다.

첫 번째 문제는 화행 연구가 실제 대화를 관찰하는 것이 아닌 담화 완성 테스트와 같이 실험적 상황을 조성하여 추출한 자료나 준구어를 대상으로 한다는 점이다. 실제 대화가 아닌 자료를 사용한다는 것은 곧 대화 참여자의 '상호작용'이 제거된 자료로 화행을 연구하다는 뜻이다. 화행 즉 '언어 행위'가 대화 참여자의 상호작용 속에서 이루어진다는 점을 감안한다면 실제 자료가 아닌 경우 화행의 실현 양상이 왜곡되어 나타날 가능성이 있다.

여기서 화행 실현 양상의 왜곡 가능성을 제기하는 이유는 다음과 같다. 한 대화 참여자가 수행한 발화는 단독으로 존재하는 것이 아니라 앞서 다른 참여자가 수행한 발화에 제약을 받는다. 그리고 현재 대화참여자가 수행한 발화는 뒤따르는 발화를 결정하게 된다. 더욱이 실제 대화를 들여다보면 이러 상호작용이 매우 복잡하고 섬세한 양태로 드러나고 있음을 확인하게 된다. 예컨대 아주 짧은 순간에 지나지 않는 휴지(pause)라 할지라도 후행 발화에 큰 영향을 미치게 된다. 이런 이유 때문에 실험적 상황에서 만들어지는 자료들은 이러한 상호작용의 양상을 제대로 반영하지 못할 가능성이 크다. 더구나 특정 발화가 가진 의미, 즉 화행의 의미가 그 발화를 생성해낸 화자의 의도에 의해서만 결정되는 것이 아니라 청자의 반응에 의해서도 결정될 수 있다는 점을 고려하면 더 그러하다.

요컨대 연구가 지도를 그리는 일이라면 실제 대화의 상호작용을 관찰하지 않은 연구는 정밀한 지도가 아니라 약도를 그리는 것일 가능성이 크다. 많은 연구들이 특정 화행의 수행에 어떤 문형들이 이용하는지, 그리고 그 빈도는 어떻게 되는지에 집중하고 있는데, 이에 못지않게 중요한 것은 대화참여자의 상호작용 과정 중 어느 지점에서 어떠한 조건이 충족될 때 그 문형을 이용하여 특정 화행을 수행하는지 아는 것이다.

두 번째 문제는 거의 대부분의 화행 연구에서 화행을 의사소통의 기본 단위로 상정하고 있다는 점이다. 그런데 앞서 지적했듯이 화행은 홀로 실현되지 않는다. 이를 기존 화행론이 가진 치명적인 문제점이라고 파악한 대화문법론에서는 의사소통의 기본 단위를 화행이 아니라 화행 연속체로 이루어진 대화를 의사소통의 기본단위로 본다. 화행과 화행이 결합하여 정형적인 대화를 구성할 때 이들 사이에는 특정한 관계가 성립되며, 이 관계는 대화를 시작하는 화행에 의해 결정된다는 것이다. 즉 일단 시작 화행에 의해 대화가 시작되면 시작 화행 뒤에 올 수 있는 반응들은 규칙에 의해 제한된다.(박용익 2010: 199－200)[4] 더 나아가 대화문법론에서는 의사소통목적이 하나의 완결된 화행연속체인 최소대화로 이루어지는 경우와 의사소통목적의 달성을 위해서 여러 화행 연속체가 수행되어야 하는 복합대화를 구분하고 있다.

이러한 통찰은 그동안 '의사소통목적 = 기능 = 화행'이라는 도식에 기반한 언어 교육 분야에서의 화행 연구에 문제가 있음을 암시한다. 많은 연구들이 예 (1)에서와 같이 화행을 상호작용이 진행되는 대화 속에서 고찰하지 않고 있다. 이 경우 생기는 문제는 대화 속에서 화행이 어떻게 작동하는지 알지 못한다는 점이다. 예컨대 선행 화행이 현재 화행에 어떤 영향을 미치고 후행 화행을 어떻게 결정하는지 파악하지 못한다.

(1)

문장 층위에서 특정 화행과 대응되는 문형 형태는 장면 등의 상황 변인과 대화자 변인에 따라 매우 다양하게 나타난다.

(8) ㄱ. 조용히 해.
ㄴ. 조용히 해 줄래?
ㄷ. 조용히 해 주세요.
ㄹ. 조용히 해 주시겠어요?
ㅁ. 조용히 해 주시길 부탁드립니다.

(8)의 발화문들은 모두 '지시' 화행에 해당하는 것이다. (8ㄱ)~(8 ㄷ)

4) "예를 들어 질문의 반응 화행으로는 명령이나 약속과 같은 화행들이 올 수 없다는 것이다. 즉 질문으로 시작되는 의사소통이 정형의 대화가 되기 위해서는 대답과 같은 특정 유형의 화행이 반응 화행으로서 질문과 연결된다는 것이다."(박용익 2010:200)

의 발화문들은 화자와 청자의 관계가 달라짐으로 해서, 즉 대화자 변인에 따라서 다른 문형이 선택된 것이다.

(유혜령 2009:117－118)

다음으로 한국어교육연구 분야에서 가장 활발하게 이루어진 구어 연구는 '담화표지'에 대한 것이다. '담화표지'는 그 용어에서 확인할 수 있는 것처럼 기존의 문법으로는 설명되지 않는 담화 상에서 여러 가지 기능을 수행하는 장치이고, 이 때문에 많은 한국어교육 연구자들의 관심의 대상이 되었다. 그리고 그 관심만큼 괄목할만한 성과를 보이고 있는 분야이기도 하다.[5)]

반복되는 말이지만 담화표지 연구에서 중요한 것은 담화표지가 담화 상에서 수행하는 기능이다. 구어 담화표지의 경우 상호작용이 일어나는 대화 상황에서 담화표지가 어떠한 작용을 하는지 확인해야 한다. 그 이유는 담화표지가 상대방과 의사소통을 하는 상호작용적인 상황에서 화자가 하고 있는 언어행위의 진행 상태를 좀 더 명확히 그리고 효율적인 것으로 해주는 역할을 하기 때문이다. (Schiffrin 1987, 이원표 2001: 44에서 재인용)

예를 들어 이원표(2001)에서는 '이제'의 기능을 고찰하면서 대화상에서 '이제'가 시점의 지시나 명제의 연결이 아닌 다른 기능을 한다는 사실을 보여준다.

(2)

가. 그 사람 절대 안 만난 것은 틀림없어요. 틀림없고,

5) 한국어교육뿐만 아니라 국어학 분야에서도 담화표지에 대한 많은 연구가 이루어졌고 그에 따른 성과도 많이 축적되었지만 그 성과가 한국어교재 제작 등 한국어교육 현장에 제대로 반영되고 있는지는 의문이다.

나. 예.
가. 인제 그 의정부 사건 있죠?

(이원표 2001: 46)

(3)

가. … 그래서 그 녀석이 모든 비용을 다 물게 된 거지. 한 마디로 바가지를 쓴 거야.
나. ((웃음))
가. 그건 그렇고, 이제, 내일 행사 준비 얘기 좀 해야겠다.

(이원표 2001: 47)

이원표(2001)에 따르면 (2)는 화자 '가'가 자신이 한 서술적 화행을 한 후 화자 '나'의 반응이 이어 '질문'이라는 다른 성격의 화행을 연결하는 기능을 수행하며 (3)의 경우는 새로운 '대화 국면'(phase)을 유도하는 기능을 한다. 이와 같은 기능은 상호작용을 전제로 하는 대화 자료를 고찰하지 않으면 파악하기 힘든 것이다.

그러나 일부 담화표지 연구들은 구어를 연구 대상으로 삼고 있음에도 불구하고 상호작용이 배제된 단편적인 용례만을 담화표지 연구에 이용하는 경향을 보인다. 다음의 연구 사례를 살펴보자.

(4)

화자가 정체성을 명시할 수 없거나 명시할 필요가 없는 대상을 지칭할 때 사용하는 부정사는 그 특징 상 담화표지로 발전할 가능성이 많은 범주라 하겠다. 담화표지 '무슨'은 후행 명사구를 수식하는 관형사가 아닌 생략 가능한 문장요소로 부가적으로 첨가되어, 화자가 의도한 지시어가 떠오르지 않거나 정확한 지칭을 의도적으로 회피하거나 불필요하다고 생각할 때 그 대상으로 어림잡아 지칭하는 기능을 한다. 그 예를 살펴보자.

(32) 무슨, 겨울아인가, 그 노래를 신청을 한 거야 근데 얘는

(33) 무슨, 그런 거 스무 고개 그, 스무 고개 그런 거야?

(34) 걔 무슨, 여성시댄가 뭔가 하여튼가 사회도 보잖아, 일요날인가 뭔가 하는 거.

(김명희 2005: 32)

(4)의 연구는 분명 구어 말뭉치[6]를 이용하고 있지만 상호작용이 배제된 용례만을 대상으로 분석을 수행하고 있다. 구어를 대상으로 하고 있으며 '무슨'이 '어림잡아 지칭'하는 기능을 하고 있음을 밝히고 있지만, 앞서 살펴본 이원표(2001)의 연구와 달리 '무슨'이 대화의 전개 구조 속에서 언제 등장하며 어떤 역할을 수행하는지, 대화 참여자 사이에서 어떤 작용을 하는지는 규명하지 못하고 있다.

이와 같이 상호작용이 배제된 구어 자료의 용례만을 중심으로 하는 구어의 담화표지 연구는 담화표지가 가진 진정한 기능이 아닌 국소적인 기능만을 파악하는 것에 그칠 가능성이 크다는 점에서 한계로 지적될 수 있다.

다음으로 살펴볼 것은 근래 한국어교육 연구의 논의의 중심으로 부각된 '구어 문법' 또는 '담화 문법'에 대한 연구이다. 이와 관련한 연구들을 살펴보면 담화 문법은 구어와 문어에 모두 적용될 수 있는 문법을 가리키고 구어 문법은 문어 문법과 대별되는 것을 의미하는 것 같다.[7]

---

6) "본 연구의 자료로 사용된 말뭉치는 21세기 세종계획(the 21st Century SEJONG Project)에 의해 구축된 6백만 어절에 달하는 구어 말뭉치이다."(김명희 2005: 27)

7) 구어 문어를 모두 아우를 수 있는 문법이 가능한가 또는 구어 문법과 문어 문법을 구분할 수 있는가의 문제는 또 다른 논의거리이다. 이와 관련하여 주목할 만한 연구는 지현숙(2010)의 논의이다. 이 논의에서는 구어 문법을 바라보는 네 가지 관점을 소

그러나 연구자들의 '담화 문법'에 대한 기술을 보면 결국 담화 문법이라는 것이 결국 기존의 '문어 문법'과 대별되는 '구어 문법'을 가리키고 있는 듯하다.

예를 들어 담화문법과 한국어교육 문법에 대해 논의한 박석준(2010)에서 담화를 '문장이나 절 이상의 언어 단위로 파악되며, 언어 능력이 아닌 언어 사용에 초점이 놓이는 것이고, 의사소통을 위해 사용하는 언어 행위이며, 구어에서 일련의 발화들이 내적으로 맥락화된 것이고, 실제 상황에서 사용되는 문장들의 연쇄체'(박석준 2010:473)라고 정의한 것이나, 한국어 문법 교육에서 담화 연구 방향을 고찰한 김호정(2012)에서 '2000년대 이후 담화 연구가 본격화되면서 한국어 문법교육을 위한 문법 분석 자료는 일상 대화, 방송 대화, 토론 등의 다양한 담화 유형으로 그 영역이 넓어졌다'라고 기술한 것을 보면 '담화 문법'이 표면적으로 '문어'와 '구어'를 포괄하는 문법으로 보이지만 결국 '구어 문법'을 가리키는 것이 아닌가 판단된다.

담화 문법이든 구어 문법이든 문장 단위를 넘어서 담화 차원의 문법 기술 또는 구어에서 작동하는 문법을 기술하고 이를 한국어교육에 적용해야 한다는 것에는 이견이 없는 듯하다. 그러나 문제는 담화 문법 또는 구어 문법에 대한 논의가 결국 기존 문어 문법의 확대 적용, 또는 문어 문법의 영역 넓히기로 보인다는 점이다. 지현숙(2010)에서는 구어를 바라보는 관점과 관련하여 구어 문법과 문어 문법을 동일시하는 관점을 취하는 논의들이 있다고 했는데, 그러나 이러한 논의들도 자세

개하고 있다. 첫째는 구어는 결코 문법으로 체계화할 수 없다고 보는 관점이다. 두 번째는 문어 문법 속에서 구어 문법을 포함시켜 기술한 관점이다. 세 번째는 문어 문법과 구어 문법을 동일시하는 관점이다. 마지막으로 구어 문법이 독자적인 문법 체계를 가진다고 보는 관점이다. 지현숙(2009)의 경우는 문어 문법과의 차별성을 분명히 하면서 구어 문법은 그 자체의 특성이 있음을 강조하고 있다.

히 들여다보면 문어 문법 안에 구어 문법을 포함시키려는 시각을 발견할 수 있다. 앞서 인용한 박석준(2010)의 기술에서 담화를 '실제 상황에서 사용되는 문장들의 연쇄체'로 정의한 것이나 역시 같은 글에서 담화 문법을 '기존의 문법 + 설명력'이라고 규정한 것에도 이를 확인할 수 있다. 구어 문법 연구를 메타적으로 비평한 다음의 연구에서는 이와 같은 시각이 더 분명하게 나타난다.

> (5)
> 그렇다면 이러한 '문장'이라는 것이 과연 문어에서만 유효한 개념인가? '문장'을 하나의 완결된 의미를 전달하는 우리의 머릿속에 있는 이상화된 단위'라는 기능상의 접근으로 정의한다면 이러한 '문장'이라는 개념은 구어에서도 문어에서도 유효한 개념이 된다. …(중략)…구어에서는 여러 가지 구어의 상황, 즉 기억력의 한계, 실시간으로 발화해야 하는 압박, 수정 불가능, 생략의 허용 등등에 의해 온전한 형식이 깨져서 나타날 수 있기 때문에 하나의 단어로 마친 형태나 연결어미로 마친 형태 모두가 '문장'으로 기능하고 있다고 보아야 한다.
> (배진영 외 2011: 175, 밑줄 필자)

구어 문법과 문어 문법의 구분을 반대하는 (5)의 주장은 결국 밑줄에서 확인할 수 있듯이 문장의 개념을 구어에도 확대 적용하자는 것으로 귀결된다. 그런데 자세히 살펴보면 (5)에서는 연구자들의 주장처럼 기능적으로 접근하여 문장의 개념을 새롭게 규정하기 보다는 기존 문어 문법의 관점에서 구어를 바라보고 있음을 알 수 있다. 이들 연구자들이 '기억력의 한계', '실시간 발화의 압박', '수정 불가능' 등의 이유로 구어를 '온전한 형식이 깨진 것', 다시 말해 매우 불완전하고 비정상적인 것으로 바라보는 발언에서 이는 명확해진다.[8)]

(6)

구어를 바탕으로 한 문법 기술의 필요성을 제기하면서 문어가 구어만큼 언어의 다양한 모습을 보여주지 못하고 있다는 비판이 있는데, 실제 문어 자료의 언어가 그렇게 획일적이며 정형화된 모습을 보이고 있는 것일까? 다음은 다양한 문어 자료에 나타난 언어의 모습을 보인 예들이다.(밑줄 필자)

(17) 가. "이걸 보렴. 지구에는 많은 나라가 있단다."
삼촌이 말했어요.
"이모가 사는 나라는 어디에 있어요?"
나는 지구의를 돌리며 물었어요.
"여기 뉴질랜드. 아주 먼 나라지."
"그럼, 우리나라에서 가장 먼 나라는 어디예요?"
나는 가장 먼 나라가 궁금했어요.

(동화: 임정진, 지구에 구멍을 냈어요 中)

(17)은 문어의 하나인 동화의 한 장면을 가져온 것이다. 흔히 구어 자료의 특징을 설명할 때 언급되는 어미 '—단다, —요, —지' 등의 쓰임이 자연스럽고, 어미의 생략이나(여기 뉴질랜드.) 축약된 (그럼) 형태들의 쓰임도 일반적이다.

(배진영 외 2011: 159)

배진영 외(2011)에서는 구어와 문어의 구분을 자료체적 접근을 통해서 하자고 주장하고 있다. 즉 입에서 나오면 '구어', 글로 쓰이면 '문어'라는 것이다. 그러면서 (6)에서 제시된 동화 자료에서 구어자료의 특징이 나타난다고 하고 있는데 이는 상호작용이 있는 살아있는 구어에서 문법 현상을 포착하기 보다는 상호작용이 제거된 구어의 일부분만을

8) CA이든 대화문법론이든 대화분석론자들은 이러한 시각과는 반대로 대화가 무질서해 보이지만 실제로는 정연한 질서정연한 규칙을 바탕으로 움직이는 체계로 본다.

용례로 삼으려는 태도에서 비롯된다. 그러나 상호작용이 제거된 구어 자료는 이미 구어로서의 온전한 성격을 읽어버린 자료이다.[9]

이처럼 실제 구어 자료에서 문법을 찾아내거나 특정 언어 형식이 가진 담화적 기능을 있는 그대로 포착하는 노력을 하지 않는다면 구어 문법 연구는 특정 언어 형식이나 문어 문법을 파편적이고 국소적인 언어 자료 속에 투영하게 될 것이다. 이럴 경우 구어 문법 연구는 기존 문어 문법에서 만들어진 문법에 대한 정보가 담화 속에서 실현되는지를 확인하고, 새로 발견되는 몇몇의 현상들을 보완하여 결국 기존 문어 문법의 논의들을 반복해서 재생산하는 방향으로 흐를 가능성이 크다. 문제는 이 경우 기존 문어 문법을 통해서는 규명하지 못했던 현상들을 놓치거나 그대로 방치해버릴 가능성이 크다는 것이다. 이런 점에서 구어가 바로 지금－여기에(here－and－now) 있는 청자를 위해 산출된다는 사실이 문법 현상을 설명하는 데 가장 중요하며, 담화에서는 문법을 도출해 낼 수 있지만, 반대는 성립하지 않는다는 McCarthy(2010)의 지적을 곱씹어 볼 필요가 있다.

한국어교육 분야에서 활발하게 연구된 화행 연구, 담화표지 연구, 구어 문법 연구의 특징을 살펴본 결과 알 수 있었던 점은 세 가지 연구 주

---

9) 기능주의 언어학에서는 문법이 실제 언어가 사용되는 담화 상에서 부과되어 만들어진다는 시각을 가지고 있다. Hopper(1988)은 이러한 시각을 발생 문법적 태도(Emergent of Grammar(EOG) attitude)라고 칭하고 주류언어학에서 문법을 선험적인 것으로 보는 태도를 선험적 문법 태도 (A Priori Grammar Postulate, APGP)라고 칭하고 있다. 선험적 문법 태도(APGP)의 입장에서 문법은 선험적으로 완전히 결정되어 있는 체계로서 담화를 생성하는 데 기본이 되는 것으로 본다. 반면 발생 문법적 태도(EOG)의 입장에서는 문법은 불완전하고 잠정적인 성격을 가진 것이며 담화 상에서 발생하는(emerge) 것으로 본다. 위에서 살펴본 상호작용이 배제된 자료를 바탕으로 문법을 규명하려는 태도는 선험 문법적 태도(APGP)의 입장에서 구어를 바라보는 것이라고 할 수 있을 것이다.(김규현 2000:158, 인용 및 참조)

제 모두 '상호작용'이라는 구어의 핵심을 제거한 자료를 가지고 연구를 수행하는 경향이 크다는 것이다. 이 같은 경향은 구어 담화 연구의 중요성과 필요성을 인정하고 있지만 여전히 기존 형식언어학의 논리로 구어 담화를 포착하려는 것이 아닌가하는 의구심을 불러일으킨다.

다음에서는 대화분석학의 두 분파인 CA와 대화 문법론이 어떻게 한국어교육학 분야에서 수용되었으며, 이 장에서 살펴보았던 구어 담화 연구의 한계를 극복할 수 있는 대안이 될 수 있는지 논의하겠다.

3. 한국어교육학 분야에서의 CA의 수용 양상과 발전 가능성

본래 미시사회학에서 출발한 CA는 대화 참여자들을 사회구성원으로 보고 이들이 공유하는 방법과 절차가 사회적 상호작용 속에서 어떻게 드러나는지를 탐구하는 방법론이라고 할 수 있다.[10] 이러한 이론적 배경을 가진 CA의 관점에서 볼 때 대화의 구조란 인간의 사회성이 질서 있게 표출된 것이다. 여기서 질서 있게 표출된다는 것은 현재의 대화 참여자가 선행 발화의 맥락에 반응하여 현재의 발화를 하고 그 발화가 후행 발화를 만들어 나가는 과정이 매우 무질서하게 보이지만 고도로 조직화된 사회적 관행(organized social practices)에 따른다는 것이다.

---

10) Sacks, Schegloff, Jefferson 이 세 사회학자로부터 창시된 CA는 Garfinkel로부터 출발한 민족방법론(ethnomethodology)과 그 기원이 다르지만 대화를 바라보는 시각과 방법론의 많은 부분을 공유하고 있고, 또한 한국어교육 연구 분야에서 특별한 구분 없이 수용되고 있기에 본 연구에서는 CA를 민족방법론을 포괄한 개념으로 이용하고자 한다.

CA에서는 이러한 사회적 상호작용에 언어적, 비언어적 자원이 어떻게 동원되는지에 관심을 둔다. 또한 CA에서는 대화 참여자의 상호작용을 끊임없이 변화하는 역동적인 과정으로 보기 때문에 그러한 변화에 영향을 미칠 수 있는 미시적인 요소도 모두 분석에 반영하는 귀납적인 태도를 보인다. 이러한 CA에서 구체적인 분석 대상으로 삼는 것은 발화 순서 교체(turn taking)[11], 인접쌍[12](adjacency pair), 그리고 이와 밀접한 관련을 맺고 있는 선호 조직(preference organization), 반응 표지(reactive token), 수정(repair) 등이다.

한국어교육학의 입장에서 CA에 관심을 가지는 이유는 크게 네 가지로 생각해 볼 수 있다.[13] 첫 번째 이유는 대화에서 무엇을 가르칠 것인가, 즉 한국어교수 내용학에 관련된 것이다. 의사소통 중심 교수법이 본격적으로 도입되면서 대화의 중요성이 부각되었고 따라서 대화가 실제로 어떻게 구성되었는지 파악하는 것이 중요해졌는데 CA는 한국어 대화의 구조를 파악하는 구체적인 방법틀로 기대되었다. 실제로 CA

11) 연구자에 따라서 '순서 교대 조직', '말차례 맡기', '말순서 취하기' 등의 용어를 사용하기도 한다. Sacks et al(1974)에 따르면 발화 순서 교체는 크게 발화 순서 구성 요소(turn-constructional component)와 발화 순서 할당 요소(turn-allocational component)로 나누어지는데, 이중 발화 순서 구성 요소는 발화 순서 교체가 자연스럽게 이루어질 수 있는 기본 단위를 발화 순서 교대 단위(Turn Constructional Unit, TCU)라고 한다. 어휘에서부터 구, 절, 문장, 여러 개의 문장까지가 이런 발화 순서 교대 단위가 될 수 있는데 이 단위가 끝나는 지점은 다른 화자가 바뀔 수 있는 교체 적정 지점(transition relevance place, TRP)이 된다. 그리고 이 지점에서 발화 순서 교체를 할당하는 규칙이 적용이 적용된다. 교체 적정 지점 개념은 이후 Ford & Thompson(1996)에 의하여 통사적 단위에서 완결점을 이루는 것뿐만 아니라 억양 단위, 그리고 행동이 완결되는 화용적 완결점을 고려해야 한다는 점이 규명되면서 복합적 교체 적정 지점(Complex Transition Relevance Place, CTRP)이라는 개념을 발전하게 되었다.(구현정 2008:31 참조)

12) '대응쌍'이라는 용어로도 사용된다.

13) 관련 연구물에 대한 정리는 한상미(2011:513－514), 김정남(2012) 등을 참조할 것.

의 방법론을 이용하여 한국어의 발화 순서 교체 체계, 끼어들기, 인접쌍, 수정에 대한 연구가 이루어졌다. 그러나 구어 담화 전체의 연구물에서 차지하는 비중은 미미하며 연구 주제 또한 한정되어 있음을 알 수 있다. 결과적으로 지금까지의 연구 성과들은 한국어 대화의 실체를 규명해주리라는 기대를 충족시키지 못하고 있는 형편이다.

CA의 방법론에 관심을 가지는 두 번째 이유는 한국어 학습자들이 산출해내는 구어에 대한 관심 때문이다. 반응 표지의 사용에 있어서 문화적 차이가 드러난다는 연구 사례[14]에서도 알 수 있듯이, 특정 언어를 사용하는 학습자들의 대화 양상이 한국어 모어 화자의 대화와 어떻게 다른지, 그리고 그 원인은 무엇인지를 규명하는 것은 중요한 과제라고 할 수 있다. 그러나 한국어교육 연구 분야에서 CA를 이용한 중간언어 연구 역시 다른 구어 담화 연구에 비해 많이 이루어지지 않는 실정이다.

CA의 방법론에 관심을 가지는 세 번째 이유는 수업 대화에 대한 관심이다. 한국어교육 연구에서 CA의 방법론을 활용한 수업대화 연구는 수업 담화의 바로잡기 현상을 연구한 손희연(1999)의 연구를 필두로 교사말을 연구한 한상미(2001), 교사 학습자 간 상호작용 양상을 포착해낸 진제희(2004) 등이 있다. 이들 연구는 많은 성과를 거두었으나 그 이후의 CA의 방법론을 이용한 연구들은 선행 연구 주제의 반복이라는 인상을 준다.

한국어교육 분야에서 CA에 관심을 가지는 네 번째 이유는 CA에서

14) Young & Lee(2004)에 따르면 한국어 모어 화자보다 영어 화자가 반응 표지를 더 많이 사용한다. 또한 영어 화자는 통사적, 운율적, 화용적 종결점인 CTRP에서 반응 표지를 많이 사용하기 때문에 처음 화자가 말을 계속하는 것이 용이한 반면, 한국어 화자들이 반응 표지를 사용하는 지점은 발화 순서 내부(intra－turn)의 경우가 많아서 방해와 구별되기 어렵다.(구현정 2008:35 인용 및 참조)

규명한 발화순서 교체, 인접쌍 등의 개념들을 교육적으로 적용하려는 의도 때문이다. 순서 교대(발화 순서 교체), 중복 현상, 대응쌍(인접쌍), 대화의 조직 등이 교수 내용에 포함되어야 한다는 구현정(2001)의 주장, 실제성이 높은 과제를 구성하고 학습자들이 수행하게 만들기 위해서는 내용을 효과적으로 전개할 수 있는 주제 전개, 말하기 형식을 운영하는 기술인 순서 교대, 상대방의 발화에 적절하게 반응하는 방식인 반응 발화, 효과적인 태도인 몸짓 언어를 고려해야 한다는 김지영 외(2013)의 주장은 이러한 의도를 반영한다.

그러나 CA의 주요한 개념들을 한국어 교수에 그대로 적용하는 것이 과연 타당한 것인지는 의문이 든다. 예컨대 김지영 외(2013)에서는 발화 순서 교체의 개념을 말하기 과제의 실제성에 적용하고 있다. 구체적으로 '한 번 이상의 순서 교대를 통해 주제를 심화할 수 있는가?', '한 번 이상의 순서 교대를 통해 주제를 전이할 수 있는가?'와 같은 말하기 과제의 상호작용적 실제성[15]의 분석 기준을 제시하고 있다. 그러나 실제 대화상에서 발화 순서 교체는 이처럼 기계적으로 일어나지 않으며 대화의 종류나 대화참여자 간의 상호작용의 양상에 따라 달라진다. 경우에 따라서는 발화 순서 교체를 하지 않는 것이 의사소통 상에서 더 적절하며 따라서 이러한 대화가 더 '실제적'일 수 있다. 예를 들어 화자가 복합적 교체 적정 지점(CTRP)을 지나서 계속 말을 하는 경우는 화자가 청자에 대해서 기대되는 반응이 나오지 않아서 청자에게서 반응을 이끌어 내거나 또는 반응이 있더라도 더 우호적인 반응을 이끌어내려는 경우가 많다.(김규현 2000:164) 발화 순서 교체 개념과 관련해서 교육

15) 어떤 대화가 실제성이 있는냐의 문제와 그런 실제성을 한국어 교재에 어느 정도, 어떤 원칙에 의해 반영하는가의 문제는 별개의 것으로 각각 심도 있는 논의가 필요하다.

에 반영해야 할 것은 단순히 '발화 순서 교체를 몇 번 하라'가 아니라 대화 사이의 침묵이나 끼어들기, 청자 반응 신호(back channel)과 같이 교체 적정 지점에 대한 문화적인 차이이다.

더 나아가 발화 순서 교체를 학습자들에게 교수한다고 해서 학습자들이 한국어 대화를 잘 하게 될 것인지 생각해 볼 필요가 있다. 발화 순서 교체는 대화를 가능하게 하는 내재적인 원리로 굳이 가르치지 않아도 이미 몸으로 체득하고 있는 지식이다. 이는 마치 인간이 걷기의 원리를 따로 배우지 않아도 걸을 수 있는 것과 같다.

구현정(2001)에서는 인접쌍을 요청, 제안, 거절, 불평, 인사, 초청, 수락, 변명 등 기능 교수요목과 관련하여 구성할 수 있다고 주장하고 있는데 이 또한 회의적이다. 그 첫 번째 이유는 인접쌍 역시 언어를 사용하는 인간이라면 이미 알고 있는 내재적인 지식이기 때문이다. 이와 관련하여 McCarthy는 '인접쌍은 흥미롭지만 교육을 위하여 유관한 언어 모형의 필수성분이 되지 않을 수 있으며, 아마 '가르쳐질' 필요가 없을 것'(McCarthy 2010: 117)라고 기술하고 있다. 다만 관습화된 표현으로의 인접쌍은 어휘 문법 내용으로 다루어지면 될 것이다. 구현정(2001)의 주장에 회의적인 두 번째 이유는 '요청', '제안', '거절' 등과 같은 소위 의사소통목적인 '기능'이 단순하게 인접쌍을 통해서 실현되기 보다는 여러 단계의 발화를 통해 수행되기 때문이다.

전반적으로 볼 때 한국어교육 연구 분야에서 CA의 수용은 단편적이고 기계적으로 이루어진 것으로 보인다.[16] 사실 CA에서 제시된 주요

16) CA의 주요 개념들은 학습자들보다는 오히려 대화문을 만들고 가르치는 한국어를 가르치는 교사들에게 교육되어야 한다. 어떤 내용을 교수할 때는 그 내용을 객관적으로 바라볼 줄 알아야 학습자들에게 제대로 전달할 수 있는데 CA의 여러 개념들은 교사 자신이 알고 있다고 착각하는 한국어 대화를 객관적으로 바라볼 수 있는 시각을 제공해주기 때문이다.

개념들은 그 자체가 연구의 목적이 아니라 대화의 특질들을 제대로 포착해내기 위한 도구라고 할 수 있다. 그런데 한국어교육 연구 분야에서는 CA의 '도구' 자체에 집중하는 경향이 있었다. 하지만 이 도구를 제대로 사용한다면 한국어교육 내용학의 측면을 풍성하게 만들어 줄 새로운 연구결과를 도출해낼 수 있다. 즉 CA의 분석도구를 이용하면 인간의 상호작용 행위가 언어와 어떻게 연결되는지, 특히 문법 범주가 어떻게 행위와 연결되는지를 구체적으로 보여줄 수 있다. 지금까지의 화행 연구가 수행문이나 문형 연구에 집중하는 경향을 보였지만 CA의 방법론은 이를 넘어서 조사나 어미 같은 문법 범주가 상호작용 행위를 어떻게 반영하는지를 규명해줄 수 있다. 이런 의미에서 본 연구에서는 CA라는 연구 방법론이 다시 '재발견'될 필요가 있다고 본다.

CA에서는 문법을 명제적 지식(declarative knowledge)이 아니라 절차적 지식(procedural knowledge)으로 여긴다. 다시 말해 CA에서는 문법을 실제 상황에서 언어가 사용될 때 나타나는 것으로 파악한다. Ochs, Schegloff & Thompson(1996)에 따르면 '대화'를 가장 기본적인 유형의 담화로 보는 대화분석의 시각이 기능언어학적 담화 연구에 수용되면서 문법과 사회적 상호작용(social interaction) 간의 경계면을 분석하고자 하는 연구의 방향이 제시되었고, 이 접근 방법은 '문법과 담화' 혹은 '문법과 상호작용'이라는 학제적(interdisciplinary) 분야로 발전하게 되었다.(김규현 2000: 160 인용 및 참조) Schegloff(1989)에서는 문법구조가 일상대화의 발화 순서 체계의 영향을 받는다고 주장하고 있는데, 아래 구체적인 사례에서 이를 확인할 수 있다.

(7)

H&N

1 H: 거기 코너에 박았어 콱 그냥.
2 (4.0)
3 N: 애들이 다 그러죠 다 다치면서
4 크는 거지
5 (2.0)
6 H: 근데 개는 뛰어갈 때 앞을 안 봐.
7 N: uhuhuh
8 H: 그 크[ㄴ - 그저 이루구,
9 N: [hahaha

(김규현 2014:7)

김규현(2014)은 조사 '-은/는'이 청자가 자신의 이야기에 협력적인 반응을 보이지 않을 때 화자가 자신의 요점(upshot)을 다시 주장하거나 강화하는 맥락에서 사용될 수 있다고 (7)의 예를 들어 주장한다. H가 자기 친구 아들이 다친 이야기를 하지만 2번 줄의 4초 간의 간격에서 확인할 수 있듯이 N은 즉각적으로 반응하지 않는다. 이는 화자의 의견에 공감하지 않는 것을 나타내는데 실제로 3에서 N은 H의 요점을 폄하하는 비협력적 반응을 보인다. 이러한 반응에 대응하여 6번 줄에서 H는 '-은/는'을 이용하여 다시 자신의 요점(upshot)을 부각시킨다. 이는 '-은/는'의 '대조 표시' 기능을 화자가 청자의 미온적인 반응에 대처하기 위한 상호작용적 필요성(interactional need)의 차원에서 이해한 것이다. 여기서 눈여겨 볼 점은 화자 H가 '-은/는'을 선행 맥락에 정향하여 사용했다는 점이다. 이와 반대로 후행 맥락을 구성해나가기 위해 '-은/는'을 사용하는 경우를 살펴보자.

(8)[17]

H&N

((N의 선행 이야기가 종료됨))

79 (2.8)

80 H: 그래 우리 할아버지는,(.) 나중에 내가

81 내려가서 인제 여차여차해서 이렇게 됐습니다

82 그러구 설명을 드리니까

83 그– 그렇게 된 거 아냐, "그 어쩌다가

84 거기다 손을 넣었을까, 어쩌다가 손을

85 넣었을 [까," 계속 그 질문이셔.

86 N [hhh

87 H: hhh "손 넣는 걸 못 보고 왜

88 그걸 열[었지?"

89 N [hhh

(김규현 2014:11)

(8)에서는 N의 선행 이야기가 끝나고 H가 2.8초 동안 반응을 하지 않고 있다. 그 후 재개 표지(resumption marker) '그래'를 사용한 후 '우리 할아버지는'과 같이 '–는'을 사용한다. 여기서 H가 '우리 할아버지'는 구정보가 아닌 신정보임에도 불구하고 '–는'을 사용한 것은 '–이/가'가 신정보를 표시하고 '–은/는'이 구정보를 표시한다는 기존 논의의 설명과 맞지 않는다. 김규현은 이처럼 신정보를 담은 지시대상을 갑작스럽게 소개하는 것이 선행 맥락과의 결속성을 약화시키지만 '–은/

17) (6)의 이야기 이후 H는 (8)에서 머리를 다친 할머니가 이에 대해 과잉 반응했다는 이야기를 하고 뒤에서 자신의 친척 아이가 자동문에 손을 끼이는 사고를 당했고 이 아이의 어머니도 이에 격하게 반응했다는 이야기를 한다. 이에 반응하여 N은 자신의 아이도 침대에 떨어졌던 경우가 있고 이에 대해 자신의 부모도 과잉 반응했다는 이야기를 꺼낸다. 이에 대해 H는 78줄에서 2.8초간 반응을 하지 않는다.

는'을 사용함으로 청자는 새로운 지시 대상이 현재 이야기의 요점과 관련해서 어떤 중요한 역할을 할 것이라는 기대감을 가지게 되고, 이에 따라 청자가 후행 맥락에 추론적으로 정향하게 만든다고 하고 있다. 덧붙여 김규현은 정보적 부담감이나 국지적(local) 단절성을 상호작용적으로 무마해 나가는 과정을 만드는 것이 '-은/는'이 가진 중요한 속성이며 이는 정보 분포에만 초점을 맞추는 시각에서는 포착되지 않는 동적이고 절차적(procedural) 성격의 의미라고 주장하고 있다.

김규현(2014)의 연구에서 확인할 수 있듯이 CA는 기존 문어 문법에서 포착하지 못했던 문법 요소의 담화적 기능을 포착하는 방법론이 될 수 있다. 인간의 상호작용적 행위가 어떻게 문법 등 미시적인 언어 자원과 연결되는지를 보여준다는 점에서 CA는 앞서 지적했던 상호작용이 배제된 자료를 연구대상으로 삼는 한국어교육학에서의 화행 연구, 담화표지 연구, 구어 문법 연구의 한계를 극복할 수 있는, '오래되었지만 새로운' 대안이 될 수 있다.

4. 한국어교육학 분야에서의 대화문법론의 수용 양상과 발전 가능성

DA의 한 분파로 독일에서 발달한 대화문법론은 Hundsnurshcer와 Franke(1기 대화문법론) 그리고 박용익(2기 대화문법론) 등에 의해 발전했다. 대화문법론이 CA와 가장 크게 차별되는 지점은 CA가 선행지식과 분석 대상에 대한 전제를 배제하고 철저하게 실제 대화 자료에만 천착하는 귀납적 대화분석 방법론인데 반해 대화문법론은 연역적 대화분석 방법론을 사용한다는 것이다.[18] 따라서 대화문법론에서는 연구자가 이상적인 대화원형을 재구성한 후 실제 대화를 분석하고 이를 대화 원형과 대조한다. 그리고 실제 의사소통 상황에서 왜 이상적인 대화원형과 다르게 대화가 실현되었는지를 규명한다. 또 CA의 주요 연구 대상이 발화 순서 교체나 인접쌍, 교정 및 선호 연속체인 것에 반해 대화문법론에서는 대화 유형학, 대화 전략, 발화 의미 규명에 관심을 가진다.

한국어교육 연구에서 대화문법론을 이용한 연구는 CA 연구에 비해 많이 이루어지지 않았다. 2000년대에 들어 한국어 대화 구조와 전개 과정을 포착하여 한국어교육에 적용하려는 몇몇 시도들이 있었을 뿐이다. 보험가입 대화에 나타난 설득행위를 연구한 제혜숙(2001)과 제약회사 영업대화의 구조와 단계별 발화 특징을 연구한 서유경(2004)의 연구는 그러한 예라고 할 수 있다.

2010년 이후에 대화문법론의 개념을 적용한 연구로는 한국어 모어화자의 물건 사기 대화문과 한국어 교재의 제시대화문을 비교한 조경순 · 이소림(2012)의 연구, '의사―환자' 의료면담의 대화 원형을 추출하여 이를 한국어 교재 대화문과 대조한 정다운(2012)의 연구, 초급 한국어 교재 대화문에서 대화 주제에 따른 대화 원형을 다룬 이소영(2013)의 연구가 있다.[19] 그밖에 대화문법론의 방법론과 다르지만 대

---

18) 귀납적 대화분석 접근법을 취한다고 해도 분석자의 선행 지식을 완전히 배제하기 힘들고, 귀납적인 방법으로는 여러 변수가 나타나는 대화에서 규칙성을 찾기 힘들다. 반면 연역적인 대화분석 접근법은 연구자에 의한 왜곡의 가능성이 있다. 이러한 비판을 바탕으로 1기 대화문법론과는 달리 2기 대화문법론은 연역적 방법론과 귀납적 방법론을 모두 적용하여 대화원형을 재구성한다.(신시은 2014:34 참조)

19) 정다운(2012)의 연구를 제외한 나머지 연구물들은 비록 대화원형의 개념을 연구의 출발점으로 하고 있지만 대화문법론의 연구 방식과는 거리가 먼 방법론을 사용하고 있다.

화문법론의 방법론을 일부 변용하여 수업대화 분석에 사용한 백승주(2011)[20]의 연구가 있다.

특기할 점은 2010년 이후 연구물들에서는 교재 대화문의 '실제성'(authenticity)과 관련하여 대화문법론의 '대화원형' 개념을 주목하고 있다는 점이다. 대화문법론의 방법론을 적용하지 않았지만 김서형 · 장향실(2012)에서는 한국어 교재의 대화문의 전형성에 대해 고찰하면서 대화문법론의 '대화원형'과 개념과 '전형성'의 개념을 연결시키고 있다. 이는 비록 소수이기는 하지만 한국어교육 연구자들이 대화문법론의 가능성에 주목하고 있음을 보여준다.

한국어교육 연구 분야에서 대화원형을 교육 내용의 실제성 또는 전형성과 연결시키려는 노력을 하는 이유는 대화원형이라는 개념이 한국어교육이 해결해야 하는 여러 문제를 푸는데 많은 통찰을 주기 때문이라고 판단할 수 있다. 그러한 문제 중 하나는 한국어 교재의 '대화문' 구성이다.

한국어교육 분야에서는 그간 한국어 교재의 대화문이 실제 한국어 대화의 양상을 제대로 반영하지 못한다는 끊임없는 문제제기와 반성이 있어 왔다. 대화문이 교재 제작자의 머릿속에서 나온 것일 뿐 현실과는 동떨어져 있다는 것이다. 그렇다면 만약 대화에 표면적으로 그대로 드러나는 양상을 실제성이라고 규정하고 그러한 '실제성'이 그대로 반영된 대화문을 한국어 학습자에게 가르친다면 어떻게 될 것인가? 한국어에 대한 직관이 없는 한국어 학습자들에게 날 것 그대로의 대화문

20) 대화문법론의 대화원형과 기능 단계의 개념을 이용하고 있지만 다른 대화가 아닌 수업대화 분석에 만 초점이 맞추어진 대화분석 방법이라는 점, 수업대화의 구조를 교수주제와 화제의 구성과 전개 구조로 조망하고 미시적인 분석에는 상호작용 사회언어학(interaction sociolinguistic)의 개념을 적용하여 분석한다는 점에서 대화문법론과는 다른 새로운 대화분석 방법론이라고 할 수 있다.

은 이해불능일 것이다. 다시 말해 그런 대화문은 교육적으로 아무런 의미가 없다. 교육은 무질서하게 변화하는 표면적 양상을 가르치는 것이 아니라 그 안에 내재된 보편적 원리를 가르치는 것이어야 하기 때문이다. 바로 이런 이유 때문에 어떻게 하면 '실제적'인, 그러면서도 '교육적인' 대화문을 구성하여 가르칠 것인가가 한국어교육의 중요한 화두가 되었다. 이 지점에서 대화원형의 개념은 유용하게 사용될 수 있다. 그렇다면 '대화원형'의 개념이 구체적으로 어떻게 활용될 수 있는가? 이를 살펴보기 위해서는 먼저 대화원형의 정의를 확인할 필요가 있다.

대화문법론에서 말하는 대화원형이란 의사소통 목적 달성을 위한 수단으로 인간의 상호작용을 통해 정립된 산물로서, 언어 공동체 구성원들이 의사소통의 행위 과정에서 습득하고 공유하는 지식체계이다. 이 지식체계에는 '전형적인 대화의 구조', '대화의 구성 원칙', '대화의 전개 과정'이 포함된다. 대화원형은 또한 실제 의사소통 상황에서 여러 형태로 나타나게 하는 행위의 잠재적 기저 구조로, 대화를 구성하는 필수적 구성 요소로 이루어진 최소의 이상적인 구조이기도 하다.

이러한 대화원형은 세 가지 차원의 다른 대화원형이 있다. 첫째는 거시적인 진행 과정과 관련이 있는 기능 단계 원형이다. 복합 대화는 여러 개의 기능 단계로 이루어져 있는데 이 기능 단계는 전체 의사소통 목적의 부분 목적이 실현되는 틀이라고 할 수 있다. 둘째는 기능 단계에서 부분 목적이 실현될 때 이루어지는 대화이동 연속체의 원형이다. 셋째는 질문이나 요구와 같은 하나의 대화이동이 어떤 조건과 규칙으로 구성되는가와 관련이 있는 대화이동 원형이다.(박용익 2010:335－339 참조)

이러한 정의는 한국어교육의 관점에서 볼 때 몇 가지 시사점을 던져준다.

먼저 대화원형의 개념은 대화문법론이 한국어교육을 포함한 외국어 교육에서 이론적 배경이 되었던 '화행론'을 대체하는 이론이 될 수 있음을 시사한다. 주지하다시피 외국어교육의 패러다임은 학습자에게 그 언어에 대해서 '알게 하는 것'에서 그 '언어를 사용해서 무엇인가를 해내는 것'으로 바뀌었고 화행론은 이러한 외국어교육의 패러다임 전환을 뒷받침하는 주요 언어 이론으로 사용되었다. 그러나 앞서 한국어교육 연구 분야에서 화행 연구의 한계를 다루면 지적했듯이 하나의 화행으로는 의사소통목적은 성취되지 않으며 따라서 '의사소통목적= 기능= 화행'이라는 도식은 문제가 있다.

대화문법론은 화행론에 기반하고 있지만 정통화행론에서 청자를 고려하지 않는 화자 편중성, 대화가 아닌 화행을 의사소통의 기본 단위로 설정한 것, 화행 연속체에 속한 화행을 기술하지 못하는 것을 비판한다. 이 같은 정통 화행론의 문제점은 한국어교육 분야의 화행 연구에서도 그대로 노출되는 문제이다. 화행론에서 출발했지만 앞서 지적했던 화행론의 문제를 발전적으로 극복한 대화문법론에서는 특정 의사소통 목적을 이루기 위해서 여러 개의 기능 단계를 거쳐야 함을 규명해냈다. 다시 말해 대화문법론에서는 의사소통 목적 달성이 하나의 화행이 아니라 '인사—인사', '사과—수용' 등과 같이 대화이동 연속체에 의해 수행됨을 보였다. 이 때 의사소통 목적 달성은 최소 대화로 이루어질 수도 있고, 복합 대화를 통해서 이루어질 수도 있다. 최소 대화란 의사소통의 최소 단위로 필수적인 구성 요소로만 구성된 대화이동 연속체이고, 복합 대화란 의사소통 목적 달성을 위해 여러 개의 완결된 대화이동 연속체가 수행되어야 하는 다단계 대화를 말한다. 이러한 대화문법론의 논의를 바탕으로 '의사소통목적 = 기능 = 화행'이라는 도식을 대체할 '의사소통목적 = 기능 = 최소 대화 또는 복합 대화'라는 새로운 도식을 제안해 볼 수 있을 것이다.

둘째로 대화문법론의 대화원형 연구는 특정 대화에 대한 '전형적인 대화 구조', '구성 원칙', 그리고 '전개 과정'과 같은 구체적인 정보를 제공할 수 있다. 이런 정보들은 모어 화자들이 어떤 절차와 방법을 통해 의사소통 목적을 성취한다고 할 때 그 '절차와 방법'에 해당한다. 그리고 이 '절차와 방법'은 가장 핵심적인 한국어 교육 내용이기도 한다. 그런데 기존에는 이 '절차와 방법'을 규명할 수 있는 언어 이론이 없었다. CA의 경우 대화의 시작과 끝에 대한 정보를 줄 수 있지만 방법론 자체가 대화의 미시적인 분석을 목표로 하기 때문에 대화의 제일 중요한 몸통인 대화의 중간 전개 과정은 말해 줄 수 없었다. 다시 말해 대화의 가장 핵심적인 부분에서 대화 참여자가 구체적으로 어떤 의사소통 행위를 어떤 절차에 따라 하는지 파악할 수 없는 것이다.[21] 그러나 대화문법론의 대화원형은 기능단계와 그 기능 단계 안에서 수행되어야 하는 의사소통 과제가 무엇인지, 그리고 그 안에서 대화이동 연속체가 어떻게 구성되는지에 대한 정보를 담고 있기 때문에 한국어교육학 입장에서 매우 유용한 내용을 제공해 줄 수 있다.

일례로 판매 대화에 대한 선행 연구와 실제 판매 대화를 녹취한 자료를 바탕으로 재구성한 (9)의 의류 판매대화의 원형은 의류 판매라는 의사소통 목적을 성취하기 위해 어떠한 기능단계가 필요한지, 그리고 각 기능단계에서 어떤 의사소통 과제를 수행해야 하는지를 일목요연하게 보여준다. 이러한 내용들은 한국어교육에서 대화문 구성과 과제 구성을 위한 구체적인 정보로 유용하게 사용될 수 있다.

21) 이는 한국어교육 연구자의 입장에서 CA의 방법론이 가진 여러 가지 장점에도 불구하고 CA가 가진 가장 큰 한계로 판단된다.

기능 단계 원형 구성이 줄 수 있는 또 다른 이득은 이 정보들에서 특정 대화의 의사소통 규범을 추출하여 대화를 평가하는 실제적인 근거로 활용할 수 있다는 것이다. 예를 들어 병명 통보 대화의 원형을 구성했다면 이를 통해 의사가 환자에게 병명을 통보하는 대화를 효율적으로 수행했는지를 평가하는 평가표를 구성해낼 수 있다.

(9)

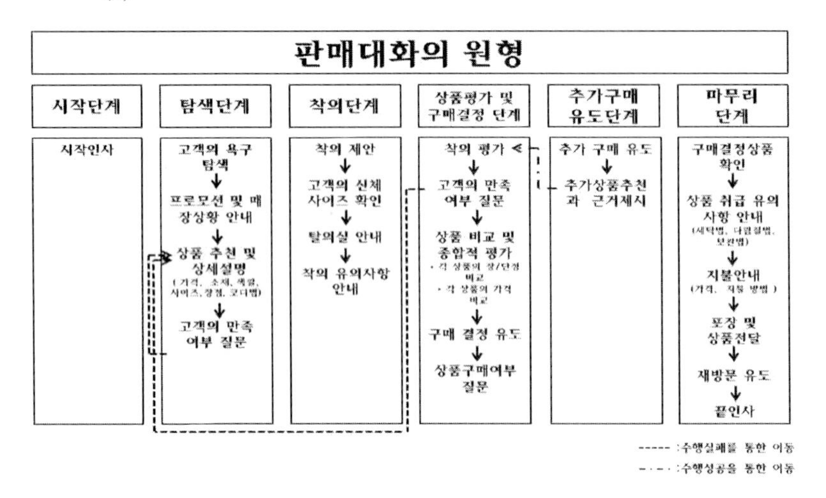

신시은(2014:59)

한국어교육 현장에 적용을 위해서는 여러 가지 수정되어야 할 점이 많겠지만 대화 원형과 이를 기초로 한 평가 도구는 의사소통 목적 성취를 위해 의사소통 과제를 제대로 수행하는지를 측정할 수 있다는 점에서 한국어 학습자들의 언어 수행을 평가할 수 있는 좋은 도구가 될 수 있다. 또한 대화 원형을 이용한 평가 도구는 교재의 대화문이 제대로 구성되었는지를 평가하는 척도로도 사용될 수 있을 것이다.

마지막으로 대화이동 연속체 원형 구성은 실제 대화가 어떻게 전개되는지 그 과정을 보여줄 수 있다. 다음 (10)의 예는 의사들의 모닝 컨퍼런스(morning conference)를 연구한 것으로 보고에 따른 대화이동 연속체가 어떻게 구성되는지 보여준다.

(10)

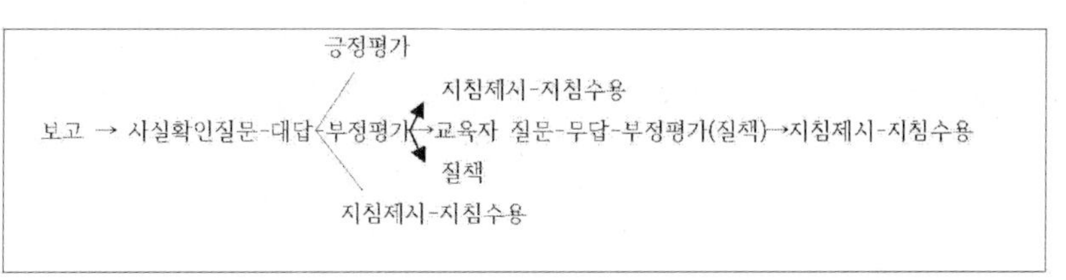

PWC－2: 보고(30－55)→ 사실확인 질문(56, 58, 60)－ 대답(61)－긍정평가(62)

30		김OO님 역시 레프트 사이드 쪽으로 엘 파이브 더만 통 따라서
31		프레스티션 페인 관찰되고 있었던 바 있는 분으로 이번 시행한 (...)
54		관찰되고 있던 레프트 싸인 패인 어 70% 가량 호전 된 소견
55		보이고 있으며, 향후 방안
56	교수1	무슨 뭐 왜 이렇게.
57	의사1	스쿠르 말씀이십니까?
58	교수1	무슨
59	의사1	씨아 스쿠르
60	교수1	씨아?
61	의사1	네. 사용하고 있습니다.
62	교수1	고생했어.

박용익 외(2014:68－69)

(10)에서는 전공의의 보고 이후 교수가 전공의에게 사실확인 질문을 하고, 이에 전공의가 답변을 할 경우 어떠한 대화이동 연속체가 전개될

수 있는지를 보여주고 있다. PWC-2의 예는 실제 사례에서 대화이동 연속체가 실현된 양상을 분석한 것이다.

이처럼 표면적으로 볼 때 무질서하게 전개되는 것 같은 대화라고 할지라도 대화이동 연속체를 분석하면 그 안에서 일정한 유형을 추출해 낼 수 있다. 한국어교육의 입장에서 이러한 유형들은 한국어 대화가 어떻게 전개되는지를 보여주는 구체적인 정보라는 점에서 그 가치가 높다. 이러한 정보들은 대화문 구성의 실제성을 높이는 것뿐만 아니라, 실제적인 의사소통 과제를 설계하는 데에도 사용될 수 있을 것이다.

5. 나오며

구어 담화 연구는 현재의 한국어교육 연구의 주요 화두 중 하나이고 실제로 주목할 만한 많은 성과를 이루어냈다. 이러한 성과는 높이 평가받아야 마땅하나 그 이면에는 지금까지의 연구들이 미처 고려하지 못했거나 간과했던 측면이 분명 존재한다. 구어 담화 연구가 더 발전적인 방향으로 전개되기 위해서는 이러한 측면들이 무엇인지 반성적으로 살펴볼 필요가 있다는 판단 아래 본 연구에서는 한국어 교육 분야에서 구어 담화 연구가 어떻게 진행되어 왔는지를 고찰하고 그 대안으로서의 CA와 대화문법론의 수용 양상과 발전 가능성을 살펴보았다.

구체적으로 본 연구에서는 '화행 연구', '담화표지 연구', '담화 및 구어 문법' 연구를 중심으로 한국어교육 분야에서의 구어 담화 연구가 어떻게 진행되어 왔는지, 그리고 그 한계가 무엇인지를 살펴보았다. 더불어 한국어교육학에서의 CA와 대화문법론의 수용 양상과 그 발전 가능성 또한 가늠해 보았다.

먼저 화행 연구의 경우 상호작용이 배제된 담화 완성 테스트(DCT) 자료나 준구어를 대상으로 하는 경우가 많았는데 이는 화행 실현 양상이 왜곡될 수 있다는 점에서 문제라고 할 수 있다. 또 대부분의 화행 연구들이 화행을 의사소통 기본 단위로 설정하고 있는데 화행은 단독으로 존재하지 못한다는 점에서 이러한 전제는 태생적인 한계를 지니고 있음을 밝혔다. 다음으로 살펴본 담화표지 연구 경향에서도 상호작용이 배제된 자료를 대상으로 부분적인 용례를 고찰하는 연구가 많음을 알 수 있었는데 이는 말 그대로 담화표지가 '담화' 안에서 하는 기능을 포착할 수 없다는 문제점을 가진다. 담화 문법 또는 구어 문법 연구의 경우 문어 문법의 시각에서 구어 담화를 살펴보려는 경향이 드러나고 있음을 지적하였다.

다음으로 본 연구에서는 CA와 대화문법론이 한국어교육 연구 분야에서 어떻게 수용되었는지를 살펴보았다. 그 결과 CA의 방법론이 처음의 기대와는 달리 주요 개념들이 기계적으로 수용되었음을 알 수 있었다. 그러나 본 연구에서는 CA의 연구 방법론에서 기존 문어 문법이 포착하지 못한 담화 안에서 문법의 기능을 포착할 수 있는 가능성을 제시하였고, 그런 의미에서 CA의 방법론이 다시 '재발견'될 필요가 있음을 주장하였다.

마지막으로 본 연구에서는 대화문법론의 수용 양상과 그 발전 가능성을 고찰하였다. 대화문법론은 CA에 비해 한국어교육 분야에서 많이 수용되지는 않았으나 최근 '실제성'과 관련하여 '대화원형'의 개념이 주목받고 있음을 알 수 있었다. 이에 덧붙여 본 연구에서는 대화문법론이 지금까지 언어교육학을 뒷받침하는 이론이었던 화행론을 대체할 수 있는 언어 이론임을 주장하고, 그 근거를 제시하였다.

한국어교육에서 구어 담화는 중요한 연구 분야이다. 그리고 CA와 대화문법론 등의 대화 분석 방법론 구어 담화의 특징을 포착할 수 있는 중요한 연구 도구이다. 지금까지의 논의에서 지적했듯이 이 연구 도구가 한국어교육 연구 분야에서 제대로 수용되어 발전적으로 사용되기를 기대해 본다.

참고문헌

강현화(2012), 「한국어교육학에서의 담화 연구 분석」, 『한국어 교육』 23－1, 국제한국어교육학회, 219~256쪽.

구현정(2001), 「대화의 원리를 바탕으로 한 말하기 교육」, 『외국어로서의 한국어교육』 25－1, 연세대학교 한국어학당, 303~330쪽.

구현정(2008), 「대화 분석론과 말하기 교육」, 『외국어로서의 한국어교육』 33, 연세대학교 한국어학당, 19~42쪽.

김규현(2000), 「담화와 문법: 대화분석적 시각을 중심으로」, 『담화와 인지』 7－1, 담화 · 인지언어학회, 155~184쪽.

김규현(2014), 「이야기 구술 맥락에서의 한국어 화제 표지의 분석: 영어의 좌향전위 구문과의 비교」, 김하수 편 『문제로서의 언어 5』, 커뮤니케이션북스.

김명희(2005), 「국어 의문사 '무슨'의 담화표지 기능」, 『담화와인지』 12－2, 담화 · 인지언어학회, 21~42쪽.

김서형 · 장향실(2012), 「한국어 교재 대화문의 전형성과 구성요건」, 『한국언어문학』 83, 한국언어문학회, 425~450쪽.

김정남(2012), 「텍스트 언어학과 한국어교육」, 『텍스트언어학』 33, 한국텍스트언어학회, 181~212쪽.

김지영 · 강현주(2013), 「한국어 말하기 과제의 상호작용적 실제성 연구」, 『이중언어학』 52, 이중언어학회, 19~44쪽.

김호정(2012), 「한국어 문법교육에서 담화 연구의 방향 고찰」, 『국제한국어교육학회 국제학술발표논문집』, 국제한국어교육학회, 381~398쪽.

박석준(2010), 「담화 문법과 한국어 문법 교육」 『국제한국어교육학회 국제학술발표 논문집』, 국제한국어교육학회, 471~484쪽.

박용익(2010), 『대화분석론』, 백산서당.

박용익 · 신시은 · 김태구 · 이정우(2014), 「의사의 모닝 컨퍼런스(morning conference) 대화이동 연속체 구조 분석」, 『담화와 인지』 21－2, 55～80쪽.

배진영 · 손혜옥 · 김민국(2011), 「구어－문어 통합 문법 기술의 방향과 자료 구축의 문제」, 『인문논총』 27, 경남대학교 인문과학연구소, 141～200쪽.

백승주(2011), 「한국어 교사 발화에 나타난 관여 유발 전략」, 연세대학교 대학원 박사학위 논문.

백승주(2015), 「한국어교육에서 대화 분석 방법론의 수용 양상과 발전 가능성」, 『어문론집』 61, 중앙어문학회, 57～88쪽.

서유경(2004), 「비즈니스 대화의 구조 및 단계별 발화 특징 연구: 제약회사 영업 대화를 중심으로」, 연세대학교 교육대학원 석사학위 논문.

손희연(1999), 「수업 담화의 바로잡기 연구」, 연세대학교 석사학위 논문.

신시은(2014), 「판매대화의 원형 재구성 연구」, 고려대학교 석사학위 논문.

유혜령(2009), 「한국어 교육에서 “화행”에 대한 비판적 검토」, 『한국어 교육』 20－2, 국제한국어교육학회, 107～127쪽.

이소영(2013), 「초급 한국어 교재 대화문의 대화 원형 연구」, 『우리말교육현장연구』 7－1, 161～187쪽.

이원표(1992), 「시간부사 ‘이제’의 담화기능」, 『인문과학』 68, 105～137쪽.

이원표(2001), 『담화분석』, 한국문화사.

이유미(2010), 「화용론과 한국어 교육 : 한국어 교육에서의 화용 연구 동향 및 전망」, 『어문논총』 43, 97～115쪽.

정다운(2012), 「한국어 교재 대화문의 실제성 연구: ‘의사－환자’의 의료면담을 중심으로」, 한국외국어대학교 대학원 석사학위 논문.

제혜숙(2001), 「한국어 대화에 나타난 설득행위에 대한 연구」, 연세대학교 석사학위 논문.

조경순 · 이소림(2012), 「한국어 모어 화자의 물건 사기 대화문과 한국어 교재의 제시대화문 비교 연구」, 『한국언어문학』 80, 359－385쪽.

조태린(2014), 「한국어교육의 발전에 따른 국어관의 변화와 국어 연구의 변화 가능성」, 『우리말글』 60, 우리말글학회, 75～92쪽.

지현숙(2009), 「'교육 문법'에 있어서 한국어 구어 문법을 어떻게 기술할 것인가에 대하여」, 『한국어학』 45, 한국어학회, 113~139쪽.
지현숙(2010), 「한국어 구어 문법을 어떻게 기술할 것인가-기준점의 선정과 그 논의」, 『한국어 교육』 21-4, 국제한국어교육학회, 307~332쪽.
진제희(2004), 「한국어 교실 구두 상호작용에 나타난 문제 해결을 위한 의미 협상」, 연세대학교 대학원 박사학위 논문.
한상미(2001), 「외국어로서의 한국어 교육에서 교사말 연구」, 연세대 석사학위 논문.
한상미(2011), 「담화 및 화용과 한국어 교육 연구」, 『이중언어학』 47, 이중언어학회, 507~551쪽.
Ford, B. F. & Thompson, S.(1996), "Practices in the construction of turns: The 'TCU' revisted", *Pragmatics* 6, pp.427~454.
Hopper, P.(1988), "Emergent grammar and the a priori grammar postulate", *Linguistics in context: Connecting observation and understanding*, Volume XXIX, ed. by D. Tannen, NJ: Ablex, pp.117~134.
McCarthy, M.(1998), *Spoken Langauge and Applied Linguistics*, Cambridge University Press, 김지홍 역(2010), 『입말, 그리고 담화 중심의 언어교육』, 경진.
Ochs E., E. A. Schegloff, and S. A. Thompson(1996), *Interaction and grammar*, Cambridge: Cambridge University Press, p.181~212.
Schegloff, E. A.(1989), "Reflections on language, development, and the interactional character of talk-in-interaction", *Interaction in human development*, ed. by M. C. Bornstein and J. S. Bruner, Hillsdale, NJ: Lawrence Erlbaum, pp.139~153.
Sacks, H., Schegloff E.& Jefferson, G.(1974), "A simplest systematics for the organization of turn-taking conversation", *Language* 50, pp.696~735.
Schiffrin, D.(1987), *Discourse Markers*, Cambridge: Cambridge University Press.
Wilkins, D. A.(1972), "The linguistic and situational content of the common core in a unit/credit system", Ms. Strasbourg: Council of Europe.
Young, R. F.& Lee, J.(2004), "Identifying Units in Interaction: Reactive Tokens in Korean and English Conversation", *Journal of Sociolinguistics* 8, pp.380~407.

/ 다문화 및 지역어 교육 연구 /

전남지역 중도입국 자녀 대상 한국어 교육 연구*

이효인

1. 머리말

다문화 배경을 지닌 학습자를 대상으로 하는 한국어 교육에 대한 관심이 점차 늘고 있다. 우리나라에 본격적으로 다문화 인구가 유입되기 시작한 것은 1980년 후반 부족한 노동력을 대체하기 위하여 외국인 노동 이주자를 받아들이기 시작하면서부터이다. 이후 서울올림픽과 1990년대의 급격한 경제 발전 등을 이유로 우리나라에 관심을 갖는 외국인이 많아졌으며 2000년대 이후 한류의 영향으로 한국 언어 문화에 대한 수요가 폭발적으로 증가하면서 한국어 교육에 대한 관심 또한 매우 높아졌다.

다문화 배경을 지닌 학습자를 대상으로 하는 한국어 교육의 대상은

* 이 논문은 전남대학교 호남문화연구소가 발간하는 『호남문화연구』 58집(2015년 12월)에 게재한 논문을 일부 수정한 것이다.

크게 '외국인 유학생', '국제결혼 가정', '외국인 근로자 가정', '새터민 가정'과 같이 4가지로 나눌 수 있다. 그리고 '국제결혼 가정'과 '외국인 근로자 가정'의 경우, 외국인 성인 학습자와 그 자녀로 세분할 수 있다. 최근 우리나라에서 이루어지는 한국어 교육은 우리나라의 언어와 문화에 관심을 갖는 외국인과 외국인 유학생을 대상으로 하는 외국어로서의 한국어 교육과 1990년 중반 이후 크게 증가한 결혼이주여성과 다문화가정 자녀와 같은 이들을 대상으로 하는 제2의 언어로서의 한국어 교육 혹은 이중 언어 교육으로 나누어 설명할 수 있다. 이들 중에서 가장 빠르게 발전을 이룬 분야는 외국인 유학생을 대상으로 하는 외국어로서의 한국어 교육이다. 주로 국내 주요 대학을 중심으로 전문 교육기관에서 이루어지고 있으며 이들에 관한 연구도 활발히 이루어지고 있다. '국제결혼 가정'을 대상으로 하는 한국어 교육도 활발히 이루어지고 있는데, 이는 2015년 1월 기준 국제결혼을 통해 입국한 구성원의 수가 305,446명에 이르는 등 우리사회의 일부분을 차지함에 따라서이다. 또한 외국인 유학생을 대상으로 하는 한국어 교육이 주로 대학을 중심으로 이루어지는 것에 비하여 국제결혼 가정 구성원을 위한 한국어 교육은 주로 정부 부처를 중심으로 제시하고 있는 한국어 교육 정책에 따라 지역의 다문화가정지원센터를 중심으로 이루어지는 상태이다.[1] 정부도 다문화 인구의 증가와 발을 맞추어 정부와 지자체 등에서도 다문화 배경을 지닌 학습자에게 관심을 가지고 지원 방안을 모색해왔다. 중앙다문화교육센터와 같은 기관을 설립하여 국가의 다문화 교육 정책 연구 및 정책 사업을 실시하고 있으며, 교육부를 중심으로 다문화 예비학교, 다문화 중점학교, 다문화 연구학교 등과 같이 학교 단위에서의

1) 자세한 내용은 이영희(2011), 박영신 · 조아영(2013), 우복남(2014) 참조.

지원도 2010년대에 들어 이루어지기 시작하였다.

우리나라에 거주하는 다문화 배경을 지닌 한국어 학습자를 대상으로 하는 한국어 교육과 관련한 기관과 정책이 양적 질적으로 발전하였음에도 불구하고 이러한 발전이 다문화 배경을 지닌 학습자를 위한 한국어 교육 전반에 걸친 균형적인 발전을 이루었다기보다는 학문 목적의 외국인 학습자와 결혼이주여성에 집중된 다소 기형적인 모습을 보이는 것이 현실이다. 특히 중도입국 자녀(국제결혼 가정 자녀와 외국인 이주노동자 자녀)에 대한 한국어 교육 정책은 그 필요성에 주장이 최근 5년 정도를 기점으로 크게 대두되고 있는 현실로 이들을 위한 한국어 교육 여건은 대단히 빈약한 실정이다.

이에 본 연구는 다음과 같은 방향으로 논의를 전개하고자 한다. 첫째, 전남지역 다문화 배경 자녀의 현황을 살펴보고자 한다. 교육부를 중심으로 파악된 다문화 배경 학습자와 그 중 중도입국 자녀의 수와 그들이 전체 학습자 중 차지하는 비중을 보여줌으로써 이들을 대상으로 하는 교육 정책의 수립이 절실함을 보여주고자 한다. 둘째, 중도입국 자녀를 대상으로 하는 전남지역의 한국어 교육 현황을 살펴보고 문제점을 기술한다. 그리고 마지막으로 중도입국 자녀를 대상으로 하는 한국어 교육의 과제를 제시하고자 한다.

2. 중도입국 자녀의 한국어 교육 실태

2.1. 전남지역 중도입국 자녀 현황

우리나라의 다문화 배경 학생의 현황은 아래 <표 1>, <표 2>와 같이 2014년 4월 기준 67,806명이다. 2010년에는 전체 다문화 배경 학생의 수가 31,788명으로 전체 학생 중 다문화 학생이 차지하는 비율이 0.44%이던 것이 2014년에는 그 수가 2010년에 비해 2배가 넘게 증가하였으며 그 비율 또한 1.07%에 달하였다. 이는 우리나라 전체 학생의 수가 매년 20만 명씩 감소하고 있는 것을 고려한다면 우리 공교육 안에서 다문화 배경 학생들의 증가는 괄목할 만한 것이다. 더욱이 이러한 수치는 공교육에 진입하여 교육을 받고 있는 학생들에 한정된 것일 뿐 공교육 밖의 학생 수를 고려한다면 다문화 배경 학습자의 수는 아래의 통계보다 훨씬 더 많을 것으로 추정된다.[2)]

<표 1> 다문화 학생 추이 및 비율

(단위 : 명)

연도 / 인원수	2010	2011	2012	2013	2014
다문화 학생 수(A)	31,788	38,678	46,954	55,780	67,806
전체 학생 수(B)	7,236,248	6,986,853	6,732,071	6,529,196	6,333,617
다문화학생 비율 (A/B*100)	0.44%	0.55%	0.70%	0.86%	1.07%

아래 <표 2>을 살펴보면, 전라남도의 경우 전체 학생 수 대비 다문화 학생의 비율은 2014년 기준 2.4%에 달하고 있다. 이는 전국 평균 1.07%보다 전라남도의 다문화 학생 비율이 압도적으로 높은 것이다. 아래의 통계 중 주목해야 할 점은 전라남도의 경우 초등학교의 다문화 학생 비율은 3.58%이며 유치원은 그 비율이 5.11%로 학령이 낮을수록

2) 최경옥(2012:323－324)은 중도입국 자녀의 경우 대부분 '재한외국인법' 및 '다문화가족지원법'의 대상이 되는 경우이나 방문 비자로 들어왔다가 중도입국 자녀가 되는 경우도 연간 2000여명에 달한다고 하였다. 또한 이들 중 학교 밖 청소년의 수가 2009년 교육부 통계상 17,000명으로 추산하고 있다고 하였다.

다문화 학생의 비율이 더욱 높다는 점이다. 따라서 전남 지역에서 다문화 학생의 비율은 앞으로 지속적으로 증가할 것이며 이에 비례하여 이들을 대상으로 하는 한국어 교육의 중요성은 더욱 커질 것이 분명하다.

<표 2> 2014년 전라남도 다문화 학생 비율

(단위 : 명)

구분 \ 급별	유치원	초등학교	중학교	고등학교	계
다문화 학생 수(A)	971	3,353	1,169	501	5,994
전체 학생 수(B)	18,972	93,667	64,393	70,255	247,287
다문화학생 비율 (A/B*100)	5.11%	3.58%	1.81%	0.71%	2.42%

(2015년 1월 1일 기준)

전남지역의 다문화 학생의 수는 <표 3>와 같이 2014년 5,020명, 2015년에는 6,004명으로 조사되었다. 이들 중 중도입국 자녀의 수는 각각 103명과 109명으로 그 비율은 2% 내외로 대단히 낮은 편이다. 일선 교육청에서 구분하는 다문화 학생은 한국에서 출생한 학생, 중도입국 학생 그리고 외국인 자녀이다. 이중 중도입국 자녀에 대한 정의는 본고에서 사용하는 것과는 조금 차이가 있다. 일반적으로 학계에서 사용하는 '중도입국 자녀'는 첫째, 외국인이 한국인 배우자와 재혼하면서 본국의 자녀를 중간에 한국에 데려오는 경우이다. 둘째, 국제결혼 가정의 자녀 중 외국인 부모의 본국에서 성장하다가 청소년기에 재입국한 청소년의 경우이다. 셋째, 외국인 부모와 함께 동반 입국한 청소년의 경우이다. 이와 같은 정의는 중도입국 자녀의 구분을 자녀 부모의 국적과 출생지를 근거로 분류하는 것이다. 그러나 본고에서 논의하는 중도입국 자녀는 이보다 더 광의의 개념으로 외국에서 출생하여 성장하다가 우리나라에 입국하는 학생의 모두를 지칭한다.

<표 3> 전남지역 다문화 학생 현황

(단위 : 명)

구분	2014년도				2015년도			
	초	중	고	계	초	중	고	계
한국출생	3,232	1,126	535	4,893	3,961	1,184	703	5,848
중도입국	59	26	18	103	54	27	28	109
외국인자녀	17	3	4	24	34	7	6	47
계	3,308	1,155	557	5,020	4,049	1,218	737	6,004

(2015년 4월 1일 기준)

그러나 위의 <표 3>에 나타난 중도입국 자녀의 수는 현재 재학 중인 학생의 수를 나타내는 것일 뿐 실제 거주하고 있는 중도입국 자녀의 수를 나타내는 것을 아니라는 점에서 문제가 있다. 한국인 배우자와 외국인 배우자 사이에서 출생한 다문화 학생의 경우(특히 한국에서 출생한 경우) 태어나면서부터 우리나라의 국적을 취득한 상태이므로 이들의 수를 거의 정확하게 파악하고 있다. 그러나 중도입국 자녀와 외국인 자녀의 경우에는 그 수를 정확히 파악하는 것이 쉽지 않다는 문제가 있다. 최경옥(2012:324)에서는 중도입국 자녀의 경우 정부가 그 수를 정확하게 파악하지 못하고 있으며, 학교 밖 청소년은 2009년 기준 17,000명으로 추산된다고 하였다. 그리고 이들이 상급 학교로 올라갈수록 탈학교율은 증가하고 있다고 지적한 바와 같이 실제 중도입국 자녀의 수는 파악을 하지 못하는 것이 현실이다. 중도입국 자녀의 경우에는 이들의 다문화 상황이나 가족 관계와 같은 정확한 상황을 기록을 관리하는 정부 주체가 없고, 이로 인해 교육부나 지방 교육청도 이들 중 학교에 진학할 자녀와 그렇지 않은 자녀에 대한 상황을 알 수 있는 제도가 전혀 마련되어 있지 않은 현실이다.

또한 외국인 근로자의 자녀 경우에도 그 수를 정확히 파악하는 것도 어렵다. 외국인 근로자의 경우에는 체류 허가를 받은 외국인 근로자와 체류 허가를 받지 못한 미등록 외국인 근로자의 경우로 나눌 수 있는데 그 중 특히 미등록 외국인 근로자 자녀의 경우에는 그 숫자를 파악하기가 더욱 힘들다. 이들은 자신들이 정부의 단속에 쫒기다 보니 자녀들을 학교에 보내 교육을 받게 한다는 것은 엄두도 내지 못하고 있는 실정이며 만약 단속될 경우 자녀들은 학기 중이라도 강제 출국되거나 강제 출국 당하는 부모와 떨어져 지인의 집에서 혼자 지내야 하는 문제가 있다. 조금주(2011:82－83)에 따르면 미등록 외국인 노동자 자녀들은 학교장의 재량에 따라 거주사실 확인 서류를 제출하면 초등학교에 입학이 가능하고 중고등학교는 학칙에 따르게 되어 있지만[3], 정규 교육을 받는 아동은 극히 소수로 신분의 불안정성, 언어적 차이. 문화적 차이, 종교적 차이 등으로 전혀 교육을 받지 못하고 방치되는 사례가 빈번하다고 지적하였다.

하지만 보다 더 문제가 되는 것은 중도입국 자녀를 대상으로 하는 우리나라의 공교육 시스템이 거의 부재하다는 점에 있다. 설사 이들이 공교육에 진입하였다 할지라도 이들을 위한 교육 프로그램이 없다보니 공교육에서 탈락하는 경우도 빈번하다. 중도입국 자녀들의 경우 대부분 우리나라의 언어와 문화에 제대로 적응하지 못한 채 입학하는 경우가 많다. 그렇다 보니 한국의 언어와 문화와의 관련성이 적은 교과목의 경우 비교적 적응할 수 있으나 사회나 역사 과목처럼 한국의 언어와 문

3) 이해영(2014:233)은 중도입국 자녀들의 입학이 법적으로 허용된 것일 뿐 법무부가 체류자격을 주는 경우는 매우 드물어서 이주노동자 자녀들이 처한 실제 현실적인 어려움이 완전히 해소된 것을 의미하지는 않는다고 하였다.

화와의 관련성이 많은 과목들에서 겪는 학습의 어려움은 이들의 중도 탈락률을 높이는 요인이다. 중도입국 자녀들은 이주로 인한 생애 전환을 경험하면서 언어적으로 문화적으로 낯선 한국의 교육 체계에 적응하지 못하고 고립되어 지낼 가능성이 높다는 점에서 한국어 교육 지원이 가장 절실한 수요자들이기도 한다. 그러므로 학교 안에서의 정규 교과과정뿐만 아니라 학교 밖 기관과 국가 차원에서의 다양한 교육지원 프로그램을 만들어 이들의 적응을 지원할 필요가 있다.

이처럼 중도입국 자녀나 외국인 노동자 자녀의 경우에는 우리와는 다른 언어와 문화, 피부색을 지닌 상태로 입국하여 공교육에 적응하지 못하고 대다수가 탈락하는 현실을 고려한다면 이들의 정확한 숫자를 파악할 수 있는 제도의 마련이 필요하다. 또한 이들을 입국하거나 성장하면서부터 자연스럽게 공교육으로 진입할 수 있도록 안내하는 실효성 있는 제도의 확립이 필요하다. 원진숙(2014:9)은 해마다 입국하는 5000명 이상의 중도입국 자녀 중 상당수의 학생들이 일반 학교가 아닌 다문화 대안 학교로 진학하고 있는 현실은 아직 우리 공교육 시스템이 이들의 다양성을 수용하지 못하고 있음을 방증한다고 하였는데 이들이 공교육으로 진입할 수 있도록 돕는 교육 지원 프로그램의 마련이 절실하다.

2.2. 중도입국 자녀 한국어교육 현황

우리나라에서 이렇게 다양한 문화와 배경을 지닌 다문화 배경 학습자가 급증하면서 이들을 위한 한국어 교육 지원 문제가 매우 시급하면서 절박한 문제로 대두되기 시작하자 교육부에서는 2012년 '다문화 교육 선진화 방안'을 발표하였다. 우리나라 교육부가 다문화 교육의 대상으로 정의한 대상은 <표 4>와 같다. 교육부는 다문화 교육 대상을 먼저 국제결혼 가정 자녀와 외국인 가정 자녀로 구분하고 국제결혼 가정 자녀를 다시 한국 출생 자녀와 중도입국 자녀로 세분하였다.

<표 4> 교육부 다문화 교육 대상

구분		내용
국제결혼 가정 자녀	한국출생 자녀	○ 한국인과 결혼한 외국인 배우자(이하'결혼이민자') 사이에서 출생한 자녀 ○ 국적법 제2조제1항에 따라 출생과 동시에 한국 국민이 되므로 헌법 제31조에 의한 교육권을 보장받음
	중도입국 자녀	○ 결혼이민자가 한국인과 재혼한 이후 본국에서 데려온 자녀, 국제결혼가정 자녀 중 외국인 부모의 본국에서 성장하다 청소년기에 재입국한 자녀 등을 포함 ○ 국내 입국 시에는 외국국적이나 특별귀화를 통해 한국국적으로 전환 가능 ○ 대부분이 중국인 · 조선족(약 90% 이상) ○ 비교적 연령이 높은 10대 중 · 후반에 입국하는 경우가 많음
외국인가정 자녀		○ 외국인 사이에서 출생한 자녀 ○ 헌법 제6조제2항 및 UN 아동의 권리에 관한 협약('91, 비준)에 따라 한국 아동과 동일한 교육권을 가짐 ○ 미등록 외국인 자녀의 경우에도 초 · 중등교육법시행령 제19조 및 제75조에 따라 거주사실 확인만으로 초 · 중학교 입학이 가능함

교육부는 '다문화 학생을 위한 교육 선진화 방안'의 일환으로 다문화 학생을 위한 <한국어 교육과정(KSL)>을 개발 고시하고 2013년 3월부터 전국의 초 · 중 · 고등학교의 다문화 배경 학생을 대상으로 한국어(KSL) 교육을 시행하고 있다. 그리고 국립국어원과 국립국제교육원에

한국어 교재 개발을 위탁하여 <초등학생을 위한 표준한국어 1, 2>, <중학생을 위한 표준한국어 1, 2>, <고등학생을 위한 표준한국어 1, 2>를 개발하였으며 교육부 지정 중앙다문화교육센터에서는 <다문화 학생 교육을 위한 교사용 매뉴얼>을 개발하여 다문화 배경 학습자를 지도하는 교사들이 사용할 수 있도록 하였다.[4]

아래 <표 5>는 2015년 기준 전라남도 교육청이 다문화 배경 학습자를 지원하기 위해 추진하는 과제의 내용과 방법이다.

<표 5> 전라남도 교육청 2015 다문화교육 지원 추진 과제 및 내용체계

구 분	추진 과제	추진 내용 및 방법
1. 일반 학생 교육	가. 다문화사회 이해교육	－교과 및 창의적 체험활동 －문화이해,협력공존,반편견,정체성,평등성,다양성교육
	나. 다문화사회 인성교육	－인성덕목과 연계한 다문화 이해덕목 지도 －또래상담 등 자율적인 학생 도우미 활동 강화
	다. 이중 언어학습 기회 제공	－세계 여러 나라 언어 이해 －학교별 이중언어 학부모 강사 인력풀 구축 및 운영
2. 다문화 학생 교육	가. 다문화 유치원 시범 사업	－다문화 유아 대상 통합 언어교육 프로그램 운영 －사회교육 프로그램 운영
	나. 한국어학습 및 모국문화 이해 교육	－예비학교 이중언어 강사 지원 －모국문화 이해하기(교육지원청)
	다. 개별맞춤형 멘토링 지원	－교사 멘토링(초340명, 중170명) －대학생 고향방문 멘토링
	라. 다문화가정 학생 봉사 동아리 지원	－고등학생 봉사동아리 운영(40팀) : 공립 20팀, 사립 20팀

4) 2012년 교육부에서 개발 고시한 한국어(KSL) 교육과정 문서에서 '다문화가정 학생'이라는 용어를 '다문화 배경 학습자'라는 용어로 대체하였다.

	마. 이중언어 재능 등 진로교육 강화	-이중언어 말하기 대회 추진 -글로벌 브릿지 사업 -다문화 학생 직업교육
	바. 중도입국 자녀 공교육 진입 원스톱 서비스	-예비학교(초 · 중등과정) 운영 -다문화교육 전담 인력 운영
3. 학부모 교육	가. 한국어 교실 지역 중점학교 운영	-학부모대상 체계적인 한국어 교육 -대상 : 다문화학부모 및 예비학부모
	나. 모국언어 지도기회 제공	-다문화가정 학부모 이중언어 강사 인력풀제 구축 -다문화가정 학부모 활용 모국언어 지도
	다. 다문화가정 학부모 역량 강화	-다문화 학부모 대상 학부모 프로그램 운영 -대학과 연계하여 학부모 역량 강화
4. 통합 교육	가. 지역 특색을 고려한 다문화 교육 프로그램운영	-다문화교육 프로그램 운영 -지역특색 고려한 다양한 모국문화교실
	나. 다문화 중점학교 운영	-다문화교육과정 중점 운영을 위한 지원청별 중점학교 운영(예비, 연구학교 포함)
	다. 다문화교육 연구 학교 운영	-한국어(KSL)교육과정 및 다문화 교육 운영 연구학교
	라. 다문화 이해교육 교원 연수	-모든 교원 기초연수 의무적으로 이수 (7시간)
5. 연계 교육	가. 다문화교육진흥위원회 구성 및 운영	-진흥위원회 구성 및 운영 -전남도청 및 지역센터와 연계
	나. 지자체 및 유관기관 연계 활동	-대학생멘토링(광주교대업무협약-2009) -전남대, 순천대, 목포대, 출입국관리소 등
	다. 다문화가정 학생 · 학부모 문화 예술 동아리 활동 지원	-다문화가정 학생 · 학부모 문화예술 동아리 운영
	라. 다문화 컨설팅단 및 담당자 협의체 운영	-다문화 컨설팅단 구성 운영 -지역 전문가 네트워트 구축

전라남도 교육청도 교육부의 지침에 따라 한국어(KSL) 교육과정을 2013년 1학기부터 한국어 교육이 필요한 다문화 배경 학생이 있는 학교에서는 운영하고 있다. 전남의 다문화 배경 학습자 지원 중 한국어

교육과 관련된 것은 크게 다섯 가지로 '한국어 학습 및 모국 문화 이해 교육', '개별 맞춤형 멘토링 지원' '중도입국 자녀 공교육 진입 원스톱 서비스', '다문화 중점학교' '다문화교육 연구 학교'가 있다.

이중 한국어(KSL) 교육과정과 관련된 것으로 교육부의 지침에 따라 중도입국 자녀의 공교육 진입을 돕기 위한 다문화 예비학교[5]를 운영하고 있으며, 다문화 예비학교에는 전담교사를 배치하고 있다. 다문화 예비학교의 운영 목적은 한국어와 한국문화의 집중 교육을 통해 다문화 학생의 학교 적응을 위한 사전 교육을 통해 학교 적응력과 취학률을 높이는 데 있는데 특별 학급을 설치 운영하는 경우 주당 10시간 내외에서 운영하며 한국어 수준별 무학년 체제에 따라 '생활 한국어'와 '학습 한국어' 능력을 동시에 함양하도록 하고 있다.

그러나 전라남도의 이러한 지원 내용이 교육을 받는 대상자들의 다문화 유형, 연령과 한국어의 숙달도를 반영하여 학습자의 요구와 필요를 충족하고 있는 지는 의문이다. 전라남도는 2015년 현재 다문화 예비학교를 모두 6곳에서 운영하고 있다.[6] 또한 다문화 예비학교에서는 전담교사를 배치하여 운영하고 있는데 교육부의 취지와는 달리 전담교사가 한국어를 적절히 교육할 수 있는 능력을 갖추고 있는지에 대해서는 학교 현장의 선생님들부터 부정적인 견해를 피력하는 경우가 많다.

---

5) 전국의 다문화 예비학교 운영 현황에 대해 고순희(2015:8−11)는 2014년 기준 20개교가 국내 태생 다문화학생을 대상으로, 17개교가 중도입국 학생을 대상으로, 8개교는 중도입국 학생과 국내 태생 다문화학생 모두를 대상으로 하는 곳이라고 밝혔다.

6) 전라남도에서 2015년 다문화 예비학교를 운영하는 곳은 초등과정 4곳(화순만연초, 청계초, 태인초, 대불초)이며 중등과정은 2곳(세지중, 성요셉여고)이다. 전라남도가 운영하는 다문화 예비학교는 중도입국 자녀와 외국인가정 자녀를 우선적으로 선정하고 국제결혼가정 자녀의 경우 특별히 학교 적응이 어려운 경우에 해당 학교장의 요청으로 대상자를 선정하고 있다.

다음은 2015년 3월 필자가 실제 다문화 전담교사를 대신하여 다른 선생님으로부터 교육방법에 대한 문의 전화를 받은 내용의 일부이다.

> 다문화 학생을 지도하기 위한 전담교사로 지정된 선생님이 아무런 경험이 없어서 어떻게 학생을 지도해야 할지 모르겠다고 합니다. 심지어 이 선생님은 이번 학기에 처음으로 발령을 받은 신임 교사이구요, 교육지원청에서 우리학교가 다문화 예비학교이니 선생님이 가서 전담교사를 맡으라고 했답니다. 그런데 막상 학생들을 만나보고 나서는 말도 잘 안 통하는 학생이 있고 한국어 교재라고 받아 본 것도 어떻게 가르쳐야 할지 막막하다고 합니다.
>
> (00초등학교 교사)

이와 같이 다양한 문화적 배경과 연령, 한국어 숙달도를 가지는 다문화 학생을 교육하기 위해 한국어 교육과 교과 교육을 연계하는 전문성을 지닌 교원이 다문화 지원 학교에 투입되고 있다고 하기는 어렵다. 다문화 교육 지원 학교들이 강사를 채용하기 위해 올린 공고를 보면, 국어교사 자격증 소지자나 초등교원 자격증 소지자, KSL 자격증 소지자 우대 등으로 자격 요건을 명시하고 있는 경우가 대부분이다. 물론 초등학교 교사는 모두 학생들을 대상으로 언어교육을 실시할 수 있는 능력이 있다. 그러나 모국어로서 한국어를 습득하는 일반 학생들과는 달리 중도입국 자녀의 경우 한국어를 습득하지 못한 채 입국하는 경우가 대부분이며 이들이 공교육에 진입하기 위해서는 생활 한국어 능력뿐 아니라 정규 교육과정에서 학습을 할 수 있는 '학문적 언어능력'[7]을

7) 이해영(2014:234－235)은 다문화 가정 자녀의 한국어 교육 단계를 일상목적 한국어를 학습하는 일반 목적 한국어 교육 단계와 학습 한국어를 학습하는 학습 목적 한국어 교육 단계로 나누었다. 이 두 단계의 학습은 김윤주(2013:42)에서 언급한 바와 같이 Cummins(1980, 2000, 2005)의 두 가지 언어 기능 즉, BICS(Basic Interpersonal &

습득해야 한다. 그런데 이를 담당하는 교원이 위의 자격 요건 중 하나를 충족하였다고 하여 기본적인 대인관계 의사소통 능력은 물론 학문적 언어능력에 도달할 수 있도록 지도하는 것에 충분한 자격인 것인지에 대해서는 동의하기 어렵다.

또한 전라남도에는 중도입국 자녀와 외국인 근로자 자녀와 같은 학령기 다문화 학습자를 위한 한국어 교육기관이 별도로 존재하지 않는다. 또한 중도입국 자녀들이 대부분 정교 학교로 진학하지 못하고 다문화 대안학교로 진학하고 있다고 전술하였는데 이마저도 접근하기가 쉽지 않다. 전라남도에는 다문화 대안학교가 없으며 가장 가까운 곳은 광주 광산구에 위치한 새날학교이다. 전라남도는 도로와 교통 시설과 같은 사회적 자원이 빈약한 곳이어서 학습자가 거주는 곳에서 교육하는 기관까지의 이동이 불편한 곳이 많다. 현실적으로 이들에게서 가장 가까운 한국어 교육 기관은 각 시군의 다문화 지원센터이다. 하지만 다문화 지원센터에서 이루어지는 한국어 교육은 성인을 위한 한국어 교육이 대부분으로 학령기인 이들에게 적절하지 않은 경우가 많다.

다문화 배경을 지닌 이들을 위한 한국어 교육이 많은 발전을 해 왔음에도 아직도 미진한 부분이 발견되는 것은 사실이다. 이들 중에서도 중도입국자녀의 경우에는 특히 제도의 미비가 심각하다. 중도입국 자녀의 경우 이미 우리와는 다른 문화와 언어를 습득하고 있으며 우리와는 다른 외모(피부색)을 지나고 있어서 이로 인해 새로운 언어와 문화를 습득하기가 쉽지 않아 일반적인 다문화가정의 자녀보다 더 심각한 교육 문제를 가지고 있다(최경옥, 2012:323－324). 이러한 이유로 중도입국자녀를 위한 교육 지원제도의 마련이 심각한 실정이다.

Commucicative Skills)와 CALP(Cognitive Academic Language Proficiency)와 관련된다.

3. 중도입국 자녀를 위한 한국어 교육의 과제

중도입국 자녀에 대한 한국어 교육 지원제도의 첫 번째 목표는 한국어 숙달도를 높이는 것이다. 한국어 능력은 다문화 배경 학습자들을 위한 모든 교육 지원의 가장 기초가 되고 출발점이 되기 때문이다. 두 번째 목표는 이들이 정규학교에 진입하게 만드는 것이며 마지막 목표는 중도입국 자녀들이 정규 학교에서 학교 문화에 적응하는 것이다. 그러기 위해서는 이들을 위한 한국어 교육은 기존의 성인 중심의 일반 목적 한국어 교육이 아니며 학교 교육과 연계할 수 있도록 구성되어야 한다. 위의 목표를 달성하기 위한 한국어 교육의 과제를 교육부를 비롯한 국가 측면의 과제와 전라남도 지방 정부 및 지역 교육청의 측면의 과제로 나누어 설정하고자 한다.

국가 단위에서의 한국어 교육의 과제 중 가장 시급한 문제는 중도입국 자녀의 공교육 진입 유도를 위한 제도의 확립이 필요하다. <제2차 다문화 가족 정책 기본 계획(2013~2017)>에 따르면 다문화 가족 자녀의 공교육 접근성을 높이기 위해 입학 절차를 안내하고 학교 진입을 유도하는 정책이 마련되어 있다. 그 내용에는 전담 코디네이터를 제도를 운용하고 입학 절차를 안내하는 자료('우리아이 학교 보내기')를 배치하는 등의 계획이 있으나 대부분은 재학생 중심의 프로그램 구성에 그치고 있으며 새로이 공교육에 진입하는 단계의 자녀를 위한 정책은 매우 미흡한 실정이다. 입국 초기 단계에서 법무부가 중도입국 자녀의 상황을 보다 세밀하게 분류 파악하고, 이에 대한 정보가 교육부와 교육청 그리고 일선 학교에까지 전달할 수 있는 제도의 마련이 필요하다.

둘째, 한국어 교육과정(KSL)의 세밀화가 필요하다. 이 문제는 전은주(2012), 이해영(2014), 원진숙(2013, 2014) 등에서 주장된 바와 같이 중도입국 자녀들이 한국어 숙달도에 따라 단계적으로 학습할 수 있도록 한국어 교육과정(KSL)을 보다 세밀화해야 한다. 교육부는 2012년 3월 '다문화 학생을 위한 교육 선진화 방안'을 발표하면서 다문화 학생을 위한 한국어 교육과정(KSL)을 개발하였다. 그리고 국립국어원과 국립국제교육원에 한국어 교재 개발을 위탁하여 <초등학생을 위한 표준한국어 1, 2>, <중학생을 위한 표준한국어 1, 2>, <고등학생을 위한 표준한국어 1, 2>를 개발하였으며 교육부 지정 중앙다문화교육센터에서는 <다문화 학생 교육을 위한 교사용 매뉴얼>을 개발하여 다문화 학생을 지도하는 교사들이 사용할 수 있도록 하였다. 이해영(2014:236-237)에서 지적한 바와 같이 중도입국 자녀들의 경우에는 학생들의 배경이나 언어적 숙달도의 측면에서 다양성이 대단히 크며 그들의 한국어 숙달도가 배워야 할 학습 한국어에 비해 터무니없이 낮음에도 교육과정은 세분화되지 못했고 학교 현장에서 사용할 수 있는 교재는 전술한 바와 같이 매우 제한적이다. 그러므로 한국어를 전혀 못하는 중도입국 자녀에게는 생활 한국어 위주의 수업을 제공하고, 어느 정도의 생활 한국어의 구사가 가능한 학생에게는 학습 한국어 수업을 제공하여 일반 교과 수업으로 진입을 도울 수 있도록 교육과정이 구성되어야 한다.

셋째, 다문화 배경 학습자 전문 교원의 양성을 위한 교사 연수 프로그램이 필요하다. 앞서 기술한 바와 같이 다문화 배경 학습자를 담당하는 교원의 부족한 전문성을 향상시킬 수 있는 제도 마련이 필요하다. 예를 들어 2014년 1월 서울시에서 실시한 한국어 교육과정(KSL) 담당 교원 직무 연수는 4박 5일에 걸쳐 진행되었는데, 이 기간은 현장에서 필요한 실용적인 기술들을 익히기에는 너무 짧다. 주변의 자료를 활용하여 자신의 학급에 필요한 교육 자료를 개발할 수 있도록 실용적이고 직접적인 교원 연수 프로그램을 구성해야 한다.

넷째, 중도입국 자녀(다문화 배경 학습자 포함)를 대상으로 그들의 한국어 능력을 평가하는 평가 도구의 개발이 필요하다. 현행 한국어 교육과정(KSL)에서 제공하는 평가도구는 모든 다문화 학생을 대상으로 활용할 수 있는 것이 아니다. 고순희(2015:9)는 진단도구의 배포 시기, 절차적 문제와 진단도구 평가대상과 실제 교육대상의 차이로 인해 24%의 학교에서만 진단 도구를 사용하고 있다고 하였다. 또한 초등학생과 중학생, 고등학생에게 필요한 한국어 능력이 차이가 있음에도 신뢰할 수 있는 평가 도구가 없는 까닭에 일부 학교 교실현장에서는 한국어능력시험(TOPIK)을 활용하기도 한다. 그러나 한국어능력시험(TOPIK)은 사용하는 어휘의 수준이 성인을 대상으로 하는 것으로 한국어를 제2언어로 습득하는 다양한 연령의 중도입국 자녀들에게는 부적절하다. 그러므로 중도입국 자녀의 한국어 수준을 정확하게 파악하기 위해서는 그들의 연령(학령)에 요구되는 한국어의 수준이 명확히 설정이 되어야 하며, 이를 평가할 도구가 있어야 한다.

전라남도의 경우 다문화 배경 학습자 중 중도입국 자녀를 대상으로 실시하는 한국어 교육 정책을 유연하게 적용할 다음과 같은 필요성이 있다. 전라남도는 전국의 여타 지역에 비하여 다문화 배경 학습자의 비율이 대단히 높은 지역이므로 전라남도에서 실험하고 적용한 사례는 전국의 다문화 배경 학습자를 대상으로 실시하는 한국어 교육의 시범성이 강하다. 둘째, 전라남도의 사회적 여건은 다른 지역에 비해 열악하다. 우리나라의 다문화 정책은 서울 경기도를 중심으로 하는 도시형

정책들이 대부분이다. 도시는 농어촌 지역에 비하여 인구의 밀도가 높고 교통이 발달되어 있다. 도시에 거주하는 다문화 배경 학습자는 그들이 거주하는 지역에서 비교적 가까운 곳에서 교육을 받을 수 있으며, 그들과 유사한 배경을 지닌 학습자와 함께 교육 학급으로 묶일 수 있다. 그러나 전라남도에 거주하는 다문화 배경 학습자는 거주지와 학습 장소의 거리가 멀고 접근성도 떨어지는 경우가 많다. 그러므로 전라남도는 다른 지방 정부와는 다른 정책의 개발이 필요하다.

먼저 다문화 예비학교로 지정된 학교 이외에도 다문화 배경 학습자를 가르칠 수 있는 '전담 교사제'를 운영하는 방안이다. 전술한 바와 같이 현재 다문화 배경 학습자를 교육하는 교원의 전문성이 높다고 판단하기는 대단히 어렵다. 초등 교사나 중등 국어교사의 경우 한국어 교육 자료 구성이나 등급화, 특수 목적 한국어 교육 방법 중에 대해 적절한 훈련을 받을 기회가 없었을 것이기 때문에 이들이 한국어를 교육하는 것은 효율적인 교육 대책이 되지 못한다. 그렇다고 하여 한국어 교원을 투입하는 것도 문제가 있다. 한국어 교원은 언어문화교육에는 전문가이지만 일반 초 · 중등학교의 교과 관련 정보는 부족하여 교과와 연계된 학습 목적 한국어를 교육하는 데는 한계가 있다. 그러나 초 · 중등 교사이면서 한국어 교원이라면 문제의 해결이 가능하리라 본다.[8] 다문화 배경 학습자의 정확한 한국어 능력 판정과 숙달도 등급에 맞는 필요한 자료 구성과 변형, 한국어 숙달도를 높이는 효과적인 교수는 물론, 교과목 연계 학습을 가능하게 하여 생활 한국어 학습에 그치지 않고 정규 교육과정으로의 편입을 용이하게 도울 수 있는 능력을 갖추도록 전담 교사를 지정하여 교육하는 방안이다.

---

8) 이해영(2014:248)은 소위 '융합형 인재'라는 표현을 사용하였다.

둘째, 전담하는 교원을 학교마다 지정하여 일률적으로 운영하기에는 효율성의 문제가 발생한다. 예를 들면 전남 영암군은 다문화 인구의 비율이 2014년 기준 전국에서 9번째로 높은 곳이다. 영암군은 국제결혼 가정뿐만 아니라 군내에 위치한 대불산업단지와 조선소를 중심으로 외국인 노동자 가정의 수가 대단히 많다. 따라서 단순히 다문화 인구만 많은 것이 아니라 중도입국 자녀의 수도 많다. 그렇지만 전라남도의 다른 시군이 모두 중도입국 자녀의 비율이 높은 것은 아니다. 그러므로 전담하는 교사가 인근 지역을 순회하며 정해진 시간을 수업하는 '순회 방문 교사제'를 제안한다. 먼저 전라남도 22개 시군을 이동 거리를 고려한 인근 지역끼리 6－7개의 묶음으로 묶고, 그 지역을 순회하는 방식이다.

'전담 교사제'와 '순회 방문 교사제'를 실시하면 여러 지역의 교사를 공유하게 되므로 학습자의 한국어 숙달도를 고려한 수준별 학급을 운영할 수 있으며 교사 또한 담당하는 수업이 동일한 수준의 내용이므로 전문성을 높일 수 있고 교사의 수업 부담을 덜 수 있을 것이다.

5. 맺음말

최근 국제결혼 가정과 외국인 노동자 가정을 중심으로 중도입국 자녀의 수가 급증하고 있다. 이와 궤를 맞추어 이들을 대상으로 하는 한국어 교육의 현황을 파악하고 드러난 문제점을 보완할 필요성이 있다. 다문화 배경을 지닌 학습자를 대상으로 하는 한국어 교육은 학습자 개인의 문제라기보다는 우리 사회 전체의 문제가 되고 있다. 해마다 증가하는 다문화 인구들은 이제 우리 사회의 일부분이 되었으며 이들이 한국 사회에 적응하는 것은 사회 문제라는 인식이 점차 확산되고 있다. 그들에게 한국어 교육을 실시하는 것은 우리가 우리보다 못한 이들에게 시혜를 베푸는 것이 아니라 우리의 필요를 위해서도 꼭 필요한 일이기도 하다.

이에 본 연구는 다음과 같은 방향으로 논의를 전개하였다. 첫째, 전남지역 다문화 배경 자녀의 현황을 살펴보고 교육부를 중심으로 파악된 다문화 배경 학습자와 그 중 중도입국 자녀의 수와 그들이 전체 학습자 중 차지하는 비중을 보여줌으로써 이들을 대상으로 하는 교육 정책의 수립이 절실함을 보여주고자 하였다. 둘째, 중도입국 자녀를 대상으로 하는 전남지역의 한국어 교육 현황을 살펴보고 문제점을 기술하였다. 그리고 마지막으로 중도입국 자녀를 위한 한국어 교육의 과제를 제시하였다.

이를 위해 2장에서는 전라남도의 다문화 배경 학습자(중도입국 자녀 포함)의 수와 한국어 교육 현황에 대해 기술하였다. 이를 통해 전라남도 지역에 거주하는 다문화 배경 학습자가 전국의 평균에 비하여 2배가 넘게 거주한다는 것을 보였다. 뿐만 아니라 교육부가 주도하는 한국어 교육의 현황을 살펴보고 이러한 한국어 교육이 중도입국 자녀를 대상으로 효과적으로 이루어지지 못한다는 사실을 밝혔다.

3장에서는 2장에서의 논의를 바탕으로 국가 차원에서의 과제 4가지와 전라남도 차원에서의 제안 2가지를 제시하였다. 먼저 중도입국 자녀의 공교육 진입 유도를 위한 제도의 필요성을 주장하였다. 입국 초기 단계에서 법무부가 중도입국 자녀의 상황을 보다 세밀하게 분류 파악하고, 이에 대한 정보가 교육부와 교육청 그리고 일선 학교에까지 전달할 수 있는 제도의 마련이 필요하다. 둘째, 보다 세밀한 한국어 교육과정(KSL)의 설계를 주장하였다. 셋째, 다문화 배경 학습자 전문 교원의 양성을 위한 교사 연수 프로그램이 필요하며 교사가 학급에 필요한 교육 자료를 개발할 수 있도록 실용적이고 직접적인 교원 연수 프로그램을 구성해야 함을 주장하였다. 넷째, 중도입국 자녀(다문화 배경 학습자 포함)를 대상으로 그들의 한국어 능력을 평가하는 평가 도구 개발의 필요성을 주장하였다. 마지막으로 전라남도의 특성에 맞는 유연한 한국어 교육 정책을 제시하였다. '전담 교사제'와 '순회 방문 교사제'를 실시하면 여러 지역의 교사를 공유하게 되므로 학습자의 한국어 숙달도를 고려한 수준별 학급을 운영할 수 있으며 교사 또한 담당하는 수업이 동일한 수준의 내용이므로 전문성을 높일 수 있고 교사의 수업 부담 덜 수 있을 것이다.

본고에서 제안한 4가지 과제와 정책이 전라남도의 중도입국 자녀를 대상으로 하는 한국어 교육이 보다 실효성을 갖춘 효율적인 방향으로 발전하는 데 조금이나마 도움이 되길 기대한다.

참고문헌

고순희(2015), 「다문화 학생의 한국어 교육 현황과 정책 연구」, 『한국어 교육 연구』 2, 한국어교육연구학회, 1~14쪽.

권순희(2008), 「다문화 시대를 대비한 다문화 교육의 방향」, 『국어교육』 126, 한국어교육학회, 89~121쪽.

권순희(2014), 「다문화 배경 학습자를 위한 한국어 교사 교육」, 『국어교육』 144, 한국어교육학회, 121~146쪽.

김민화 · 신혜은(2008), 「다문화 가정 취학 전 유아 한국어교육 지원을 위한 기초연구」, 『아동학회지』 29－2, 한국아동학회, 155~176쪽.

김선정(2012), 「여성 결혼이민자와 다문화 가정 아동의 한국어 사용 실태 및 이들 대상 한국어 교육을 위한 정책적 조언」, 『새국어생활』 22－3, 국립국어원, 47~65쪽.

김윤주(2013), 「다문화 배경 학생 대상 한국어 교육과정 구성 방안: 다문화시대 문식성 교육을 중심으로」, 고려대 박사학위논문.

김영주 · 김태우(2008), 「다문화 가정 자녀를 위한 한국언어문화 교재 개발 방안」, 『언어와 문화』 4－3, 한국언어문화교육학회, 21~46쪽.

민병권(2014), 「다문화 배경 학습자를 위한 한국어 교재 특성」, 『국어교육』 144, 한국어교육학회, 37~60쪽.

박영신 · 조아영(2013), 「전북 다문화가족 청소년 현주소 그리고 지원방향」, 『Issue Briefing』 136, 전북발전연구원.

박정아(2012), 「다문화 시대의 한국어 교육 정책 방향과 추진 현황」, 『새국어생활』 22－3, 국립국어원, 5~19쪽.

우복남(2014), 「충청남도 다문화가정 중도입국자녀 현황 및 지원 방안」, 충청남도 여성정책개발원 연구보고서.

원진숙(2013), 「다문화 배경 학습자를 위한 KSL 교육의 정체성」, 『언어사실과 관점』 31, 연세대학교 언어정보연구원, 23~28쪽.
원진숙(2014), 「다문화 배경 학습자를 위한 한국어 교육의 과제」, 『국어교육』 144, 한국어교육학회, 1~36쪽.
원진숙(2014), 「다문화 시대 우리 사회의 언어 소수자를 위한 언어 교육 정책」, 『우리말연구』 39, 우리말학회, 25~57쪽.
이수지 · 윤남주(2013), 「다문화학생을 위한 한국어교육의 현황과 과제」, 『한국언어문화교육학회 제17차 학술대회 발표집』, 한국언어문화교육학회, 253쪽.
이영희(2011), 「다문화 가정을 위한 한국어교육의 현황과 과제」, 『세계한국어문학』 5, 세계한국어문학회, 91~132쪽.
이해영(2014), 「다문화 배경 학생을 위한 교육 지원 현황과 한국어 교육 개선 방안」, 『국어교육연구』 34, 서울대학교 국어교육연구소, 231~258쪽.
이효인(2012), 「다문화가정 아동의 언어능력 연구」, 『새국어교육』 92, 한국국어교육학회, 471~494쪽.
이효인 · 조경순(2014), 「다문화가정 아동의 문식력 향상을 위한 한국어 서술 구조에 대한 연구」, 『한국언어문학』 88, 한국언어문학회, 405~434쪽.
전라남도교육청(2015), 『2015 다문화교육 지원 계획』, 전라남도교육청.
전은주(2009), 「다문화 가정 학생을 위한 언어 교육 정책의 현황과 방향」, 『국어교육학연구』 36, 국어교육하회, 99~133쪽.
전은주(2012), 「다문화 배경 학습자를 위한 한국어 교육과정의 내용체계」, 『국어교육학연구』 45, 국어교육학회, 79~110쪽.
조금주(2011), 「국내 이주민 자녀들의 학교 교육에서의 교육권 실현을 위한 과제」, 『청소년학연구』 18-2, 한국청소년학회, 73~96쪽.
최경옥(2012), 「한국에서의 다문화가정 아동의 교육권」, 『공법학연구』 13-1, 한국공법학회, 307~338쪽.

<참고 사이트>

교육부, 교육통계서비스(http://kess.kedi.re.kr)
다문화가족지원포털 다누리(http://www.liveinkorea.kr)

한국어교육에서의 지역어 교육의 필요성과 방안*

조혜화 · 조재형

1. 서론

이 글의 목적은 '지역어'의 개념을 고찰하고, 한국어교육에 있어서 지역어 교육의 필요성을 살펴보는 데에 있다. 또한 문화콘텐츠로서의 '지역어'의 활용 방안에 대해서도 논의하고자 한다.

한국어를 학습하려는 외국인 학습자들의 목적은 그 양상에 따라서 다음과 같이 분류할 수 있다. 우선 첫째, 한국에서 장기적이거나 영속적인 거주를 위해 제2 모국어로서 한국어를 배우는 경우, 둘째, 한국 내의 대학 등에서 학업을 위한 학문 목적의 경우, 셋째, 사업 또는 여행 등의 단기 체류를 위해 한국어를 배우는 경우, 마지막으로 한국 문화 등을 이해하기 위해 취미나 흥미를 목적으로 한국어를 배우는 경우로

* 이 논문은 중앙어문학회에서 발간하는 『어문론집』 62집(2015년 6월)에 게재되었던 것으로 일부 내용을 수정 · 보완한 것이다.

분류할 수 있다. 지금까지 한국어교육[1]에서 주로 다룬 외국인의 한국어 학습 목적은 주로 학문 목적이었다. 그런 이유로 한국어교육에서 지금까지 '지역어'의 교육 필요성에 대한 언급이 거의 없었던 것으로 보인다.

한편, 한국에서 장기간 체류를 하거나 거주를 위해 한국어를 배울 때는 1차적으로 표준어를 배우지만, 체류 기간이나 거주 지역에 따라서는 표준어 위주의 한국어 학습이 의사소통에 큰 도움을 줄 수 없다. 즉, 표준어 위주의 한국어 구사로 체류 또는 거주 지역의 한국인과 어느 정도 의사소통을 할 수 있지만 비표준어권의 지역민들과의 문제없는 의사소통을 위해서는 그 지역의 지역어 학습이 필수적이다.

국어와 지역어는 전체-부분 관계이면서 대등한 관계를 동시에 맺고 있다고 할 수 있다. 국어는 영어, 중국어, 일본어와 같은 개별 언어를 말하기도 하고, 우리 언어 공동체가 사용하는 언어적 의사소통 수단을 가리키기도 한다. 언어 공동체의 원활한 소통을 위해 표준어를 두고 있지만 표준어는 소통의 기준이 되는 가상의 언어로서 존재할 뿐 실제 소통의 공간에서 사용되는 것은 수없이 많은 지역어라고 할 수 있다(조경순, 2014). 따라서 거주 목적의 외국인들은 자신이 거주하는 지역의 지역어를 익히고 그 지역 토착민들과 동일한 언어를 공유할 때 비로소 지역 공동체 구성원으로서의 동질감을 느끼며 소통할 수 있으며 언어적, 문화적 차이에 의한 갈등을 피할 수 있다.

한편, 최근 한국 남성과 결혼하여 한국에 거주하는 여성결혼이민자[2]

---

1) 일반적으로 내국인 대상 국어의 교육은 '국어 교육'으로 지칭하며 외국인 대상의 한국어 교육은 외국어로서의 한국어 교육이라 지칭하므로 본고에서도 '한국어 교육'이라 지칭한 것은 외국인에게 외국어로서 한국어를 가르치는 것임을 밝힌다.

2) 여성결혼이민자에 대한 용어는 연구자들마다 각각 결혼이민자, 여성이민자, 해외이주 여성, 결혼여성이민자, 여성결혼이민자 등 다르게 사용하고 있다. 본고에서는

의 수가 급증하고 있다. 이들 여성결혼이민자들은 한국어를 학습하지 않은 채 한국에 와서 한국 남성과 결혼하여 거주하는 경우가 상당히 많은 것으로 알려져 있다. 따라서 이들에 대한 한국어 학습 지원책이 다각도로 강구되어 시행 중에 있다. 그러나 우리가 이들을 지원함에 있어서 반드시 고려해야 할 점은 이들 상당수가 비표준어권에 거주하고 있다는 것이다. 따라서 여성결혼이민자들이 지역 사회의 구성원으로서 살아가기 위해서는 지역민들의 사유 체계와 지역 문화를 담고 있는 지역어 교육을 반드시 받아야 한다. 만약 이들이 문화적 · 언어적 차이로 인해 지역 사회에 적응하는 것이 어렵다면 주변인과의 소통에서의 상실감을 느끼게 될 것이며, 이로 인해 그들이 속한 가정에 부정적인 영향을 줄 것은 당연하다.

그러므로 이런 문제들을 사전에 예방하기 위해 지역어로 언어생활을 함께 해 나가며 그들이 속한 지역의 현실과 문화를 오롯이 이해하고 진정한 의미의 한국인이 되어 생활할 수 있도록 여성결혼이민자들에게 표준어뿐만 아니라 지역어를 교육해야 한다는 것이 본고의 생각이다. 이에 본고에서는 여성결혼이민자들을 위한 지역어 교육 방안을 논의하고자 한다.

이를 위해 먼저 2장에서는 선행 연구 고찰을 통해 지역어의 개념과 가치, 지역어의 교육적 의의와 방법 등에 대해 알아볼 것이며, 3장에서는 한국어 교육에서의 지역어 교육의 필요성을 파악하기 위해 현재 한국어 교육을 받고 있는 여성결혼이민자를 대상으로 설문 조사를 실시하고 그 결과를 분석하고, 이를 통해 여성결혼이민자를 대상으로 한 기존 표준어 위주의 한국어 교육으로 인한 문제점과 그 대응 방안을 알아

논지 전개의 편의상 '여성결혼이민자'라는 용어로 통일하여 사용하고자 한다.

보고자 한다. 4장에서는 지역어와 문화콘텐츠의 연계 가능성을 고찰하고 이를 토대로 문화콘텐츠로써 지역어의 활용 방안에 대해 논의하고자 한다.

2. 선행 연구 고찰

'방언'은 '표준어'와 대비되어 부정적인 느낌을 주며 '사투리[3)]'와 비슷한 의미로 인식되어 왔다. 이 때문에 지역민들도 대외적인 상황에서 발화 시에는 해당 지역의 지역어 사용을 기피하는 경향이 있다. 또한 미디어의 영향으로 전국적으로 표준어의 사용이 많아지면서 젊은 세대에서 더 이상 지역어[4)]를 사용하지 않는 현상이 나타났다. 이는 자연스레 지역어를 교육해야 하는가에 대한 문제와 그 방법에 대한 고민으로 이어지고 있고, 이런 경향을 학계에서도 발견할 수 있다.[5)] 한편, '지역어'는 그 의미와 사용이 광범위한 용어이며 복잡한 기저체계를 가지고 있다. 이 때문에 일찍부터 지역어의 가치와 의미에 대해 고민하고 연구해 왔으며, 그 중 용어에 대한 연구도 적지 않다. 이에 2장에서는 먼저 지역어에 대한 개념과 지역어의 연구에 대한 입장을 살피고 이어

3) 사투리의 사전적인 의미는 '어느 한 지방에서만 쓰는, 표준어가 아닌 말.'이며 이는 방언의 개념 중 '지역 방언'과 같은 의미로 사용된다. 한편, 표준어는 사전에서 '교양 있는 사람들이 두루 쓰는 현대 서울말'이라고 정의하는데 언중들은 이러한 표준어의 정의와 대비하여 사투리는 비표준적이며 주변적이며 지역적 색채를 가진 말이라 생각하는 것으로 보인다. 또한 이러한 사투리를 사용하는 사람은 교양이 부족하거나 촌스러운 사람이라고 인식할 가능성이 높다.

4) '방언', '사투리', '지역어' 등 '지역에서 사용하는 언어'에 대한 용어는 다양하다. 이중 본고에서는 '지역어'를 선택하기로 하며 자세한 내용은 후술하겠다.

5) 이에 대한 자세한 내용은 후술하겠다.

서 본고에서 지역어의 교육 대상으로 삼은 여성결혼이민자들을 대상으로 한 지역어 연구를 살펴 본고의 논의에 대한 근거로 삼고자 한다.

2.1 '지역어'의 개념

먼저 '지역어'의 개념에 대해 언급한 선행 연구를 알아보고자 한다.

전은주(2013)에서는 지역 언어를 '로컬리티[6]'라는 용어를 이용하여 한국어 교육의 목적, 목표와 내용, 방법 등을 고민하였다. 한국어 교육이 이루어지는 공간은 학습자의 학습에 대한 요구가 발생하는 지점이며, 교수-학습이 이루어지는 장이며, 삶과 소통의 장, 로컬리티가 함유되어 교육 전반에 영향을 줄 수 있음을 들어 공간에 따라 한국어 교육을 차별화해야함을 주장하였다. 김미혜(2005)에서는 기존 연구들에서 '지방어', '지역어', '사투리', '방언' 등의 용어는 동일한 대상을 지칭하는 것 같지만 대상을 바라보는 시각이 다르다면서 '지방어'나 '방언'은 말 그대로 '지방'의 언어가 표준어에 비해 '주변부'에 놓인다는 것을 보여주고 있다는 점에서 '지역어'라는 용어를 쓸 것을 제안하였다.

이기갑(2006)에서는 국가에서 정한 표준말이 아닌 변이체를 방언이라고 부른다고 지적하면서 표준말이 흔히 수도의 언어를 바탕으로 하기 때문에 방언[7]은 곧 수도 이외 지역의 언어를 가리킨다고 정의하였

---

6) '로컬리티'란 한 국가를 구성하고 지리적으로 구분 지을 수 있는 개개의 공간 영역들을 말한다. 기존의 '지방'이나 '지역'이 가진 '수도', '중앙'과의 대비되는 여러 부정적인 의미를 배제하고 그 지역만의 고유한 성질과 차이성을 표현하기 위한 개념으로 설명하고 있다.

7) 이기갑(2006)에서 '방언'이란 시간, 공간, 계층 등 다양한 조건에 따라 실현되는 언어의 변이 양상이라고 정의하였다. 이 중 공간 즉 지역에 따른 변이를 '지역 방언', 세대나 여러 가지 사회적 요인에 따른 변이를 '사회 방언'이라 하며 이 둘을 모두 아우르는 상위 개념이 '방언'이라는 것이다.

다. 김봉국(2009)에서는 '방언'은 '표준어'와 구별되는 말일 뿐만 아니라 '표준어'와 동일한 말도 모두 포괄하는 개념으로 어떤 지역의 방언도 표준어와 일치하지는 않는다고 하였다.[8]

한편 상술한 연구에서 확인할 수 있는 것은 각각 '방언', '사투리', '지역 언어', '지방어', '로컬리티' 등으로 논의 대상을 달리 정의하고 있지만, 개념상 명확히 구별하는 점이 어렵다는 것이다. 김미혜(2005)에서의 주장처럼 '지방어'는 언어학적 개념으로만 보기 어렵고 행정 구역을 연상시키는 말이므로 적절하지 않다.[9] 한편, '로컬리티'라는 용어는 '중앙'과 대비되는 부정적인 의미를 배재하고 각 지역만의 고유한 성질과 차이성을 표현한다는 점에서 적절하다고 할 수 있지만 굳이 이런 외국어를 사용하지 않더라도 '지역어'라는 용어로도 충분히 설명할 수 있다는 점에서 '로컬리티'라는 용어를 취하는 것은 적절하지 않다고 본다.

한편, 최명옥(2005)에서는 방언 구획론에 의해서 독립된 언어 체계를 가지고 있음이 검증된 지역의 언어를 의미하는 방언과 동일한 의미로 사용되는 지역어와, 그런 검증 과정을 거치지 않고 어떤 지역에서 사용되는 언어라는 의미로 사용되는 지역어로 구분하면서 '방언'과 '지역어'의 개념을 구분하여 제시하고 있다.[10]

지역어의 개념에 대한 초기 논의들은 대개가 '방언'의 개념과 명확하

---

8) 김봉국(2009)에서는 대중들에게 '방언'과 '사투리'는 동일한 의미로 '표준어'와 달리 '그 지방에서만 사용하는 말' 정도로 사용되고 있지만 언어학에서는 '그 자체로 독립된 체계를 가지고 있는 한 언어의 변종'으로 사용하여 '표준어와는 달리 그 지방에서만 사용하는 말'인 '사투리'와 구별한다고 하였다.

9) 만약 '중앙어'가 '중국'이라면 '방언'은 '중국이 아닌 변방의 언어'로 정의할 수 있기 때문에 '중앙어'가 '서울말'이라면 방언은 '서울말이 아닌 말'에 해당하며 이와 함께 비하의 의미가 개입되는 말이 되기 때문에 '방언' 또한 적절하지는 않은 듯하다.

10) 박경래(2010ㄴ)에서도 '지역어'의 조사와 연구를 통하여 독립된 언어 체계를 가지고 있다는 것이 검증된다면 그 지역어는 '지역 방언'의 지위를 갖는다고 하였다.

게 분리하여 정의를 하지 못한 측면이 강한 것으로 보이나 근래의 논의에서는 이에 대한 반성으로 '방언', '사투리' 등과 '지역어'의 개념을 분명하게 나누고 있는 것으로 보인다.

한편, 과거 지역어 관련 연구에 대한 비판과 향후 기대되는 연구의 방향과 의의, 그리고 필요성에 대해 논의한 연구들이 있다.

이태영(1992)에서는 중앙어도 하나의 방언이며, 방언이 중요한 이유는 언어의 다양성 측면과 방언 연구를 통하여 국어의 내적 체계인 언어 규칙을 잡으려는 데에 있다고 하였다. 또한 이기갑(2010)에서는 언어에는 그 지역의 역사와 문화와 전통이 담겨 있으며, 지역어에는 개인이 어려서부터 겪어 온 체험과 경험과 기억이 녹아 있으며, 따라서 지역 사람들은 그 지역의 언어를 통하여 섬세한 감정을 전달하고 표현한다고 지역어의 가치에 대해 평가하고 있다.[11)]

박경래(2010ㄴ)에서는 개별 언어로서의 국어는 수많은 지역어들로 이루어져 있고, 그 지역어들 각각은 지리적인 여건이나 사회 문화적인 요인에 따라 끊임없이 변화하고 분화되어 매우 다양한 모습으로 나타나지만 국어라는 하나의 개별 언어 내에서 상호 유기적인 관계를 유지하면서 사용된다고 하였다. 차윤정(2009)에서는 지역어는 지역이라는 공간을 기반으로 한, 지역민들의 사유와 경험을 표상한 표상 체계이자 지역민들이 일상적인 의사소통을 하기 위해 사용하는 언어, 즉 지역의 생활 언어라고 정의하였다. 또한 조경순(2014)에서도 지역어는 지역에 살고 있는 사람들의 일상 언어 전반을 아우르는 언어로 지역 공동체의 삶의 문화적 가치의 원천이자 문화적 소통의 통로라고 정의한 바 있다.

상술한 연구들의 공통점은 이제까지 보조적인 자료로만 다루어져

11) 서은지 · 이태영(2002)에서는 지역어는 지역문화를 이해하는 데 반드시 필요한 도구이자 지역문화를 창조하는 도구라고 정의한 바 있다.

온 방언 연구에 대한 소극적 태도에서 벗어나 '지역어'라는 개념을 제시하고 있으며, 지역 공동체의 삶의 문화적 가치의 원천이자 문화적 소통의 통로로 그 가치를 부여하고 있다는 것이다. 따라서 본고에서는 기존 논의 중, 개념적인 측면에서는 '지역어란 어떤 지역에서 사용되는 언어'(최명옥, 2005)를, 지역어의 가치에 대해서는 '지역어는 지역에 살고 있는 사람들의 일상 언어 전반을 아우르는 언어로 지역 공동체의 삶의 문화적 가치의 원천이자 문화적 소통의 통로'(조경순, 2014)를 수용하고자 한다.

2.2 지역어의 교육과 활용

외국어로서의 한국어 교육 분야에서 지역어 교육에 대한 관심은 2000년대 초반부터 시작되었으며 그 대상에 따라 두 유형으로 나눌 수 있다. 그 하나는 먼저 유학이나 취업을 목적으로 한국의 대학 부설 기관에서 언어 연수를 받고 있는 외국인 유학생들에게 학습 지역의 지역어를 교육해야 한다는 것이고, 다른 하나는 여성결혼이민자를 대상으로 지역어 학습의 필요성에 대한 것이다. 이 중 본고가 주목하는 연구 결과들은 후자이다. 여성결혼이민자의 지역어 학습의 필요성에 대한 연구들은 그 목적과 내용에 따라 두 가지로 나눌 수 있다. 첫 번째는 지역어 교육의 현황과 필요성을 제언한 것이고, 두 번째는 표준어와의 비교를 통해 구체적 교수 내용이나 방법을 제시한 것이다. 이 중에서 먼저 지역어 교육의 필요성을 주장한 연구를 중심으로 살펴보겠다.

안주호(2007)에서는 여성결혼이민자나 지방 대학에서 한국어를 교육 받는 학습자들은 지역 방언을 사용하는 한국인들과 생활하므로 표준어만 교육하는 것은 의사소통 중심적 교육 방법에서 벗어난 것이라 지적하였다. 따라서 표준어와 지역 방언의 조화로운 교수안이 필요하다고 보았고, 특히 지역어의 담화 문맥적 기능과 사회언어학적 기능을 반드시 교육해야 한다고 주장하였다.[12]

박경래(2010ㄱ)에서는 한국의 다문화 사회화를 대비하여 교육 당국에서는 사회통합 프로그램을 운영하고 있지만 모든 교육과정에서 표준어만을 가르치고 있다는 점을 지적하면서, 여성결혼이민자들과 교사를 대상으로 실시한 설문 조사 결과를 바탕으로 방언 교육의 필요성을 주장하였다.[13]

한지현(2013)에서는 언어, 문화, 사고의 차이에 인한 의사소통 단절은 여성결혼이민자들뿐만 아니라 가족이나 이웃이 함께 겪는다고 지적하면서, 지방 거주 여성결혼이민자들은 의사소통 문제 해결과 자녀 교육을 위해서 1차적으로는 표준어를 배워야 하지만 이후에 방언도 반드시 습득해야 한다고 주장하였다. 이들 논의들의 공통점은 설문 조사 등을 바탕으로 기존의 표준어 중심 교육의 문제점을 파악하고 이를 해결하기 위한 방법으로 지역어 교육을 제시한다는 것이다. 한편, 이기갑(2008)에서는 농어촌에 거주하는 해외 이주 여성들은 가족 내에서 서

12) 안주호(2007)에서는 표준화 정책 과정에서 지역 방언을 위축시켰음을 지적하고 한국어 교육에서 다루어야 하는 것은 '현실 표준 한국어'라고 하였다. 그 구체적인 근거로 한국어 표준 발음법에서 단모음을 10개로 규정하고 있지만, 현실 발음에서는 'ㅟ, ㅚ'를 단모음으로 발음하지 못하는 사람이 대부분이기 때문에 현실 발음에서는 단모음 체계를 7개로 보고 있으며 교사도 발음하지 못하는 것을 규범대로 가르칠 수는 없다는 점을 제시하고 있다.

13) 이와 비슷한 논의로 김순자(2013)에서는 제주 지역이 다문화 사회로 빠르게 변화하고 있다는 점에 주목하고 제주도의 한국어 교육 운영 단체의 한국어 교육 현황과 여성가족부의 설문 결과를 인용하여 제주도에서의 지역어 교육이 필요하다는 점을 주장하였다.

로 상이한 문화 때문에 오해와 마찰이 생기며 2세 교육에도 영향을 미칠 수 있다는 점을 지적하였다. 또한 가족과 동일한 방언을 사용하면 동질감을 느껴 상호 유대를 돈독하게 할 수 있다는 점을 근거로 방언 교육의 필요성을 강조했다.[14] 또한, 해외 이주 여성들이 한국어를 습득하는 단계를 세 단계로 상정하고[15] 이 중 2단계와 3단계에 해당하는 단계를 각각 초급과 중급으로 구분하고 방언의 특성에 따라 내용을 구분하여 전라도 방언의 특징을 음운 교육, 문법 교육, 어휘 교육으로 나누어 자세히 기술하였다.

우창현(2012)에서는 국립국어원에서 결혼 여성이민자를 대상으로 실시한 방언 교육의 필요성에 대한 설문 조사를 바탕으로 방언 교육이 필요하다고 주장하였고, 구체적인 방법으로 제주 방언 존대법 체계의 문법적 특징을 표준어와 비교 · 제시하면서 외국인을 위한 제주 방언의 교육 방안을 제시하고 있다.

이들 논의는 기존의 문제점만을 부각하는 논의에서 벗어나 실질적으로 표준어와 지역어의 문법적, 어휘적 비교 연구를 통해 구체적 교육 방안을 제시하고 있다. 지금까지 지역어와 관련된 논문을 크게 두 분야로 나누어 살펴보았다. 이 과정에서 본고에서 사용하려는 '지역어'라는 용어에 대한 의미 규정을 더욱 견고히 할 수 있었으며 지역민들과의 유

14) 방언 교육의 시기에 대해서는 표준말 교육과 병행되어야 하며 적어도 중급 수준의 표준말이 습득된 후에 시행하는 것이 효과적이라 하였다. 즉, 방언 교육은 기본적으로 표준말과의 대응 교육이므로 표준말에 대한 지식이 어느 정도 쌓인 후에야 가능하기 때문에 중급 수준 이상에서 방언 교육을 교수해야 한다고 강조하였다(이기갑, 2008).

15) 해외 이주 여성들이 한국어를 습득하는 단계는 일차적으로 말하고 이해하는 표준말을 습득하는 단계, 그 다음으로는 표준말과 함께 현지 방언을 이해할 수 있는 단계, 가장 이상적인 단계로는 표준말과 함께 방언을 자유롭게 구사할 수 있는 단계로 구분하였다.

대관계 형성과 지역 문화 학습의 측면에서 중급 이후의 학습자들에게 지역어 교육이 필요함을 확인할 수 있었다. 다음 장에서는 광주 지역에 거주하는 여성결혼이민자들에게 설문조사를 실시하여 지역어 교육에 대한 요구를 조사 · 분석하고 이를 근거로 지역민들과 동질감을 느끼며 지역에 소속되어 함께 살아갈 수 있다는 점과 이들의 의사소통을 원활하게 할 수 있다는 측면에서 지역어 교육의 필요성을 논의해보고자 한다.

3. 한국어교육에서의 지역어 교육의 필요성

통계청에 따르면 2014년 국제결혼에 의한 이주자는 127,811명으로 7년 전인 2007년보다 약 5만 2천명이 늘었다고 한다. 이들 대부분은 수도권이 아닌 지역에 거주하고 있으며 각 지역은 그 지역의 언어, 즉 지역어를 사용하며 생활하고 있다. 이처럼 수도권 이외의 지역에 거주하는 여성결혼이민자들이 지역어를 사용하지 않을 경우 마주할 수 있는 문제는 실로 다양하다. 우선 이들은 문화적으로 전혀 다른 나라에서 이주해 온 이민자이므로 문화적, 언어적 문제로 고립되면 가정뿐만 아니라 사회적으로도 여러 문제를 발생시킬 수 있다. 의사소통에 장애가 생길 경우 가족 구성원과의 마찰, 지역민들과의 자연스러운 융합할 수 없는 문제가 생긴다. 가장 심각한 문제 중 하나는 바로 자녀 교육의 문제일 것이다. 이들은 훗날 자녀를 양육하게 될 것인데 자녀들이 한국의 일반적인 구성원으로 사고하고 소통할 수 있으려면 여성결혼이민자는 상당한 수준의 한국어 능력이 필요하다.[16] 즉 본고에서는 앞서 상술한 바와 같이 지역 공동체의 문화적 가치와 소통의 통로인 지역어의 기능과 역할에 주목하면서 여성결혼이민자들을 위한 지역어 교육 방안을 논의하고자 한다. 이를 위해 먼저 지역어 교육에 대한 여성결혼이민자의 요구를 분석하고 이를 토대로 지역어의 교육 방안을 제안하고자 한다.

3.1 조사 방법 및 대상

본고에서는 여성결혼이민자들의 지역어 교육의 필요성을 판단하기 위하여 광주광역시에 거주하고 있는 여성결혼이민자들에게 설문 조사를 실시하였다.[17] 설문지는 총 16개의 설문 문항으로 이루어졌으며, 일반적 문항과 지역어 교육에 대한 생각을 묻는 문항으로 구성하였다.[18] 설문 대상은 광주광역시에 거주하는 여성결혼이민자 총 79명이며[19] 조사 대상자의 일반적 특성은 <표 1>에 제시하였다.

---

16) 여성결혼이민자가 그 지역에 사는 지역민들이 사용하는 지역어도 함께 사용할 수 있어야 자녀들에게 지역어에 대한 바른 교육을 할 수 있을 것이고 자녀들이 올바른 지역어를 사용할 수 있어야 따돌림을 당하는 등의 문제를 겪지 않고 주변인들과 정서적 유대 관계를 형성하고 그 지역의 문화에 적응하여 잘 생활할 수 있을 것이다. 따라서 본고에서 기술한 여성결혼이민자가 갖추어야 할 '상당한 수준의 한국어 능력'에 '지역 문화를 함의한 지역어의 이해와 사용'까지를 포함한다. 문화적 의미와 가치를 알고 지역민들과 지역어로 소통할 때 진정한 의미의 의사소통이 가능하며 지역 구성원으로 융합될 수 있을 것이기 때문이다.

17) 설문은 2014년 12월 1일부터 2014년 12월 31일까지 이루어졌으며 남구 다문화가정지원센터, 남구 그루터기, 동구 소재 교회를 방문하여 실시하였다.

18) 본고에서 사용한 설문 문항은 강승혜(2002), 전은주(2003), 김경령 · 이홍식 · 문금현(2011) 등에서 사용한 설문 문항을 참고하여 개발하였다.

19) 이들은 다문화가정지원센터에서나 사회통합프로그램 등으로 최소 6개월 이상의 한국어 교육을 받아본 경험이 있다. 중급과 고급의 학습자들에게는 동시에 설문지를 나눠준 후 어렵거나 이해가 안 되는 것을 질문하면 단체로 설명해 주면서 설문을 끝냈다. 그러나 초급 학습자들은 설문 내용의 이해가 어려워 교사와 해당 언어를 유창하게 구사하는 고급 학습자의 도움을 받아 개별적으로 진행하였다.

<표 1> 조사 대상자의 일반적 특성

특성	구분	인원 수(%)
성별	여	79명(100%)
거주 기간	1년 미만	7명(8.9%)
	1－3년	10명(13%)
	4－6년	10명(13%)
	7－10년	20명(26%)
	10년 이상	32명(41%)
가족 형태	1인 가족	2명(2.5%)
	부부(남편+나)	7명(8.9%)
	핵가족(부부+자녀)	55명(70%)
	한부모 가족(혼자+자녀)	0명(0%)
	대가족(부모+부부+자녀)	15명(19%)
한국어 학습 목적	생활	65명(82%)
	취업	10명(13%)
	흥미	3명(3.8%)
	학업	1명(1.3%)
	기타	1명(1.3%)

<표 1>을 보면 거주 기간이 1년 미만인 응답자는 7명(8.9%), 1～3년, 4～6년 사이는 각각 10명(13%), 7～10년 사이는 20명(26%), 10년 이상이라고 대답한 응답자는 32명(41%)이었다. 조사 대상자의 대부분인 55명(70%)은 남편과 자녀와 거주하고 있었고, 시부모를 모시고 함께 사는 비율은 15명(19%)이었다.[20] 한국어 학습 목적을 묻는 문항에서는 '생활을 위해서 배웠다'고 대답한 비율이 65명(82%)으로 가장 높았으며 그 뒤를 이어 10명(13%)이 '취업', 3명(3.8%)은 '재미있어서'라

20) 가족 구성원을 통해 응답자가 가장 많은 시간을 보내는 사람은 남편, 아이, 시어머니이며 이들 중 사회생활을 하는 경우는 직장 동료나 친구들과도 소통해야 할 상황임을 알 수 있다.

고 응답했다. 이 문항을 통해 여성결혼이민자들이 한국어를 배우는 가장 큰 목적은 바로 '생활'이라는 점에 주목해야 한다. 함께 시간을 보내는 사람들과 의사소통해야 한국 사회에 적응할 수 있으므로 이들에게 필요한 것은 자신이 속한 지역 사회의 구성원들과 원활하게 소통할 수 있는 언어 학습이다. 그런데 이들이 사는 지역이 비표준어 지역이므로 지역어가 의사소통의 큰 장벽이 될 가능성이 매우 높다. 이에 다음 절에서 지역어의 이해와 교육의 유무 등과 관련된 조사 결과를 제시하고자 한다.

3.2 조사 결과 및 분석

본고에서 실시한 지역어 교육에 관한 설문의 결과는 다음과 같다.

<표 2> 지역어를 사용하는 주변 사람

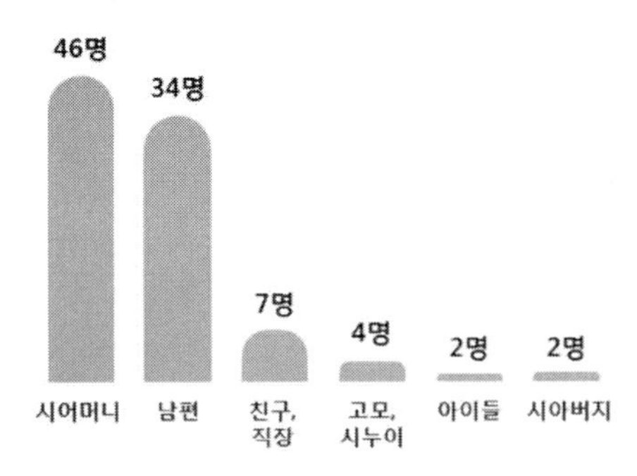

<표2>를 보면 응답자 중 46명이 시어머니, 34명이 남편 지역어를 사용한다고 응답했다. 이어 친구 · 직장 동료 7명, 고모 · 시누이 4명, 시아버지와 아이들은 각각 2명이 썼다.[21] 이들은 모두 여성결혼이민자

의 일상생활과 밀접한 관계가 있으며 대부분의 시간을 함께 보내는 사람들이다.

<표 3> 지역어를 사용하는 주변인들과 대화시 언어

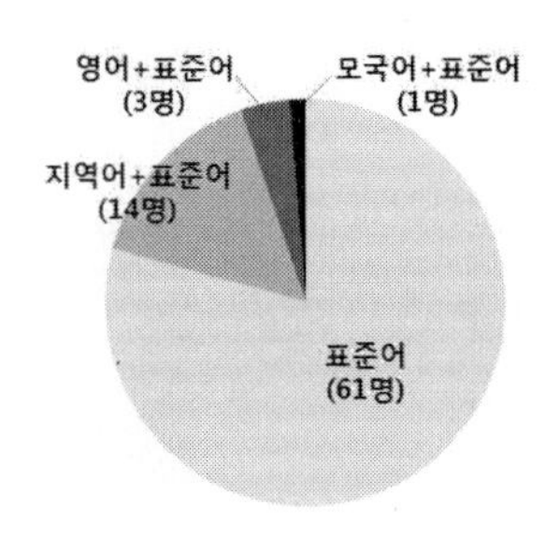

<표 3>은 지역어를 사용하는 이들과 대화할 때 본인이 주로 사용하는 언어에 대한 설문조사 결과로, 응답자 총 79명 중에서 지역어를 사용하는 주변인에게 본인이 사용하는 언어로 61명(77%)이 표준어를 사용한다고 답했으며, 14명(17.7%)은 지역어와 표준어를, 3명(3.8%)은 영어와 표준어를, 모국어를 표준어와 함께 사용한다고 한 응답자도 1명(1.3%)이 있었다.

이를 통해 여성결혼이민자들이 반드시 사용하는 주 언어는 지역어가 아닌 표준어라는 것을 알 수 있다.[22] 이는 응답자 전원이 비표준어권에 거주하면서도 지역어를 듣고 표준어로 말하는 다소 비상식적인

21) 본 문항은 주변에 지역어를 사용하는 사람을 쓰라는 문항으로 중복 응답이 가능했기 때문에 총 79명이지만 응답자는 총 93명이다. 총 79명 중 7명(8.9%)이 응답하지 않았고, 53명(67.1%)의 응답자가 1명을, 19명(24%)의 응답자는 2명을 적었다. 따라서 이 문항에서는 백분율을 적용하지 않았다.

22) 본 문항에서 '지역어를 사용하는 주변인'에는 자신과 같은 국가 출신의 여성결혼이민자도 포함된다. 따라서 동일 국가 출신끼리는 영어나 모국어를 사용하여 의사소통을 한다고 답한 것으로 보인다.

대화 방식이다. 이것은 표준어 중심의 한국어 교육을 받았다는 것과 무관하지 않은 것으로 보인다.

<표 4> 지역어 교육의 유무

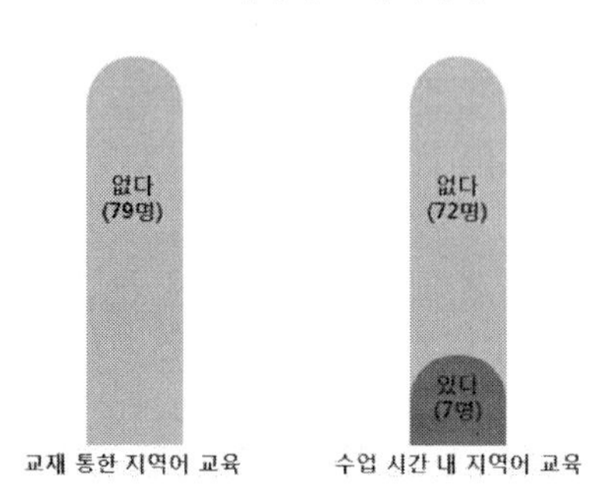

<표 4>의 첫 번째 그래프는 한국어를 배울 때 교재를 통해 지역어를 배운 적이 있냐는 문항에 응답자 전원 79명(100%)이 '아니요'라고 답한 것을 나타낸 것이다.

두 번째 그래프는 수업 시간에 교사가 지역어를 가르친 적이 있었냐는 문항에 단 7명(8.9%)만이 '예'라고 답한 것을 나타내었다. 즉 여성결혼이민자들을 위한 교육 기관이나 교재는 철저하게 표준어 중심으로 이루어지고 있음을 보여주는 결과이다.23) 이와 관련하여 고상미(2013)에서는 전남 지역 총 4곳의 다문화가족지원센터의 한국어교육 현황을 조사하고 이들이 사용하고 있는 교재를 분석하였다. 그 결과 32명의 교사 모두 지역어 교육을 하고 있지 않음과 다문화가족지원센터에서 사

23) 또한 '수업 시간에 교사가 지역어를 가르친 시간'에 대한 추가 질문에 응답자들은 1~2회, 5~10분 정도라고 답하여 지역어 수업이 일부 이루어지기는 하더라도 체계적이거나 지속적이지 않다는 것을 알 수 있다.

용하는 교재인 『결혼이민자와 함께하는 한국어1~6』에서도 실생활에서 사용하는 지역어에 대한 내용이 들어가 있지 않음을 지적하고 있다. 이는 최진희(2011)에서도 이미 지적된 바 있다.

다시 말하면 여성결혼이민자들은 표준어만을 배워왔기 때문에 지역어는 알지 못하며 때문에 지역어를 사용하는 지역민들의 지역어를 듣고 표준어로 말하는 기이한 상황이 일어날 수밖에 없었다. 그러나 지역어를 듣고 표준어로 말하는 의사소통 과정에서 의미가 제대로 전달되었을지는 불확실하다. 물론 주변인들에게 자신의 의사를 전달할 수는 있었겠지만 지역민들이 사용하는 지역어의 의미를 완전히 이해하면서 의사소통을 하기에는 한계가 있었을 것이다.

즉, 여성결혼이민자들이 생활 속에서 지역어를 스스로 습득[24]할 때까지 '대충' 이해하고, '추측'하며 의사소통을 하는 등의 답답한 상황이 지속되었을 것이 분명하다. 또한 서로 다른 언어체계를 사용하는 것은 이들이 '이민자'라는 사실을 매순간 느끼게 하여 지역 공동체에 융화되어 한국 사회의 구성원이 되는 데에 걸림돌이 되었을 것이다.

다만, 표준어와 지역어를 함께 사용한다고 대답한 응답자가 14명(17.7%)이라는 점과 이들의 거주 기간이 길다는 점에서 숙달도[25]가 늘

---

24) Brown(1994)에서는 Krashen의 '습득 · 학습 가설'에 대해 다음과 같이 말하고 있다. 성인인 제2 언어 학습자가 목표어를 내재화하는 과정에는 '습득'과 '학습'이 있다. '습득'은 무의식적이고 직관적으로 언어 체계를 구조화하는 과정이며 어린이가 언어를 배우는 과정과 같다. '학습'은 학습자가 언어 형태에 관심을 갖고 언어 규칙을 공부하며 의식적으로 배우는 과정을 말한다. 본고에서는 생활 속에서 스스로 내재화하며 배우는 지역어는 '습득'되며 교재를 통해 배우는 표준어는 '학습'되고 있다고 본다.

25) 본고에서 대상으로 하는 여성결혼이민자들은 최소 6개월 이상 한국어를 기관에서 배운 학습자들이다. 분명 숙달도와 거주 기간은 동일한 개념은 아니지만 본고에서 대상으로 하는 여성결혼이민자들은 학습을 통해 기본적인 한국어 문법 지식을 쌓은 후 일정 기간 원어민들과 함께 생활하며 대부분 한국어로 의사소통해야 하는

어감에 따라 어느 정도 의사소통이 가능해졌을 것으로 생각한다. 이와 관련하여 '지역어의 이해와 사용 정도'에 관한 문항을 살펴보자.

<표 5> 지역어의 이해와 사용 정도[26]

거주기간 (응답자)	문항	이해 정도, (명(%))
1년 미만 (총 7명)	현재 한국인과의 소통 정도	1수준: 7명(100%)
	처음 지역어를 듣고 이해할 수 있었던 정도	0수준: 7명(100%)
	현재 지역어를 이해하는 정도	0수준: 7명(100%)
	현재 지역어를 사용하는 정도	0수준: 7명(100%)
1~3년 (총 10명)	현재 한국인과의 소통 정도	3수준: 4명(40%), 4수준: 6명(60%)
	처음 지역어를 듣고 이해할 수 있었던 정도	1수준: 10명(100%)
	현재 지역어를 이해하는 정도	1수준: 4명(40%), 2수준: 4명(40%), 3수준: 2명(20%)
	현재 지역어를 사용하는 정도	1수준: 9명(90%), 2수준: 1명(10%)
4~6년 (총 10명)	현재 한국인과의 소통 정도	4수준: 8명(80%), 5수준: 2명(30%)
	처음 지역어를 듣고 이해할 수 있었던 정도	1수준: 10명(100%)
	현재 지역어를 이해하는 정도	2수준: 6명(60%), 3수준: 4명(40%)
	현재 지역어를 사용하는 정도	1수준: 7명(70%), 2수준: 2명(20%), 3수준: 1명(10%)
7~10년	현재 한국인과의 소통 정도	4수준: 9명(45%), 5수준(55%)

상황에 있다. 이와 같은 특수한 환경에서는 거주 기간이 길수록 한국어 숙달도가 높을 수밖에 없다. 따라서 본 문항을 분석할 때, 거주 기간이 길수록 숙달도가 높다는 점을 전제로 분석을 진행하였다.

26) 본 설문에서는 한국어나 지역어를 응답자가 이해하거나 사용하는 정도에 대해 0%, 10%, 25%, 50%, 80%, 100%를 선택지로 주고 선택하게 하였다. 본 표에서는 명확한 이해를 위해 0%는 0수준, 10%는 1수준, 25%는 2수준, 50%는 3수준, 80%는 4수준, 100%는 5수준으로 표기한다. 또한 표에 표기되지 않은 수준은 응답자가 없음을 나타낸다.

(총 20명)	처음 지역어를 듣고 이해할 수 있었던 정도	1수준: 20명(100%)
	현재 지역어를 이해하는 정도	2수준: 8명(40%), 3수준: 12명(60%)
	현재 지역어를 사용하는 정도	1수준: 9명(45%), 2수준: 6명(30%), 3수준: 5명(25%)
10년 이상 (총 32명)	현재 한국인과의 소통 정도	4수준: 8명(25%), 5수준(75%)
	처음 지역어를 듣고 이해할 수 있었던 정도	1수준: 32명(100%)
	현재 지역어를 이해하는 정도	3수준: 19명(59%), 4수준: 11명(34%), 5수준: 2명(7%)
	현재 지역어를 사용하는 정도	1수준: 4명(12%), 2수준: 12명(37%), 3수준: 13명(40%), 4수준: 2명(7%), 5수준: 1명(3%)

<표 5>를 통해 거주 기간이 길수록 지역어의 이해 정도와 지역어 사용 능력이 높아짐을 알 수 있다. 그러나 표준어 중심의 한국어 교육만을 받은 여성결혼이민자들이 거주 지역에서 지역어를 이해하고 사용하기까지 상당한 시간이 필요했음을 알 수 있다.

설문 응답자 총 79명 중 현재 이 지역의 지역어를 100% 이해한다고 대답한 응답자는 단 2명(2.5%)에 불과했으며, 100% 사용하며 지역민들과 소통한다고 대답한 응답자는 1명(1.3%)뿐이었다. 이들은 모두 10년 이상 광주 지역에서 거주하며 지역어를 습득하였다.

즉, <표 5>의 분석 결과를 보면, 교재를 바탕으로 교실에서 학습을 통해 익힌 표준어는 최소 1년 동안 꾸준히 배우면 3수준(50%) 이상 이해하고 소통할 수 있다. 하지만 스스로 습득해야 할 환경에 있었던 지역어를 3수준(50%) 이상 이해하거나 소통한다고 응답한 응답자는 10년 이상 거주자들뿐이었다. 이는 표준어 중심의 한국어 학습에 비해 습득을 통해 이루어지는 지역어는 이해하고 사용하는 데에 상당히 많은 시간이 필요하다는 점을 알 수 있다. 이는 지역어를 학습자들이 스스로 습득하도록 방치하는 것은 옳지 못하며, 매우 비효율적이라는 것을 시사한다.

또한 앞서 언급한 바와 같이 지역민들의 사유 체계와 지역 문화는 지역어에 담겨 있으며 이들의 생활과 불가분의 관계에 있다. 여성결혼이민자들은 전혀 다른 언어와 문화권에서 살다가 한국에 왔기 때문에 이들이 한국 사회에 적응하기 위해서는 먼저 지역 사회에 적응해야 한다. 그런데 주변인들을 이해하고 진정한 의미의 지역민이 되려면 먼저 지역어에 대한 이해, 더 나아가서는 적극적인 지역어의 사용이 필요하다.

즉, 여성결혼이민자들에게 지역어 교육은 이들이 겪을 수 있는 의사소통 장애, 심리적 소외감, 자녀의 교육, 지역 사회와 가정으로의 흡수와 통합 등의 문제를 해결하기 위해 필수적이다. 지역어를 이해하고 사용할 수 있어야 지역민의 사유 체계와 지역 문화를 이해하는 소통이 가능하며 소통이 원활하지 않을 때 일어날 수 있는 문제를 해결하여 한국 사회에 완벽하게 정착했다고 할 수 있다.

그러므로 이들에게 지역어를 적절하게 교육하여 가능한 한 빨리 지역어로 지역민들과 소통하고 함께 생활할 수 있도록 도와야 할 것이다.[27] 그렇다면 이 지역어 교육에 대한 학습자들의 생각은 어떤지 아래 결과를 살펴보자.

27) 의사소통의 과정은 화자의 영역과 청자의 영역으로 나눌 수 있다. 의사소통이 효과적으로 일어나기 위해서는 청자의 영역에서 두 가지의 단계를 효과적으로 거쳐야 하는데, 화자가 표현한 내용을 문자적으로 이해할 수 있는 해독 과정과 그것의 의도를 이해하는 해석 과정이다. 대부분의 모국어 화자 간의 대화에서는 언어적 이질성이 존재하지 않기에 해독 과정에 대한 문제를 가지고 있지 않으며, 단지 해석 과정에서 발생하는 맥락 정보의 활용에 있어 개인적 차이가 이해와 오해를 가른다. 그러나 다문화 가정에 있어서는 먼저 해독 과정이라는 1차적 과정에서부터 어려움을 갖는다. 이런 이유로 다문화 가정 지원 우선 사업이 언어지원과 관련되어 있다.

<표 6> 지역어 교육의 필요성

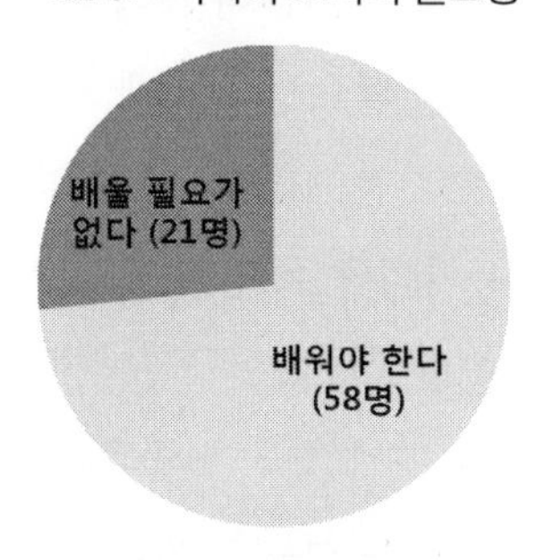

<표 7> 거주 기간에 따른 지역어 교육의 필요성

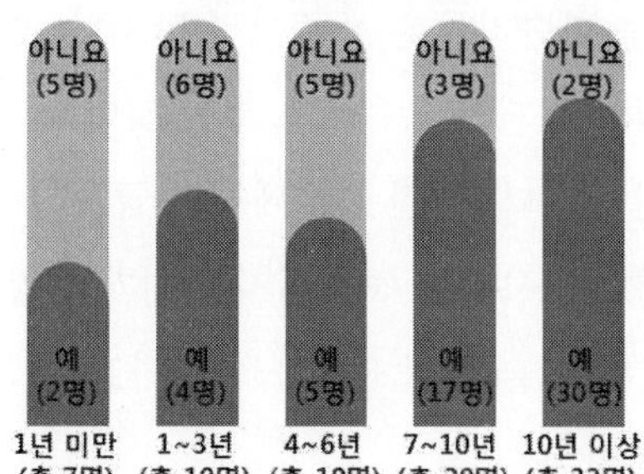

<표 6>에서 지역어를 배워야 한다고 대답한 응답자는 58명(73.4%), 배울 필요가 없다고 대답한 응답자는 21명(26.6%)인 것을 알 수 있다. 배워야 한다고 대답한 응답자가 다소 많지만 절대적인 의견은 아니다.

거주 기간에 따라 나눠 보면 거주 기간이 늘어나고 숙달도가 높아질수록 지역어 교육에 대한 필요성을 많이 느끼는 것을 알 수 있다.

<표 7>을 보면 거주 기간이 '1년 미만'과 '1년~3년'인 응답자들은 '아니요'라고 대답한 응답자 가 각각 5명(71%)과 6명(60%)으로 더 많았다.[28)]

28) 특히 응답자 중 '1년 미만'인 거주자들은 한국어 사용 능력이 매우 낮아 '지역어'에

그러나 이와 같은 결과는 거주 기간이 늘어나 한국어 사용 능력이 좋아질수록 지역어 교육에 대한 필요성을 크게 느끼는 것으로 나타났다. '4년~6년'에 해당하는 응답자는 5명(50%)이 필요하다고 대답했으나 '7년~10년'에 해당하는 응답자는 17명(85%)이, '10년 이상' 거주자는 30명(93.8%)이 필요하다고 답했다.[29)]

이처럼 지역에서 사는 거주 기간이 늘어나고 한국어 숙달도가 높아질수록 지역어 교육에 대한 필요성을 느낀다는 것은 이들에게 지역어를 학습시켜야 함을 학습자 스스로가 증명하는 좋은 근거로 볼 수 있다. 지역에 거주하는 학습자들은 표준어 숙달도가 높아질수록 표준어만으로는 소통이 제대로 되지 않음을 느꼈을 것이고 그 결과 스스로 지역어를 습득하게 된 것이다. 이런 이들에게 초급부터 표준어와 함께 지역어를 학습시켜 지역어 사용이 능숙해지는 시기를 앞당겨야 이들에게 발생할 수 있는, 앞서 상술한 문제들을 예방하고 우리 사회에 흡수·통합될 수 있을 것이다.[30)]

대한 개념 자체도 모르고 있었다. 이들은 아직 지역어는커녕 표준어로도 의사소통을 제대로 할 수 없는 상태이므로 이러한 결과가 나타난 것으로 보인다.

29) 왜 지역어를 배워야 한다고 생각하는지에 대한 추가 서술 문항에 응답자들은 '가족과 친구의 마음을 알려고', '주변 사람이 자주 쓰니까', '나이 많은 사람들이 많이 사용하니까', '모르겠으니까', '시부모님과 대화하려고', '남편과 잘 이야기하고 싶다', '지역어의 의미를 잘 모르고 사용할 때가 있어서', '지역 사람들의 마음을 알아야 함', '지방에 살고 있고 시골에 갈 때 필요하니까', '그 지방에서의 특징을 표현하는데 아주 재미있고 좋음', '지역 사람의 마음을 알아야 함' 등을 적었다. 이는 여성결혼이민자들 스스로가 지역어를 알아야 주변인들과 더 잘 소통하고 이해하며 살아갈 수 있다는 점을 느끼고 있는 것을 보여주는 결과이다.

30) 물론 지역어 교육의 시기에 대해서 표준어 습득이 어느 정도 쌓인 중급 수준 이상에서 이루어져야 한다고 지적하는 경우가 있다(이기갑, 2008). 하지만 본고에서는 초급 수준의 학습자들이 이미 일상에서 지역민들과의 소통에서 불편함을 느끼고 있으며 표준어 항목을 다 배운 후에 한꺼번에 중급 이후 지역어만 따로 교수하는 것도 바람직하지 않다고 본다. 이에 초급 수준에서도 표준어의 해당 어휘와 문법이 내재화된 이후 비교적 짧은 기간을 두고 기 학습된 표준어의 어휘와 문법을 지

지금까지 여성결혼이민자 대상의 지역어에 대한 설문 결과를 통해, 이들에게 지역어 교육이 필요하다는 소결론을 제시할 수 있었다. 다음 장에서는 이를 근거로 지역어를 교육할 수 있는 방안에 대해 생각해보고자 한다.

4. 콘텐츠로서의 지역어 활용

이 장에서는 지역어 교육의 방법에 대해 논의하고자 한다.

과학 기술 발달에 의한 정보 통신 기술의 발달은 사회적 변화와 더불어 언어교육의 교수법과 교수 도구의 변화도 일으키고 있다. 일찍이 70년대의 시청각교육에서부터 컴퓨터 지원 학습(CAI: Computer-assisted instruction), 인터넷 기술을 활용하여 사이버 공간에서 학습하는 e-러닝(Electronic learning), 최근에는 PDA나 스마트폰 등을 활용한 모바일 학습(Mobile learning)에 이르기까지 그 형태와 성격을 달리하며 발전하였다. 더불어 광고나 드라마, 영화 등의 콘텐츠를 수업 자료로 활용하여 교수하는 방안도 지속적으로 다루어져 왔다.

이는 외국어로서의 한국어 교육 현장에서도 마찬가지이다. 과거 교수—학습 과정은 교재를 중심으로 교수의 재량에 따라 이루어졌으나,

---

역어와 비교하여 제시하는 방식으로 지역어 교육이 이루어질 수 있다고 판단한다. 이들은 이미 지역민들과 하루의 대부분을 함께하며 생활하고 있으므로 초급 학습자들도 이미 지역어 발화는 매일 듣고 있다. 그러므로 적절한 시기—표준어의 어휘와 문법 항목의 학습이 이루어진 후 이에 대응하는 지역어를 이해할 수 있는 시기—에 적절한 어휘 문법—이미 배워 의미와 사용 환경 등을 알고 있는 항목—을 제시하여 교수해 가는 것이 학습자들에게 학습의 부담을 줄이며 효과적으로 지역어를 학습할 수 있는 방법이라고 생각한다. 때문에 이후 4장에서의 지역어 교육에 대한 서술이 특정 등급에 국한된 서술일지라도 같은 방법으로 다른 등급에서도 지역어 교육이 가능함을 의미한다.

이후 다양한 교수 도구를 활용하여 학습자의 학습 과정을 유의미하게 돕기 위한 교수 방법에 대한 고민이 끊임없이 이어지고 있다.

2004년부터 2013년까지의 한국어 교육에서 다룬 매체 활용 연구는 총 86편이며, 이중 가장 큰 비율을 차지하는 것은 텔레비전, 영화, 뮤직 비디오 등의 시청각 자료 활용에 대한 연구이다(김정훈, 2014).[31]

한편, 언어교육에서의 시각 · 청각 자료의 사용은 활자로 이루어진 교과서만을 이용하는 것보다 더 효과적으로 학습자의 동기를 유발시킬 수 있다고 한다[32](Blake, 1987).[33]

이와 관련하여 앞에서 실시했던 설문의 또 다른 문항을 살펴보자. <표 8>과 <표 9>은 드라마 시청과 영화의 관람에 대한 응답 결과이다.

<표 8> 영화나 드라마를 보는 빈도

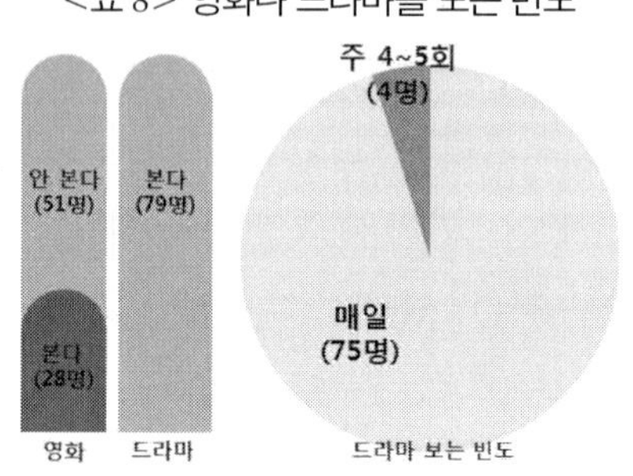

31) 김정훈(2014)에서는 감각 기관을 기준으로 각각 시각, 청각, 시청각 콘텐츠로 나누었다. 이중 신문, 모바일, 책, 컴퓨터 등의 시각 콘텐츠는 총 14편(16%), 노래나 라디오 등의 청각 콘텐츠는 5편(6%), 텔레비전의 드라마, 시트콤, 뉴스, 광고 등과 영화, 뮤직 비디오 등의 시청각 콘텐츠는 677편(78%)이었다. 이중 시청각 자료의 비중이 높은 이유에 대해 텔레비전과 드라마가 자료의 접근성이 높고 그 종류가 다양하고 풍부하다는 점과 학습자의 몰입도 측면에서도 매력적이라는 점을 근거로 들었다.

32) 실제 의사소통 환경에서 듣고 말하는 것이 중요한 지역어는 구어 중심으로 사용되므로 교재로만 수업하는 것은 한계가 있다. 또한 시청각 자료를 이용하는 것이 실제 의사소통 환경과 가장 비슷하므로 시청각 자료의 이용은 당연한 것이다.

33) 유영미 · 최경희(2007)에서 재인용.

<표 9> 영화나 드라마에서의 지역어 사용

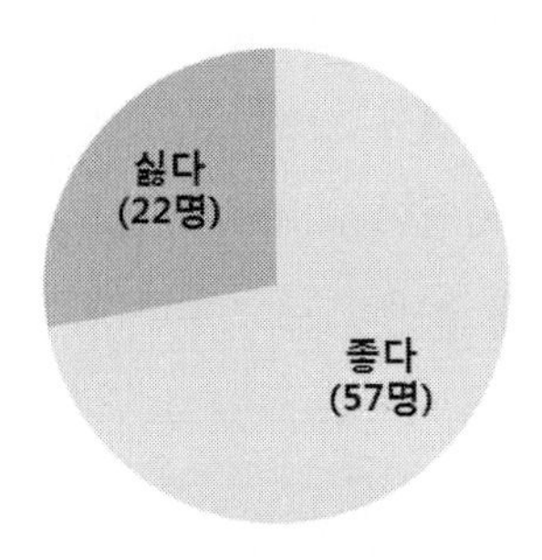

<표 8>은 영화나 드라마를 얼마나 자주 보는지를 보여주고 있는데, 영화를 본다고 답한 응답자는 28명(35%), 드라마를 본다고 대답한 응답자는 79명(100%)이었다. 또한 드라마를 매일 본다고 대답한 응답자가 75명(95%)에 달했고 주 4~5회라고 답한 응답자가 4명(5%)이었다. 이들은 드라마를 통해 한국 문화를 이해할 수 있고 한국어도 배울 수 있으며 무엇보다도 재미있기 때문에 드라마를 자주 본다고 대답했다.

<표 9>는 영화나 드라마와 같은 미디어에서 지역어를 사용하는 것에 대한 설문 결과이다. 설문에 응한 총 79명의 여성결혼이민자 중 57명(72.2%)이 드라마나 영화에서 지역어를 사용하는 것에 대해 '좋다'고 대답하였다. 그 이유에 대한 문항에는 '지역의 특성을 나타낼 수 있어서 좋다'와 '다른 지역의 지역어가 궁금하고 재미있다', '그 지역 사람들이 쓰는 말이니까', '다른 지역의 지역어를 배울 수 있어서', 지역어가 있으면 안 된다는 생각이 들지 않아서' 등의 답이 가장 많이 나왔다.[34] 이러한 응답에서 응답자가 모두 지역어가 지역민의 생활과 맞닿아 있

34) 그 외에도 '드라마에 나오는 장소가 시골이니까', '지역의 향기를 느낄 수 있으니까', '맛깔스러워서', '정이 느껴짐', '편하다', '지역어가 없으면 자연스럽지 않다', '지역어는 따뜻한 느낌이 난다' 등의 응답도 있었다.

다는 점을 인지하고 있음을 알 수 있으며 지역어에 대한 긍정적인 태도와 학습에 대한 의지도 엿볼 수 있었다.

이에 이들에게 생활 속에서 자연스럽게 의사소통을 하며 지역민과 함께 살아갈 수 있도록 지역어 교육이 필요함을 다시 한번 인식하면서 지역어 교육 방안에 대해 고민해 보고자 한다.

4.1 드라마 속 지역어의 활용

지역어 교육의 효과를 높일 수 있는 방법에는 여러 가지가 있겠지만 그중에서도 학습자들이 흥미를 가지고 학습에 임할 수 있도록 돕는 것이 가장 중요하다고 할 수 있다. 교육적 의의를 가진 여러 콘텐츠가 있겠지만 학습자들의 접근이 용이하면서도 학습자 스스로 긍정적으로 인식하는 것, 의사소통적 맥락을 함의하며 지역어의 자료가 풍부한 것을 선택해야 할 것이다.

이에 본고에서는 먼저 시청각 자료 중 학습자들의 접근이 용이하여 쉽게 이용할 수 있고 스스로 찾아서 볼 정도로 호감도가 높은 드라마에 나타나는 지역어 콘텐츠를 활용하여 지역어를 교육하는 방안에 대해 논의해보고자 한다.[35] 그중 본고에서는 최근 과거 문화에 대한 관심과 함께 지역어에 대한 관심을 집중시키며 큰 사랑을 받았던 드라마 '응답하라 1994'를 활용하는 방안을 제시하고자 한다.[36]

---

35) 드라마에 나온 모든 것이 학습의 대상이 될 수는 없다. 그러므로 드라마의 전체를 무분별하게 제시하는 것이 아닌 교사의 계획에 의해 선별된 부분을 의도를 가지고 제시해야 할 것이다. 어떤 항목을 가르칠 것이고 어떻게 제시할 것인지에 대한 판단은 교사의 몫이므로 콘텐츠를 활용하는 수업에서는 그만큼 교사의 역할이 중요할 것이다. 교사가 목표한 영상만을 편집하여 적절하게 반복 제시하여야만 유의미한 학습이 이루어질 수 있을 것이다.

'응답하라 1994'에서 가장 자주 들을 수 있는 지역어 중의 하나는 바로 '맞나'이다. '맞나'는 경상남도에서 사용하는 지역어 중의 하나인데 이것을 이해하려면 먼저 경상도 지역 방언의 의문형 문장의 특징에 대해 알아야 한다.

경남 방언에서 의문사가 있는 경우 어미에 '－노' 또는 '－고'를 사용한다. 예를 들어 '뭐라카노?'는 '무엇이라고 했노?'의 줄임말로, '무엇'이라는 의문사가 있는 문장이므로 어미에 '－노'를 사용하였고 '누구의 책이니?'라는 문장은 '누 책이고?'라고 한다. 또 의문사가 없는 경우에는 어미 '－나'를 사용하는데 '비가 오니?'라는 문장은 '비 오나?'가 된다. 즉, '맞나'는 '맞아?'의 경상도 지역의 의문사가 없는 의문 표현이다.

<대화 1>	<대화 2>
칠봉: 내가 라면만 십 년째 끓였거든. 나정: 맞나. 칠봉: 초등학교 3학년때부터 끓였다. 나정: 맞나. 칠봉: 아 근데 오늘 저녁도 너가 하는거야? 나정: 맞나.	해태: 일찍 가야 해. 삼천포: 맞나. 해태: 맞지 않아야. 맞나 그것 좀 그만 해. 삼천포: 맞나.

36) '응답하라 1994'에서는 경상남도, 전라남도, 충청북도 출신의 인물들이 각 지역어를 사용하며 대화하는 장면이 자주 나오기 때문에 지역어 교육에 적절할 것으로 판단하였다. 물론 드라마의 특성상 비속어나 10대들이 자주 사용하는 은어 등이 자주 나타나지만 오히려 실제 의사소통 현장에서 들을 수 있는 지역어와 유사하다고 생각하였다. 한편, 이 드라마에서는 '싸게 싸게 하자잉', '왐마 허버 춥다잉', '포도시 넘어갔구마' 등의 전라도 지역어나 '오늘 좀 대간해서유', '아 기여?', '잔돈은 퇴주유', '짱하게 왜 이러는겨' 등의 충청도 지역어도 등장하지만 주인공들이 경상남도 출신이기 때문에 상대적으로 경상도 지역어의 비중이 높다. 이에 본고에서는 문화콘텐츠로서의 드라마 속의 지역어 예시는 '응답하라 1994'에 나온 일부 경상남도 지역어만을 제시하고자 한다. 그러나 이를 실제 교육 현장에서 활용할 때 경상남도 지역어에만 한정해야 한다는 것은 아니며 이러한 형식으로 다른 드라마도 활용할 수 있음을 제시하는 것이다.

'맞나'는 상황에 따라 다양하게 사용되는데 첫 번째로 상대방의 말에 반응하는 경우이다. 이 경우에 '응'이라는 추임새일 수도 있고 '정말이야?', '진짜?' 등처럼 놀라는 의미의 반응이 될 수도 있다. 두 번째는 상대방의 '맞다' 또는 '맞지 않다'라는 응답을 기대하는 '맞아요?'라는 질문이 될 수 있다. 이와 같은 의미는 실제 발화 상황에서 맥락을 이해하면서 의미를 유추해야 의사소통에 장애가 생기지 않고 대화할 수 있다.

하지만 여성결혼이민자들은 교재나 수업 시간에 '맞나'라는 단어의 활용을 배운 적도 없을뿐더러 그 의미도 모르기 때문에 의미를 이해하는 데에 어려움이 예상된다. <대화 1>은 칠봉의 질문에 앞의 두 번은 '그래?' 또는 '진짜?'로 마지막에서는 '응'이라는 대답을 한 것이다. <대화 2>는 '맞나'의 의미를 몰라 의사소통에 문제가 생긴 예이다. <대화 2>에서 '해태'는 '맞나'를 추임새로 사용하고 있지만 '삼천포'는 이를 모르기 때문에 화를 낸다. '해태'는 '맞나'를 어휘적 의미인 '맞다'에서 유추하고 '맞다', 또는 '맞지 않다'를 생각하지만 '삼천포'는 모두 '응', '그래', '알겠어'의 의미로 사용하고 있다. 아래 <대화 3>을 통해 단어 학습의 예를 살펴보자.

<대화 3>
쓰레기: 니 오늘도 학교 안 나오모 니 내 손에 죽는다이. 어디 삐대하그르.
빙그레: 뭐라 시는 겨?
삼천포: 어디서 삐딱하게.
쓰레기: 통역하지 마!

<대화 3>에 보인 '삐대하다'는 '건방지다, 삐딱하다' 등의 의미를 지닌 단어이다. 그런데 '빙그레'는 '쓰레기'가 사용하는 어휘의 의미를 몰라 당황한다. 이는 드라마를 보는 다른 지역민들도 같았을 것이다. 이

드라마는 여러 지역의 학생들이 한 하숙집에 모여 각 지역어를 사용한다는 설정이 있기 때문에 등장인물들 간에 소통이 안 될 경우, 위와 같이 추가 설명을 등장인물이 직접 해주는 경우가 많다. 이 점은 이 드라마가 교육적 자료로 활용될 수 있는 적절한 이유 중의 하나가 된다.

이 외에도 어미의 활용과 지역어의 특수한 어휘를 알 수 있는 대화가 다수 나온다. '첫째도 건강, 둘째도 건강이니께', '얼라도 아니고 그거 하나 못 찾으믄 되겄습니꺼', '하지 말라 캤지', '고마 잠이나 처 자지.', '와 이라노.', '니 진짜 단디해라!' 등의 대사가 계속 이어지기 때문에 드라마에서 위와 같은 대화를 추출해 학습자들에게 '교육용 지역어 콘텐츠'로 활용하기에 어렵지 않을 것이며 이 같은 방법은 드라마에 대한 호응도가 높은 학습자들이 흥미를 갖고 학습할 수 있는 동기부여가 될 것이다.

물론 위에서 예시로 제시한 '맞나'나 '삐대하다'라는 어휘를 교재에서 어휘적 의미로 설명할 수도 있다. 하지만 이와 같은 경우에는 예시나 의미 설명만으로는 그 의미를 충분히 이해하기 어려울 것이다. 설령 의미를 이해했다고 하더라도 어떻게 사용해야 하는지 잘 알 수 없으며 이런 경우 사용하지 않거나 실제 의사소통 현장에서 들었을 때 스스로 한 번 더 의미를 유추하며 활용하는 법을 배우는 경우가 많을 것이다. 그러나 이를 드라마 속의 대화 상황을 빌려와 통으로 제시하는 과정을 미리 겪은 학습자들은 '맞나'의 의미와 함께 사용 상황과 사용되는 발화의 예, 그리고 잘못 소통되는 예시까지 다 이해할 수 있을 것이다. 또한 드라마를 이미 봐서 내용을 알고 있거나 드라마에 흥미를 느끼기 시작한 학습자는 이에 대해 긍정적으로 반응하며 학습 자료를 대할 것이기 때문에 학습에 대한 몰입도가 높을 것이며 그만큼 효과도 좋을 것이라고 예상한다. 또한 지역어 교육에서 의미, 사용 환경, 대화의 맥락 등과 함께 빠져서는 안 될 것 중의 하나가 바로 '발음과 억양'이다. 그런데 위와 같은 드라마를 활용하여 대화 상황을 제시할 경우 실제적 발음과 억양도 듣고 배울 수 있다는 장점을 지닌다.

이에 본고에서는 드라마 '응답하라 1994'를 활용한 지역어 교육 방안에 대해 다음과 같이 제안한다.

1) 드라마 속의 등장인물들이 사용한 지역어를 대화 상황을 고려해 추출한다.
2) 학습자들에게 의미를 알려주지 않고 보여준다.
3) 학습자들에게 제시된 영상이 어떤 상황인지, 이를 통해 제시된 영상에 나오는 지역어는 어떤 의미일지 추측하게 한다.
4) 교사는 목표 문법이나 어휘를 칠판에 적어 학습자들에게 집중해야 할 것을 알려주고 다시 한번 보여준다.
5) 이후 문법적 활용 방법이나 사용 환경, 어휘의 의미 등을 제시하고 다시 보여준다.
6) 발음과 억양에 집중하여 따라하게 한다.
7) 더 다양한 예와 활용 방법을 제시한다. 가능하다면 드라마 속의 다른 상황에서 사용하는 대화를 더 보여준다.

1)의 과정은 교사의 역할이 중요할 것이다. 드라마를 꼼꼼하게 보고 필요한 부분을 최대한 맥락을 고려하여 의미 상황을 유추할 수 있는 길이로 편집하여 제시하여야 한다. 그리고 가능하다면 하나의 지역어 형태에 대해 2~3개 정도의 드라마 속의 다른 상황을 다룬 영상을 준비하여 7)에서 더 제시할 수 있어야 한다.

2)의 과정에서 학습자들은 시각과 청각을 통해 들어오는 정보를 활용하여 맥락을 고려해 의미를 유추할 것이다. 이와 같은 과정은 학습자

들이 교실 밖 실제 의사소통 현장에서 겪을 수 있는 과정과 거의 동일하다. 그러므로 이때에는 최대한 스스로 의미를 유추하고 발견할 수 있도록 기회를 준다. 이후 3)의 과정에서 학습자들의 예상을 듣고 교사가 의미 교정을 해 준다.

4)의 과정에서는 반드시 목표, 학습 요소가 무엇인지 인지하도록 하며 학습자들 스스로 이후 교사가 없는 실제 발화 상황에서 이 과정을 겪을 수 있도록 도와야 한다. 5)의 과정을 통해 영상을 반복해서 봄으로써 발음, 억양뿐만 아니라 의미까지 스스로 이해하도록 한다. 6)에서는 교사가 발음과 억양을 자연스럽게 발화할 수 있도록 교정해주며 7)을 통해 내재화시킬 수 있는 기회를 제공한다.

위와 같은 과정을 통해 지역어의 사용 환경과 의미, 발음, 억양 등을 실제 발화와 가장 비슷한 영상을 반복해서 시청하며 배울 수 있다는 점에서 드라마를 활용한 지역어 학습 방법은 장점이 많다. 특히 맥락에 따라 의미가 달라지는 점, 실제 발화 상황에서 맥락을 고려한 의사소통을 위해 스스로 의미를 유추하고 사용해야 한다는 점에서 드라마 속에 등장하는 지역어를 교육적 도구로 활용하는 것은 가치가 있다고 생각한다.

그러나 제시한 지역어의 등급 설정 문제, 편중된 지역어 사용, 모든 내용을 이해하기 위해서는 결국 시간 분량이 긴 드라마의 첫 회부터 마지막까지 모두 봐야 한다는 점의 문제를 예상할 수 있다. 이를 해결하기 위해 기본 어휘, 문법 항목을 활용하여 교육용 지역어 콘텐츠를 개발하는 방안 또한 제시하고자 한다.

4.2 전남 지역어를 사용한 교육용 콘텐츠 개발

전남 지역어는 아직까지 드라마나 영화에서 비속어 이외에는 큰 주목을 받지 못하고 있다. 또 학습자들의 접근 용이성과 호감도를 반영하여 드라마를 이용한다는 장점도 있지만 매 회 연결해서 봐야 드라마의 전체적 내용을 이해할 수 있다는 점에서 드라마 속의 '지역어 콘텐츠'만을 활용하기에는 한계가 있다. 또한 드라마 속에 나타나는 지역어의 난이도 설정이 어렵기 때문에 각 단계별 방언을 나누는 것도 문제이다.

이러한 점을 보완하기 위해 앞에서 제시한 '드라마 속의 지역어 콘텐츠를 활용하는 방안'과 함께 '교육용 지역어 콘텐츠 개발 방안'도 함께 제시하여 이를 혼용하여 사용하거나 적절하게 수정 · 편집하여 사용할 것을 제안한다. 이를 위해 본고는 전남 지역의 초급과 중급의 방언 내용 목록(이기갑, 2008)을 참고하여 지역어 콘텐츠를 개발할 것을 제안한다.37)

<표 10> 초급 방언과 중급 방언의 내용

	초급	중급
ㅔ→ㅣ	ㅔ→ㅣ	
움라우트	동사 내부의 움라우트	명사 내부 및 낱말 경계의 움라우트
구개음화		ㄱ－구개음화

37) 하지만 (이기갑, 2008)에서 나눈 초급과 중급의 내용 목록이 절대적인 것은 아니다. 교육용 영상 콘텐츠에 포함된 어휘의 수준과 내용의 이해도 역시 중요한 기준이 되며 '얼마나 많이 포함되어 있는가' 또한 중요한 기준이기 때문이다. <표 10>은 급별 수준이 아닌 각 문법과 어휘 요소를 항목화하여 제시한 것에 주목하여 활용한다. 위 표에서는 중급으로 제시되었지만 표준어 교육에서 학습된 것이라면 초급에서 제시되어도 무방하다. 즉, 학습자가 학습하고 있는 교재의 순서를 기준으로 위 <표 10>을 참고하여 기 학습된 요소를 추출하여 해당 학습자에게 교수하는 것이 바람직할 것이다.

토씨	배끼, 라우, 할라, 에가	보당, 맹이
씨끝	–는디, –을라고, –응께, –드만	
부정법	–지 안허다	–도(/–들/–든) 안허다, 잔히여?
인용토씨	ㄱ	
어휘	긍께, 묵다, 난중, 펭야, 따무레, 우, 워매, 즈그	댕이다

<표 10>은 시어머니와 남편의 실제 발화를 분석한 목록이다(이기갑, 2008). 위에서 나타난 문법 항목과 어휘는 전남 지역에서 자주 사용하는 것들이지만 표준어와는 사뭇 다른 양상을 보이므로 지역어 교육 시 꼭 참고해야 할 목록이다. 이를 활용하여 재미도 있고 교육적 가치를 지닌 콘텐츠를 제작한다면 학습자들에게 큰 도움이 될 것이다. 하지만 어려운 내용이나 낯선 내용으로 제작한다면 학습의 장벽을 높이는 요인이 될 수 있기 때문에 쉽고, 재미있으면서 누구나 다 잘 알고 있는 짧은 이야기를 활용하는 것이 좋을 것이다.

이에 본고에서는 콩쥐 팥쥐, 선녀와 나무꾼 등의 전래 동화를 활용하는 방안을 제안한다. 콩쥐 팥쥐나 선녀와 나무꾼 같은 전래 동화는 전 세계적으로 비슷한 내용의 동화가 많기 때문에 학습자들이 내용을 잘 이해할 수 있다. 이는 지역어가 다소 어려울 때 내용을 추측하는 것을 돕기 때문에 학습에 효과적일 것이라 생각한다. 그러나 콘텐츠를 개발하는 데에는 시간과 비용이 많이 들 것이다. 이에 실제적으로 개발이 되기 전까지 활용할 수 있는 대체 자료가 비교적 많기 때문에 이를 활용하는 것이 좋겠다. 이중 본고에서는 주니어 네이버에 아이들을 대상으로 제작돼 무료로 배포하고 있는 전래동화 영상 콘텐츠를 활용하는 방안에 대해 서술하고자 한다. 적절한 콘텐츠가 제작되기 전에는 기존 영상 콘텐츠의 영상은 그대로 두고 소리는 지운 후 지역어로 된 대본을 따로 만들어 사용하는 것이 좋을 것이다.

콘텐츠를 개발하려면 애니메이션이나 영화 제작자들이 위의 내용을 가지고 지역어를 사용하여 연기를 하거나 더빙을 하면 된다. 그런데 한 지역어만을 위한 콘텐츠보다는 영어 판, 중국어 판처럼 하나의 영상물에 각 지역어를 더빙하여 전라도 판, 경상도 판, 충청도 판, 제주도 판 등을 만들어 내는 것이 더 효율적이라 생각된다.[38] 따라서 콘텐츠 개발에 있어 애니메이션을 만든 후 지역어를 자유자재로 구사할 수 있는 사람에게 각 지역 판의 더빙을 맡겨 하나의 영상 콘텐츠를 여러 지역어를 더빙하여 활용할 수 있도록 해야 할 것이다. 이 과정에서는 기초 연구가 진행되어 단계별 문법과 어휘의 항목이 제시된 이후에 이를 참고하여 대사를 구성하여 제작해야 할 것이다. 이후 콘텐츠 자체 제작이 가능하다면 그 대본에 맞춰 새로운 영상을 추가하면 된다. 본고에서는 이기갑(2008)에 제시된 전남 지역어 내용 목록을 제시하고 이후 전남 지역어를 사용한 콘텐츠를 제작할 때 참고할 것을 제안한다. 아래 <표 11>은 영상 콘텐츠를 지역어 수업으로 활용하도록 수업 방안의 틀을 제안하고 주니어 네이버의 『콩쥐 팥쥐』의 대사를 분석하여 목표 어휘와 문법을 일부 제시해본 것이다.

<표 11> 지역어로 된 콘텐츠의 수업 활용 방안

단원명	영상 콘텐츠로 배우는 지역어	단계	중급[39]
본시 학습	1. 지역어를 사용한 해당 콘텐츠의 내용을 이해한다. 2. 들은 내용을 지역어를 사용하여 전달할 수 있다.		

38) 전문적인 콘텐츠 개발에 앞서 한국어 교육을 위한 온라인상의 콘텐츠 공유 사이트를 개설한다면 더욱 도움이 될 것이다. 각 지역에서 여성결혼이민자들을 대상으로 수업을 하는 기관이 많으므로 이런 사이트가 있다면 각 지역에서 지역어를 활용한 대본 등을 공유해 더욱 빠르게 작업할 수 있으며 후에 완성본의 질을 높이는 데에도 도움이 될 것이다. 물론 완성한 이후 배포 · 사용에도 좋은 통로가 될 것이므로 교사들의 적극적인 참여 안에서 활용한다면 좋은 방안이 될 것이다.

목표	3. 지역어를 사용하여 해당 영상 콘텐츠에 더빙하는 연기를 할 수 있다.		
자료 및 준비물	지역어 콘텐츠, 문법 설명지, 연습지	수업 시수	100분
단계	교수-학습 과정		시간
도입	인사하고 출석을 확인한다. 수업 목표가 되는 전래 동화의 이야기를 아는지 묻는다. 모른다면 간단하게 해주고 안다면 학생이 설명하게 한다.		10분
제시	지역어를 배워야 함을 목표로 제시한 후 동영상 일부를 틀어준다. (자막 포함) 다 보고 나서 본 내용을 말하게 하여 이해 정도를 파악한다. 목표 어휘[40]가 나올 때 영상을 멈추고 의미를 추측하게 한 뒤 다시 본다. 목표 어휘, 문법[41]을 칠판에 적고 따라 읽게 한 후 의미와 용법 등을 설명한다. 제시된 어휘, 문법이 나온 부분을 다시 한 번 보여주고 예시를 더 들어준다. 의미와 용법의 이해가 된 후 그 부분을 다시 보면서 따라 읽어보게 한다. 교사는 학습자들이 발음이나 억양을 자연스럽게 따라하도록 한다.[42]		20분
연습	목표 문법과 어휘 부분이 숙지가 되면 전체 영상을 다시 보여준다. 중간 중간 교사가 동영상을 끊어 모르는 어휘나 표현은 설명한다. 이야기를 나눈 후 지역어를 사용하여 들은 내용을 전달한다. 학습자들에게 대본을 나눠주고 한 번씩 읽어보게 한다. 교사는 돌아다니면서 학습자들의 발음과 억양을 교정해준다.[43]		20분
활용[44]	6명씩 조를 짜고 각 조마다 배역을 나눈다. 소리를 끈 채 영상을 틀고 학습자들이 각자의 대사를 연습하도록 한다. 약 10분 후 각 조별로 나와서 영상을 틀어 놓고 더빙 연기를 시켜본다. 연기가 끝난 후 역할 별로 누가 가장 자연스럽게 잘 했는지 이야기해 본다. 가장 잘 한 역할들만 모아서 한 번 더 시켜본다.		40분
마무리	오늘 배운 지역어의 문법과 어휘를 다시 칠판에 적고 표준어로 말하게 한다. 교사는 대본에 있었던 문장을 읽고 학습자들의 이해 정도를 확인한다. 학습자들에게 오늘 배운 지역어를 활용하여 인사하는 방법을 알려주고 지역어로 인사하고 과제를 제시한다.		10분

39) 본고에서 제시한 수업 방안은 구체적이고 실제적인 방안이라기보다는 대략적인 방향을 제시하는 기본 수업 방안이다. 이는 영상 콘텐츠를 활용한 수업에서 적절하게 수정 · 활용될 수 있을 것이다. 그중 본고에서는 주니어 네이버에서 제공하는 『콩쥐 팥쥐』에서 대본을 추출하여 몇 가지 예시만 들어 보았다. 아래에서 제시한 『콩쥐 팥쥐』 목표 문법은 이기갑(2008)에서는 시어머니, 남편과의 대화에서 얼마나 자주 사용하는가를 기준으로 초급으로 나누고 있다. 그러나 본고에서는 아래와 같은 이유를 근거로 중급으로 설정하고자 한다. 첫째, 지역어 교육에서는 표준어

교육이 선행된 이후 표준어와 비교해 가며 수업하는 방식이 효율적이라 판단한다. 그런데 목표 문법으로 추출한 문법 중 표준어에서 '-이에요/예요'는 이미 학습했지만 '-(으)ㄴ데', '-(으)ㄹ 테니까' 등은 중급 이후에 학습하게 된다는 점은 이 수업을 중급에서 이 같은 문법을 학습한 이후 학습해야 한다는 것을 말한다. 둘째, 전래동화의 특성상 일상적으로 자주 사용하지 않는 농사 관련 어휘가 나타나는데 이는 '일상생활'을 주제로 학습하는 초급 교재에 준하여 보면 다소 어려울 것으로 예상된다. 셋째, 보고 들은 내용을 전달하는 방식 또한 초급보다는 중급에서 효과적인 수업이다. 이 때문에 본고에서는 이 수업 방안을 '중급' 학습자를 목표로 계획하였다. 하지만 이후 다른 전래동화를 이용하여 새로운 수업 방안을 제시할 때는 그 안에 포함된 어휘나 문법 요소에 따라 단계가 달라질 수 있을 것이다.

40) 주니어 네이버에서 제공하는 『콩쥐 팥쥐』에서 추출한 목표 어휘는 '독-도가지, 호미-호멩이, 괴롭다-성가시다, 안타깝다-짠하다, 아니(감탄사)-워매' 총 4개이다. 이중 일부 어휘는 표준국어대사전에서 전라도 지역어로 등재되어 있지 않다. 하지만 전라 지역, 특히 광주에서 자주 사용한다고 판단되는 어휘이므로 포함하고자 한다.

41) 본고에서 『콩쥐 팥쥐』의 대본에서 추출한 목표 문법은 '-라우, -는디, -응께, -드만'이다. 대본에서의 예로는 '난 옥황상제님이 보내신 선녀라우.', '하지만 쌀도 찧어 놓아야 하는디요.', '내가 도가지에 들어가서 깨진 곳을 막을 랑께 물을 채워.' '성가시게 해서 쫓아낼라고 했드만…….' 등이 있다.

42) 유현정(2013)에 따르면 발음교육의 두 가지 접근법에는 '직관적-모방적 접근법'과 '분석적-언어적 접근법'이 있다. 전자는 학습자들에게 명시적인 정보를 제공하지 않고, 목표어의 소리와 리듬을 모방하고 청취하게 하는 방법으로 듣고 따라할 수 있는 원어민의 발음과 같은 모델이 전제가 된다. 보통 오디오, 비디오 등을 사용하며 원어민의 발음에 노출시켜 그것을 모방하는 방식으로 학습을 진행해 나가는 방법이다. 후자는 음성기호, 조음기술, 발성기관 도표, 대조정보와 더불어 청취, 모방 등 소리 생성에 도움이 되는 정보와 자료를 이용하는 방법으로 명확하게 목표어의 소리를 들려주고 주의를 기울이게 하는 방법이다. 본고에서는 일상생활에서 지역민들의 발화를 이해하고 이들과 함께 의사소통하게 하는 것이 목표이므로 전자의 방법을 택한다. 이에 자연스럽게 노출되는 발화, 즉 『콩쥐 팥쥐』의 대본을 실제 광주 · 전남 지역어를 사용하는 사람이 자연스럽게 녹음하여 만들어진 목표어를 들려주고 이를 모델로 소리와 리듬을 모방하게 한 후 교사가 일대일로 교정해 주는 방법으로 지역어 교육에서의 발음, 억양 교수를 시행하도록 한다.

43) 허용 외(2005)에 따르면 교사가 학습자의 발음을 평가하여 적절하게 칭찬하거나 지적하는 것은 발음 교육의 효과를 높일 수 있다고 한다. 그러므로 교사는 학습자의 발음과 억양에 주의하고 1:1 교수 시 즉각적으로 적절한 칭찬과 개선할 점을 구체적으로 설명하고 다시 발음을 들려줌으로써 학습자의 발음과 억양의 학습 효과를 높인다.

위 과정을 통해 수업을 진행하면 지역어에 대한 심리적 장벽도 낮추고 학습에 대한 흥미와 몰입도를 높여 지역어를 재미있게 학습할 수 있을 것이다. 또한 반복 시청과 대본 연습의 과정에서 지역어가 사용된 상황과 맥락적 의미를 자연스럽게 체득할 수 있을 것이다. 이 과정에서 발음과 억양이 자연스럽게 습득되는 부수적인 결과도 함께 얻을 수 있다는 장점도 있다. 이는 의사소통 능력의 함양이라는 궁극적 목표를 지닌 지역어 교육에서 꼭 이행되어야 할 과정이라고 본다. 물론 실제 발화와 가장 비슷한 '자연스러운 지역어 발음과 억양'을 위해 녹음 과정에서 과장되게 연기하지 않고 최대한 실제 발화처럼 녹음해야 할 것이다.

위에서 제시한 방안을 끝으로 구체적인 지역어 전체 대본은 추후 전문가들과 함께 논의되어야 할 과제로 남긴다. 이에 콘텐츠 제작 전에 기존의 영상을 활용하여 수업을 진행하게 될 것인데 이 경우 영상에서 제시된 대본을 그대로 사용하는 것을 지양해야 함을 밝힌다. 가능하면 빠른 시일 내에 더욱 실제적이고 맥락을 함의한 영상의 제작이 꼭 이행될 것을 바란다. 또한 이후 전남 지역의 지역어뿐만 아니라 경상도나 충청도, 제주도 지역의 지역어 기초 자료를 토대로 교육용 콘텐츠를 개발하여 수업에 활용할 수 있는 기초 연구가 계속 진행되기를 소망한다.

5. 결론

국제결혼에 의한 이주자가 늘어나고 있는 추세 속에서 여성결혼이민자들의 한국 문화와 한국어에 대한 교육의 문제가 대두되고 있다. 특

44) 이 과정에서 학습자는 지역어를 재미있게 배울 수 있으며 발음이나 억양 등을 자연스럽게 발화하는 법을 배운다.

히 이들이 거주하는 지역은 서울이나 수도권보다는 타 지역인 경우가 많다는 점에서 의사소통적 측면의 지역어 교육의 필요성이 요구된다. 지역어는 그 지역의 사회적 · 역사적 · 문화적 요소와 함께 살아 숨 쉬며 존재한다. 이 때문에 이들이 거주하는 해당 지역의 지역민들과 제대로 소통하고 정착하려면 지역어를 이해하고 사용하는 능력은 필수적이라 할 수 있겠다.

이에 본고에서는 여성결혼이민자를 대상으로 의사소통적 측면에서 지역어 교육의 필요성에 인지하고 이들에게 지역어를 교육하는 방안에 대해 논의하였다. 이를 위해 광주광역시에 거주하는 여성결혼이민자 총 79명을 대상으로 지역어 교육에 대한 설문을 진행하였다. 이를 근거로 지역어 교육의 필요성을 인지하고 이들에게 지역어를 교육하는 방안을 총 두 가지를 제시하였다. 그 첫 번째는 드라마 '응답하라 1994'에 나타나는 '지역어 콘텐츠'를 활용하여 교육시키는 방안이다. 지역어 교육의 두 번째 방안은 '교수용 지역어 콘텐츠 개발'이다. 이를 위해 문법과 어휘의 목록은 이기갑(2008)에서 제시한 전남 지역의 초급과 중급의 방언 내용을 참고하고 내용은 콩쥐 팥쥐, 선녀와 나무꾼 등 잘 알려진 전래 동화를 활용하여 개발할 것을 제안하고 콩쥐 팥쥐에 나타난 지역어 목록을 일부 제시해 보았다.

위와 같은 교육용 콘텐츠의 개발과 활용을 통해 학습자들은 활자 교재에서 얻을 수 없는 의사소통적 맥락과 시각적 장치를 활용해 즉각적으로 이해하고 의미를 유추해가며 학습할 수 있을 것이다. 또한 이 과정에서 실제적인 발화 자료를 통해 발음이나 억양에 대한 자연스러운 학습도 가능할 것이라 생각된다.

다만 첫 번째 드라마에 나타난 지역어를 활용하는 방안은 드라마 대본에 나타난 지역어의 등급 설정 문제와 특정 지역의 지역어의 비중만 높다는 점 때문에 모든 지역에서 활용할 수 없다는 점, 이를 활용하여 지역어 콘텐츠를 편집, 제작할 때 시간이 다소 많이 걸릴 수 있다는 점이 문제가 될 수 있다. 또한 두 번째 방안에서 구체적인 지역어로 만들어진 대본을 모두 제시하지 못했다는 점은 본고가 가진 한계이다. 하지만 지역에 거주하는 여성결혼이민자들에게 지역어 교육이 적절한 시기에 이행되어야 함을 인지하고 지역어를 즐겁게 학습할 수 있는 방안에 대해 고민해 본 점에서는 의미를 가질 수 있을 것이라 생각한다. 또한 본고에서 제시한 방안을 토대로 수업을 구성하거나 콘텐츠를 제작하는 등 이와 관련된 수업 방안에 대한 고민이나 연구가 계속 진행된다면 여성결혼이민자들이 지역민들과 융화되어 한국 사회의 한 구성원으로 당당하게 적응해 나가는 데에 작게나마 도움이 될 수 있을 것이라 생각한다. 이에 이들을 대상으로 하는 다양한 방법의 지역어 교육에 대한 고민이 이루어지기를 소망한다.

참고문헌

강승혜(2002), 「재미교포 성인 학습자 문화프로그램 개발을 위한 요구 조사 분석 연구」, 『한국어 교육』 13－1, 국제한국어교육학회, 1~25쪽.

강현석 외(2014), 『사회언어학: 언어와 사회, 그리고 문화』, 글로벌콘텐츠.

고상미(2013), 「전남지역 여성결혼이민자를 위한 방언 교육 연구」, 전남대 석사학위논문.

김경령 · 이홍식 · 문금현(2011), 「다문화 가족 국어 사용 환경 기초 조사」, 국립국어원.

김미혜(2005), 「사회 · 문화적 문해력 신장을 위한 방언의 교육 내용 연구－문학 텍스트를 중심으로」, 『선청어문』 33, 서울대학교 국어교육과, 401~427쪽.

김봉국(2009), 「사회문화적 의사소통과 국어교육: 지역방언과 국어교육」, 『국어교육학연구』 35, 국어교육학회, 65~86쪽.

김순자(2013), 「제주지역 결혼이민자의 한국어 교육 현황과 과제」, 『영주어문』 26호, 영주어문학회, 91~126쪽.

김정훈(2014), 「한국어 교육에서의 매체 활용 현황 및 발전 방향」, 『국제한국어교육학회 춘계학술발표논문집』, 국제한국어교육학회, 61~67쪽.

박경래(2010ㄱ), 「결혼이민자를 위한 방언 한국어 교재의 필요성 고찰」, 『우리말글』 48, 우리말글학회, 85~118쪽.

박경래(2010ㄴ), 「지역어 조사 · 보존의 방법론」, 『새국어생활』 20－3, 국립국어원, 23~41쪽.

서은지 · 이태영(2002), 「전라남도 고흥 방언의 특징」, 『동국어문학』 14, 동국어문학회, 365~384쪽.

안주호(2007), 「한국어 교육에서의 표준어와 지역 방언: 경북지역을 중심으로」, 『한말연구』 21, 한말연구학회, 143~165쪽.

우창현(2012),「결혼여성이민자 대상 불규칙 활용 교육 방법 : 제주 방언을 중심으로」,『어문논총』 56, 한국문학언어학회, 95~113쪽.

유영미 · 최경희(2007),「한국어문학 교육학에 있어서의 매체 활용 방향」,『국제한국어교육학회 학술대회논문집』, 국제한국어교육학회, 507~528쪽.

유현정(2013),「한국어 교재의 발음교육 방안 연구 －발음교육의 내용과 방법을 중심으로－」,『한성어문학』 32, 한성대학교 한성어문학회, 489~511쪽.

이기갑(2008),「농촌 지역의 이주 외국인 여성들을 위한 방언 교육 － 전라남도 지역 여성들을 중심으로」,『한글』 280, 한글학회, 165~202쪽.

이기갑(2009),「국어교육과 방언」,『국어교육학연구』 35, 국어교육학회, 5~31쪽.

이태영(1992),「전북방언 문법연구의 현황과 과제」,『전라문화논총』 5, 전북대학교 전라문화연구소, 35~64쪽.

이태영(2002),「지역어의 문화적 가치」,『새국어생활』 20－3, 국립국어원, 87~99쪽.

전은주(2003),「국제 도시 부산에서의 한국어 교육 실태와 발전 방안 연구: 지역 특성을 고려한 학습자 중심의 한국어 교육과정 개발을 중심으로」,『한국어 교육』 14, 국제한국어교육학회, 361~397쪽.

조경순(2014),「지역어의 가치와 접목에 대한 고찰」,『지역어와 문화가치 학술총서』 1, 11~39쪽.

차윤정(2009),「지역어의 위상 정립을 위한 시론 － 1930년대 표준어 제정을 중심으로 －」, 『우리말연구』 25, 우리말연구회, 387~412쪽.

최명옥(2005),「지역어 연구를 위한 조사항목의 작성에 대하여」,『방언학』 2, 한국어방언학회, 65~79쪽.

최진희(2011),「경북지역 여성결혼이민자를 위한 방언 교육 연구」, 대구가톨릭대 석사학위논문.

한지현(2013),「여성결혼이민자 교육을 위한 전남방언 어휘의 선정: 초급 어휘를 중심으로」,『남도문화연구』 25, 순천대학교 남도문화연구소, 429~491쪽.

허 용 · 강현화 · 고명균 · 김미옥 · 김선정 · 김재욱 · 박동호(2005),『외국어로서의 한국어교육학 개론』, 도서출판 박이정.

H. Douglas Brown(2008), *Principle of Language Learning and Teaching*, NY: Longman.

/ 전남대학교 한국어문학연구소 총서『한국어교육의 제문제』 저자 /

강남욱 / 경인교육대학교 국어교육과 교수
곽일성 / 중국 복단대학교 한국어문학과 교수
민진영 / 연세대학교 경영전문대학원 외래교수
백승주 / 전남대학교 국어국문학과 교수
손희연 / 서울교육대학교 국어교육과 교수
양영희 / 전남대학교 국어교육과 교수
유　하 / 산동과학기술대학교 외국어대학 한국어과 전임강사
유해준 / 남부대학교 교양학부 조교수
이윤진 / 안양대학교 교육대학원 교수
이은경 / 세종사이버대학교 한국어학과 교수
이정란 / 한국학 중앙연구원 교수
이지용 / 중앙대학교 HK 연구교수
이효인 / 세한대학교 국제한국어교육학과 교수
임칠성 / 전남대학교 국어교육과 교수
조경순 / 전남대학교 국어국문학과 교수
조재형 / 전남대학교 국어국문학과 교수
조형일 / 인천대학교 국어국문학과 교수
조혜화 / 전남대학교 국어국문학과 박사 수료

한국어문학연구소 총서 7

전남대학교 한국어문학연구소 총서시리즈는 한국의 어문학(교육) 발전에 이바지하려는 연구소 설립 목적을 실천하고자 기획되었다. 학술적 연구성과를 공유하고 이를 대중적으로 확산하고자 하는 본 연구소의 총서시리즈에 사회의 관심과 응원이 함께 하기를 기대한다.

한국어교육의 제문제

초판 1쇄 인쇄일 | 2018년 12월 30일
초판 1쇄 발행일 | 2018년 12월 31일

지은이 | 강남욱, 곽일성, 민진영, 백승주, 손희연, 양영희, 유하, 유해준, 이윤진, 이은경, 이정란, 이지용, 이효인, 임칠성, 조경순, 조재형, 조형일, 조혜화
펴낸이 | 정진이
편집장 | 김효은
편집/디자인 | 우정민 박재원
마케팅 | 정찬용 이성국
영업관리 | 한선희 정구형
책임편집 | 우민지
인쇄처 | 국학인쇄사
펴낸곳 | 국학자료원 새미(주)
등록일 2005 03 15 제 406-3240000251002005000008 호
경기도 파주시 소라지로 228-2 (송촌동 579-4)
Tel 442-4623 Fax 6499-3082
www.kookhak.co.kr
kookhak2001@hanmail.net

ISBN | 979-11-88499-82-3 *93800
가격 | 29,000원

* 이 도서의 국립중앙도서관 출판예정도서목록(CIP)은 서지정보유통지원시스템 홈페이지(http://seoji.nl.go.kr)와 국가자료공동목록시스템(http://www.nl.go.kr/kolisnet)에서 이용하실 수 있습니다.